STILLE LEUGENS

ROCHELLE MAJER KRICH

Stille
leugens

Uitgeverij Areopagus

Oorspronkelijke titel
Nowhere to run
Uitgave
Avon Books, New York
© 1994 by Rochelle Majer Krich

Vertaling
A.S.J. Wieberdink
Omslagontwerp
Jan de Boer
Omslagfoto
Wim van de Hulst

All rights reserved.
Niets uit deze uitgave mag worden verveelvoudigd en/of openbaar gemaakt door middel van druk, fotokopie, microfilm of op welke wijze ook, zonder voorafgaande schriftelijke toestemming van de uitgever.

Heel veel dank aan mijn schoonmoeder, Toby Krich, die altijd klaarstaat met tijd en liefde, en een voorbeeld is van toewijding aan haar gezin.

En ter liefdevolle herinnering aan Jack Krich, mijn schoonvader en vriend, de 'kinderjuf' van onze kinderen, een man met een rustig gevoel voor humor, oneindig veel geduld en uitzonderlijk vriendelijk.

Veel dank aan Manuel Katz, mijn collega en vriend, die mij veel informatie heeft gegeven over Venice, Californië; en mijn uitgeefster Lisa Wager, voor haar deskundige raad en nauwgezette leiding – en de lachbuien tussen de bedrijven door.

Hoofdstuk 1

Toen ze het huis inliep, werd ze overvallen door het flitslicht dat in verblindende lichtdeeltjes uiteenspatte.
Alexandra Prescott deinsde terug. Ze liet onwillekeurig haar hoofd zakken en hief haar arm op om haar gezicht te beschermen, maar er volgde geen spervuur van lichtflitsen, alleen een vrolijk koor van schelle stemmen, dat 'Hartelijk gefeliciteerd, Alex!' riep.
Ze zag nog steeds sterretjes voor haar grijsgroene ogen. Alex glimlachte en keek naar de gezichten achter het met krijt beschreven spandoek dat aan de muur van gebroken wit hing boven de doorgang naar de zitkamer.
'Dit is... geweldig,' zei ze en vroeg zich af of haar ontroering aan haar stem te horen was. 'Gewoon geweldig.'
'Ik wist het, maar ik heb niets gezegd!' schreeuwde Nicholas, haar stiefzoon van vijf jaar. 'Ik heb het de hele tijd geweten, mammie! Hè, Lisa, ik wist het, hè?' vroeg hij aan zijn zuster die een polaroid-camera in haar handen had.
Warren, de echtgenoot van Alex, liep naar haar toe. Hij trok haar tegen zich aan, boog zijn hoofd en kuste haar op de mond. 'Je bent écht verbaasd, hè? Ik voel je hart bonzen.' De lachrimpeltjes rondom zijn ogen en mond werden dieper en verzachtten de ernstige, bijna strakke trekken van zijn gezicht.
Ze kreeg direct een warm gevoel toen ze de vreugde en liefde in zijn barnsteenkleurige ogen zag. Het waren vriendelijke ogen, waaruit zijn sympathie voor haar bleek; het was het eerste wat haar aan hem was opgevallen. Met haar hand streek ze een paar donkerbruine haren op zijn voorhoofd glad die niet gladgestreken hoefden te worden. Ze raakte hem graag aan.
'Ik had niets verwacht,' fluisterde ze. 'Ik zie er vast niet uit.' Ze had een stone-washed spijkerbroek aan, een gebreide roodkatoenen trui die warm genoeg was voor de milde januaridag en Adidas-trimschoenen; ze moest zonder meer gemakkelijk te wassen en

goedkope kleding dragen in haar peuterzaal in Venice, Californië. Die ochtend had ze van haar dikke, golvende zwarte haar een paardestaart gemaakt. Nu streek ze de pieken weg die altijd weer ontsnapten.

Warren pakte haar hand. 'Je ziet er prima uit. Afgezien van de paarse verf op je neus.' Glimlachend veegde hij de verf van haar gezicht.

Ze kon alles nu weer goed zien en keek de kamer rond naar de vrienden en familieleden die haar waren komen feliciteren. Alex dacht: een bruidsschat in de vorm van mensen – ze hadden allemaal al lang bij Warren gehoord voordat ze in haar leven waren gekomen: de familie Lipman en de familie Green. De familie Bennet en de familie Blair. De familie McAllister. De familie Judd.

Denise, Warrens vroegere schoonzuster, stond bij haar vriend, Ron, ze glimlachte Alex warm toe. Lisa, de veertien jaar oude dochter van Warren, stond naast Denise en het viel Alex weer op hoeveel tante en nicht op elkaar leken. Hetzelfde steile, honingkleurige haar dat tot op de schouders viel, dezelfde hoge jukbeenderen, rechte, korte neus, porseleinkleurige huid en expressieve amandelvormige, bruine ogen. Lisa was met haar ruim een meter zeventig lang voor haar leeftijd, ze scheelde maar vijf centimeter met haar tante en zou duidelijk dezelfde slanke, soepele bouw krijgen.

Natuurlijk was Paula Lewis aanwezig. Die maakte ook deel uit van de bruidsschat – ze was al vanaf Lisa's prille jeugd huishoudster bij de familie Prescott. Naast Paula stonden Mona en Stuart Hutchins – de ouders van Denise en grootouders van Lisa en Nick van moeders kant. Mona schonk Alex een stralende, onechte glimlach. Alex vroeg zich even af waarom zij en Stuart waren gekomen.

Alex zag Patty staan, een hulp op de peuterzaal, en Evelyn, haar assistente en goede vriendin (die geen deel van de bruidsschat uitmaakte; Alex had deze relatie zelf tot stand gebracht). Patty en Evelyn kenden Denise en Warren en de kinderen natuurlijk wel – ze kenden hen in feite al voordat Alex ze kende – maar ze hielden zich iets afzijdig en stonden apart. Alex moest denken aan haar eerste dansfeest op de middelbare school – onhandig en zenuwachtig dwong ze in stilte een van die slungelige jongens vol puistjes haar te veranderen van muurbloempje in iemand die erbij hoorde. Ze liep naar hen toe.

'Hartelijk gefeliciteerd, Alex,' zei Patty verlegen.

'Dank je, Patty,' Alex omhelsde haar even. 'Leuk dat je gekomen bent.' Ze wendde zich tot Evelyn, pakte haar handen beet en schudde zogenaamd beschuldigend haar hoofd. 'Dáárom vroeg je me dus om de middagdienst over te nemen!'

Alex vertrok meestal om drie uur van de peuterzaal, zodat ze Nicholas van de kleuterschool kon ophalen; Evelyn en Patty bleven op de kinderen letten die pas om zes uur door hun ouders konden worden opgehaald.

Evelyn glimlachte en haar hoekige gezicht klaarde op. 'Ik beken schuld. Nu zul je me zeker nooit meer vertrouwen.'

'Ik denk het niet, nee,' grinnikte Alex en wendde zich tot de anderen. 'Dank jullie wel,' zei ze tegen de kamer vol mensen. 'Allemaal. Ik weet niet wat ik moet zeggen.'

'Zeg "cheese" voor de foto, mammie!' schreeuwde Nicholas. 'Lisa, neem nog een foto van mammie.'

'Zeg "geld",' riep iemand.

'Zeg "seks!"' riep Ron, en Denise zei 'Sst', maar ze glimlachte en iedereen lachte.

Alex was dit keer voorbereid en keek glimlachend naar de camera. 'Cheese'.

Evelyn zei: 'Waarom maak je geen foto van je ouders, Lisa?'

Even veranderde de uitdrukking in de donkerbruine ogen van het meisje.

'Toe maar, liefje,' zei Denise en raakte Lisa's arm aan.

'Goed,' zei Lisa. 'Alex, ga eens wat dichter bij papa staan?'

Het was nog altijd 'Alex'. Zelfs al waren Warren en zij al bijna twee jaar getrouwd. Misschien zou het altijd 'Alex' blijven. Nooit 'mam'. Maar ze hield zich voor de zoveelste keer voor dat dit begrijpelijk was. Lisa was negen jaar geweest toen haar moeder nog geen twee maanden na de geboorte van Nicholas aan complicaties daarbij was overleden en twaalf jaar toen haar vader was hertrouwd; en in tegenstelling tot Nicholas, die Alex zonder enig probleem had aanvaard, was Lisa op haar hoede geweest, afwijzend en reageerde ze vaak onredelijk geïrriteerd op een manier die Warren 'tienerbuien' noemde, maar Alex wist dat het wat anders was.

De afgelopen paar maanden had Alex echter een vermindering van die gereserveerdheid waargenomen, de woede nam af en al was Lisa niet direct hartelijk tegen haar stiefmoeder (God wat had Alex een hekel aan dat woord), ze scheen Alex tenminste geaccepteerd te hebben als de vrouw van Warren en als lid van het gezin.

Alex poseerde. Weer een flitslicht van de camera. Nicholas rende naar haar toe. Ze tilde hem hoog op en hij gaf haar een natte kus op haar wang. Ze omhelsde hem stevig, streek hem door zijn donkerblonde haar en zette hem toen op de tegelvloer neer.

'Vind je het spandoek mooi, mammie? Lisa heeft het getekend, maar ik heb het gekleurd.' Zijn diep barnsteenkleurige ogen glansden vol trots. De ogen van Warren.

'Ik vind het een prachtig spandoek, Nick.' Ik hóu van je, Nick.
'Dank je wel, Lisa.' Ze glimlachte tegen haar stiefdochter.
 Lisa haalde haar schouders op en streek haar blonde haar achter haar oor, maar Alex zag aan de plotselinge kleur op haar wangen dat ze blij was.
 Nick duwde zich tussen Alex en Warren in. 'Neem er een met mij erop, Lisa,' verlangde hij.
 Denise liep naar voren. 'Zal ik er een van jullie allemaal maken? Ga er maar bij staan, Lisa.'
 Lisa aarzelde en gaf de camera toen aan haar tante. Warren deed een stapje bij Nick vandaan om plaats voor zijn dochter te maken, maar ze liep om Warren heen en ging aan zijn rechterkant staan.
 En dat was begrijpelijk, hield Alex zich voor. Het had niets te betekenen. Maar de blik van onverholen goedkeuring in de ogen van Mona Hutchins ontging haar niet.

Het was bijna twaalf uur 's nachts toen Warren en Alex klaar waren met alles op te ruimen en naar hun slaapkamer boven liepen.
 'We hadden de rest morgen kunnen doen,' zei hij, terwijl hij de knoopjes van zijn overhemd losmaakte. 'Je had eigenlijk helemaal niets mogen opruimen. Het was jouw feest. En Paula zei dat je alles voor haar moest laten staan voor morgen.'
 'Ik weet het, maar ingedroogde guacamole is nogal een vies gezicht.' Ze trok een grimas. En hoewel Paula het had aangeboden, vermoedde Alex dat de huishoudster de allesbehalve schone keuken afkeurend binnen getreden zou zijn.
 Alex had in veel opzichten nog het gevoel alsof ze op proef was bij de vrouw en voortdurend getest werd volgens normen die ze had moeten aanvoelen. Meestal slaagde ze niet voor dit soort testen. Ze had Paula vanavond bedankt voor de hulp bij de voorbereidingen van het feest – Alex wist dat Paula snel beledigd was – maar ze had gedurende de avond een grimmige trek om de mond van de huishoudster opgemerkt. Misschien was Alex niet dankbaar genoeg geweest.
 'Maar jij en Lisa hebben het meeste gedaan,' ging ze verder. 'En als iedereen op een fatsoenlijk tijdstip was vertrokken...' Ze trok de veters van haar Adidas-trimschoenen los en maakte de rits van haar spijkerbroek open.
 'Met "iedereen" bedoel je zeker Mona en Stuart?' Warren schudde zijn hoofd en glimlachte. 'Dat zijn nou eenmaal plakkers.' Hij liep naar de aangrenzende badkamer en gooide zijn overhemd en T-shirt in de ingebouwde wasmand.
 Die ook niet weten wanneer ze helemaal niet moeten komen,

dacht Alex. Op nonchalante toon zei ze: 'Eigenlijk was ik verbaasd om ze te zien.' Maar dat was niet direct waar. Ze kwamen regelmatig langs, vaak onaangekondigd. Natuurlijk waren ze aan hun kleinkinderen en aan Warren gehecht, maar toch...

'Tja, het zíjn de ouders van Denise,' zei Warren toen hij naar de slaapkamer terugliep. 'En Denise heeft Lisa geholpen het feest te organiseren. Mona en Stuart zouden beledigd geweest zijn als ze niet waren uitgenodigd. En ze mogen je graag, Alex.'

Helemaal niet, dacht Alex en liep naar de kast om haar spijkerbroek op te hangen. Ze beschouwen me als de vrouw die de man en het gezin van hun overleden dochter heeft overgenomen. En het huis. En zo ongeveer alles wat daar in stond, inclusief de meubelen in Engelse boerenstijl, het blauwwitte servies met het wilgenpatroon, en het Waterford-glaswerk.

Hardop zei ze: 'Zag je hoe Mona op haar knieën bezig was met sodawater de vlek uit het vloerkleed te halen?' Het vloerkleed van haar dòchter. 'Ze zag er bespottelijk uit.'

Mona was een zwaardere, meer opgetutte uitvoering van Denise en ze had een gigantisch wijde feloranje jurk gedragen bij haar pas rood geverfde, kortgeknipte haar en oranje lippenstift. Ze had eruitgezien als een clown. Alex moest glimlachen.

Warren lachte. 'Ze lag niet op haar knieën. En Mona bedoelt het goed. Het was een leuk feest, vind je niet?'

'Het was een gewèldig feest,' zei Alex op warme toon en ze meende het. 'En het was heel lief van je ouders om op te bellen.'

Lief, maar niet verbazingwekkend. Bea en Phil Prescott waren hartelijk, bijzonder sympathiek en duidelijk heel blij met hun nieuwe schoondochter. Ze woonden in Chicago. Net zoals Warrens zuster Nora en haar man Robert. Voor het huwelijk dat Alex en Warren in stilte hadden laten sluiten in de studeerkamer van de dominee in de kerk die Warren bezocht, waren ze over komen vliegen. Bea en Phil waren sindsdien nog een paar keer naar Californië gekomen en Alex had van ieder bezoek genoten.

Ze hadden vanavond aan de telefoon weer hun bekende klacht ten beste gegeven dat Alex en Warren en de kinderen te ver weg woonden. 'We hadden Warren nooit op Stanford rechten moeten laten gaan studeren,' had Bea gezegd en dat was niet helemaal als grap bedoeld. Het was zoals gewoonlijk moeilijk voor Alex om de liefde en trots te horen in de stem van haar schoonmoeder, en niet aan haar eigen ouders te denken. Twee jaar geleden had ze een jaar stilzwijgen verbroken en opgebeld om te vertellen dat ze ging trouwen. 'Zo,' had haar vader gezegd. Alex had in gedachten zijn strenge, op elkaar geknepen mond voor zich gezien. Haar moeder

11

had vol tegenzin op afgemeten toon gezegd: 'Ik hoop dat je gelukkig wordt.' De afkeuring en het feit dat ze niet vergevensgezind konden zijn waren in tweeëntwintig maanden en door drieduizend kilometer afstand niet verminderd. Sindsdien had Alex hen niet meer gesproken.

Denk niet aan hen, zei Alex nu bij zichzelf. Laat ze je dag niet bederven. Gedwongen opgewekt zei ze: 'Warren het was geweldig van Lisa om het feest te organiseren. Ik ben er echt door geroerd. Ik zal een paar cd's voor haar kopen van haar nieuwste favorieten.' Warren schonk Alex een dankbare glimlach. 'En ik zal Denise opbellen.' Ze trok haar trui uit, vouwde hem op en legde hem op het kastje.

'Goed idee. Dat zal Denise waarderen.' Hij ging op zijn kant van hun extra grote bed zitten en pakte een juridisch tijdschrift van zijn nachtkastje. 'Ik ben blij dat jullie zo goed met elkaar overweg kunnen, Alex.'

Alex was eerder opgelucht dan blij. Ze had van alle kanten gehoord dat Denise en Andrea, de overleden vrouw van Warren, heel vertrouwelijk waren geweest, ook al was Andrea negen jaar ouder geweest dan haar 'kleine zusje'. En het was duidelijk voor Alex dat Denise een bijzondere verhouding met de kinderen van haar zuster had, vooral met Lisa. Alex had zich afgevraagd hoe het zou gaan – zou Denise vijandig doen of zou ze Alex negeren en doen alsof ze niet bestond? Maar afgezien van wat verlegenheid in het begin, logisch gezien de omstandigheden, was Denise geweldig geweest – hartelijk, vriendelijk en ze had Alex direct in haar eigen vriendenkring voorgesteld. Ze had aangeboden Paula te helpen op Lisa en Nicholas te passen terwijl Alex en Warren op huwelijksreis naar Hawaii waren. En ze had op tactvolle en elegante wijze haar rol als plaatsvervangende moeder opgegeven. Daarvoor was Alex bijzonder dankbaar geweest.

'Denise ziet er gelukkig uit, hè, Warren? Ik geloof dat ze Ron echt aardig vindt.'

Hij keek op van zijn tijdschrift en glimlachte. 'Ik hoop het. Ze vindt het heerlijk om huizen in te richten, maar ze is zevenentwintig en het wordt tijd dat ze eens een gezin sticht. Ze is erg leuk om te zien. Ze is intelligent. Ze heeft een uitstekend karakter. Ik weet niet waarom ze nog niet getrouwd is.' Hij haalde zijn schouders op.

'Moet ik jaloers worden?' vroeg Alex op luchtige toon. *Wat heb ik toch een geluk*, bedacht ze toen ze naar haar man keek.

Even later stond hij achter haar met zijn armen om haar heen. 'Nooit.'

Ze leunde tegen hem aan, met de bovenkant van haar hoofd onder zijn kin. 'Kan het er nog mee door voor een vrouw van tweeëndertig?'

'Het kan er prima mee door.' Hij schoof haar behabandjes weg en kuste haar schouders. 'Van harte gefeliciteerd, Alex,' fluisterde hij. Ze voelde zijn warme adem in haar hals.

Ze was altijd weer verbaasd hoe zijn aanraking haar direct in vuur en vlam zette. 'Je hebt me beneden al gefeliciteerd,' zei ze zachtjes. Ze raakte het met de hand gemaakte gouden medaillon in de vorm van een hartje aan dat tussen haar borsten lag. Toen draaide ze zich om en sloeg haar armen om zijn hals.

'Dat was openbaar,' zei hij. 'Dit is privé.'

Alex smoorde een kreet toen ze wakker werd. Ze bleef badend in het zweet liggen tot haar hart tot bedaren kwam. Warren lag zachtjes snurkend naast haar, zijn blote borst ging bij iedere probleemloze ademhaling bijna onzichtbaar op en neer. Ze had hem graag wakker gemaakt, zodat hij zijn sterke armen om haar heen zou slaan om opnieuw de liefde te bedrijven en op te gaan in de hartstocht en tederheid van zijn omhelzing. Maar dan zou hij willen weten waarom ze huilde en ze kon hem niet over de droom vertellen. Dat kon ze aan niemand vertellen.

De droom was altijd hetzelfde. Wakker worden was geen opluchting, omdat de droom niet over monsters of duivels ging die door daglicht of maanlicht verdwenen. En het ging niet over een aaneenschakeling van levensechte, afschuwelijke gebeurtenissen die morgen plaats konden vinden, of de dag daarop, of volgend jaar, maar zich vermoedelijk nooit zouden voordoen. De droom ging over het verleden en dat kon ze niet ontlopen. Zelfs vandaag niet. Zelfs niet terwijl ze hier in dit bed lag met een man van wie ze hield.

Ze omklemde het medaillon dat Warren haar had gegeven alsof het een talisman was met beschermende krachten, wanhopig omdat ze wist dat het dit niet was. De droom zou blijven komen en hij zou ongenadig zijn in zijn precisie, angstaanjagend in zijn onverbiddelijke onveranderlijkheid; en ondanks dat onveranderlijke zou de pijn altijd weer scherp en nieuw zijn.

'Van harte gefeliciteerd, Alex,' fluisterde ze bij zichzelf.

Hoofdstuk 2

Het medaillon lag ingebed in de diepzwarte fluwelen voering van het doosje.
 Ze pakte het medaillon en maakte het open. Op het verjaardagsfeest had ze zich gedwongen met de anderen mee te glimlachen toen Alex zei: 'O Warren, wat mooi!' en toegekeken toen ze hem op zijn mond had gekust. De pijn was als een mes door haar heen gesneden, maar niemand had het gezien. De volgende dag had ze net zo lang gezocht tot ze eindelijk een bijna identiek, met de hand gemaakt gouden medaillon in de vorm van een hartje had gevonden. Ze was van plan geweest het alleen maar te passen, om te zien hoe het haar stond, maar zodra ze het had om gedaan en zichzelf in de langwerpige spiegel op de sieradenbalie had gezien, wist ze dat ze het medaillon moest kopen. Hij zou willen dat ze het kocht. 'Is het een cadeautje?' vroeg de verkoper en ze zei ja, want het was een cadeau: natuurlijk was het een cadeau.
 In haar slaapkamer knipte ze kleine hartjes uit een wit vel papier tot ze de juiste maat en vorm had die ze wilde. Ze legde haar modelhart op de polaroid-foto en trok de vorm na met een dunne rode viltstift. Toen nam ze een nagelschaartje, knipte zorgvuldig het gezicht uit de foto en duwde dat in de linkerhelft van het medaillon. Het paste precies. Ze herhaalde de procedure met een fotootje van zichzelf. Ze deed er lang over om een foto uit te kiezen en koos deze omdat hij hem van haar had gemaakt, en ze was tevreden over de manier waarop haar ogen erop stonden, zacht en glanzend. Je hebt heel mooie ogen, had hij tegen haar gezegd; niet knipperen.
 Het gezicht van Alex glimlachte nog steeds tegen haar vanaf de gedeeltelijk verknipte foto. Ze pakte de schaar en verknipte het prachtige gezicht, het lange zwarte haar en het volmaakte lichaam dat ze soms zo haatte. (Op andere momenten voelde ze zich onwillekeurig tot Alex aangetrokken, maar daar moest ze zich tegen verzetten. Die ogenblikken brachten haar in de war en maakten haar

kwaad.) Eerst knipte ze de foto in lange repen en die nog eens horizontaal tot ze een bergje glanzende confetti had. Ze pakte de resten van de foto van Alex en gooide die in het toilet en keek hoe ze met het spoelwater verdwenen.
Ze deed het medaillon om. Zijn medaillon.
'Dank je wel voor het cadeau,' zei ze zachtjes.
Ze vond het niet prettig om Warren met Alex te zien, om te weten dat ze een bed deelden. De liefde bedreven. Maar hij zou weldra inzien dat Alex de verkeerde voor hem was. Dan zou Alex weg zijn en alles zou weer zijn zoals het moest. Zoals het was geweest voordat Alex kwam. Voor ze alles had bedorven.
Ze klapte het medaillon dicht. Terwijl ze voor haar spiegel stond, maakte ze het sluitinkje van het tere gouden kettinkje los en stelde zich voor dat het zijn handen waren die het medaillon in haar nek dichtmaakten. Ze zou het medaillon iedere nacht dragen. Overdag zou het verborgen moeten blijven, net zoals haar verdriet.
Het metaal voelde kil aan op haar huid. Ze huiverde en sloeg haar armen om zich heen.
Ze vond het vreselijk om te moeten wachten.

Hoofdstuk 3

'Tja,' zei dr. Pearson.
Alex lag op een dun, weggooibaar papieren laken op de koude, beige vinyl onderzoektafel en hoorde de klank van ingehouden verbazing in de stem van de gynaecoloog. Ze verstarde. Er was iets mis; ze wist het. Tussen de V-vorm van haar benen door probeerde ze zijn gezicht te zien, maar zijn grijzende, kale hoofd was voorovergebogen en zijn ogen waren dicht, alsof hij bad.
'Ontspan eens,' zei dr. Pearson op een vriendelijke toon die geen tegenspraak duldde. 'We zijn bijna klaar.'
Ze gehoorzaamde snel, liet zich achterover zakken op het vinyl, ademde bewust uit en vroeg zich af of het 'we' op de arts en haar sloeg, de arts en de bijziende verpleegster in de kamer die overal naar keek behalve naar Alex, of op de arts en zijn bedreven handen die kordaat, efficiënt en routinematig haar borsten en buik hadden beklopt en betast en nu de intiemste onderdelen van haar lichaam onderzochten.
'Is dat gevoelig?' vroeg Pearson.
'Nee.' Het waren haar borsten niet, stelde Alex vast, want het 'Tja' van Pearson pas was gekomen nadat hij die had onderzocht. Was het een cyste? Haar moeder had last gehad van cysten in de eileiders.
'Kom maar overeind,' zei dr. Pearson toen hij de rubber handschoenen uittrok en in een grote afvalemmer gooide. 'Kom je even in mijn spreekkamer als je klaar bent?' Hij zette zijn bril met het schildpadmontuur recht, glimlachte tegen Alex en liep de kamer uit, de zuster met het donkere haar liep als een Ierse Setter achter hem aan.
Terwijl ze zich aankleedde, stelde Alex vast dat er beslist iets niet in orde was. De laatste keer had dr. Pearson geglimlacht en haar verteld dat alles in orde was en dat hij haar bij de volgende jaarlijkse controle wel terug zou zien. Pearson had nu ook geglimlacht,

maar het was een neutrale glimlach geweest, een automatische spiertrekking van het gezicht dat niets betekende en alles kon verhullen. Ze had geleerd dat het met dit soort glimlachjes vaak het geval was, evenals met degenen die ze schonken. Ze probeerde niet aan akelige mogelijkheden te denken, maar de ogen die haar aankeken vanuit de spiegel die aan de muur hing van het kleedkamertje met een gordijn ervoor, stonden somber, meer grijs dan groen als de oceaan in de schemering.

Dr. Pearson was niet in zijn spreekkamer. Alex was alleen in deze ruimte geweest toen ze net patiënt van hem was geworden. De ingelijste diploma's aan de met panelen beklede muren getuigden van zijn vakkundigheid, maar dat was nu slechts een schrale troost voor haar. Ze ging voor zijn grote kersenhouten bureau zitten en keek op haar horloge. Het was tien voor twee. Overdag kon de rit van Los Angeles naar Venice met het drukke verkeer een halfuur duren. Ze had tegen Evelyn en Patty gezegd dat ze tegen halfdrie terug zou zijn, maar tenzij ze nu wegging, zou ze dat nooit halen.

Alex nam zich voor dat ze Evelyn beter even kon opbellen, en misschien zou ik beter een gynaecoloog in de buurt kunnen zoeken. Maar op dat ogenblik kwam dr. Pearson binnen en ze ging rechtop in de met donkerblauwe tweed beklede stoel zitten.

'Tja,' zei hij weer toen hij ging zitten. Hij sloeg een groot dossier open dat voor hem lag en bekeek de bovenste bladzijde. 'Je bent tweeëndertig, is het niet?'

Waarom vroeg hij haar dat? 'Ja.' Te jong voor iets ernstigs, wilde ze nonchalant zeggen; er zat nog garantie op haar. Maar op lichamen zaten uiteraard geen garanties zoals op broodroosters, vaatwasmachines en videorecorders en zelfs dan verliep de garantie altijd twee dagen voordat het product het begaf.

'Je hebt vanmorgen tegen de zuster gezegd dat je drie weken geleden voor het laatst hebt gemenstrueerd?' Hij keek haar aan.

Alex knikte. 'Het was rond mijn verjaardag.' Ze bedacht dat als het cysten waren, ze daar wel mee kon leven. Ze liep niet echt warm bij het idee van een operatie, maar een operatie was te doen, te overleven.

'Was het een lichte menstruatie?'

'Ja. Het duurde maar twee dagen. Ik dacht dat ik dat gezegd had.' Maar Alex was al jaren onregelmatig; Pearson had dat geweten vanaf het ogenblik dat ze zijn patiënt was geworden toen ze meer dan drie jaar geleden naar Los Angeles was verhuisd. 'Is er iets?' Laten het alsjeblieft cysten zijn, dacht ze en nu klampte ze zich aan de armleuningen van de stoel vast en haar gemanicuurde nagels drongen in het roodachtige hout.

17

'Helemaal niet, helemaal niet. Ik wilde je niet laten schrikken. Maar dat bracht me even van de wijs, zie je. Toen ik je onderzocht en een inwendig onderzoek deed en later de resultaten van de lab testen bekeek...' Hij glimlachte tegen haar. 'Ik schat dat je een week of tien zwanger bent, Alexandra.'

Ze staarde hem aan. Plotseling was haar mond droog. 'Zwanger?' Ze sprak het woord met schorre stem uit. 'Maar mijn menstruatie...'

'Maak je alsjeblieft geen zorgen. Het is niet ongebruikelijk om de eerste twee maanden nog een lichte bloeding waar te nemen. Natuurlijk wil ik het wel weten als de bloeding zich herhaalt.'

'Weet u het zeker?' bracht ze eruit. 'Dat ik zwanger ben, bedoel ik.' Haar handen waren vochtig. 'De testen kunnen zich niet vergist hebben?' Ze hoorde een geruis in haar oren alsof ze in een tunnel zat en boog zich voorover om zijn antwoord te horen.

Dr. Pearson fronste zijn wenkbrauwen. 'Het lijkt of je van streek bent, Alexandra. Het spijt me. Ik nam aan... ik dacht...' Hij zweeg. 'Als je niet blij bent met de zwangerschap en hem wilt afbreken...'

Ze leunde achterover tegen de rugleuning van de stoel aan. 'Nee! Natuurlijk niet!' Ze was even stil. 'Wanneer... wanneer ben ik uitgeteld?'

'Volgens mijn berekeningen rond augustus. Maar gezien de omstandigheden kan ik er aan beide kanten op een paar weken naast zitten. We zullen nog wat bloed afnemen en een echografie maken en dan kunnen we de datum beter vaststellen.' Pearson wachtte.

'Ik ben alleen zo verbaasd,' zei Alex ten slotte. 'Vanwege mijn ongesteldheid.' Het was die maand weer een teleurstelling geweest, maar ze begon te wennen aan teleurstellingen en ze kon de woorden van Pearson moeilijk verwerken – wat ze zo lang had willen horen, was werkelijkheid.

'U weet het heel zeker?' vroeg ze nog eens, maar dit keer glimlachte ze en Pearson glimlachte ook. Hij was duidelijk opgelucht. En vervolgens luisterde ze maar met een half oor toen hij het over voldoende lichaamsbeweging had en rust en een ijzerrijk dieet met alle noodzakelijke voedingsstoffen. Ze kon er alleen maar aan denken om het Warren te vertellen en hoe gelukkig hij over het ontluikende leven zou zijn dat ze samen geschapen hadden en wat een ongelooflijk geluk ze had. Nee, geen geluk. Ze was werkelijk gezégend.

Twintig minuten later liep ze de spreekkamer van dr. Pearson uit met een honorariumoverzicht, recepten voor prenatale vitaminen, een hoeveelheid folders over zwangerschap en een proefexemplaar van een tijdschrift waarop een serene moeder was afgebeeld die een stralende, mollige baby met kuiltjes in haar armen hield.

En hoopvol.

Toen ze over de Venice Boulevard naar huis reed, dacht ze aan niets anders dan de baby. (Ze was zich er nauwelijks van bewust geweest dat ze met de lift naar beneden was gegaan of het Cedars-Sinai Medisch Centrum had verlaten en was enigszins verbaasd geweest toen ze voor haar rode jeep Cherokee had gestaan). Natuurlijk was alles achteraf bekeken heel logisch: de misselijkheid (die ze aan griep had toegeschreven), het plotselinge nauwer worden van haar spijkerbroek en twee lievelingsjurken (teveel ongezonde kost), de vermoeidheid overdag (weer de griep).

Het was bijna drie uur toen Alex de jeep op Brooks Avenue parkeerde voor het lage gele gebouw dat met wit pleisterwerk was afgewerkt. Haar peuterzaal. Ze voelde nog steeds een gevoel van vreugde wanneer ze het zag en verbaasde zich nog altijd over het lot of haar geluk dat haar op een zondag nu tweeënhalf jaar geleden hier naartoe had geleid, naar een kunstenaarsfeest op het strand van Venice waardoor haar pad met dat van Cybil Manning had gekruist. De twee vrouwen waren in gesprek geraakt nadat ze een van de doeken van de artiesten hadden bewonderd – een overdadig grote, sensuele iris à la Georgia O'Keefe, herinnerde Alex zich. Kon ik maar schilderen, had Cybil zuchtend gezegd, zou jij dat niet ook willen? En Alex had gezegd dat ze vroeger wel had geschilderd, maar nu onderwijzeres op een peuterzaal in Los Angeles was en erover zat te denken een eigen peuterzaal te beginnen; ze had er ook een gehad voordat ze naar L.A. was verhuisd. Cybil had gezegd dat de wereld toch maar klein was; zij bezat een peuterzaal en was van plan met pensioen te gaan en had Alex interesse om die te kopen? Alex had direct geantwoord dat ze dacht van niet, want hoe kon ze in vredesnaam naar Venice verhuizen? Ze zou daar voor geen goud willen wonen.

Maar Cybil had Alex een kaartje met haar adres gegeven. 'Denk er maar eens over,' had ze gezegd. Een week later was Alex naar Venice teruggereden en had Cybils school opgezocht. Ze was direct bezweken voor het vrolijke, goed onderhouden gebouw en de vrolijk geverfde, veelkleurige speeltoestellen in de omheinde tuin. En de kinderen. Cybil en Alex waren overeen gekomen dat Alex de school een half jaar zou leiden; als het haar beviel zou ze hem daarna kopen. Zo niet, dan waren ze even goede vrienden.

Natuurlijk had Alex ervan genoten. De hartelijkheid, medewerking en vriendschap van Evelyn Goodwin hadden de overgang bijna ongemerkt laten verlopen. En hoewel ze het niet had verwacht, had Alex zich thuis gevoeld in Venice. Het was een strandstadje met couleur locale en een schilderachtige charme, kunstgaleries en terrasjes, met straten waar alleen voetgangers en geen auto's mochten komen, paden waar rolschaatsers en fietsers voorbij suisden en veldjes waar bodybuilders hun geoliede, duidelijk zichtbare spieren oefenden.

Het was niet het 'Venetië van Amerika' dat de stichter, Abbot Kinney, begin 1900 voor ogen had gehad. Alex had over Kinneys droom gelezen om een culturele renaissance naar Amerika te halen. Hij had grachten in zijn moerassige land gegraven; hij had hotels gebouwd, een auditorium, zuilengalerijen en overal gevels in pseudo-Italiaanse stijl. Het culturele renaissance-idee was nooit aangeslagen, Kinney merkte al snel dat de mensen die naar Venice kwamen meer interesse in vermaak hadden dan in cultuur, en hij voorzag in hun behoeften.

Zes weken nadat Kinney in 1920 was overleden, brandde de pier af die hij had gebouwd en in 1929 waren veel grachten weer dichtgegooid. Bijna veertig jaar lang had Venice onder goedaardige verwaarlozing geleden en was het in verval geraakt. Toen ontdekten de beatschrijvers het. De kunstenaars volgden. Langzamerhand onderging het eens zo beroemde oord een renovatie en herwon zijn populariteit. Er stonden nu peperdure huizen op percelen langs de overgebleven grachten in Zuid-Venice, maar Alex dacht dat Kinney vermoedelijk teleurgesteld zou zijn over wat er van zijn droom geworden was.

Maar voor Alex was Venice perfect geweest. En dat was voordat Warren Prescott duidelijk had aangegeven dat zijn interesse in Alex veel verder ging dan haar rol als onderwijzeres voor zijn tweeënhalf jaar oude zoon. In het begin had ze zich als een schildpad in haar schulp voor hem teruggetrokken – niet omdat ze zich niet tot hem aangetrokken voelde, maar juist omdat ze dit wèl voelde. Het was een opwindend idee om weer opnieuw te beginnen, om gelukkig te worden, het wekte verwachtingen en was toch ook uitermate angstaanjagend. Maar zijn rustige, kalme standvastigheid had haar weerstand gebroken.

En nu was ze zwanger.

De tuin was leeg. Evelyn en Patty zaten binnen, het was voorleestijd voor de veertien kinderen die de hele dag op de peuterzaal waren. Van deze kinderen bleven er iedere dag zes tot zes uur 's avonds. Er waren nog tien peuters die maar tot twaalf uur bleven.

Alex stond in de deuropening, de jongens en meisjes die in kleermakerszit op de geel met wit betegelde vloer zaten, zagen haar niet. Ze zaten voorovergebogen vol aandacht naar Evelyn te luisteren die 'Corduroy' voorlas en wendden hun blikken alleen van haar af om naar de geïllustreerde bladzijden te kijken die Patty af en toe omhooghield. Het was een ontroerend verhaal, dat Alex graag voorlas. Het ging over een klein meisje dat van een enigszins gehavende teddybeer hield en die mee naar huis nam. Evelyn leest het zo gevoelig voor bedacht Alex en toen: *binnenkort lees ik het mijn zoon of dochter voor.*

'Einde,' zei Evelyn een paar minuten later en natuurlijk klonk er geroep van 'meer!' Toen liep Alex naar Evelyn en Patty toe om te helpen terwijl ze de puzzels, krijtjes, stukken Lego, vrachtauto's en poppen opruimden.

'Hoe ging het?' vroeg Alex toen ze de boeken terugzette in een van de boekenkasten met twee planken die langs de muren stonden.

'Goed. Eén woedeaanval. Eén natte broek.' Evelyn glimlachte en streek met haar vingers door haar steile, lichtbruine haar dat tot op haar schouders kwam. 'Patty en ik hebben het gered, hoor. Waarom maak je je altijd zo bezorgd?'

'Ik weet het niet,' gaf Alex toe. 'Uit gewoonte, denk ik.' *Kinderen zijn een serieuze verantwoordelijkheid, Alexandra.* Haar ouders hadden haar dat al vroeg ingehamerd en het haar voortdurend helpen herinneren. *Je kunt geen televisie gaan zitten kijken als je moet babysitten, Alexandra. Daar betalen de Thompsons je niet voor.*

'En Bobby?' vroeg Alex aan Evelyn. 'Ik miste hem in de kring met de anderen. Heeft hij nog gevochten?'

'Nu je het zegt, ja, met Richie. Hij vecht de laatste tijd veel, of hij huilt. Maar ik geloof niet dat het iets ernstigs is.'

'Misschien,' zei Alex, maar ze was niet overtuigd. De humeurigheid van Bobby Lundquist zat haar dwars. 'Ik denk dat ik er eens met zijn moeder over ga praten.'

Evelyn fronste haar wenkbrauwen. 'Je maakt haar alleen maar van streek, Alex. Het is vermoedelijk alleen maar een fase. Hoe is het met jou? Alles in orde?' vroeg ze zachtjes.

'Alles is prima,' Alex glimlachte. 'Weet je...' Ze zweeg. Dit moest ze toch eigenlijk eerst aan Warren vertellen? Ze had hem bij dr. Pearson vandaan gebeld; zijn secretaresse had haar verteld dat hij in gesprek was met een belangrijke cliënt. Alex had het nieuws niet via de autotelefoon in de jeep willen vertellen. Te veel storing. En te weinig privacy. 'Ik vertel het je nog wel,' zei ze tegen Evelyn.

'Wat vertel je me? Wat is het raadsel?'

'Geen raadsel. Alleen...' Ze wierp een blik achterom. Patty stond op nauwelijks een meter afstand, maar was verdiept in een schilderwerkje waarmee ze een van de kinderen hielp. Alex wendde zich weer tot Evelyn. 'O, nou ja Ev, beloof me dat je niet tegen Warren zegt dat je het als eerste wist. Ik ben zwanger!' fluisterde ze. Ze voelde hoe ze grijnsde bij die woorden.

Evelyn sperde van verbazing haar bruine ogen wijd open. 'Nee toch! En ik dacht...'

'Dr. Pearson zei dat dat geen ongesteldheid was. Geloof maar dat ik net zo verbaasd was als jij.'

'Geweldig,' zei Evelyn. Ze omhelsde Alex innig. 'Ik weet hoeveel dit voor je betekent, en voor Warren. Ik heb gebeden dat dit zou gebeuren.' Er stonden tranen in haar ogen.

'Nou, je gebeden zijn verhoord,' zei Alex zachtjes. 'Je bent een goede vriendin, Ev.'

'De beste,' zei Evelyn glimlachend. 'Maar het is niet moeilijk om jouw vriendin te zijn.'

Alex vond altijd dat Evelyns glimlach haar gezicht nog leuker maakte en haar jonger deed lijken dan haar drieëndertig jaar. Ze had een frisse, bijna doorschijnende huid, gebruikte niet veel make-up, alleen een vleugje rouge op haar wangen en lichtroze transparante lippenstift op haar zachte, goed gevormde lippen.

'Zo, en nu is het mijn beurt om een goed woordje voor jou te doen,' zei Alex luchtig.

'Niet voor een baby, hoop ik,' lachte Evelyn en bloosde. 'Ik denk dat ik eerst maar eens moest trouwen, dacht je niet?'

'Jawel,' grinnikte Alex. 'Wat vindt Jerry daarvan?'

Jerry was de computer-software verkoper met wie Evelyn omging. Een half jaar geleden was hij bij de peuterzaal geweest om Alex een programma te verkopen. Ze had er geen nodig gehad, maar hij had Evelyn leren kennen en haar mee uit genomen. 'Liefde op het eerste gezicht,' had Alex haar geplaagd.

'Hij is niet erg duidelijk,' zei Evelyn. 'Maar hij maakt wel serieuze opmerkingen en doet allerlei romantische dingen. Ladingen bloemen. Je weet wel...' Ze reikte Alex glimlachend een stapel boeken aan.

Alex zette ze in de boekenkast. 'Ik vind het enig om bloemen te krijgen.' Ze zuchtte. 'Warren neemt niet vaak bloemen voor me mee, maar als hij het doet, krijg ik weer het gevoel dat ik voor ons huwelijk had. Het klinkt alsof het menens begint te worden tussen jullie twee,' voegde ze eraan toe en grinnikte veelbetekenend.

'Ik wil niets overhaasten,' zei Evelyn, plotseling serieus. 'Ik mag Jerry graag. Hij mag mij. Maar, ach... het is gemakkelijk om vergissingen te maken.'

Alex raakte Evelyns arm aan. 'Natuurlijk. Je hebt gelijk.' Alex wist dat ze na de middelbare school een overhaast, kort huwelijk was aangegaan en daarna een paar verhoudingen had gehad. Evelyn had het verteld, maar er nooit over uitgeweid. Alex had nooit op details aangedrongen.

'Dat was genoeg over mij,' zei Evelyn. 'Waarom heb je het Warren nog niet verteld? Hij zal het geweldig vinden.'

'Ik kon hem bij de arts niet bereiken en nu, ach, nu ben ik wel zo blij. Ik vertel het liever persoonlijk.'

Evelyn knikte. 'Ik denk dat je gelijk hebt. En de kinderen? Ga je het hun direct vertellen?'

'Nicholas niet. Augustus duurt een eeuwigheid. Dan ben ik uitgeteld,' legde ze uit. 'Maar met Lisa... ik weet nog niet wat ik doe. Wat denk jij?'

'Als je het haar later vertelt, kan ze het gevoel krijgen dat je haar erbuiten hebt gehouden, haar buitengesloten hebt.' Evelyn fronste peinzend haar wenkbrauwen. 'Aan de andere kant, jullie kunnen nu net wat beter met elkaar overweg. Misschien vindt ze het geen prettig idee dat jij en Warren een baby hebben, dat jullie...' Haar stem stierf weg.

'Met elkaar slapen,' maakte Alex de zin voor haar af. 'Het doen.' Ze grinnikte. 'Ik begrijp het wel. Ik weet nog dat ik er als tiener over nadacht dat mijn ouders met elkaar naar bed gingen. Ik vond het ongelooflijk en beschamend. Bijna vulgair. En ik ben niet eens Lisa's moeder.' Alex zuchtte. Zou Lisa, afgezien van zich opgelaten voelen, in opstand komen tegen het idee dat Alex en Warren een baby kregen? Of zou de baby hen allemaal dichter bij elkaar brengen?

'Vraag het Warren,' zei Evelyn.

'Dat is een goed idee. Dat zal ik doen.'

Ze vertelde het hem die avond laat. Ze hadden net de liefde bedreven en ze lag in de holte van zijn arm met haar been over het zijne geslagen. Ze streek met haar hand over zijn borst en gleed toen langs zijn vierkante kaak, zijn grote mond en de rechte lijn van zijn neus. Hij was zo knap, bedacht ze. Als de baby een jongen was, hoopte ze dat hij op Warren zou lijken.

'Ik ben vandaag bij dr. Pearson geweest,' zei ze.

'Alles in orde?'

Ze hoorde zijn bezorgdheid en kroop dichter tegen hem aan. 'Alles is prima. Geweldig eigenlijk.' Ze zweeg even. 'Ik ben in verwachting, Warren.' Ze glimlachte in de duisternis.

De hand die haar arm had gestreeld, bleef stil liggen. 'Weet je dat zeker?' Er klonk iets voorzichtigs onder de verrassing in zijn stem. 'Ik dacht...'

Ze herhaalde wat dr. Pearson haar had verteld. 'Vind je het niet geweldig?'

'Het is geweldig,' herhaalde hij zachtjes. Even was hij stil en ze vroeg zich af wat hij dacht. Toen zei hij: 'Wanneer komt de baby?'

'Ergens in augustus. Geen school, geen zorgen. Is dat geen volmaakte timing?' Ze glimlachte. 'Dr. Pearson zei dat hij meer zekerheid heeft nadat ik de echo heb gehad,' voegde ze eraan toe.

'Over Pearson gesproken, Alex, ik vind dat je een verloskundige moet zoeken die dichterbij woont. L.A. is niet ver weg, maar je moet iedere maand op controle en tegen het eind nog vaker.'

Dr. Pearson had hetzelfde gezegd en aangeboden Alex naar een collega in Venice of Santa Monica te verwijzen. Ze had het afgewezen. 'Ik mag dr. Pearson, Warren. Ik wil geen andere arts. En hij werkt ook in het St. John-ziekenhuis in Santa Monica. Dat is nog geen twintig minuten van huis.'

Pearson had haar verteld dat het een uitstekend ziekenhuis was. Het was kleiner dan Cedar en dus bood het persoonlijker zorg; veel beroemdheden uit Hollywood verkozen het St. John-ziekenhuis om die reden.

'Dat is goed,' zei Warren. 'Maar wat doen we als de weeën beginnen? Het zal Pearson toch best enige tijd kosten om naar het St. John-ziekenhuis te komen.'

'Hij zei dat ik moest bellen zodra de weeën begonnen.'

'Goed dan. Met een eerste kind zal de bevalling vermoedelijk niet zo snel gaan.' Warren zweeg. 'En in september, Alex? Wat doe je dan met de peuterzaal?'

Ze voelde een steek van teleurstelling en irritatie. Ze kregen een baby. Ze had euforie verwacht, geen verhalen over wereldse details zoals haar werk en waar ze zou bevallen. 'Evelyn redt het wel totdat ik weer terug ben en we zullen een tijdelijke hulp aantrekken. En natuurlijk ook een kinderjuffrouw.'

'Paula kan voor de baby zorgen, Alex.'

Ze verstrakte. 'Warren, ik...'

'Ik weet het. Paula werkt nu drie dagen in de week voor Denise. Maar ik weet zeker dat Denise het niet erg zal vinden om iemand anders te zoeken. En Paula zal het heerlijk vinden hier weer fulltime te werken. Ze zegt altijd dat ze de kinderen zo mist.'

Hoe vertel ik het hem? vroeg Alex zich af. Ze koos haar woorden zorgvuldig en zei: 'Ik overwoog om een jonger iemand aan te nemen.' Iemand die nieuw was en geen deel van de bruidsschat uitmaakte; iemand die me niet beoordeelt op mijn vrouw-zijn en moederschap. En me met Andrea vergelijkt.

'Paula is het beste, Alex,' hield Warren enthousiast aan. 'Ze was geweldig met Lisa en naderhand met Nick toen Andrea...' Zijn stem stierf weg. 'Ik weet niet hoe ik het zonder haar had moeten doen,' maakte hij zijn zin af op een rustiger, bijna sombere toon. Hij keek even naar Alex. 'Tenzij er iets aan haar is dat jou niet bevalt?'

Alex aarzelde en zei toen: 'Nee, niets bijzonders.' Lafaard! zei ze bij zichzelf. 'Ik zal er nog eens over denken, oké?'

'Natuurlijk. Het moet jouw beslissing zijn, Alex, niet de mijne.' Hij glimlachte. 'Maakt Pearson zich overigens bezorgd over het feit dat je je eerste kind krijgt? Ik bedoel, omdat je over de dertig bent.'

Ze trok zich terug en haalde haar been van het zijne. 'Veel vrouwen wachten met kinderen krijgen tot ze in de dertig zijn. Tweeëndertig is niet direct aftands, Warren. Dat dacht je drie weken geleden op mijn feest ook niet.' Ze probeerde haar stem luchtig te houden om de irritatie die ze voelde te verbergen.

'Natuurlijk is tweeëndertig niet aftands,' zei hij, duidelijk verbaasd omdat ze zo gepikeerd was. Op sussende toon voegde hij eraan toe: 'Ik weet zeker dat alles goed zal gaan, Alex. Misschien zal ik eens met Pearson praten om uit te zoeken of er enige voorzorgsmaatregelen genomen...'

'Als Pearson redenen voor bezorgdheid had gezien, had hij mij die heus wel gezegd,' snauwde ze. Met moeite hield ze haar stem in bedwang. 'Pearson zei dat ik uitstekend in vorm ben, liever. En hij zal een vruchtwaterpunctie voor me aanvragen om zeker te zijn dat alles in orde is met de baby. Puur routine, vertelde hij me.'

'Goed.' Hij streelde haar arm. 'Rustig maar, Alex.'

'Sorry. Ik wilde je niet afsnauwen.' Alex aarzelde en zei toen: 'Dit is niet de reactie die ik had verwacht. We zijn er maanden mee bezig geweest en nu ik eindelijk zwanger ben... ben je dan niet blij met de baby?' De tranen prikten in haar ogen.

'Natuurlijk ben ik blij.' Hij boog zich voorover en kuste haar. 'Je hebt me er alleen mee overvallen, dat is alles. Was jíj dan niet verbaasd toen Pearson het jou vertelde?'

'Ja.' Warren had natuurlijk gelijk. Ze was niet eerlijk. Zijn reactie op het nieuws was een weerspiegeling van de hare geweest. Ze zag zoals gewoonlijk problemen.

'Mijn ouders zullen het fantastisch vinden,' zei Warren. Hij aarzelde en zei toen: 'Alex, vertel jij het je ouders?'

Ze voelde hoe haar maag zich samenbalde. 'Ik weet het niet.'

'Alex, denk je niet...'

'Nu niet, oké?' Ze kreeg weer spijt over haar toon. 'Het spijt me. Ik wil daar vanavond niet aan denken. Vanavond is speciaal.' Ze schoof dichter naar Warren toe en legde haar hoofd op zijn borst. Hij streek over haar haren. 'Warren, moeten we het Lisa vertellen? Ik weet niet hoe ze zal reageren... misschien vindt ze het gênant. Ik weet het niet. Maar ik wil niet dat ze zich buitengesloten voelt. Dit zou ook een manier voor ons kunnen zijn om nader tot elkaar te komen.'

25

Hij dacht even na en zei toen: 'Laten we het haar nog niet vertellen. Augustus duurt nog erg lang. Ik herinner me hoe ongeduldig Lisa was toen...' Hij zweeg.

Toen Andrea zwanger was van Nicholas, maakte Alex in stilte de zin af. Waarom kun je dat niet hardop zeggen? 'Goed. Vader weet het het beste.' Ze ging op haar rug liggen.

'Ik hou van je, Alex.' Er klonk een zachte drang in zijn stem.

'Dat weet ik.'

'Ik ben echt blij met de baby. *Onze* baby.' Hij legde zijn hand op haar buik.

'Dat weet ik ook,' zei ze, en legde haar hand op de zijne en vroeg zich af waarom ze heel vaag een niet nader te omschrijven voorgevoel had.

Nadat hij even later in slaap gevallen was, sloop Alex hun bed uit. Ze liep op haar tenen naar de kast en maakte voorzichtig de middelste la open. Achterin, onder een keurig stapeltje slipjes, onderjurkjes en panties lag een lichtgrijze envelop. Ze pakte de envelop, ging op de grond zitten en maakte hem open. Haar handen trilden zoals altijd toen de inhoud op haar schoot rolde.

Toen ze klaar was, legde ze de envelop terug, deed de la dicht en liep naar de openslaande deuren die op het balkon uitkwamen dat over het ovaalvormige zwembad uitkeek. Ze trok het gordijn opzij en keek naar de weerspiegeling van de maansikkel, een zilvergouden boot die over de zwarte, rustige baren zweefde.

Ze hoorde geritsel van lakens. Even later liefkoosde zijn hand haar naakte schouders.

'Alex?' zei Warren zachtjes. 'Je rilt. Is er iets?'

'Er is niets aan de hand.' Ze liet het gordijn terugvallen. 'Ik kon niet slapen.'

Hij draaide haar om, zodat ze hem aankeek. Hij raakte haar wang aan. 'Je hebt gehuild.'

Ze kon het hem nu vertellen, dacht ze. Ze kon het hem nu vertellen en hoewel de nachtmerries vermoedelijk niet zouden ophouden, nooit zouden ophouden, kon ze zichzelf tenminste van het schuldgevoel bevrijden dat dagelijks, laagje voor laagje aangroeide. *En de waarheid schenkt je vrijheid*, had haar vader haar altijd voorgehouden. Maar was dat echt zo?

'Het is vanwege Larry, hè?' fluisterde Warren en streelde haar arm.

'Warren...'

'Alex, het is niet meer dan normaal dat je aan hem denkt, dat je verdrietig bent omdat hij overleden is voordat jullie samen kinderen hadden gekregen. Huil je daarom?'

De waarheid bleef ergens in haar keel steken. 'Ik huil van geluk,' zei ze. Ze zag de vragende blik in zijn barnsteenkleurige ogen. 'En hormonen, denk ik.' Ze schonk hem een bibberig glimlachje. Haar ogen dreigden haar te verraden met nieuwe tranen. Ze verborg haar hoofd tegen zijn borst.

'Ga mee terug naar bed,' zei hij.

Hoofdstuk 4

'Mag ik ook mee?' vroeg Nicholas aan Alex. Ze zat op een dof donkergroen vinylkrukje voor haar toilettafel in de badkamer en hij stond te kijken hoe ze haar make-up aanbracht.
'Lippenstift,' zei ze. Ze wees naar de stift van Estée Lauder die ze wilde hebben. Hij reikte hem haar aan. Het was hun ritueel en ze genoot ervan. Ze bracht de koraalrode lippenstift aan, en gaf hem toen de lippenstift in de geribbelde gouden huls terug. 'Klaar. Dank je wel.'
'Geen dank. En, màg ik nou mee?' Nicholas liep weg bij de toilettafel.
'Nee.' Ze bekeek haar gezicht nauwkeurig in de spiegel en depte de blusher op haar wangen wat af.
Warren kwam de badkamer binnen. 'Wat mag Nick niet – hé!' zei hij op scherpe toon tegen zijn zoon. 'Ga daar af. Als je achterover valt, breek je je nek.'
Alex draaide zich snel om en zag dat Nicholas zich van de witte badrand liet glijden.
Nick zei: 'Maar ik ben voorzichtig, hoor pap.'
'Nick, papa heeft gelijk. Het bad is heel hard.' Tegen Warren zei ze: 'Sorry. Ik wist niet dat hij daar zat.'
'Nick zal het niet meer doen, hè, knul?' Warren deed alsof hij Nick in zijn wang prikte. 'Kom me eens helpen een das uit te zoeken.'
Ze liepen de badkamer uit. Even later volgde Alex. Nick zat op hun bed; Warren stond voor de kleerkast en trok zijn das recht. Alex liep de kamer door, de grote kleedruimte in en liet de ene jurk na de andere door haar vingers glijden.
'Waarom mag ik niet met mama en jou mee?' vroeg Nick.
'Omdat het vanavond iets voor volwassenen is. Alleen je mama en ik en tante Denise en haar vriend Ron.'
'Ik vind Ron niet zo leuk. Hij gebruikt te veel parfum.'

'After-shave,' zei Warren. 'Mannen gebruiken geen parfum. En jij hoeft hem niet leuk te vinden. Denise moet hem leuk vinden.'

'Lisa zei dat tante Denise hem heel aardig vindt. Lisa zei dat ze denkt dat hij een slover was. Wat is een *slover*, mam?'

'Slover?' Alex glimlachte. '*Slover?* Uitslover misschien? Ik denk dat ze bedoelt dat hij van mooie dingen houdt.'

Ron wàs een uitslover. Maatkostuums, dure zijden dassen, op maat gemaakte overhemden met monogrammen op de manchetten. Zorgvuldig geborsteld, glad achterovergekamd, dik, zwart haar. Gemanicuurde nagels.

Ron en Warren waren bevriend geraakt op de Northwestern-Universiteit. Een half jaar geleden was Ron overgeplaatst naar de westkust om het nieuwe kantoor Century City te runnen van het beleggingsbureau in New York waar hij voor werkte. Hij had contact met Warren opgenomen; Warren had hem een paar keer thuis uitgenodigd en aan Denise voorgesteld. Die twee gingen nu al een paar maanden met elkaar om.

Alex wilde haar jadegroene jacquard-zijden jurk pakken, maar die hing niet op de plek waar ze hem had opgehangen nadat ze hem vorige week had gedragen. Ze vond hem naast een andere groene jurk en wenste voor de honderdste keer dat Paula ophield haar jurken (ze hing ze op kleur) tassen, ceintuurs, schoenen en make-up op andere plaatsen op te bergen. En alles in de linnenkast en de voorraadkast. ('Het spijt me vreselijk, Alex,' zei Paula telkens. 'Zo wilde Andrea alles altijd. Het is moeilijk om gewoontes af te leren.')

Alex was er niet van overtuigd dat Paula erg haar best deed om ze af te leren.

Ze deed de deur achter zich dicht zodat ze buiten zicht was, deed haar ochtendjas uit en trok de jurk aan. 'Help me even,' riep ze naar Warren toen ze de kleedruimte uitliep en wachtte tot hij kwam om de achterkant van de jurk dicht te ritsen.

'Heel erg mooi,' fluisterde hij in haar oor. Hij gleed met zijn handen over haar heupen.

'Maar nauw.' Er waren drie weken verstreken en ze ging nu haar vierde maand in. Haar lichaam begon te veranderen. Haar borsten waren voller, maar niet meer gevoelig. Ze volgde iedere ochtend na het douchen de instructies uit het boekje van La Leche en wreef ijverig met haar handdoek over haar tepels om ze voor te bereiden op het veeleisende mondje. Als ze 's nachts in de fluweelzachte duisternis in bed lag, raakte ze graag de stevige verdikking aan die zich nog laag in haar bekken bevond, haar groeiende baarmoeder. Haar kind.

'Lisa wilde me niet vertellen wat een *slover* is,' zei Nick en bengelde met zijn benen heen en weer. 'Ze zei dat het een geheim was en dat tante Denise haar had gezegd dat ze het tegen niemand mocht zeggen. Weet jíj het, papa?'

'Oké, knul,' zei Warren. 'Genoeg gevraag voor vandaag. Mama en ik moeten ons klaarmaken en jij moet je huiswerk maken, oké?'

'Papa!' Nicholas giechelde. 'Kinderen van vijf jaar hebben geen huiswerk!' Hij sprong van het bed af. 'Lisa zei dat het meer dingen kon betekenen.'

'Kon het geheim meer dingen betekenen?' Alex glimlachte en bevestigde haar pareloorbellen.

Hij giechelde weer. 'Dommerd! Nee, het woord. *Slover.*'

Er daagde haar iets. Niet slover of uitslover, maar verloofde. Ze keek Warren aan. Hij bestudeerde zijn manchetknopen. Hij weet het, dacht Alex. Hij weet het. Lisa weet het. Maar ik weet het niet. Ze wendde zich af en probeerde de blos te verbergen die zich over haar gezicht had verspreid.

Nadat Nick de kamer uit was, zei Warren: 'Je vindt het vervelend, hè, Alex. Maar dat hoeft niet, hoor. Je weet hoe na Denise en Lisa elkaar staan.'

'Ik vind het niet vervelend.' Léugenaar. 'Ik ben alleen verbaasd, dat is alles.'

'Luister, het is niets bijzonders. Ron laat merken dat hij het serieus meent. Dat heb ik je verteld. Denise heeft me verteld dat hij haar heeft gevraagd, maar ze heeft geen ja gezegd. Ze weet het niet zeker.'

'Wanneer heb je haar gesproken?'

'Een paar dagen geleden. Ik weet het niet precies.'

Nu loog Warren. Hij herinnerde zich alles – namen, data, telefoonnummers, tijden.

'Waarom?' zei hij. 'Wat doet het ertoe?'

'Niets. Ik was gewoon nieuwsgierig.' Alex pakte haar borstel op, trok die een paar keer door haar dikke haar en keek hem toen aan. 'Klaar.'

'Je ziet er beeldig uit.' Hij glimlachte.

'Dank je wel.' Ze wist dat hij het meende, maar ze wilde dat het niet zo veel op een vredesaanbod leek.

Toen Alex en Warren beneden kwamen, lag Lisa op het licht taupekleurige vloerkleed in de zitkamer met haar benen op de marineblauwe bank en haar enkels over elkaar heen geslagen. Haar opengeslagen schoolboeken lagen overal om haar heen, samen met een losbladig aantekenblok en een zak chips. Ze knabbelde op de chips terwijl ze telefoneerde, maar ze hield met beide op om naar Warrens aanwijzingen te luisteren. Als ze al merkte dat Alex stilletjes was, dan zei ze er niets over.

'Veel plezier, jongens,' zei ze, en keerde terug naar de telefoon en de chips.

Alex en Warren liepen de zitkamer uit en gingen zwijgend door de gang naar de deur die direct toegang verschafte tot de dubbele garage.

'Alex, laat Denise niet merken dat je het weet,' zei Warren toen hij het portier van de donkergroene Lexus voor haar openmaakte.

'Dan wordt ze nijdig op Lisa en...'

'Natuurlijk niet. Maak je geen zorgen. Je geheim is veilig.' Ze glimlachte opgewekt en stapte in de auto.

Het restaurant aan het strand had een breed terras met uitzicht op het water waar buiten gegeten kon worden, maar de avondlucht van maart was te kil en ze zaten binnen. Alex en Warren kwamen hier vaak vanwege het eten, de vriendelijke, zuidwesterse sfeer en de gezamenlijke herinnering aan hun heerlijke eerste afspraak.

Midden in het vertrek stonden vierkante tafeltjes met wit linnen tafelkleden; de gebleekte houten stoelen waren met leer bekleed, net zoals de afgescheiden gedeeltes langs de zijkanten van het vertrek. Er stonden verscheidene yucca's in grote terracottapotten op de betegelde vloer. De muren hadden een ruwe structuur en waren in een licht zandkleurige tint geverfd, een volmaakt neutrale achtergrond voor de verschillende doeken die de muren versierden – allemaal op leenbasis, allemaal van plaatselijke kunstenaars. Zoals gewoonlijk bleef Alex even staan om de laatste aanbiedingen te bekijken. Zoals altijd voelde ze het verlangen om weer te gaan schilderen. Misschien nu...

Alex en Ron zaten naast elkaar aan de binnenkant van een half cirkelvormige afgescheiden hoekje; Warren en Denise gingen aan de buitenkanten zitten. Alex keek naar buiten door de ramen die van de grond tot aan het plafond liepen en zag hoe de golven stil op het strand kapotsloegen. Ze kon zelfs binnen de zilte zeelucht ruiken. Ze ontspande zich tegen het leer van de bank.

Haar humeur was opgeklaard. Warren had natuurlijk gelijk gehad. Het gaf niets dat Denise het aan Lisa had verteld. Alex was overgevoelig.

Een paar minuten bestudeerden ze het menu en toen bestelden ze. De ober kwam met een fles witte wijn en vulde hun glazen. Zodra de ober weg was, pakte Ron Denises rechterhand en trok die, ondanks haar lachende protest, naar Warren en Alex toe. Aan haar ringvinger schitterde een grote cultivéparel, omringd door diamanten.

'Prachtig,' zei Alex.

Ron zei: 'Een prachtige ring voor een prachtig meisje.' Hij nam een slok wijn.

'Vrouw,' zei Alex.

Warren glimlachte. 'Dat zegt Alex altijd.'

Ron zei: 'Ik ben van plan dit heel binnenkort door een diamant te vervangen.' Hij zette zijn glas wijn neer, bracht Denises hand naar zijn lippen en kuste die. 'Op de vrouw van wie ik hou en met wie ik wil trouwen.'

'Ron!' riep Denise zachtjes uit.

Alex zei: 'Wat een enige verrassing!' en voelde Warrens dijbeen tegen het hare aanstoten.

'We zijn niet verloofd.' Denise trok haar hand terug uit die van Ron. 'Ik wilde dat je het niet had gedaan,' zei ze kalm. Ze bloosde.

'Je hoeft alleen maar ja te zeggen, liefje. Hé, Warren, kun je me een handje helpen? Vertel haar dat ze mij maar beter kan nemen. Ze schijnt mij niet te geloven. Of anders heb ik concurrentie waar ik niets van weet.'

'Je kunt hem maar beter nemen, Denise,' zei Warren.

'Zie je wel?' zei Ron. 'Hij is advocaat. Advocaten liegen niet. Vaak.' Hij lachte.

'Niet zo vaak als beleggingsadviseurs,' zei Warren.

Denise glimlachte. 'Gekkerds.' Ze schudde haar hoofd.

'Tijd om een toost uit te brengen,' zei Ron en hief zijn glas weer. 'Op Denise en mij, op de voortdurende vriendschap van iedereen hier aan tafel, op aanhoudend geluk en vooral op de twee vróuwen' – hij legde de nadruk op het woord en knipoogde tegen Alex – 'die deze avond met hun charme en schoonheid opluisteren.'

'Uiterst strelend, Ron,' zei Warren. 'En ik bedoel niet alleen de wijn.' Hij lachte.

Ron kuste Denise en boog zich toen voorover naar Alex. 'Krijg ik een kus voor die mooie toespraak?'

'Jazeker.' Ze glimlachte en wendde hem haar wang toe, maar zijn kus kwam op haar lippen terecht en ze wist niet zeker of ze het zich verbeeldde dat zijn mond geopend was en dat ze het puntje van zijn tong voelde. Het leek erop, maar dat kon toch niet waar zijn? Verward trok ze zich snel terug en keek naar Denise en Warren, maar die keken in hun menu. Nu sloeg Ron zijn arm om Denise en kuste haar weer op de mond.

'Ik wil nòg een toost uitbrengen,' zei Ron. 'Op Warren en Alex en hun baby.'

'Hun baby?' Denise staarde Warren aan en keek toen naar Alex. 'Ben je in verwachting?'

Op die manier klinkt het alsof het het gevolg van een onnatuurlijke handeling is, bedacht Alex en voelde een blos naar haar gezicht opkruipen. Ze keek Warren aan. In haar ogen stond te lezen: *Hoe kon je?*

'Ik liet het me ontvallen toen ik Ron laatst sprak,' zei Warren kalm tegen Alex. 'En, tja...' Hij wendde zich tot Ron. 'Ik heb je gevraagd er niets over te zeggen.' Warrens toon leek vriendelijk, maar er klonk een ijzige ondertoon van woede doorheen.

'Hé, wat maakt het uit, joh? Je had het toch niet eeuwig geheim kunnen houden. En we zijn toch allemaal zo'n beetje familie, is het niet?' Ron grinnikte en zei toen tegen Denise: 'Ze zíjn getrouwd, Denise. Je moest je gezicht eens zien.'

'Ik ben alleen zo verrast. Het is geweldig nieuws,' voegde ze er snel aan toe. Haar stem trilde een beetje.

Alex kreeg direct berouw. Natuurlijk klonk Denise gespannen – ze dacht aan haar zuster, Andrea. Dat was niet meer dan logisch.

'Ik had er geen idee van dat jullie een kind wilden hebben,' zei Denise. 'Wanneer ben je uitgeteld, Alex?'

'In augustus.'

'Je vindt het zeker heerlijk.'

Warren glimlachte en pakte Alex hand. 'Dat vinden we allebei.'

Ron zei: 'Denise, je hoeft maar één woord te zeggen en jij en ik kunnen onze eigen kinderen maken. Wat dacht je ervan?'

Ze schudde glimlachend haar hoofd. 'Heb je het Lisa verteld, Warren?'

'Nog niet.'

'Ik denk dat je daar beter niet te lang mee kunt wachten, Warren.'

'Dat zal ik ook niet doen, Denise. Zodra het goede ogenblik is aangebroken.'

'Ze kan geschokt zijn. Heb je daaraan gedacht?'

Ze praten alsof ik er niet bij ben, dacht Alex in een vlaag van irritatie, alsof dit mij allemaal niet aangaat.

Ron zei: 'Hé, Denise, rustig aan, zeg. We zijn iets aan het vieren, hoor.'

Denise kreeg een kleur. 'Je hebt gelijk. Sorry. Dit is niet het juiste ogenblik, maar Lisa is gevoelig en er zijn dingen...'

Warren legde zijn hand op de hare. 'Met Lisa komt het wel in orde, Denise. Het komt allemaal wel in orde.'

'Ik wilde alleen maar helpen.' Ze keek Warren aan en toen Alex. 'Gefeliciteerd, allebei. Ik weet zeker dat je een geweldige moeder zult zijn, Alex.'

'Ze is al een geweldige moeder.' Warren glimlachte tegen Alex. 'Dat is haar aangeboren.' Hij kuste haar.

'Dank je wel,' zei Alex zachtjes.
'Natuurlijk,' zei Denise. 'Ik bedoelde alleen met haar eigen kind.' Ze klonk zenuwachtig.
Ron zei: 'Nou, het is geen wonder dat Alex een geweldige moeder is. Ze heeft toch al de hele peuterzaal om op te oefenen.'

Sally Lundquist, de moeder van Bobby, zat op de gecapitonneerde, opvouwbare stoel voor het bureau van Alex in het kantoortje bij het hoofdlokaal toen Alex binnenkwam.
Alex had haar anderhalf jaar geleden officieel leren kennen toen ze Bobby op de peuterzaal had ingeschreven en had haar regelmatig gezien wanneer ze Bobby kwam ophalen in haar kastanjebruine Mercedes. Ze was een zwaargebouwde, te dikke vrouw van eind twintig met steil, lichtbruin haar, dat ter hoogte van haar kin reikte en nog eens extra de nadruk legde op haar toch al ronde gezicht. Ze had roze lippenstift op haar kleine mondje, een korte neus en lichtblauwe ogen, omrand door bleke wimpers.
'Fijn dat u gekomen bent, mevrouw Lundquist,' zei Alex toen ze nog een opvouwbare stoel uitklapte en die naast die van Sally zette. 'Bobby is met een puzzel bezig en Evelyn houdt een oogje in het zeil, dus daarover hoeft u zich geen zorgen te maken.'
De lange en verbazend slanke handen van Sally Lundquist lagen op de gewatteerde, zwartleren tas van Chanel die ze op haar schoot had. 'U zei gisteren door de telefoon dat Bobby regelmatig vecht, dus uiteraard maken Donald en ik ons zorgen. Maar is dat niet normaal voor kinderen van vier?' Ze zei die laatste woorden op een toon van waarom-heb-je-me-hierheen-gesleept?
'Alle kinderen vechten af en toe,' Alex schonk haar een geruststellende, maar toch zelfverzekerde glimlach, hoopte ze. 'Ik heb al een tijdje gemerkt dat Bobby humeurig is. Maar de laatste tijd vecht hij steeds meer, vrijwel dagelijks en... tja... hij lijkt tamelijk ongelukkig. En boos.' Nors, strijdlustig. Een treiterhoofd. Geen woorden die je gemakkelijk tegen een moeder zegt.
Mevrouw Lundquist sloeg haar benen andersom over elkaar. Die waren ook slank en mooi gevormd, een wonderlijke steun voor haar lichaam. 'Bent u psychologe, mevrouw Prescott?' De stem klonk uiterst koel, de irritatie was nu duidelijker en niet meer verborgen.
'Nee. En ik zou ook geen psychologische beoordeling willen geven.' Dat zou niet professioneel zijn. En illegaal. Misschien heeft Evelyn gelijk, bedacht Alex; misschien was het verkeerd om Bobby's moeder te laten komen. Misschien moet ik nu een eind aan dit gesprek maken – ik wilde u alleen op de hoogte brengen,

mevrouw Lundquist. Tot ziens bij het halen en brengen van uw zoontje. Een prettig leven verder.

'Bobby is intelligent,' zei Sally Lundquist. '*Erg* intelligent. We hebben hem laten testen.' Er lag iets uitdagends in de ogen die Alex aankeken en om een bevestiging vroegen.

En nog iets anders. Ongerustheid? Schuldgevoel? Beide waren bekend voor Alex. 'Bobby ìs intelligent. Hij is boven gemiddeld met lezen. Zijn motorische ontwikkeling is ook uitstekend.' Ze zweeg even. 'Maar ik maak me toch ongerust over hem, mevrouw Lundquist. Hij wil niet meedoen aan groepsactiviteiten – spelletjes die je samen doet, het voorleesuurtje, in de kring zitten. Zelfs buiten wil hij niet meedoen met de oefeningen. Hij zit in zijn eentje op de schommel of in de zandbak.' Alex aarzelde. 'Hij schijnt geen vriendjes te hebben, mevrouw Lundquist.'

De moeder van Bobby frunnikte aan de goud met zwart gevlochten ketting van haar tas. 'Moet iedereen dan vrienden hebben? Is het een misdaad om verlegen te zijn, mevrouw Prescott?' Haar glimlach was afstandelijk. 'Ik was verlegen toen ik jong was. Bobby is enig kind, zoals u weet, dus hij gaat niet... hij kan niet...'

Alex gaf geen antwoord. Ze voelde het onuitgesproken verdriet van de vrouw.

'Wordt hij door iemand geplaagd?' wilde Sally Lundquist weten. 'Is dat het? Als hij door iemand wordt geplaagd, wil ik dat weten!' Haar stem klonk schril, bijna hysterisch.

'Hij wordt door niemand geplaagd,' zei Alex zachtjes. 'Voor zover ik weet niet, tenminste.' Ze zweeg. Dit was het moeilijkste gedeelte. 'Ik vroeg me af of u thuis iets bijzonders in zijn gedrag bespeurde, iets dat Bobby's... ongelukkig-zijn zou verklaren.'

Sally Lundquist haalde diep adem. 'Wat suggereert u? Dat... dat het onze schuld is? Dat is belachelijk!'

'Natuurlijk niet.' Voorzichtig, dacht Alex. 'Ik vroeg me alleen af...'

'Donald en ik zijn liefhebbende, zorgzame ouders! Bobby is met de keizersnee geboren, maar ik heb hem zelf gevoed, ook al zeiden de artsen dat ik hem de fles moest geven! En ik heb hem nooit urenlang alleen gelaten met een huishoudster zoals sommige mensen doen. Nooit!'

'Dat begrijp ik,' zei Alex, die het niet helemaal begreep, maar ze wist niet wat ze anders moest zeggen.

'Misschien wordt Bobby op school toch wel geplaagd. Hoe weet u of de andere kinderen niet altijd net hem moeten hebben, of hem uitschelden? Met vechten beginnen? Misschien zou hij het ergens anders meer naar zijn zin hebben! Misschien kan ik hem maar beter nu van school halen en een andere school zoeken!'

Ik pak mijn speeltjes en wil naar huis. Alex was niet beledigd of boos; ze had begrip voor de vrouw tegenover haar wier ogen in tegenspraak waren met de woorden die ze sprak. Alex zei: 'We zouden het jammer vinden als Bobby wegging, maar als u dat wilt...'

'Nee, dat wil ik niet! Ik wil... o, God, ik weet niet wat ik wil!' Plotseling huilde ze, de tranen gleden over haar mollige wangen op haar olijfgroene wollen jurk. Haar neus en ogen werden rood; haar lippen waren verwrongen in een poging het trillen tegen te gaan. Haar oogmake-up begon door te lopen en daardoor begon ze een beetje op een wasbeer te lijken.

Verdriet zou er waardiger moeten uitzien, dacht Alex triest. 'Ik zou u graag willen helpen, mevrouw Lundquist,' zei ze. Zou ze haar arm uitsteken om haar aan te raken? Als een van de kinderen huilde, troostte, streelde en zong ze zachtjes voor hen. *Zeg maar waar het pijn doet. Dan zal ik het weer beter maken.* Hardop zei ze: 'Wilt u erover praten? Kunt u me zeggen wat er aan de hand is?'

Bobby's moeder schudde haar hoofd en beet op haar lippen. Ze maakte haar tas open en rommelde er driftig in tot ze een papieren zakdoek vond, toen veegde ze ruw haar ogen af.

Alex boog zich voorover in haar stoel tot haar knieën bijna die van de andere vrouw raakten. 'Soms zie ik hem met poppen spelen, mevrouw Lundquist. Hij slaat de poppen tegen de muren of op de grond.'

'Het is zo'n lief kind!' fluisterde Sally Lundquist. Haar vingers draaiden de brede, glimmende gouden ring aan haar linkerhand om en om. 'U hebt er geen idee van! Ik hou zo veel van hem en ik vind het zo afschuwelijk wat hem nu overkomt, en ik kan niet... ik kan niet...' Snikkend verborg ze haar hoofd in haar handen.

Probeerde ze Alex te vertellen dat Bobby mishandeld werd? Alex had geen blauwe plekken gezien, maar dat wilde niet zeggen dat die er niet waren. En ze had wel gelezen dat er manieren waren om een kind te slaan zonder sporen achter te laten. 'Wordt hij door iemand geslagen?' vroeg ze, en probeerde de woorden te verzachten, maar voelde ze als een pingpongballetje tegen de muren springen en in de lucht weerkaatsen. Geslagengeslagengeslagengeslagen.

Sally Lundquist keek met een ruk op. 'Niemand slaat Bobby! Het is...' Ze zweeg. Toen ze weer sprak, klonk ze rustig. 'Ik moet weg. Ik zal met Bobby praten dat hij meer met de andere kinderen moet spelen en niet meer vecht. Ik weet zeker dat alles in orde zal komen.'

'Mevrouw Lundquist, heeft u er al eens aan gedacht om hulp te zoeken? Dat zou kunnen helpen. Ik kan u...'

'Ik wil geen hulp zoeken! En ik heb uw hulp of van wie dan ook niet nodig!'

Ze sprong overeind. Haar tas viel op de grond en een tel later lag de inhoud verspreid over het linoleum. Ze ging op haar hurken zitten en begon alles terug in haar tas te proppen. Alex boog zich voorover en vond een lippenstift die onder het bureau was gerold. Ze gaf hem aan de vrouw.

'Dank u.' Sally Lundquist stond op en streek de rok van haar jurk glad. 'Belt u alstublieft niet meer naar huis op, mevrouw Prescott. Ik zal ervoor zorgen dat alles in orde komt met Bobby.' De stem, en de mond met roze lippenstift vochten om zelfbeheersing.

'Mevrouw Lundquist...'

'Alstublieft!' Het was een wanhopig jammerend geluid. 'Niemand slaat Bobby! Bemoeit u zich niet met mijn zaken, verdomme!' Ze draaide zich om en liep snel het kantoor uit.

Alex vroeg zich af: wat nu? Laat ik het voor wat het is? En hoe groot zijn de kansen dat Bobby Lundquist plotseling een voorbeeldig kind wordt? Vergeet 'voorbeeldig' – redelijk gelukkig was al voldoende. Ze stond op het punt het kantoor uit te lopen toen ze een wit papiertje zag liggen, bijna onzichtbaar op het witte linoleum. Het moest uit de tas van Sally Lundquist gevallen zijn. Alex pakte het op en liep snel de straat op, maar de Mercedes was al vertrokken met zijn inzittenden.

Alex liep terug en bekeek het papier. De bovenrand was gescheurd; het papier was vermoedelijk uit een aantekenboekje gescheurd. Er stond geen naam op, alleen een met de hand geschreven telefoonnummer en de letters NOO. Ze draaide het papier om. Er stond niets op de achterkant.

Ze zou Sally Lundquist straks opbellen en haar zeggen dat ze het papiertje had laten vallen, aangenomen natuurlijk dat Alex de kans kreeg om iets te zeggen. De vrouw kon ook gewoon ophangen als ze haar stem hoorde; ze had tegen Alex gezegd haar niet meer thuis op te bellen over Bobby.

Alex keek weer naar het papiertje. Gebruikte ze dit niet als smoes om Sally Lundquist op te bellen en...

En wat?

Alex zuchtte en stopte het papiertje in haar tas.

Hoofdstuk 5

'Hé!' schreeuwde Nicholas. 'Je knijpt me halfdood!'
'Sorry.' Alex liet hem los. Ze had tegen haar jeep Cherokee geleund staan wachten tot zijn school was afgelopen en toen ze hem vol enthousiasme en zorgeloos zwaaiend met zijn Ninja Turtle-lunchtrommeltje over het grasveld had zien springen, had ze wel naar hem toe willen hollen en hem op willen tillen. In plaats daarvan omhelsde ze hem. Blijkbaar te stevig.
'Alles in orde?' vroeg ze. 'Niets gebroken?'
'Nee. Ik ben heel sterk! Kijk maar.' Hij trok zijn rechtermouw op. 'Kijk maar uit, Arnold Schwarzenegger.' Ze zag zijn grijns.
'Kom.'
'Voorin?' vroeg hij hoopvol.
'Nog niet.' Al zou hij in de veiligheidsriemen zitten, ze was toch bang dat hij tegen het dashboard en het handschoenenkastje zou kunnen aanslaan. Ze deed het achterportier open en hij klauterde naar binnen. Ze maakte zijn riem goed vast en zorgde ervoor dat de riem die schuin over zijn borst liep, ver genoeg van zijn hals zat en dat de horizontale riem op zijn heupen rustte en niet op zijn buik.
Onderweg naar huis keek ze af en toe in het achteruitkijkspiegeltje naar Nicholas en telkens dacht ze weer aan Bobby Lundquist en kinderen zoals hij. Ze kon zich niet voorstellen hoe iemand een kind kon mishandelen. En ondanks de ontkenning van Sally Lundquist was Alex ervan overtuigd dat Bobby het slachtoffer van kindermishandeling was. Dat zou het wisselende gedrag van overheersen en zelfopgelegde isolatie verklaren; de woede die in de tekeningen van de jongen tot uiting kwam, in de vechtpartijen met andere kinderen en nog vaker in zijn woede tegen de stomme poppen in de klas.
Toen ze haar oprit in Cabrillo opreed, vroeg ze zich af of hij door zijn vader of zijn moeder werd geslagen? Sally Lundquist was in tranen geweest en angstig. Een bezorgde moeder. Maar stel nou

dat het een pose was? Sally Lundquist was ook boos geweest. 'Bemoeit u zich niet met mijn zaken, verdomme!' had ze gewaarschuwd. En de vader, heette die geen Donald? Alex was hem een paar keer tegengekomen als de kinderen met de auto naar school gebracht werden, maar ze kon zich niet veel van hem herinneren behalve dat hij, net zoals Bobby, donker krulhaar had. Zou ze eens met hem praten? Maar stel dat hij degene was die Bobby mishandelde? Misschien was dat de reden dat Sally Lundquist zo zenuwachtig was geweest.

Evelyn was geschokt geweest toen Alex haar het gesprek met Bobby's moeder had beschreven, maar ze had Alex aangeraden het van zich af te zetten. We hebben geen enkele vorm van bewijs dat er iets aan de hand is, had ze gezegd; misschien is het onze zaak ook niet. Misschien, had Alex gezegd, maar Evelyn was terughoudender en wilde geen risico's lopen, er niet bij betrokken raken. Alex zou eens met Warren over de Lundquists en hun problemen praten. Warren was objectief, verstandig en niet iemand die overhaast handelde. En hij was de vader van een klein jongetje.

Paula stond in de bijkeuken te strijken toen Alex en Nicholas door de zijdeur binnenkwamen. De huishoudster was van gemiddelde lengte, met een vierkante lichaamsbouw en had vrijwel geen middel. In tegenstelling tot haar lichaam had Paula een smal gezicht en een scherpe neus en kin. Haar lichtbruine ogen waren omrand met zwarte eyeliner. Ze had te lang, steil haar; een paar maanden geleden was ze begonnen het in een onnatuurlijke zwarte kleur te verven die haar trekken nog strenger maakten, vooral wanneer ze het in een paardestaart had samengebonden zoals vandaag. (Alex droeg een paardestaart. Ze vroeg zich soms weleens af of de huishoudster haar nadeed. Dan zou ze zich eigenlijk gevleid moeten voelen.)

Alex moest zich steeds voor ogen houden dat Paula achtendertig was, maar zes jaar ouder dan zijzelf. Paula leek op de een of andere manier ouder. Misschien kwam het door haar matroneachtige manier van doen en kleden en haar manier van spreken die vaak stijf en formeel was. Het leek wel alsof ze de last van de hele wereld meetorste op haar schouders.

Alex vroeg zich vaak af of Paula bij Andrea anders was geweest, misschien niet. Ze was weduwe en had geen kinderen. Warren had gezegd dat ze een zwaar leven had gehad. Toen Paula intern bij hen had gewoond, had Alex een ingelijste foto gezien op de toilettafel van de huishoudster. Een opname van haar en haar overleden man.

Daarnaast had een foto van een jong kind gestaan. Warren had Alex verteld dat dit een neefje van Paula was.

'Hoe was het vandaag, Paula?' zei Alex nu.

'Goed, dank je. Hallo, Nicholas, schatje van me.' Paula glimlachte tegen hem. 'Er staat iets te eten voor je op het aanrecht.'

'Dank je!' Hij zette zijn rugzak en lunchtrommeltje op de tegelvloer en liep in de richting van de keuken.

'Je vergeet iets, jongeman.'

Paula boog haar hoofd naar voren voor een kus en wees op haar wang. Nicholas rende naar haar toe en kuste haar. Ze stopte zijn overhemd in zijn broek en streek zijn haren glad met haar vingers.

Alex raakte onverklaarbaar geïrriteerd. 'Is er nog iets bijzonders geweest?' vroeg ze toen Nicholas naar de keuken huppelde.

'Nee. De stijfsel is bijna op.' Paula schudde de bus stijfselspray en richtte die op de nachtjapon op de strijkplank.

Het was een nachtjapon van Alex. Alex aarzelde en zei toen: 'Paula, gebruik alsjeblieft geen stijfsel op die nachtjapon.' Hoe vaak had ze dat al gezegd? Vijf keer? Tien keer? Honderd keer?

'Ik gebruik altijd een beetje stijfsel op nachtjaponnen. U voelt er niets van en het wordt er veel mooier van.' Ze sprayde de voorkant van de nachtjapon en streek handig over de stof.

Zeg iets, hield Alex zichzelf voor. Wees assertief. In plaats daarvan knarsetandde ze, ergerde zich zowel aan Paula als aan zichzelf en liep naar de gang om naar de post te kijken. Paula had die neergelegd, zoals gewoonlijk op grootte van de enveloppen. Alex wist zeker dat ze de enveloppen bekeek om te zien wie de afzender was. Ze had het er laatst nog met Warren over gehad. Hij had gezegd: nou en? Zo lang ze onze post niet leest. Wat heb je toch tegen haar?

Het feit dat ze mij niet mag, had Alex willen zeggen; omdat ze bezwaar tegen me heeft en mij er de schuld van geeft dat zij hier niet langer woont, dat ze hier nog maar twee keer in de week is, dat ze in de bijkeuken moest strijken in plaats van in de kamer die vroeger van haar was. Omdat ze me in het oog houdt, en staat te wachten tot ik een fout maak. Laten we haar ontslaan, Warren; laten we iemand nemen die niet van Andrea hield en niet haar kinderen heeft grootgebracht.

Maar Alex had niets gezegd. Haar gevoelens waren zo vaag en zo onmogelijk om te bewijzen. Als je ze hardop uitsprak, klonk het zo kinderachtig. En dan zou Warren zich ergeren.

Een kwartier later kwam Paula de keuken in en zei dat ze wegging. Alex dronk een glas melk, haar derde die dag. Kalk voor de baby.

'Dank je wel,' zei Alex tegen haar, die graag de deur achter Paula wilde dichtdoen om haar huis weer voor zichzelf te hebben.

'Geen dank. Je drinkt nogal wat melk de laatste tijd, Alex. Je moet uitkijken dat je niet te dik wordt.' Haar lippen vormden een veelbetekenend glimlachje. 'Je nachtjapon is trouwens heel mooi geworden. Tot dinsdag, lieverd.'
'Prettig weekend, Paula.' Kreng, dacht Alex, toen ze de deur achter haar dichtdeed. Dat was niet de eerste duidelijke wenk die ze over Alex' zwangerschap had gemaakt. Ze had blijkbaar de prenatale vitaminen in Alex' medicijnkastje zien staan. Alex had gezien dat de vitaminen en verdere medicijnen anders stonden.

Iedere keer hetzelfde dacht ze, en vroeg zich weer af waarom ze de moed niet had om de vrouw te ontslaan.

Warren kwam na halfzeven thuis, later dan gebruikelijk. Normaal gesproken kwam hij rond zes uur thuis, en ging nog één of twee uur terug naar kantoor als hij werk moest afmaken. Hij had een zware dag gehad zei hij toen hij in de eetkamer aan tafel ging zitten. Wie niet, dacht Alex die merkte dat Lisa nog steeds in die vreemde laat-me-met-rust-stemming was die ze de hele middag al had gehad. Vermoedelijk ruzie met een vriendin, dacht Alex. Of een vriendje? Wanneer begonnen tienermeisjes daarmee? Ze vestigde haar aandacht op haar salade en op de nieuwsberichten die Nicholas tussen zijn happen verschafte door. Na een tijdje merkte ze echter dat Lisa haar zat aan te staren.

'En?' zei Alex ten slotte tegen haar stiefdochter. Ze legde haar vork neer.

'Heb je het tegen mij?' vroeg Lisa.

'Je hebt me zo aan zitten kijken,' Alex glimlachte snel om de scherpte van haar woorden weg te nemen. 'Zit er iets op mijn neus? Weer verf?' Het was een familiegrapje geworden nadat ze met zijn allen naar de polaroid-foto's hadden gekeken die op haar verjaardagsfeest waren genomen.

'Geen verf,' grinnikte Warren.

'Ik zat niet te staren.' Lisa nam een hap van haar hamburger. O, jawel, dacht Alex. 'Sorry, dan vergiste ik me.'

'Je staarde wel, Lisa,' zei Nicholas. 'Ik zag het ook.'

'Nick,' zei Warren op vriendelijke toon. 'Eet je bord leeg.'

'Maar ze staarde wel!'

'Hou je mond, Nicholas!' Lisa keek hem nijdig aan.

'Lisa, een andere toon, graag,' zei Warren.

'Nou, hij begon, hoor.'

'Nietes!'

Jezus, dacht Alex vermoeid. Hoe was het zover gekomen? Ze geeuwde. Ze was nog steeds het grootste gedeelte van de dag erg moe en wilde 's avonds graag belachelijk vroeg naar bed.

'Rotjong!'
'Liegbeest!'
'Lisa!' waarschuwde Warren, de scheidsrechter die zijn geduld begon te verliezen. Hij legde zijn vork neer.
'Hij schold mij ook uit! Waarom ga je tegen mij tekeer? Alleen omdat ik ouder ben? Ik heb daar zo schoon genoeg van!'
'Kunnen we hiermee ophouden?' zei Warren. 'Alsjeblieft. Jullie allebei.'

Alle drie, bedoel je, dacht Alex. Hij sprak tegen zijn kinderen, maar ze had het gevoel dat zij ook een standje kreeg, en beschouwd werd als de aanstichter van het gekibbel. Ze wist dat Warren niet van scènes hield. Hij wilde een rustige, prettige sfeer thuis, dat had hij tijdens een van hun eerste afspraakjes uitgelegd; als advocaat voor echtscheidingzaken zag hij genoeg schreeuwende en vijandige cliënten met hun even luidruchtige tegenstanders.

Lisa nam nog twee happen van haar hamburger en gooide hem toen op haar bord neer. 'Mag ik van tafel? Ik heb veel huiswerk.'
'Je hebt je eten nog niet op,' zei Warren.
'Ik heb geen honger, goed?'

Dat was niet de juiste toon tegenover Warren, wist Alex.
'Nee, dat is niet goed.' Hij keek zijn dochter streng aan. 'We gooien hier in huis geen eten weg. Eet je bord leeg. Dan kun je gaan.'

Alex aarzelde en zei toen: 'Warren, ik kan het wel voor haar bewaren, dan kan ze het morgen als lunch meenemen.'
'Ik wil geen stomme, overgare hamburger als lunch!'

Stilte. Nicholas wilde iets zeggen, maar zweeg na een blik van zijn vader.

'Lisa, bied Alex je verontschuldigingen aan,' zei Warren rustig. Zijn lippen vormden een grimmige streep.

'Laat maar,' zei Alex snel. 'Ze bedoelde het niet zo. Dat weet ik wel.' Was dit het 'tiener-gedoe'?

'Niets te laat-maren. Het was onbeleefd. Lisa...'
'Alex eet geen hamburger. Waarom moet ik dan wel?'
'Omdat jij er een hebt genomen, jongedame, en die op je bord hebt gelegd. En Alex hoeft aan jou geen verantwoording af te leggen over wat ze eet.'

Ik eet geen hamburger omdat ik kotsmisselijk wordt van de geur van vlees en kip en talloze andere dingen. Hardop zei Alex: 'Ik eet gekookte vis, Lisa. Ik hou me aan een licht dieet omdat mijn maag...'

'Lieg niet! Ik ben niet gek! Ik weet wat er aan de hand is, ook al ben ik pas veertien! Ik weet dat je zwanger bent!' Lisa schoof haar stoel achteruit en rende de kamer uit.

'Wat betekent "zwanger"?' vroeg Nick. Zijn gezicht verdween bijna achter het broodje hamburger.
'Ik praat wel met haar.' Warren stond op en liep de kamer uit.
'Nu zijn we nog maar met ons tweetjes, joh,' zei Alex luchtig.
Ze had het warm. Ze nam een slok water en bereidde zich voor op de volgende serie vragen – vijfjarigen hadden altijd vragen – maar Nicholas werkte gestadig het broodje en de friet naar binnen.
Alex keek naar de deur. Wat zei Warren tegen Lisa? En hoe wist Lisa van de baby? Ze was ervan overtuigd dat ze het niet van Warren wist. Hij was geschrokken van Lisa's uitbarsting. Had ze soms ook in Alex' medicijnkastje rondgesnuffeld? Maar toen wist Alex het: Denise. Tante en nichtje waren onafscheidelijk.
'Klaar,' kondigde Nicholas een paar minuten later aan. Hij schoof zijn stoel naar achteren en stond op. 'Mammie?'
Nou komt het. 'Ja?'
'*Ik* vind jouw hamburgers lekker, hoor.'
'Dank je wel.' Ze keek hem na toen hij de kamer uitliep en vroeg zich af of het compliment gemeend was of uit eigenbelang, of allebei. Ze stond er altijd van versteld hoe opvallend kinderen om een positie knokten en gebruik maakten van het uit de gratie vallen van de ander. In de klas gebeurde het regelmatig. Alex was enig kind, maar ze moest aannemen dat het bij broers en zusjes onderling ook gebeurde. Bij volwassenen ook, maar die waren subtieler.
Ze had de tafel al afgeruimd en was in de keuken bezig de borden af te spoelen toen Warren en Lisa binnenkwamen. Alex zag vanuit een ooghoek dat ze hand in hand stonden.
Warren zei: 'Alex, Lisa heeft je iets te zeggen.'
'Ja?' Ze draaide de kraan dicht en draaide zich om terwijl ze haar handen aan een handdoek afdroogde.
'Het spijt me,' zei Lisa en keek naar iets boven Alex' hoofd. 'Ik was boos en gekwetst en... nou ja... geschokt..., denk ik.'
Ze voelt zich verschrikkelijk opgelaten, dacht Alex en voelde een vlaag van medelijden met het meisje. Eerst een stiefmoeder, nu een halfbroer of halfzuster. Het was al moeilijk genoeg om een tiener te zijn zonder deze complicaties er ook nog bij te krijgen.
Warren zei: 'Ik heb Lisa uitgelegd waarom we het haar niet eerder hebben verteld. Dat begrijpt ze nu, hè, liefje?' Hij sloeg zijn arm om zijn dochter en trok haar tegen zich aan. 'In zekere zin is dit nog wel het beste. Nu kunnen we samen plannen voor de baby maken. Lisa vindt het enig dat er een baby komt, Alex.' Nog een omhelzing.
Alex overwoog of ze Lisa ook zou omhelzen, maar zij en Lisa deden dat niet vaak; ze besloot dat het gebaar gekunsteld zou aan-

doen. Ze pakte Lisa's hand. 'Fijn dat je het leuk vindt dat er een baby komt,' zei ze op warme toon. 'En je vader heeft gelijk. Het zal leuk zijn om samen plannen te maken, kleren te kopen en meubels.' Ze had in de garage een geel kinderbedje met spijlen gezien en een bijbehorende commode in Franse stijl (ongetwijfeld nog van Nicholas), maar ze wilde nieuwe meubels – helemaal wit, heel modern – voor de extra kamer naast de slaapkamer van Lisa die ze van plan was in kinderkamer te veranderen. 'Ik zal je raad nodig hebben. En ik reken op je hulp met de baby wanneer die er is.' Alex glimlachte. 'Als je wilt, tenminste.'

'Natuurlijk. Dat lijkt me leuk.' Lisa glimlachte verlegen.

'Goed zo, meisje,' zei Warren. Hij keek haar stralend aan.

Alex zei, naar ze hoopte op nonchalante toon: 'Hoe wist je trouwens dat ik in verwachting was?' Ze zag direct aan de uitdrukking op Lisa's gezicht dat het stellen van die vraag een vergissing was geweest, maar het was te laat om die nu nog ongedaan te maken. En ze wilde het weten.

'Ik wist het gewoon.' Lisa trok haar hand terug uit die van Alex en pakte een olijf uit de houten slakom die op het aanrecht stond. 'Gewoon.'

'Heeft iemand het je verteld? Ik zal op niemand boos worden, Lisa.' De glimlach op Alex' gezicht voelde zo gespannen als een gezichtsmasker dat op het punt van inscheuren staat.

Warren fronste zijn wenkbrauwen. 'Alex, is dit nodig?'

'Ik wilde het alleen weten, Warren.' Ze keek Lisa weer aan.

'Ik weet het niet meer,' mompelde het meisje op norse, monotone toon.

Schei uit, zei Alex bij zichzelf. Maar er was een koppige vasthoudendheid die haar deed doorgaan. 'Heeft Denise het je verteld?'

'Nee!' zei Lisa fel. 'Denise was het niet! Luister, ik heb gezegd dat het me spijt. Ik wil er verder niet meer over praten, oké?' Met een schouderbeweging duwde ze de arm van haar vader weg en liep de kamer uit.

Het wàs Denise. Alex wist dat door de plotselinge kleur die Lisa had gekregen. Ze nam een handdoek en pakte een van de borden die in het houten afdruiprek stonden.

'Was dat nou nodig?' Er lag ongeduld en een spoor van woede in Warrens toon. 'Het heeft me eeuwen gekost om haar te kalmeren.'

Alex smeet de handdoek op het aanrecht neer en draaide zich om om hem aan te kijken. 'Om háár te kalmeren? Zij was degene die onbeleefd was, weet je nog wel? Dat zei je zelf.'

Hij zuchtte en schudde zijn hoofd. 'Dit is moeilijk voor haar, Alex. Dat moet je begrijpen.'

'Je zei dat ze het leuk vond dat er een baby kwam.'

'Dat vindt ze ook, maar het zal een tijdje duren voor ze aan het idee gewend is.' Hij zweeg even. 'Het komt door haar leeftijd, het komt door ons, het komt door... nou ja, het komt door van alles en nog wat.' Hij richtte zijn blik op het aanrecht en gleed met zijn vinger langs de rand van de slakom.

'En dat is nou precies de reden waarom je vroegere schoonzuster haar mond had moeten houden.' Je doet kinderachtig, zei Alex bij zichzelf. Je lijkt wel een van de kinderen uit je peuterzaal. Je zou jezelf naar de hoek moeten sturen, of naar je kamer.

'Jezus, Alex, hou eens op, wil je?' Hij gaf nijdig een draai aan de slakom, toen greep hij er haastig naar voordat de kom een glas omwierp. 'Ik doe mijn uiterste best, maar ik zit wel tussen twee vuren en jij helpt niet bepaald!'

Ze pakte zijn hand. 'Ik weet het, sorry.' Ze liep naar hem toe, sloeg haar armen om zijn hals en kuste hem. 'Ik reageerde te fel. Ik weet niet hoe dat kwam.'

'Weer hormonen?' zei hij even later rustig. Hij glimlachte en streek over haar haren.

Het was haar vergeven. 'Zoiets. Ik zal wel met Lisa praten en me verontschuldigen voor het feit dat ik de slechte stiefmoeder ben.'

'Laat mij met haar praten, Alex. Ik denk dat dat beter is.'

'Goed,' zei ze en vroeg zich af of het wel zo'n goed idee was om Warren weer als tussenpersoon te laten fungeren. De afgelopen twee jaar had ze herhaaldelijk het gevoel gehad dat als zij en Lisa eens rustig konden praten, echt praten, Lisa misschien wel toeschietelijker kon worden en dat ze tot elkaar konden komen. Misschien zelfs wel vrienden worden.

Alex pakte een van de stevige aardewerken borden (dat van Nicholas – hij had al zijn doperwtjes laten liggen) en schraapte de erwtjes in de gootsteen. De olijfgroene kleur deed haar aan de jurk van Sally Lundquist denken en het papiertje dat de vrouw had laten vallen.

Alex liet het bord zakken, spoelde het af, droogde haar handen af, toen haalde ze haar agenda uit haar tas. Onder de L van de adressenlijst achterin de agenda, had ze een geel 3M post-it papiertje geplakt met het privé-telefoonnummer van Sally Lundquist erop. Alex belde haar. Na twee keer overgaan, trad het antwoordapparaat in werking. Ze wachtte op de piep aan het eind van de mededeling en sprak.

'Mevrouw Lundquist, met Alexandra Prescott van de peuterzaal. U hebt vanmiddag bij mij op kantoor...'

'Met Donald Lundquist,' kwam een stem tussendoor. 'Kan ik u helpen?'

Hij klonk aardig, dacht Alex, en vriendelijk. Sally Lundquist had haar man vermoedelijk nog niet over haar gesprek met Alex verteld. 'Hallo, meneer Lundquist. Ik ben de onderwijzeres van Bobby. Mag ik uw vrouw even spreken?'

'Sally is bezig Bobby in bad te doen. Zal ik vragen of ze u terugbelt?'

'O, dat is niet nodig. Ze heeft in mijn kantoor iets op de grond laten vallen en ik wilde voorkomen dat ze zich daar zorgen om zou maken. Ik geef het haar morgen wel wanneer ze Bobby komt halen.'

'Dat zal ik tegen haar zeggen. Erg vriendelijk van u om op te bellen, mevrouw Prescott. Hoe gaat het trouwens met ons jongetje?'

Alex aarzelde. 'Goed, meneer Lundquist. Prima, hoor.' Waarom had ze dat gezegd, vroeg ze zich af toen ze ophing.

Toen ze Nicholas naderhand, voor hij naar bed ging, voorlas, dacht ze weer aan Bobby Lundquist die verre van 'prima' was. Door de grimmige situatie van dat kind bezag ze haar eigen problemen met Lisa in een ander perspectief en besefte Alex hoe gelukkig ze was.

Ze raakte het medaillon aan dat Warren haar had gegeven. Het was een gebaar dat onbewust een gewoonte was geworden.

Hoofdstuk 6

Ze lag op haar bed naar het plafond te staren. *Niet aan denken*, fluisterde ze zachtjes, maar uiteraard kon ze er niet niet aan denken. Dat kwam op hetzelfde neer als wanneer ze zichzelf zou vertellen geen adem meer te halen.

Sinds ze had gehoord dat Alex in verwachting was, had die wetenschap zich als een gloeiende brok in haar borst vastgezet. Het was verkeerd, helemaal verkeerd! Alex had Warren er waarschijnlijk in laten lopen door zwanger te worden, net zoals ze had gedaan toen ze hem erin had laten lopen om met haar te trouwen. Daarom had ze die peuterzaal gekocht – niet omdat ze van kinderen hield, maar omdat ze met Warren wilde trouwen. Ze had steeds gedaan alsof.

Wat was ze toch een enorme huichelaarster! Tegen iedereen glimlachte ze, deed ze vriendelijk, alsof ze interesse had – terwijl ze in werkelijkheid om niemand anders dan zichzelf gaf.

En Warren doorzag haar nog steeds niet! Hij dacht dat ze volmaakt was. 'Engel,' noemde hij haar. 'Lieveling.' Soms kon ze zo woedend worden als ze zag hoe gemakkelijk hij werd beetgenomen, maar het was uiteraard niet zijn schuld. Het was de schuld van Alex.

Tot nu toe had ze zich getroost met de wetenschap dat Warren Alex binnenkort door zou krijgen. Nu was het te laat. Zelfs al zou hij het zien, dan zou hij haar nooit wegsturen. Nu niet meer. Niet zolang ze zijn kind droeg...

Hoofdstuk 7

Woensdag en donderdag kwam Bobby Lundquist niet op school. Alex had graag naar zijn huis willen opbellen, maar wat moest ze dan zeggen? Misschien had Sally Lundquist toch het besluit genomen om Bobby van school te halen, en als dat zo was, dan was dat haar keus.

Op vrijdag kwam Bobby weer. Voor zover Alex of Evelyn konden zien was er geen verbetering in zijn gedrag waarneembaar. Hij zocht zo mogelijk nog meer ruzie dan anders en Alex was het grootste gedeelte van de ochtend en de middag bezig hem bij allerlei kinderen weg te halen met wie hij begon te vechten. Maar ze had ook geen plotselinge ommekeer verwacht; ondanks de belofte van Sally Lundquist om met haar zoon te praten dacht Alex niet dat ze dit ook gedaan had. Of nog zou doen.

Om drie uur wachtte Alex op de speelplaats tot Sally Lundquist met de auto zou komen. Een paar minuten later zag Alex de Mercedes, maar toen ze met Bobby naar de auto liep, zag ze dat er een man in zat, Donald Lundquist. Haar geheugen was goed; hij wàs erg knap, met zijn doordringende blauwe ogen en een gleufje in zijn kin.

Hij zette de motor af en stapte uit de auto. Ze herkende het lichtgrijze pak – een pak van Armani. Warren had er een paar weken geleden net zo een gekocht. Ze vroeg zich af wat Lundquist voor de kost deed. Wat het ook was, hij deed het blijkbaar goed.

'Hallo, knul!' zei Donald Lundquist tegen zijn zoon. Hij tilde hem met een zwaaiend gebaar hoog op en zette hem toen weer op het trottoir. 'Fijne dag gehad?'

'Ja.' Bobby's toon klonk vaag. 'Waar is mammie?'

'Boodschappen doen. Ik was vroeg thuis, dus ik vond dat ik jou wel kon ophalen en dan kunnen we onderweg naar huis bij Baskin Robbins langsgaan om een ijsje te eten. Wat vind je daarvan? Lijkt je dat wat?'

'Ja.' Dezelfde toon.
Donald Lundquist maakte het voorportier open, zette Bobby neer op de stoel en maakte de veiligheidsgordels dicht.
Alex aarzelde, toen zei ze: 'Eigenlijk zou hij op deze leeftijd nog in een kinderzitje moeten zitten. Ik denk dat hij nog onder de twintig kilo is.'
'U hebt gelijk! Ik zeg ook steeds tegen Sally dat ze er een moet kopen. Ik zal het morgen zelf doen.' Hij deed het portier dicht en wendde zich toen tot Alex. 'Dat arme kind,' zei hij kalm. 'Ik geloof niet dat hij me geloofde, hè? Over Sally die boodschappen aan het doen was, bedoel ik.'
'Is alles in orde met uw vrouw?'
'Is ze in orde?' herhaalde hij en haalde toen zijn schouders op. 'Wie zal het zeggen? De ene dag wel, de andere niet...'
Een vrouw in een auto achter de Mercedes toeterde.
Alex zei: 'U mag hier eigenlijk niet parkeren. Het is erg druk rond de tijd dat de kinderen worden opgehaald. Als u wilt praten...'
'Nee, dat hoeft niet. Ik wil Sally niet te lang alleen laten. Ik zal het kort maken. Ze heeft me verteld dat u zich zorgen om Bobby maakt en ik wil u daarvoor bedanken en laat u me alstublieft weten hoe het met hem gaat. Als u denkt dat hij hulp nodig heeft – vakkundige hulp, bedoel ik – tja, laat me dat dan ook weten. Sally... het gaat niet echt goed met Sally op het ogenblik. Van alles. Ik kan er nu niet op in gaan.'
Weer getoeter. De rij auto's achter de Mercedes groeide.
'Meneer Lundquist...'
'Sorry. Ik ga. Het komt erop neer dat Sally nogal labiel is en, tja, ik denk dat dit zijn invloed op Bobby heeft. Maar we komen er wel uit. Dat beloof ik.' Hij liep om de auto heen naar de bestuurderskant en stapte in.
Nadat hij was weggereden, herinnerde Alex zich het papiertje dat ze van plan was geweest aan Sally Lundquist terug te geven.

Zaterdag waren Alex en Warren van plan om met de kinderen een rit van twee uur naar Sea World in Mission Bay te maken, net buiten San Diego. Hoewel Alex nooit naar het themapark was geweest, was Alex liever naar de dierentuin van San Diego gegaan, maar Lisa had beslist dat alle dierentuinen saai waren en Nicholas was enthousiast bij het idee Shamu, de killer whale, te zien.
Alex trok een ruim zittende, witte broek aan van keperstof met elastiek in de taille (de enige broek die nog paste) en een wijde groen katoenen trui die Warren leuk vond. En haar Adidas-sportschoenen – haar voeten waren tenminste niet opgezwollen

door haar zwangerschap. Nog niet. Ze moest deze week echt eens gaan kijken naar zwangerschapskleding. Ze wist niet of er veel keus was in Venice, maar donderdag had ze een afspraak met dr. Pearson en ze had een zaak met zwangerschapskleding in Third Street gezien, niet ver van zijn praktijk.

De telefoon rinkelde twee keer en hield toen op. Iemand moest hem op een ander apparaat hebben opgenomen. Even later kwam Warren hun slaapkamer in met zijn elektrische scheerapparaat in de hand.

'Dat was Denise,' zei hij. 'Zij en Ron denken erover met ons mee te gaan. Ze gaan natuurlijk met hun eigen auto en ze nemen Mona en Stuart misschien mee. Denise zei dat ik even moest vragen of jij daarmee akkoord ging. Dat is wel leuk, denk je niet?'

Dit is je kans, dacht Alex. Zeg dat je er niet mee akkoord gaat, dat het belangrijk is dat we eens alleen met zijn vieren uitgaan, weg van alle goedbedoelende mensen die voortdurende levende herinneringen zijn aan een vroegere echtgenote en een vroeger leven waar ik geen deel van uitmaakte. Dat we nieuwe, gemeenschappelijke ervaringen nodig hebben om de basis voor een gezin te vormen.

'Natuurlijk,' zei Alex. 'Prima, hoor.'

Warren reed in de jeep van Alex. Hij had een spijkerbroek aan, een wit poloshirt, een wit windjek en een zwart petje van de Kings. Alex bedacht weer dat hij er zo aantrekkelijk uitzag.

Het was een plezierige rit en ze ontspande zich. Toen ze in zuidelijke richting over de snelweg naar San Diego reden, wees Warren naar de verschillende plaatsen die ze passeerden – Irvine, San Juan Capistrano, Camp Pendleton, La Jolla. Lisa kon hem niet verstaan; ze had haar ogen dicht en luisterde door de koptelefoon van haar walkman naar de muziek. Nicholas knabbelde aan het snoepgoed dat Alex had uitgedeeld, luisterde naar zijn vader en vroeg een keer of vijf, zes: 'Duurt het nog lang?' Maar Alex vond het niet erg. Af en toe kon ze rechts een glimp van de oceaan opvangen.

Ze was zich tijdens de rit vaag bewust geweest van Rons zwarte Acura achter hen, maar ze was Ron en Denise en de Hutchins vergeten. Maar Alex vond het irritant dat Ron vlak naast hen kwam parkeren toen Warren een plekje had gevonden op de parkeerplaats van Sea World. Onredelijk, hield ze zichzelf voor. Je hebt de kans gehad om nee te zeggen, dame.

Denise en Ron stapten eerst uit de Acura, toen volgden Mona en Stuart, allebei gekleed alsof ze een zeiltocht gingen maken, in nautisch wit met marineblauwe versieringen en bijpassende kapiteinspetten. Arme Stuart, dacht Alex. Hij keek af en toe even achterom en schaamde zich duidelijk er zo opzichtig uit te zien, hoewel Alex moest toegeven dat hij het best kon hebben met zijn lange, slanke figuur. Feitelijk zag hij er gedistingeerd uit. Maar Mona zag er plomp en raar uit, net een enorme witte paddestoel.

Mona staarde ongegeneerd naar Alex' buik – dus Denise had het haar ook verteld – maar het kon Alex niets meer schelen, het kon haar werkelijk niets verdommen, op dat ogenblik wilde ze dat ze gigantische afmetingen had van Warrens kind. Ze keek de vrouw aan en glimlachte. Mona wendde haar blikken af.

Denise kwam naar Alex toe. 'Fijn, dat we vandaag allemaal samen konden gaan, Alex. Ik had er begrip voor gehad als jij en Warren nee hadden gezegd.'

Alex zag en hoorde alleen maar genegenheid in haar stem en in de warme, bruine ogen van Denise. Wat doet het er ook toe, dacht ze. 'Ik vind het leuk dat jullie meegaan.'

Toen ze allemaal in het themapark waren, bestudeerde Mona het programma en de plattegrond die ze allemaal hadden gekregen. 'Als we alles willen zien, moeten we dat wel goed indelen. Stuart, geef me eens een vel papier en je pen.'

'Mam,' zei Denise, 'niemand zegt dat we alles moeten zien. Het is de bedoeling dat we ons ontspannen en een leuke dag hebben.'

'Een heel leuke dag,' zei Ron en kuste haar.

'Shamu!' gilde Nicholas. 'Ik wil Shamu zien!'

Ze bekeken de dolfijnen, een surfshow en een piratenshow. En ten slotte Shamu, de killer whale. Het stadion was afgeladen, Denise en Ron zaten ergens aan de zijkant te vrijen; Mona en Stuart hadden de voorkeur aan een schaduwrijk plekje gegeven. Alex zat in haar eentje op een van de bovenste rijen in het stadion, ver boven de spatzone. Warren (ze kon zich nauwelijks voorstellen dat dit haar man was met de zwaar gesteven overhemden en dure pakken) stond op de begane grond met Lisa en Nicholas en werd drijfnat door de liters water die bij iedere acrobatische sprong en de daaropvolgende duik van Shamu en haar metgezellen uit het bassin golfde.

De middagzon brandde fel op Alex' gezicht en ze voelde zich loom, maar op een prettige manier. Ze stond ervan versteld dat ze van de show en de muziek genoot, van het waarderende ge-oh en ge-ah van het publiek dat applaudisseerde voor de onvoorstelbare prestaties die de walvissen ten beste gaven; de bijna menselijke wisselwerking tussen de trainers en de dieren, iets dat veel verder ging dan het conditioneren van de trainers door kilo's haring en andere kleine vissen in de gapende muilen van de walvissen te werpen. De walvissen zelf, met hun gladde, glanzende zwart-witte lijven, waren prachtig en boeiend – onvoorstelbaar sierlijk voor hun afmetingen en bijna poëtisch in hun snelle, flitsende beweging door het lichtblauwe water. Op een gegeven ogenblik zwommen Shamu en haar jong achter elkaar. Alex vond het ontroerend om te zien. Overal is vruchtbaarheid, dacht ze.

De hoofdtrainer kondigde aan dat hij één kind iets bijzonders zou geven: de kans van zijn leven om op de rug van het reusachtige zoogdier te zitten. De trainer zwom naar de kant en Alex tuurde naar beneden om de gelukkige te zien en het was Nicholas! Ze sprong overeind, haar hart klopte in haar keel en ze stond klaar om de trappen af te rennen. Maar het publiek klapte en zelfs van haar hoge plekje vandaan kon ze zien dat Nicholas grijnsde toen hij bovenop de walvis zat. En toen was hij weer terug in Warrens armen.

'Heb je me gezien, mam?' schreeuwde Nicholas schril toen Alex beneden bij hem kwam. 'Zag je het? Het was het mooiste van alles! Ik was niet bang, helemaal niet!'

'Je bent geweldig,' zei ze, haar hart klopte nog in haar keel. Zijn kleren waren nat en hij rook naar pekel en vis en ze hield zo veel van hem dat het bijna pijn deed.

'Heb je reservekleren voor hem meegenomen?' vroeg Mona aan Alex.

Nee, dat had ze niet. Eén-nul voor Mona.

'Ik hoop maar dat hij geen kou vat,' zei Mona.

'Maak je geen zorgen, Mona,' zei Warren.

'Zo nat is hij niet, mam,' zei Denise. 'Zijn kleren zijn zo weer opgedroogd.'

Dat maakte het feit goed dat Denise Lisa over de baby had ingelicht. Alex bedankte haar in stilte en herinnerde zich waarom ze de vroegere schoonzuster van haar man zo graag mocht.

Daarna gingen ze naar Captain Kid's World. Warren hield Nicholas in het oog die zich bezighield met allerlei speeltuin attracties. Ron, Denise en Lisa waren een galerij ingelopen en deden spelletjes. Denise en Lisa giechelden zusterlijk. Alex keek er een tijdje met afgunst naar en besefte dat ze jaloers was; toen slenterde ze naar buiten naar een schietgalerij met piraten als doelwit. Ze stopte er een penning in, koos een waterpistool uit en richtte.

'Ik zal je laten zien hoe dat moet,' hoorde ze Ron zeggen. Toen stond hij achter haar met zijn armen om haar heen en richtte haar handen. Ze was zich pijnlijk bewust van zijn nabijheid en van het feit dat zijn armen tegen haar borsten aangedrukt lagen. Ze dacht aan de kus in het restaurant en zette die gedachte snel van zich af, omdat hij bijna verloofd was met Denise. Hij was een beetje te vriendelijk, dat was alles.

Maar ze trok zich los, dwong zich te lachen en zei: 'Dit is gewoon niets voor mij. Doe jij het maar.'

Ze vond Warren die naar Nicholas stond te kijken. De jongen danste op en neer in een grote ruimte vol allerlei gekleurde plastic ballen. Ze kuste hem. Hij sloeg zijn arm om haar heen en ze leunde met haar hoofd tegen zijn schouder. Zalig.

'Moe?' Warren streek haar haren glad.

'Een beetje.'

'Ik haal Nick wel. Wacht hier maar even.' Hij liet haar staan en liep naar de andere kant naar de ingang van de ruimte.

'Alexandra?'

Het was een vrouwenstem, maar Alex herkende de stem niet. Ze roept iemand anders, nam Alex aan.

'Alexandra? Ben jij het?' De eigenares van de stem kwam nu dichterbij.

Alex draaide zich een beetje om, benieuwd om te zien wie er nog meer zo heette en alle kleur trok uit haar gezicht weg op de rode door de zon verbrande plekjes op haar neus en wangen na. Nancy Beekman en haar man! Alex had zich wel weer willen omdraaien om zich ergens te verstoppen, te verdwijnen, maar het was te laat. Nancy had haar in het oog.

'Je bènt het!' De vrouw met het grijze haar wendde zich tot de korte, gezette man bij haar. 'Victor, ik zei toch dat ik haar herkende!'

Victor Beekman scheen daar niet van onder de indruk te zijn. Of hij keek nors, of hij vertrok zijn gezicht tegen de zon. 'Hoe gaat het ermee?'

Alex lachte bijna. Hoe het ermee ging? Ze was misselijk, duizelig van angst. Zag ze dat dan niet? Vanuit een ooghoek zag ze Warren die bezig was Nicks Reeboks dicht te strikken.

'We hebben je ouders vorige week nog in de kerk gezien, lieverd,' ging de vrouw verder. 'Ze hebben niet verteld dat je hier woonde.'

'Ik woon hier niet. Ik ben alleen een dagje uit. Het spijt me, maar ik kan niet blijven praten. Ik ben al laat voor een afspraak.' Ze wist direct dat haar woorden en het slappe smoesje mechanisch klonken, alsof ze een robot was; ze was onbeleefd, maar dat kon haar niet schelen. Ze moest weg, nú.

Ze draaide zich om. Warren en Nicholas kwamen hand in hand aangelopen. Wegrennen, zei Alex tegen zichzelf. Maar waarheen? Binnen een paar seconden zouden Warren en Nicholas bij haar zijn. Ze liep een paar stappen naar hen toe, weg van de familie Beekman. Maar ze wist dat het niet ver genoeg was.

'Alles klaar, schat,' zei Warren. Hij sloeg zijn arm om haar heen. 'Is alles in orde? Je ziet er... een beetje vreemd uit.'

Kon hij voelen dat ze trilde? Ze wist dat meneer en mevrouw Beekman naar haar rug staarden en zich afvroegen wie die knappe man en dat jongetje waren die naar haar toe kwamen. 'Te veel zon.' Ze glimlachte zwakjes.

'Mam, mag ik nog een spelletje daarbinnen doen? Papa zei dat het goed was als jij het goed vond. Alsjeblieft?'

'Waarom ga je niet even met Nick mee, Warren?' vroeg Alex zachtjes. Ga alsjeblieft weg, probeerde ze hem haar wil op te leggen. Alsjeblieft, alsjeblieft, alsjeblieft.

'Ik wist niet dat je hertrouwd was, Alexandra,' zei Nancy Beekman. Ze was dichterbij gekomen. 'Wat heerlijk voor je! Is dit je zoontje? Wat een lieverd.'

Alex draaide zich om en keek haar aan. Ze gaf met tegenzin antwoord alsof haar ieder ogenblik een onbetaalbare schat afgenomen kon worden. 'De zoon van mijn man.'

Warren keek Alex aan met opgetrokken wenkbrauwen van wie-zijn-deze-mensen?

Ze moest hen wel aan elkaar voorstellen. 'Warren, deze mensen komen uit de stad waar ik vroeger heb gewoond. De familie Beekman.' Haar tong voelde dik en zwaar aan. Ze vroeg zich af of ze iets begrijpelijks uitsloeg.

Victor Beekman stak zijn rechterhand uit naar Warren. 'Victor Beekman. Mijn vrouw Nancy. Aangenaam kennis te maken.'

Warren schudde Victor Beekman de hand. 'Het is leuk eindelijk mensen uit Alex' vroegere leven te ontmoeten.' Hij glimlachte breed.

Nicholas zei: 'Papa, mam zei ja, wil je me er dus naar toe brengen?'

'Even wachten, jong.'

Nancy Beekman zei: 'Wanneer ben je getrouwd, kind?'

'Bijna twee jaar geleden.'

'Ik ben verbaasd dat ik daar niets over gehoord heb. Hoewel ik denk dat je, gezien de omstandigheden, het huwelijk in stilte hebt gehouden?' Ze raakte Alex' arm aan. 'We vonden het allemaal zo verschrikkelijk wat er toen is gebeurd.'

'Dank u,' fluisterde Alex. 'Dat is erg aardig van u.' Ze huiverde en transpireerde tegelijkertijd. Kon dat?

'Papa,' zei Nicholas.

'Heb je nog contact met de familie van Larry, kind?'

'Niet veel.' De stem van Alex klonk haar gespannen in de oren.

'Nou, dat kan ik me wel voorstellen,' zei Nancy Beekman be-

drukt. 'Het was zo triest. En ik begrijp dat je bent weggegaan. Ik weet dat het een nachtmerrie voor je was en ik kan je niet zeggen hoe blij we zijn om te zien dat je een nieuw leven voor jezelf hebt opgebouwd.' Ze glimlachte. 'En wat zal je moeder het leuk vinden wanneer ik haar vertel dat ik je ben tegengekomen. In Sea World nog wel. Woon je hier in de buurt?'
Warren zei: 'We wonen in...'
'Papa! Toe nou!' Nicholas trok aan de hand van zijn vader en Alex snikte bijna van opluchting.
Alex zei: 'Meneer en mevrouw Beekman, we moeten nu echt gaan. Het was leuk u weer te zien en ik wens u nog een prettige dag.'
Alex pakte Nicholas bij de hand en liep snel naar de galerij. Ze hoorde Warren zeggen: 'Leuk kennis gemaakt te hebben'. Even later liep hij naast haar. In de galerij zag Nicholas Lisa en Denise en rende naar ze toe. Alex en Warren liepen langzamer door.
'Vanwaar die haast?' vroeg Warren. 'Ze keken een beetje gekwetst, Alex. Het leken aardige mensen.'
Haar oren werden overweldigd door de metaalachtige kakofonie van videospelletjes. 'Ze zíjn aardig, maar ik ben echt moe en ik heb een gruwelijke hoofdpijn. Nancy Beekman kan uren doorgaan. Je kent dat wel.'
'Ik zou het niet erg vinden om te horen hoe jij was als klein meisje met vlechtjes.' Hij grinnikte en gleed met een vinger door haar haren.
'Ik heb nooit vlechten gehad. En zo goed ken ik de familie Beekman ook weer niet.'
'Ze schijnen alles over jou te weten. En over de dood van Larry,' voegde Warren er op kalme toon aan toe. 'Het klinkt alsof iedereen het erg vond.'
Ze had wèrkelijk hoofdpijn. Het leek alsof er met een mes in haar hoofd werd geboord. 'Mensen in een kleine stad voelen zich verwant, Warren. Iedereen weet alles over iedereen. Luister, kunnen we dit onderwerp laten rusten? Alsjeblieft?'
Hij deed hun stilzwijgende overeenkomst geweld aan: zij vroeg niet naar Andrea; hij vroeg niet naar Larry.
'Je bent van streek. Het spijt me,' zei hij vriendelijk. 'Maar ik geloof niet dat het vanwege Larry is. Het komt omdat ze het over je ouders hadden, hè? Je denkt natuurlijk aan ze, en maakt je ongerust over ze. Dat is heel normaal.'
Er was niets normaals aan haar verhouding met haar ouders. 'Ik probeer niet aan ze te denken, Warren.' Af en toe kwam er een gedachte boven, maar ze maakte zich niet echt druk om hun welzijn. Ze schenen star en vol van een koppige arrogantie en eigen-

wijsheid waarvan ze soms weleens wrang bedacht dat die de meeste ziekten nog de baas zouden zijn. Zelfs de dood.

'Alex, ik weet dat je niet met je ouders overweg kunt en ik weet hoe gekwetst je was toen ze zelfs niet naar ons huwelijk wilden komen. Maar misschien dat we ze nu, met de baby op komst, eens hier moesten uitnodigen. Opnieuw beginnen. Denk er eens over.'

'Goed,' zei Alex.

Het was een kleine leugen vergeleken bij de andere, grotere leugens die haar, net zoals de droom, dreigden te verstikken.

Hoofdstuk 8

Alex lag op de beklede blauwwit gestreepte ligstoel op het stuk heldergroene gras dat uitliep op het hek naar het zwembad. Het was zondagmiddag en er was niemand thuis, behalve zij en Warren. Geen kinderen. Geen gezelschap.
Een wonder.
Nou ja, er zou niemand thuis zijn zodra Lisa weg was. Ze ging met Denise en Ron rolschaatsen op de promenade van Venice. Nicholas was naar een verjaarsfeestje. Alex had hem weggebracht, met het ingepakte spelletje Trouble dat ze samen met hem voor het jarige jongetje had gekocht (ze had nog precies zo'n spel voor Nicholas moeten kopen omdat hij de kunst van het geven nog niet begreep en in de winkel verdrietig en dreinerig was geworden).
Warren was in zijn studeerkamer en werkte aan een pleidooi (Alex had al snel begrepen dat hij altijd aan pleidooien werkte). Hij had er Alex eerder die dag van overtuigd dat het een heerlijke dag was om buiten bij het zwembad te zitten.
'We hoeven het water niet in te gaan,' had hij tegen haar gezegd, 'maar het is zo prachtig buiten. En rustig.'
'Eindelijk alleen.' Ze had dramatisch gezucht.
Hij had gegrinnikt. 'Denk je dat we een chaperonne nodig hebben?'
'Dat hangt van je plannen af.'
Toen had hij haar gekust. Het was een lange, hartstochtelijke kus geweest en ze zouden naar bed gegaan zijn als Lisa niet thuis was geweest. In plaats daarvan had Alex haar bikini aangetrokken – haar dikker wordende middel was niet erg aantrekkelijk, bedacht ze, maar niemand zou het zien behalve Warren. Daarna had ze een handdoek, een boek en zonnebrandolie gepakt en was naar buiten gegaan. Warren had beloofd dat hij zo zou komen.
Dat was twintig minuten geleden. Alex draaide zich op haar buik (ze vroeg zich af hoelang ze dat nog zou kunnen doen). Ze lag met

haar gezicht naar het huis toegekeerd en bekeek het één etage hoge pand. De bepleisterde muren waren lichtroze; de deuren en ramen waren donkergrijs omrand. Alex vond het eigenlijk geen bijzonder mooie combinatie, maar zij had de kleuren voor de buitenkant van het huis niet uitgekozen, evenmin als die aan de binnenkant, of de banken, tafels, bedden of snuisterijen of wat dan ook in het huis. Dat had Andrea gedaan. Andrea had alles gekozen, vanaf het behang in de eetkamer met het blauwe en roze bloemetje tot aan de glazen tafel in de eetkamer met de gedraaide witte poot tot aan de met de hand gemaakte, gewatteerde beddesprei die met roze en blauwe bloemen bedrukt was en op het grote tweepersoonsbed had gelegen dat zij en Warren dertien jaar samen hadden gedeeld.

Je mag alles veranderen wat je wilt, had Warren gezegd toen hij en Alex zich verloofd hadden, maar ze had zijn gevoelens niet willen kwetsen of Lisa van streek willen maken of haar leven nog verder in de war sturen dan al het geval was. Een maand voor het huwelijk had ze alleen hun slaapkamer en badkamer opnieuw ingericht, niet alleen om zelf omringd te zijn met kleuren en materialen die zij mooi vond, maar om de kamer waar zij en Warren samen zouden slapen te ontdoen van al zijn herinneringen.

Het behang was vervangen door halfmatte verf. Onder het blauwe vloerkleed was een mooie hardhouten vloer verborgen. Alex had de vloer laten bleken en lakken; een met de hand geweven, crèmekleurig vloerkleed met witte franje beschermde de vloer tegen de beddepoten. Ze had een sprei met een geometrisch patroon besteld met veel lichtgrijs en lichtgroen en eenvoudige doorschijnende gordijnen voor de twee ramen en de openslaande deuren die toegang tot het balkon gaven. Ze had het hoofdeinde, de nachtkastjes, de toilettafel en de kast laten staan. Die waren prachtig en in een uitstekende staat – moderner feitelijk dan de meeste andere dingen die Andrea had uitgekozen; Alex kon het niet over haar hart verkrijgen die meubels weg te doen, hoewel ze wist dat Warren zich niet verzet zou hebben.

Ze had een nieuwe springveren matras voor het grote tweepersoonsbed gekocht. Ze had ook geparfumeerde zeepjes gekocht voor de laden van de kast die van Andrea waren geweest, maar uiteraard was de geur van de overleden vrouw allang verdwenen toen Alex haar kamer betrok.

Alex had weinig veranderd in de keuken, de zitkamer, de eetkamer of de woonkamer – Lisa's domein. (En dat van Paula, de bezitterige manier van doen van dat mens werd ondraaglijk.) In het begin had het op Alex' zenuwen gewerkt om Andrea's invloed overal in het huis te zien, als een geest die stilletjes rondwaart. Na een tijdje had ze het niet meer zo erg gevonden, hoewel ze als ze erover nadacht toch nog vaak het gevoel had naar een gemeubileerd huis te zijn verhuisd. Maar nu de zon vandaag warm op haar rug scheen, wilde ze daar niet aan denken. Ze wilde niet aan Sea World denken en ook niet aan de familie Beekman, maar het was niet zo gemakkelijk om die uit haar hoofd te zetten. Op de terugweg naar Venice had ze vrijwel geen woord gezegd; ze was regelrecht naar bed gegaan onder het voorwendsel dat ze doodmoe was en hoofdpijn had. De volgende ochtend was ze rustiger geweest, maar zelfs nu, terwijl ze in een ligstoel lag, ruim honderdvijftig kilometer van San Diego vandaan, voelde ze hoe haar maag zich samenbalde bij de herinnering aan die ontmoeting, aan wat er gezegd was en wat niet.

Maar dat was alles, hield ze zich voor. Een toevallige ontmoeting, een kans van een op de duizend. Gisteren was het verleden; ze kon zich niet veroorloven de schrikbeelden van al die andere gisterens naar boven te laten komen en haar moeizaam gereconstrueerde leven te laten vernielen. En ze kon niet in de coconachtige bescherming van haar huis blijven. Dat was geen leven.

Er was op de terugweg een ogenblik geweest, toen ze veilig buiten bereik van Nancy Beekmans nieuwsgierigheid was en niet langer verlamd was door angst, dat er vragen bovenkwamen, vragen die Nancy Beekman met plezier beantwoord zou hebben. 'Hoe is het met...?' en 'Waar zijn...?' en 'Wat is er gebeurd met...?' Ze had de vragen van zich af gezet, net zoals ze dat eerder had gedaan met deze en andere vragen die af en toe de kop opstaken, hardnekkig onkruid dat zich een weg wrong door de scheurtjes in haar onwrikbare besluit haar verleden de rug toe te keren. Het eerste jaar was het moeilijkste geweest, toen ze alleen in een flat in Los Angeles had gewoond, ze was voortdurend op haar hoede geweest en had alle verleidelijke gedachten aan haar geboortestad, de straten en mensen die ze haar hele leven al kende en deel van haar leven hadden uitgemaakt met wortel en tak uitgerukt. Ze wist dat als ze dit niet deed, deze ranken tot een tuin van melancholie en spijt zouden opbloeien.

Ze sloot haar ogen en dwong zichzelf te ontspannen. Haar gezicht was nog geen dertig centimeter van het gras vandaan en ze ademde de zoete, kruidige geur in. In de verte hoorde ze een claxon. Ron en Denise, dacht ze. Dat betekende dat Lisa weg zou gaan. Ze hoopte dat Warren gauw naar buiten zou komen, maar ze voelde zich te lui om op te staan en hem te gaan zoeken.

Een paar minuten later hoorde ze het rommelende geluid van de schuifpui die vanuit de woonkamer werd opengemaakt naar de achtertuin, toen het geklepper van Warrens sandalen op de stenen trap en patio die naar de tuin leidde.

'Het werd tijd!' riep ze zachtjes, zonder haar ogen open te doen. 'Wat dacht je van een massage, meneer?' Ze wachtte tot hij bij haar was en glimlachte toen ze zijn handen voelde die haar schouders masseerden. 'Lekker,' zei ze en genoot van de zachte druk; kon het maar eeuwig doorgaan. 'Wil je me een beetje met zonnebrandolie insmeren?'

Met een tiener en een jongetje van vijf jaar in huis, was er niet veel gelegenheid tot flirten. Pak je kans, dacht ze. Ze reikte achter haar rug en nek, maakte de dubbele bandjes van haar bikini bovenstukje los en strekte haar armen voor zich uit. 'Ik wil geen witte strepen.'

'O-oh,' fluisterde hij.

Ze wist dat hij ook glimlachte. Even later voelde ze een koud straaltje op haar rug lopen; ze kromde haar rug instinctief in protest. Warrens hand begon de olie over de huid van haar schouders en rug te smeren, langs de zijkanten van haar middel, de ronde zijkanten van haar volle borsten, naar beneden langs de hele lengte van haar benen, over haar voetzolen en weer naar boven. Nu streelde zijn hand de binnenkant van haar dijen, hij ging steeds hoger. Zijn vingers speelden met het elastiek van haar bikini. Haar ademhaling ging sneller en ze huiverde van genot.

'Ron, tante Denise zegt dat we weggaan.'

Lisa's stem, die uit de richting van de woonkamer kwam, was een supersonische knal die de stille lucht verscheurde.

Alex deed haar ogen snel open. Daar stond Lisa bovenaan de stenen trap die van de woonkamer naar beneden leidde. Maar wat was ze... Alex draaide zich half om naar Warren, maar het was Warren niet, het was Ron! Hij stond naast de ligstoel tegen Alex en haar ontblote borsten te grinniken. Ze was vergeten dat ze de bandjes van haar bikinitopje had losgemaakt.

Jezus, dacht ze, rood van woede en vernedering. Had Lisa het gezien? Alex draaide zich bliksemsnel om en klemde haar bikinitopje tegen haar borst. Maar Lisa was weg.

Op ijskoude toon zei ze zonder enige emotie: 'Denise staat op je te wachten, Ron. Ik denk dat je maar beter kunt gaan.' Met trillende handen frunnikte ze aan de onderste bandjes van de bikini.

'Ik zal je even helpen,' zei Ron. 'Twee paar handen zijn altijd beter dan een paar.'

'Nee, dank je wel! Ik kan het alleen wel af.' Zijn handen lagen op haar heupen. Zijn aanraking brandde op haar huid. Ze draaide zich weg. 'Niet doen!'

Hij lachte. 'Hé! Waar maak je je druk om, Alex? Als ik het me goed herinner, nodigde jíj míj uit om je te... masseren.'

Ze hoorde de grijns en de insinuatie in zijn stem. 'Ik dacht dat jij Warren was.'

'O ja? En hoe had ik dat moeten weten? We hebben een beetje plezier gehad, dat is alles. Er is niets gebeurd. Je beklaagde je niet.'

'Je wist dat ik dacht dat je Warren was! Je hebt misbruik van me gemaakt.' Ik klink als een heldin uit een kasteelroman, dacht Alex. Ze had nu één stel bandjes vastgemaakt en was bezig met de andere. Aan de ene kant wilde ze dit karweitje rekken zodat ze zich niet hoefde om te draaien om Ron aan te kijken. De engerd.

Warrens vriend, de engerd... dat was het probleem. Of gedeeltelijk dan. Had ze hem op de een of andere manier laten denken dat ze dit wilde, niet alleen vandaag, maar een andere keer? Had hij vriendelijkheid voor flirten aangezien? Sprak hij de waarheid dat hij had gedacht dat Alex had geweten dat het Ron was en niet Warren?

'Tja, wat heb ik nou helemaal gedaan, hè?' zei hij. 'Je eerbaarheid is niet geschonden. Ik heb weleens eerder borsten gezien, hoor. Het zijn geen bedreigde diersoorten, hoewel de jouwe behoorlijk indrukwekkend zijn.'

Ze draaide zich om. 'Hoe kon je zo doen, me zo aanraken? Warren is je vriend! Je bent vrijwel verloofd met Denise, godallemachtig.'

'Je maakt van een mug een olifant.' Hij had zijn ogen halfdicht geknepen en stak zijn handen in de zakken van zijn short.

'In Sea World probeerde je me ook aan te raken. Ik wist het toen niet zeker, maar nu wel. In het restaurant heb je je tong in mijn mond gestoken.' Ze trilde, maar haar stem bleef standvastig.

Ron schudde zijn hoofd. 'Je bent werkelijk dol op me, hè? Ik heb weleens gehoord dat zwangere vrouwen gek worden. Al die hormonen slaan op hol en het hele lichaam draait dol. Kom je bij Warren soms niet voldoende aan je trekken, is het hem dat? Sommige mannen vinden zwangere vrouwen niet aantrekkelijk. Ik persoonlijk vind ze verrekte sexy.'

'Je bent walgelijk.' Ze werd van afkeer vervuld door deze man die voor haar stond. Hoe had ze hem ooit aantrekkelijk en aardig kunnen vinden? Arme Denise, dacht ze.

Ron zuchtte, 'Shit, Alex, het leven is te kort om je zo druk te maken over niets. Kalmeer een beetje, wil je?'

'Ron! Schiet op!' Het was Denise.

Alex zei: 'Denk je dat Denise dit "niets" zal vinden? Of Warren?'

'Ik kom, liefje!' riep Ron naar Denise. Hij zwaaide naar haar en wendde zich toen tot Alex. 'Ben je van plan hen iets te vertellen?'

Er streek een windvlaagje door het gras. 'Misschien zou ik dat moeten doen. Misschien heeft Denise er recht op te weten waar ze zich mee inlaat.'

Ron staarde Alex lange tijd aan. Zijn ogen stonden kil en hard; Alex voelde een lichte angst opkomen. Toen glimlachte hij.

'Ga je gang. Maar vergeet niet haar erbij te vertellen hoe lekker je het vond. Zorg ervoor dat je dat Warren ook vertelt. *Ciao.*' Hij slenterde naar de woonkamer.

Klootzak, dacht Alex. Ze voelde zich net zo blootgesteld en vernederd als vijf minuten tevoren.

Warren was tien minuten later nog steeds in de studeerkamer toen Alex het huis weer inliep. Hij was aan het telefoneren.

'Altijd,' zei hij in de hoorn en hing op. Hij keek op en zag Alex in de deuropening staan. 'Dat was Patty.'

'Ik was vergeten dat tegen je te zeggen, Warren. Ze heeft me gevraagd of ze je mocht bellen over een probleem dat ze met haar huisbaas heeft. Ik heb gezegd dat het goed was.'

'Het is goed.' Hij stond op en liep naar haar toe. 'Je hebt het maar opgegeven dat ik nog zou komen, hè?' zei hij schaapachtig. Hij sloeg zijn arm om haar heen. 'Sorry, ik werd afgeleid. Alex, ik beloof je dat ik over een minuut buiten kom.'

'Eigenlijk ben ik een beetje moe. Ik denk dat ik even ga slapen.'

'Je bent kwaad, hè? Ik kan het je niet kwalijk nemen.' Hij wreef met zijn neus in haar hals.

'Ik ben niet kwaad, alleen maar moe.' Ze geeuwde om er de nadruk op te leggen. 'De warmte en zo.' Vertel het hem, beval ze zichzelf. 'Warren, Ron kwam de patio op en...'

'Aardige vent, hè? En Denise is zo verdomd gelukkig.' Warren zuchtte. 'Ron denkt dat ze op het punt staat om ja te zeggen. Hij wil dat ik zijn getuige word. Het zou me niets verbazen als Denise jou als haar getuige vraagt. Geweldig, hè?' Hij grinnikte.

Alex keek hem even aan. 'Geweldig,' zei ze.

Boven trok ze haar bikini uit, nam een douche en trok een short en een ruim vallend T-shirt aan. Ze sloeg de sprei terug en probeerde te slapen, maar de slaap wilde niet komen. Warren kwam de kamer in en ze deed alsof ze sliep. Een tijdje later ging ze naar beneden naar de studeerkamer. Warren zat op een blocnote te schrijven.

'Betrapt,' zei hij. 'Ik ben boven geweest, maar je sliep. Heb je zin om een eindje langs het strand te gaan wandelen?'

'Straks misschien. Ik ga naar mijn atelier.'
'Dat is een goed idee,' Warren glimlachte. 'Veel plezier.'
Haar 'atelier' was naast het washok. Het was een redelijk ruim vertrek met in ruime mate ochtend- en middaglicht. Het was Paula's kamer geweest en een half jaar nadat Alex en Warren waren getrouwd en Paula niet langer intern woonde, had Alex de ruimte gebruikt om er koffers, dozen met boeken, voorraden van de peuterzaal en allerlei spullen neer te zetten. Leeg was de kamer een voortdurende vermaning – een altaar voor Paula de Edelmoedige die door Alex de Verschrikkelijke was verbannen.

Vorige week woensdag had Alex aan Warren gevraagd of hij de rommel naar de garage wilde brengen. Ze had met groeiend enthousiasme wat rondgeneusd in een plaatselijk kunstwinkeltje terwijl ze een ezel, houtskool, pastelkleuren, waterverf, een palet, olieverven, een groot blok schetspapier en verschillende doeken had uitgekozen. Ze had ook een groot plastic zeil gekocht om het tapijt te beschermen. Op den duur zou ze het tapijt wel vervangen door linoleum.

Onderweg naar huis met haar jeep vol aankopen had ze zich plotseling zenuwachtig afgevraagd of dit geen vergissing was, of haar vingers die zo lang niets hadden gedaan, vergeten konden zijn wat ze moesten doen. De eerste penseelstreken waren aarzelend geweest alsof ze een nieuwe minnaar omhelsden, maar ze hadden snel hun ritme gevonden. En ze had een zekere verloren gewaande vrede en tevredenheid gevonden.

De volgende dag had ze een kleine ezel gekocht, schetspapier en een doos kleurpotloden voor Nicholas die direct geboeid was geweest door het atelier en had hem voorzichtig duidelijk gemaakt dat de kamer en de voorraden verboden terrein waren.

'Kan ik hier bij jou tekenen?' had Nicholas gevraagd.

'Soms. En soms wil ik alleen zijn wanneer ik teken. Afgesproken, Nicholas?'

'Goed.' Hij knikte plechtig. 'Kun je me nu tekenen?'

Ze schetste snel zijn gezicht. 'Dat ben ik!' had hij uitgeroepen, grinnikte en rende ermee weg om het Warren te laten zien. Ze had er ook een voor Lisa gemaakt. Het meisje staarde naar de schets en toen naar Alex.

'Je bent echt goed,' zei ze kalm.

Lag er trots in haar ogen? 'Dank je wel,' zei Alex.

N Alex in het atelier zat, pakte ze haar schetsboek en ging in kleermakerszit op het beige ribfluwelen bedbankje zitten. Ze staarde naar het lege maagdelijke vel papier, toen scheurde ze het eruit en prikte het op haar ezel over een pastelkleurig stilleven heen waar ze aan gewerkt had. Ze pakte een stuk houtskool; haar handen begonnen met snelle, donkere, nijdige halen over het papier te bewegen. Een half uur later was ze klaar. Ze deed een stap terug en staarde naar de dreigende gelijkenis van Ron Gilman met overdreven spierbundels en een wellustige blik. Hij zag er belachelijk uit. Ze voelde zich stukken beter.

Ze stond op het punt om het papier van de ezel af te halen toen ze voelde dat iemand achter haar in de deuropening naar de gang stond. Ze draaide zich om. Het was Lisa.

Alex was zich in hoge mate bewust van Rons wellustige gezicht en gespierde lichaam op het vel papier en blokkeerde het zicht op de ezel. Ze glimlachte. 'Heb je een leuke middag gehad?'

'Ja, hoor.'

'Heb je honger? Ik kan een sandwich voor je maken. Ik heb er zelf trouwens ook wel zin in. Ik ben op de een of andere manier vergeten te lunchen en ik heb een reuze honger.'

'Nee, dank je.' Lisa verdween uit de deuropening.

Geweldig, dacht Alex, en zuchtte. Sinds de 'hamburger' confrontatie en verzoening was Lisa vriendelijk geweest, maar niet uitbundig en hoewel Alex het meisje nog steeds van tijd tot tijd naar haar zag staren, schreef ze dat toe aan gewone tienernieuwsgierigheid. Nu was Lisa abrupt en kortaf.

Het kwam door de gebeurtenis met Ron, bedacht Alex. Ze rukte de schets van de ezel, verfrommelde hem en gooide hem in de prullenmand. Ze zocht in de kamers beneden. Geen Lisa. Ze ging naar boven en klopte op de gesloten deur van de kamer van het meisje.

'Mag ik binnenkomen, Lisa?'

'Ga je gang.'

Alex maakte de deur open en liep naar binnen. De roze kamer noemde ze het. Vrijwel alles was lichtroze – het vloerkleed, de tulpen op het behang, de geplooide sprei en hemel van het bed, de geplooide zonwering, de lamp op de toilettafel, de prullenmand. De meubels waren wit met roze handvatten. Iedere keer als Alex de kamer binnenkwam, kreeg ze een gevoel alsof ze werd opgeslokt door een enorme suikerspin.

Lisa zat aan haar bureau. Ze draaide zich niet om toen Alex binnenkwam. Alex liep naar haar toe.

'Lisa, kunnen we even praten?'

'Waarover?'

'Kun je je omdraaien? Ik vind het prettiger om je aan te kijken als ik tegen je praat.' Ze bleef glimlachen toen Lisa zich omdraaide en haar aankeek. 'Lisa, ik heb het idee dat er iets is dat je dwars zit.'

'Wie heeft dat gezegd?' Ze peuterde aan de nagelriem van haar duim.

'Ik heb gewoon het idee.'
Lisa haalde haar schouders op.
'Je wilt me zelfs niet aankijken.'
'Vorige keer klaagde je dat ik je zat aan te staren.'
Alex balde haar vuisten en ontspande zich weer. 'Je bent boos op me. Kun me niet vertellen waarom? Wat het ook is, we kunnen er beter over praten.' Maar was dat waar? Het zou moeilijk en lastig zijn voor Alex om haar veertienjarige stiefdochter uit te leggen wat er gebeurd was. En zou het meisje haar geloven?
Geen reactie van Lisa.
'Lisa, soms komen mensen in compromitterende situaties terecht. Dat betekent dat een situatie eruit kan zien alsof iemand iets verkeerd doet, terwijl hij – of zij – in werkelijkheid volkomen onschuldig is. Begrijp je wat ik bedoel?'
Lisa draaide zich weer naar haar bureau. 'Ik heb veel huiswerk.'
Het was een kort bevel om te gaan en bijzonder doeltreffend. Alex had het gevoel alsof Lisa haar een klap in haar gezicht had gegeven. Ze liep de kamer uit en deed de deur achter zich dicht. Ze was ongerust omdat Lisa haar niets had laten uitleggen en was om dezelfde reden opgelucht.
Die rottige Ron Gilman ook, dat onvolwassen, verwaande zwijn.
En dat rottige lot dat met haar speelde. Twee dagen geleden leek alles prima te gaan. Haar leven was eindelijk in rustig vaarwater gekomen en ze had zichzelf bijna overtuigd dat ze niet meer hoefde om te kijken naar haar verleden. En toen had het lot de Beekmans op haar pad gebracht.
Niet dat ze echt in het lot geloofde. De ontmoeting met de familie Beekman was toeval, dat was alles. En Ron was gewoon een wellustige zak. Wie volgt, vroeg ze zich geïrriteerd af.
Niets, zei ze snel bij zichzelf, bang dat ze het niet-bestaande lot dat ze net had afgezworen in verzoeking zou brengen. Er komt niets of niemand meer.
Ze raakte automatisch even het medaillon aan ter geruststelling.

Nicholas kwam doodmoe terug van zijn feestje. Hij had het fijn gehad zei hij, maar het fluitje in zijn snoepzak werkte niet en kon Alex een andere voor hem kopen?
'Ja, hoor,' zei ze tegen hem.
Naderhand liet ze het bad vollopen in de badkamer bij zijn slaapkamer. In de afgelopen maanden had hij een schaamtegevoel ontwikkeld ten opzichte van zijn lichaam, dus wachtte ze in de deuropening van de badkamer terwijl hij zijn ondergoed uittrok.
'Ik stap erin!' riep hij.

'Voorzichtig. Eerst één voet erin en twee handen op de badrand, en dan de andere voet.'
'Dat weet ik.' Even later: 'Ik zit erin.'
Ze liep de badkamer in en knielde op de blauwe badmat naast het witte bad. Ze keek toe hoe hij zijn armen met een washandje inzeepte, zijn borst en stevige benen. Ze had het graag voor hem gedaan, maar hij was trots op zijn onafhankelijkheid.
'Ik was mijn oren,' kondigde hij aan en ze moest glimlachen.
Hij waste zijn haren, maar liet haar het schuim eruit spoelen met een douche die aan de kraan verbonden zat. Toen ging hij liggen en liet zijn hoofd zakken tot alleen zijn gezicht boven water was. Ze wist dat hij op zijn armen steunde, maar ze vond het altijd moeilijk hem niet in de rug te steunen. Zijn donkere haren dreven als leeuwemanen om zijn gezicht.
Hij kwam grinikend overeind. 'Helemaal klaar.'
Ze draaide zich om en stond op, toen pakte ze een dikke, blauwe badhanddoek die op het toiletdeksel lag.
'Klaar.' Hij stond met zijn rug naar haar toe. 'Niet kijken.'
'Dat doe ik niet.'
Met de handdoek opengespreid voor zich, boog ze zich naar hem toe. Ze wikkelde hem in de handdoek, tilde hem op, droeg hem naar zijn bed en genoot van de geur van zijn haar en lichaam, en zijn gladde natte huid. Hij sprong neer toen ze hem voorzichtig op bed neerzette en giechelde.
Ze ging naar beneden om het eten klaar te maken. Onderweg naar de keuken bleef ze even bij het atelier staan om haar voorraden weg te zetten. De prullenmand lag vol afgekeurde pogingen van verschillende dagen. En haar schets van Ron Gilman. Ze wilde hem graag nog een keer zien voor ze hem aan de vergetelheid prijsgaf en ging met haar hand in de rommel op zoek naar de verfrommelde bal die zijn gezicht was geweest.
De schets was er niet.
Ze rommelde door de papieren, vouwde twee proppen open, maar geen van beide was Ron. Ze ging terug naar boven naar de kamer van Nicholas en klopte op de deur.
'Binnen!'
Ze maakte de deur open en liep naar binnen. 'Nick, toen jij van je feest terugkwam, heb je toen iets uit de prullenmand in mijn atelier weggenomen?'
'Natuurlijk niet. Je hebt gezegd dat ik dat niet mag.'
Natuurlijk niet. 'Mooi. Dat was ik vergeten. Dank je.'
Lisa had hem genomen. Alex had het al geweten nog voordat ze het Nicholas had gevraagd.

Hoofdstuk 9

Alex wist niet zeker of ze wel juist handelde toen ze maandagochtend naar het huis van Denise reed. Ze had Warren om raad willen vragen, maar had uiteindelijk besloten hem erbuiten te laten. Warren mocht Ron; zij wilde niet dat het de oorzaak zou worden van het einde van hun vriendschap. Misschien kreeg Warren dan een hekel aan haar. En misschien dacht hij dat ze te fel reageerde – of wat nog erger was – dat ze Ron had aangemoedigd. En hoe kon ze uitleggen dat ze niet had geweten dat ze door de handen van een andere man was aangeraakt?
Ze had de gebeurtenis graag van zich af gezet, maar ze droeg de wetenschap met zich mee. En Lisa had de schets van Ron, dat wist Alex zeker. Stel dat Lisa Denise vertelde over de schets en wat ze had gezien – of dacht te hebben gezien? Lisa stond haar tante heel na – iedereen zei dat ze net zusjes waren.
Het kon natuurlijk zijn dat Denise niet thuis was, bedacht Alex toen ze Linnie inreed, de smalle straat waar Denise woonde; misschien was ze bij een cliënt. Maar de BMW (Alex wist dat ze die van haar ouders had gekregen) stond op de oprit. Misschien was het een teken.
Alex parkeerde de jeep voor het huis en liep het korte tegelpad op. Ze vroeg zich af waarom Denise niet een huis dichter bij haar ouders in Pacific Palisades had gezocht, een rijke strandgemeenschap in het zuiden – was dat omdat ze nu dichter bij Warren en de kinderen kon zijn? Maar volgens Warren had Denise de voorkeur aan Venice gegeven omdat er hier meer vrijgezellen woonden. Het huis was net als de auto een geschenk van Denises ouders. Een heel duur geschenk – de kleine bungalow lag op een gunstig gelegen perceel dat grensde aan het Linniekanaal. Stuart Hutchins had het een goede investering gevonden.
Een jaar geleden had Denise het over een pasgebouwd huis met een verdieping langs het Shermankanaal gehad dat bij executie verkocht zou worden.

Hadden Warren en Alex daar interesse in? Warren was geïnteresseerd en Lisa was enthousiast geweest over een verhuizing. Maar het was te duur geweest en Alex had het niet erg gevonden. De kanalen waren schilderachtig en charmant, als ze langs Dell Avenue wandelde met Warren en de kinderen had ze die meer dan eens vanaf de bruggen gezien die Dell vormde, maar ze had geen behoefte aan een kanaal in haar achtertuin. En ze wilde eigenlijk ook niet bij Denise om de hoek wonen.

Paula kwam openmaken. Alex schrok er een beetje van, ze was even vergeten dat Paula op maandag, woensdag en donderdag ook voor Denise werkte.

'Goedemorgen Alex. Hoe gaat het ermee?' Paula's zware gestalte vulde de hele deuropening op en ze maakte geen enkele beweging om Alex binnen te laten.

Alex besefte dat ze op haar plaats gezet werd, dat ze haar liet weten dat dit niet haar terrein was. 'Goed hoor, Paula. Ik wilde Denise even spreken.'

'Ik zal zeggen dat je er bent,' Paula liep weg.

Alex ging naar binnen. Even later verscheen Denise. Ze droeg een lichtgroen joggingpak en haar blonde haar was naar achteren in een paardestaart getrokken. Alex bedacht dat ze net zo oud leek als Lisa.

'Alex! Wat een verrassing!' Plotseling kwam er een frons op Denises gezicht. 'Er is toch niets met de kinderen, hè?'

'Alles is in orde met ze. Ik kwam even langs op weg naar mijn werk. Ik wil iets met je bespreken.'

Denise keek haar met haar bruine ogen nieuwsgierig aan. 'Prima.'

Ze gingen in de zitkamer zitten. Alex was verschillende keren met Warren bij Denise geweest, maar weer viel haar de eenvoudige schoonheid van de kamer en de meubels op. De muren waren lichtcrème. Op een oosters tapijt met een sierlijk bloemmotief stonden tegenover elkaar twee licht perzikkleurige tweezitsbankjes van ruwe zijde met een vierkante glazen tafel ertussenin met een heldere, doorzichtige poot. Een hoek werd gedomineerd door een slanke zwarte vleugel. Boven de smaragdgroene open haard hing een Chagall. Warren had Alex verteld dat net zoals alle kunststukken in het huis van Hutchinson senior, het een originele steendruk betrof. Het viel Alex op dat Denises joggingpak paste bij het groen van de bloemen op het oosterse tapijt.

'Leuk dat je langs kwam,' zei Denise. 'Ik was toch van plan je in de loop van deze week op te bellen.' Ze glimlachte en legde haar hand op die van Alex. 'Ik wilde een feestje geven ter ere van je zwangerschap.'

O, God! Dit maakte het nog veel moeilijker. 'Denise...'
'Het is geen moeite, geloof me. We houden het buiten, een lunch, als je dat leuk vindt. Geef me alleen een lijst met namen van mensen die je graag zou uitnodigen en dan zorg ik voor de rest. Het wordt vast heel leuk.' Weer een glimlach.

Alex deed ook een poging tot glimlachen. 'Dat is heel attent van je, Denise. Mag ik er nog even over denken?' Over vijf minuten zou Denise er misschien veel minder zin in hebben om een feestje te geven ter ere van Alex' zwangerschap. Of wat dan ook.

Denise legde haar wijsvinger tegen haar lippen. 'Je bent toch niet bijgelovig, hè? Over feestjes ter ere van zwangerschappen, bedoel ik?'

'Nee.'

'Mooi. Sommige mensen zijn dat wel. Die denken dat een feestje ongeluk brengt. Ik vind dat nogal dom.' Ze glimlachte weer. 'Maar vertel eens waarom je hier bent.'

Alex sloeg haar ogen neer en keek naar de Lalique-pauw die op tafel stond. 'Dit is moeilijk, Denise,' begon ze op zachte toon. 'Ik weet niet eens zeker of ik het je wel moet vertellen.'

'Me wàt vertellen?'

Alex keek haar niet aan, maar ze wist dat de glimlach was verdwenen van het gezicht van Denise. 'Zondag, toen jullie langskwamen om Lisa op te halen, Ron... heeft Ron met me geflirt.' Alex vertelde haar wat er gebeurd was. 'Ik dacht dat het Warren was,' voegde ze eraan toe. Het klonk haar zelfs zwak in de oren. 'Ik wilde je niet kwetsen, maar ik dacht dat je het moest weten.'

'Natuurlijk.' De stem van Denise klonk zo vlak en onpersoonlijk als glas. 'Heb je het Warren verteld?'

Alex schudde haar hoofd. 'Dan ben ik niet van plan.' Ze legde haar redenen uit. 'Maar ik denk dat Lisa ons gezien heeft. Ik heb het er naderhand nog in bedekte termen over gehad, maar ik weet het niet...'

De stilte leek wel tastbaar.

'Tja,' zei Denise ten slotte. Het woord klonk als een zucht. 'Dat was dan Rons eeuwige liefde voor mij, hè?'

'Misschien heb ik wat overdreven gereageerd,' zei Alex die het verdriet op Denises gezicht zag. 'Misschien had ik niet moeten komen.'

'Dat denk je niet echt, anders was je niet hier geweest.'

Alex gaf geen antwoord.

'Ik denk dat ik je dankbaar zou moeten zijn,' zei Denise. 'Ik kan het maar beter nu weten, hè?' Ze zweeg even. 'Weet je wat gek is? Ik voel me alsof ik een zwaar pak rammel heb gehad. Tien minuten geleden wist ik nog helemaal niet of ik wel met Ron wilde trouwen. Hij is erg knap en charmant en bijzonder succesvol, maar hij is me een beetje te glad, weet je?' Haar lippen vormden een halve glimlach. 'Ik denk dat je het wel weet.'

Alex kreeg een kleur. 'Denise...'

Denise stond op. 'Bedankt dat je langs gekomen bent, Alex. Dat meen ik. Ik begrijp dat het moeilijk voor je was.'

'Misschien moet je eens met Ron praten. Misschien beseft hij niet...'

'Alex, wil je nu alsjeblieft gaan? Want ik wil hier werkelijk, werkelijk, werkelijk niet meer over praten, goed?'

Alex raakte Denises hand aan. 'Het spijt me, Denise.'

Denise liep de prachtig gemeubileerde zitkamer uit en verdween.

Alex liet zelfzelf uit.

'En, wat denk je ervan?' vroeg Alex aan Evelyn.

Ze zaten in kleermakerszit op de grond in de klas. Het was rusttijd. Alle geel met witte rolgordijntjes voor de ramen waren dicht en hulden de ruimte in een zacht, vredig, gezellig halfdonker. De meeste peuters sliepen, sommigen met de duim in de mond. Een paar koppige kinderen lagen op hun donkerblauwe vinylmatjes met hun ogen open. Telkens wanneer Alex of Evelyn in hun richting keek, gingen de oogjes snel dicht. Patty was vroeg gekomen; ze sopte de tafels af die kleverig waren van de lunch.

'Evelyn?' hield Alex aan.

'Sorry. Ik zat na te denken. Wat je daar vertelt is ongelooflijk. Waarom zou hij dat doen?'

'Ik kan niet slapen!' huilde een klein meisje.

Alex stond half op, maar zag dat Patty zich naar het kind toe haastte. 'Geen idee. Hij is ziek. Of hij houdt van de spanning. Of misschien vindt hij het niet zo belangrijk.' Ze haalde haar schouders op. 'Ik vind het afschuwelijk voor Denise. Je had haar moeten zien. En wat doe ik met Warren? Moet ik het hem vertellen? Of vergeet ik dat het ooit gebeurd is?' Niet dat ze dat kon. Ze zou zich nooit meer op haar gemak voelen als Ron in de buurt was. En hoe moest ze dat voor Warren verbergen?

'Mijn mening? Zeg niets tegen Warren. Zijn ego zal er vermoedelijk door gekwetst raken. En wat Denise betreft...'

De zijdeur vloog open en sloeg weer dicht. Alex en Evelyn draaiden zich om. Patty draaide zich ook om.

Het was Donald Lundquist. Alex herkende hem in het halve donker. Ze kwam overeind en haastte zich naar hem toe.

'Meneer Lundquist,' fluisterde ze, 'alle kinderen...'

'Waar is Bobby?' wilde hij weten. Zijn knappe gezicht was doorploegd met bezorgde rimpels. 'Die is vandaag niet op school gekomen. Ik denk dat hij ziek is.' 'Ik ben naar huis gegaan om naar Sally te kijken want die voelde zich niet goed, maar daar was ze niet. Er waren wat kleren verdwenen. Bobby's spullen waren ook weg. Ik wil mijn vrouw en mijn zoon vinden!'

Was Sally Lundquist weggelopen met Bobby? Waarom? Alex zag zijn donkere krulhaar voor zich en zijn prachtige gezichtje, zo ongelukkig en verloren. Alex hoorde achter zich bedrijvigheid en troostend gesis van Evelyn en Patty.

'Meneer Lundquist, we storen de kinderen. Zullen we even buiten gaan praten?' Ze maakte de deur open, leidde hem resoluut naar buiten en trok toen de deur achter zich dicht. Ze knipperde in het plotselinge zonlicht. Voor de school stond een zilverkleurige Jaguar geparkeerd. Vermoedelijk de auto van Lundquist, dacht ze.

'Kan uw vrouw niet naar familie op bezoek zijn?' vroeg Alex.

'Ik heb haar ouders in Arizona opgebeld. Die hebben niets van haar gehoord. Haar auto staat op de oprit, dus ze moet een taxi genomen hebben. Ik heb met de buren gepraat. Niemand heeft iets gezien.'

'En vrienden?' stelde Alex voor.

'Die weten niets.' Hij drukte zijn hand tegen zijn voorhoofd. 'Ik maak me nog het meeste zorgen omdat ik niet weet wat Sally zal doen. Ik heb u vorige week verteld dat ze het nauwelijks aan kan.' Hij staarde Alex aan. 'Ze heeft vorige week met u gesproken. Heeft ze iets gezegd over weggaan?'

Alex schudde haar hoofd.

'Waar heeft u over gesproken? Misschien kom ik er dan achter wat er is gebeurd.'

'We hebben het over Bobby gehad.' Ze zag het gezicht van de vader verstrakken. 'Bobby is niet gelukkig, meneer Lundquist. Hij vecht met andere kinderen. Hij heeft problemen met zich aan te passen.'

Donald Lundquist knikte en zuchtte toen. 'Arm kind. Hij verdient beter. Wat zei Sally?'

'Uw vrouw was wanhopig, meneer Lundquist. Ze huilde. Ik stelde voor dat ze professionele hulp zocht.'

'Wat heeft ze u nog meer verteld?'

'Niets meer.'

'Ze moet iets gezegd hebben.' Er klonk een wanhopig aandringen in zijn stem. 'Ze moet u verteld hebben waarom Bobby van streek was.'

Alex schudde haar hoofd. 'Ze zei dat u beiden liefhebbende, zorgzame ouders waren. Dat Bobby een erg lieve jongen was.' Ze aarzelde. 'Ik had het gevoel dat ze me iets wilde vertellen, maar het niet kon.'

Lundquist fronste zijn wenkbrauwen. 'Wat wilde ze vertellen?'

'Ik weet het niet. Ik heb aangedrongen. Toen begon ze te huilen.'

Alex zag in gedachten het betraande, vlekkerige gezicht van Sally Lundquist voor zich, zag haar uit haar stoel overeind springen, hoorde het vallen van de voorwerpen die uit haar tas op de grond vielen. Een lippenstift. Een poederdoos. Plotseling herinnerde ze zich het papiertje dat Sally had laten vallen. Een papiertje met een nummer van zeven cijfers en de letters NOO erop. Het papiertje lag in Alex' bureau, in de middelste la. Het was vermoedelijk niets. Maar toch... Ze voelde dat Lundquist haar stond aan te staren.

'U herinnerde zich net iets, hè?'

'Ik weet niet zeker of het...'

'Zeg op!'

Alex kromp in elkaar door zijn toon.

'Sorry,' zei hij snel. Hij streek met zijn vingers door zijn donkere haar. 'Ik ben ook helemaal van streek, mevrouw Prescott. Ik ben wanhopig op zoek naar een aanknopingspunt, wat dan ook. Dat begrijpt u toch zeker wel.'

'Natuurlijk.' Ze merkte dat ze Donald Lundquist niet mocht. Ze mocht hem helemaal niet.

'Dus u kunt ook begrijpen waarom ik uw hulp nodig heb. Wat herinnerde u zich?' vroeg hij kalm.

'Het spijt me.' Ze schudde haar hoofd. 'Ik dacht dat me iets te binnen schoot, maar het is weer weg.' Ze probeerde een sympathieke, maar meelevende glimlach te produceren.

'U liegt! U weet waar ze is, hè? Vertel me waar ze zijn!'

'Meneer Lundquist...'

Hij pakte haar bij haar arm. 'U helpt haar, hè?'

Ze voelde een vlaag van angst. 'U doet me pijn. Laat me los.' Ze probeerde haar arm te bewegen.

Hij verstevigde zijn greep. 'Wat heeft ze u verteld, dat ik haar sloeg? Heeft ze dat gezegd?'

'Nee. Laat me los,' herhaalde ze vastbesloten.

Hij lachte en liet haar arm los. 'Reken maar van wel. Ik kan het aan uw gezicht zien. Ze is naar zo'n verdomd vrouwenopvangtehuis gegaan, hè? Ze heeft ermee gedreigd om dat te doen, de vette zeug.'

Het was nu allemaal zo duidelijk – een ongeruste, bijna hysterische moeder; een vijandig, gewelddadig, antisociaal kind. Moeder en kind waren de slachtoffers van de man die voor Alex stond.

'Luister,' zei Donald Lundquist, 'vertel me waar ze is, mevrouw Prescott. Ik wil alleen maar met haar praten. Heb ik niet het recht om met mijn vrouw te praten? En om mijn kind te zien?'
Zijn stem had de honingzoete, zogenaamd verzoenende toon die Alex zo goed kende. *Toe nou, Alex. Geef me nog een kans.* 'Ik weet niet waar uw vrouw is,' zei ze tegen Lundquist.
Hij wees met zijn vinger naar haar. 'U hebt haar hiertoe aangezet, hè? Is dat de professionele hulp die u haar aanraadde te zoeken? U en al die andere feministische krengen die huwelijken verzieken? Ik wil mijn vrouw terug! Ik wil mijn vrouw en mijn zoon terug!'
Zijn gezicht was maar een paar centimeter van het hare verwijderd. Ze verzette zich uit alle macht om niet terug te deinzen. 'Ik wil dat u vertrekt, meneer Lundquist. Nu, voor ik de politie bel.'
'U hoeft de politie niet te bellen, dame, want ik bel ze op. Die zullen dezelfde vragen stellen die ik u heb gesteld en u zult ze moeten beantwoorden. En als ze me niet helpen om Sally en Bobby te vinden, neem ik een privé-detective in de arm om ze te zoeken. Ik zal alles op alles zetten.'
'Dat is goed,' Ze reikte achter zich naar de deurknop.
'U geniet hiervan, hè? U geeft dit zeker aan Sally door nadat ik weg ben?'
Alex zuchtte: 'Meneer Lundquist, voor de laatste keer, ik weet niet waar uw vrouw is.'
Hij knikte. 'Jawel. Ik weet dat u liegt. Ik zag het op uw gezicht. Ik waarschuw u, mevrouw Prescott. Vertel me waar ze zijn, of ik maak korte metten met u en uw verdomde school.'
Alex draaide de knop om, duwde de deur open, liep snel naar binnen en deed de deur dicht. Ze draaide hem met trillende handen op slot.
'Je denkt dat ik het niet meen, hè?' schreeuwde hij door de deur, 'Ik zorg ervoor dat je kunt sluiten, bemoeizuchtig kreng! Denk je dat ik dat niet kan?'
De deur trilde door zijn gebons.
Evelyn liep snel naar Alex toe. 'Wat is er aan de hand?' fluisterde ze. 'Patty en ik hoorden al dat geschreeuw. De kinderen ook. Ze zijn bang.'
Alex zag dat alle kinderen op hun matjes overeind zaten en Patty liep bij hen heen en weer. Tussen het bonzen van Lundquist op de deur, hoorde Alex het gehuil.
Het gebons hield op. De plotselinge stilte was nog angstaanjagender dan het lawaai.
'Ga naar het kantoor en zorg ervoor dat de achterdeur op slot is,' fluisterde Alex. 'Ik leg het straks wel uit.'

Evelyn liep snel weg en kwam even later terug. 'Klaar. Zal ik de politie bellen?'

'Wacht even.' Alex liep naar een van de ramen die op straat uitkeek en gluurde tussen de gesloten jaloezieën. Er was geen spoor te bekennen van Donald Lundquist of de Jaguar die ze een paar minuten geleden voor de school geparkeerd had zien staan.

'Hij is weg,' zei ze. Voorlopig, voegde ze er bij zichzelf aan toe.

Nadat ze Evelyn en Patty had geholpen de kinderen te kalmeren, liep Alex naar haar kantoor. Ze haalde het papier te voorschijn uit haar bureaula dat Sally Lundquist had laten vallen en draaide het nummer dat erop stond.

Een vrouw nam op. 'Ja?'

'Met Alexandra Prescott. Kan ik Sally Lundquist even spreken?'

'U hebt het verkeerde nummer gedraaid.'

'Is dit 555-6803?'

'Ja. Maar hier woont niemand die zo heet. Het spijt me.'

'Bent u...?'

De vrouw had opgehangen. De pieptoon klonk in Alex' oren. Ze vouwde het papiertje op en stopte het in haar tas.

'Duw de belletjes eruit,' zei Alex tegen Nicholas.

Het was na het eten en ze waren in de keuken bezig een appeltaart te maken. Nicholas stond op een keukentrapje en rolde de deegrol heen en weer over het deeg dat Alex had gemaakt en op het met bloem bestoven Tupperware-plastic laken had gelegd.

'Zo?' vroeg Nicholas, zonder op te kijken.

'Prima.' Ze boog zich voorover en drukte haar neus in zijn nek. Ze hield van deze enigszins zure, kleine-jongetjesgeur.

'Mammie!' Hij giechelde en fronste toen zijn wenkbrauwen. 'Ik kan zo niet opletten en dan moet ik straks helemaal opnieuw beginnen.'

'Eén kusje,' verlangde ze. 'Een echte.'

'Goed.' Hij draaide zich naar haar toe, legde zijn handpalmen op haar wangen en kuste haar.

'Heerlijk.'

De telefoon ging. Alex veegde haar handen aan een stuk keukenpapier af en pakte de telefoon op die aan de muur hing. 'Hallo?'

'Kreng dat je bent!'

Ze kromp in elkaar door de woede die in de stem doorklonk. Hoe was Lundquist aan haar privé-telefoonnummer gekomen?

'Luister, als u me niet met rust laat...'

'Je moest het haar vertellen, hè?'

Het was Lundquist niet. Het was Ron. Ze keek even naar Nicholas. Die was bezig met deegrollen. 'Het spijt me,' zei ze bijna fluisterend, 'maar ik vind dat Denise het recht had om het te weten. Ik begrijp dat je kwaad bent...'

'Nou, dat is toch aardig van je! Ik zal je eens wat vertellen. Zo snel ben ik niet van het toneel verdwenen, liefje. Denise neemt me terug. Dat verzeker ik je. Jij houdt je erbuiten. Dan bemoei ik me ook niet meer met jou, oké?'

'Ik hoop dat het lukt.'

'Dat zal best wel.' Hij lachte op een akelige manier. 'Weet je, ik heb verdomd met Warren te doen. Van wat ik hoor was Andrea een geweldige vrouw, niet een of ander bazig, moraliserend, emotioneel over haar toeren geraakt feministisch kreng dat zich met andermans zaken bemoeide.'

Ze bedacht vermoeid dat het een record moest zijn om op één dag door twee mannen een bemoeizuchtig feministisch kreng genoemd te worden. Ze voelde dat Nicholas naar haar keek en ze probeerde haar stem vriendelijk te houden. 'Goedenavond,' zei ze.

'Goedenavond, bekijk het. Ik ben nog niet klaar. Jij...'

Ze had zin de hoorn op het toestel te smijten. In plaats daarvan legde ze hem rustig neer. Toen ze zich naar Nicholas toewendde, zag ze dat Warren het vertrek was binnengekomen. Hij liep naar het aanrecht waar Nicholas aan het werk was, plukte wat deeg van de rand en stak het in zijn mond.

'Hé! Je verprutst mijn werk!' zei Nicholas. 'En we kunnen geen rauw deeg eten. Mama zegt dat je daar ziek van wordt.'

'O, nee!' Warren pakte zijn buik beet en kreunde.

Nicholas lachte. 'Papa, je bent gek!'

'Wie, ik?' Warrens wenkbrauwen vormden grappige boogjes. Hij wendde zich tot Alex. 'Wie had je aan de telefoon?'

'Evelyn,' zei ze automatisch. Ze voelde zich misselijk en dat kwam niet van het rauwe deeg. Ze voelde dat ze een kleur kreeg.

'Je zou je gezicht eens moeten zien,' zei Warren.

Wist hij dat ze loog? 'Warren...'

'Je zit onder de bloem.' Hij schudde grinnikend zijn hoofd, toen pakte hij een stuk keukenpapier, maakte het nat onder de kraan en veegde het gezicht van Alex ermee af. Zijn grijns verdween. 'Wat is er, Alex? Heeft Evelyn iets gezegd?'

'Ik moet steeds aan Donald Lundquist denken.' Dat was geen leugen. Ze had steeds weer aan hun ontmoeting moeten denken, ze voelde zijn hand nog die haar arm beetpakte, hoorde het gebons op de deur van de peuterzaal.

'Zijn vrouw en zoon zijn vermoedelijk in veiligheid, waar ze ook zijn. En er is een grote kans dat hij niet terugkomt. Als hij wèl komt, of als je je echt zorgen maakt, bel de politie dan.'

'Is dat een slechte man?' vroeg Nicholas. Hij was van het trapje afgestapt en kwam dichter naar Alex en Warren toe.

'Het is een boze man, lieverd,' zei Alex. En vermoedelijk een slechte man, hoewel, wie kon 'slecht' omschrijven? Was Ron 'slecht'?

'Waarom is hij boos op jou, mammie?' Nicholas pakte Alex' hand en draaide zich om naar Warren. 'Papa, je laat hem mammie toch geen pijn doen, hè?'

'Natuurlijk niet, Nick.' Hij sloeg zijn arm om zijn zoon. 'Niemand gaat mammie pijn doen. Of een van ons.'

Hoofdstuk 10

Het warme water werkte kalmerend. Ze zat in bad en liet zich naar beneden glijden tot alleen haar hoofd boven water was. Ze deed haar ogen dicht, liet de stoom rond haar hoofd draaien en voelde de spanning wijken.
Alex zou weggaan. Warren zou natuurlijk van streek zijn; Nicholas zou ook verdrietig zijn, maar dat zou niet lang duren. Ze zouden aan haar afwezigheid wennen, Warren was immers ook over Andrea heen gekomen, en dan zou alles worden zoals het was, zoals het geweest was voordat Alex was gekomen en zich met haar lieve maniertjes in hun leven had gedrongen met haar prachtige gezicht en prachtige lichaam en prachtige lange, dikke, zwarte haar. Net zoals dat van Hester Prynne. Hester Prynne was ook een verleidster geweest, maar die was tenminste gebrandmerkt geweest, zodat iedereen wist wie ze was.
Alex niet. Alex kon doen wat ze wilde en ermee wegkomen. En één man was niet genoeg voor haar! Zwanger en wel van Warrens kind zat ze te flirten met een andere man, nodigde hem vrijwel uit om met haar te vrijen! Het was walgelijk, absoluut walgelijk zoals ze met haar lichaam pronkte!
Warren verdiende beter. Veel beter.
Het probleem was dat Warren de waarheid niet wist over Alex. Eerst had ze het hem willen vertellen, ze had het hem graag willen vertellen, hij had er recht op om het te weten! Maar ze besefte dat hij haar niet zou geloven. Alex zou hem ertoe brengen te geloven dat ze de volmaakte vrouw en minnares en moeder was. 'O, Warren, ik hou zo veel van je. Ik ben zo blij dat ik jouw kind krijg, hoe kun je ook maar denken...' Zelfs al trok ze buiten, in zijn eigen tuin haar kleren voor een andere man uit!
Ze kon Warren de waarheid niet vertellen, maar ze kon een andere manier zoeken. Ze kon hem een anonieme brief sturen. Of ze kon 'zich vergissen' en hem Alex' versie vertellen van het gebeurde... 'O,

sorry, ik dacht dat je het wist,' zou ze zeggen... en hem zich van alles laten afvragen. En zich misschien zorgen maken.
En als dat niet werkte...
Als dat niet werkte...
Ze drukte haar handen tegen haar slapen alsof ze op die manier de gedachten kon terugduwen naar een verborgen plekje waar ze ze niet kon horen.
Het waren lelijke en slechte gedachten. Ze joegen haar angst aan en ze vroeg zich af of er iets heel ergs met haar aan de hand was. Ze bleef zichzelf voorhouden dat ze Alex geen kwaad wilde doen, dat ze alleen maar wilde dat ze verdween. Meestal geloofde ze dat, maar soms had ze het gevoel dat als Alex niet snel wegging, er iets vreselijks zou gebeuren.

Hoofdstuk 11

Alex verwachtte de volgende ochtend half en half de zilverkleurige Jaguar voor de school te zien staan, maar die was er niet. Opgelucht reed ze de kleine parkeerplaats achter de school op en parkeerde haar jeep.

Met twee volle papieren zakken in haar armen vol vouwwerkjes waar de kinderen die ochtend aan zouden werken, liep ze naar de achterdeur. Ze liet de zakken bijna vallen.
De deur en de deurpost waren versplinterd.
Donald Lundquist.
Haar hart begon te bonken. Ze wist instinctief dat ze de knop niet moest aanraken en duwde tegen het midden van de deur. Die gaf toegang tot een donkere gang.
Ze stond als vastgenageld op de stoep voor de deur. Ze kon naar binnen gaan en de politie bellen, maar stel dat hij er nog was? Ze liep snel naar de jeep, zette de zakken achterin de auto en rende naar de dichtstbijzijnde buren om de politie te bellen.
Binnen een paar minuten snerpte een politiesirene door de vroege ochtendstilte. Het geluid werd harder en schriller, ze haatte het, haatte het vanuit de grond van haar hart, ze had zin om haar handen voor haar oren te houden om het doordringende geluid buiten te sluiten. Ze wachtte met gebalde vuisten voor het huis van de buren op de politieauto.
Twee geüniformeerde agenten stapten uit de auto. De een was jong en zo blond als een surfer; de ander was ouder, kleiner en had een donkere huid. Na even met Alex gesproken te hebben, trokken ze hun wapens en liepen het gebouw in. Een paar minuten later, het scheen haar een eeuwigheid toe, kwamen ze weer te voorschijn.
'Het is leeg,' zei de oudere agent tegen Alex. 'Maar er is behoorlijk wat schade.'
De blonde agent bleef buiten staan. Alex liep achter de oudere man aan het gebouw in en naar haar kantoor toe. De papieren en

mappen die op haar bureau hadden gelegen, lagen overal op het linoleum. De laden van haar bureau waren opengetrokken. Net zoals de laden van het beige metalen archiefkastje in de hoek. Ze liep eerst naar haar bureau toe.

'Mist u iets?' vroeg de agent.

Hij had zichzelf en zijn partner buiten voorgesteld, maar ze had er geen aandacht aan geschonken en kon zich hun namen niet herinneren. Nu vond ze het gênant om het te vragen.

Ze bekeek de inhoud van de laden. 'Ik geloof van niet. Ik bewaar hier niets waardevols. Alleen papieren en rekeningen.'

'En hierin?' Hij wees op het openstaande archiefkastje.

'Ik hou een map bij van onze peuters.' Alex liep naar het archiefkastje en bekeek de mappen. 'Lundquist' lag er nog. Maar ja, Donald Lundquist zou die niet hebben meegenomen en op die manier de aandacht op zichzelf gevestigd hebben. En het feit dat de map er was, betekende nog niet dat hij de inhoud niet had doorgelezen.

'Alles lijkt er te zijn,' zei ze tegen de agent. 'En die grote ruimte?' Had Lundquist die ook onder handen genomen?

'Het is geen prettig gezicht.'

'Geen prettig gezicht' bleek een te zwakke term. Boekenkasten waren ondersteboven gegooid. Posters en werkjes van de kinderen waren van de muren gescheurd. Er zat verf op de tafels, op de muren en vloeren en op de jaloezieën. De vloer was een zee van boeken, krijtjes en speelgoed in alle vormen en maten.

Het zou uren kosten, misschien dagen, om de kamer schoon te krijgen. De werkjes van de kinderen waren vernield. En hoe moest ze dat uitleggen zonder hen angst aan te jagen? Alex voelde de tranen in haar ogen springen. Ze voelde zich intens verdrietig en uitgeput. En woedend. Vreselijk woedend.

'Heeft u enig idee wie dit heeft gedaan, mevrouw?' vroeg de agent.

Ze draaide zich om om hem aan te kijken. 'Donald Lundquist.' Ze vertelde over Bobby Lundquist en zijn te dikke moeder die in tranen was geweest en over haar ontmoeting met de vader gistermiddag.

'Hij denkt dat ik weet waar zijn vrouw en zoon zijn. Hij moet ingebroken hebben om naar iets te zoeken dat hem kon vertellen waar hij hen kon vinden.' De rest was gewoon nijd, of als ze vriendelijk wilde zijn, frustratie. Maar ze wilde niet vriendelijk zijn. Ze zou Donald Lundquist een doffe dreun willen verkopen.

'Wéét u waar zijn vrouw en zoon zijn?'

Alex schudde haar hoofd.

'Het kan Lundquist zijn. Aan de andere kant kunnen het ook kinderen geweest zijn.'

'Het is Lundquist,' hield Alex vol. 'Ik weet het zeker.'
'We zullen eens bij hem langs gaan, kijken of we zijn vingerafdrukken kunnen krijgen. We zullen proberen hier wat vingerafdrukken te vinden. Als ze overeenstemmen, is dat mooi. Zo niet, tja, dan zal het moeilijker zijn om te bewijzen. We zullen in de klas beginnen. Met die verf en zo kunnen we misschien geluk hebben. U kunt trouwens maar beter de ouders opbellen en zeggen dat de school dicht is, althans voor vandaag. Probeer om niets aan te raken, wilt u?'
O God! De ouders! Alex keek op haar horloge. Het was tien minuten over negen. De school ging om halftien open. De meeste ouders zouden al onderweg zijn, maar misschien kon ze er nog een paar bereiken. Terwijl ze snel naar haar kantoor liep om op te gaan bellen, vroeg ze zich af wat ze moest zeggen. Ze wilde het woord vandalisme niet noemen – dat zou de ouders angst aanjagen en laten denken dat de peuterzaal geen veilige plek was. Maar ouders die hun kinderen kwamen afzetten, zouden beseffen dat er iets ernstigs was gebeurd zodra ze de zwartwitte politieauto voor de school zagen staan. En het nieuws zou de ronde doen.

Ze vond de lijst met ouders tussen de papieren die op de grond verspreid lagen. Terwijl ze het eerste nummer draaide, bereidde ze haar verhaal voor: er waren vandalen bezig geweest in de school, misschien waren het kinderen. (Dat was geen leugen, de agent zag het als een mogelijkheid, zelfs al dacht zij iets anders). Ze zou niets over Lundquist zeggen. Een willekeurige inbraak kon; tegenwoordig was het bijna onvermijdelijk. Een ontevreden, uit het lood geslagen ouder was veel angstaanjagender en bracht beelden van meer gewelddadigheid met zich mee.

Evelyn kwam toen Alex haar achtste telefoontje had afgewerkt. (Van de acht ouders, had ze er maar twee kunnen bereiken. 'O, mijn God!' hadden beide moeders gezegd. 'Het zijn die bendes, hè? Ik heb gehoord dat er meer van die lui naar Venice komen!' Alex had de vrouwen niet verbeterd.)

'Wat is er aan de hand?' Evelyns donkere ogen stonden wijd opengesperd van angst. 'De agent buiten zei dat er iemand had ingebroken en vernielingen in de school had aangericht! Wie doet zoiets?'

Alex legde snel uit wat er was gebeurd, toen gaf ze Evelyn de lijst. 'Begin met de Foley's. Zeg tegen iedereen die je kunt bereiken dat de school vandaag dicht is en morgen misschien ook. We laten het ze nog wel weten. Zeg niets over Lundquist, Evelyn.'

'Natuurlijk niet! Mijn God, Alex, die vent moet gek zijn om zoiets te doen! Stel dat hij terugkomt?'

'De hemel verhoede het! Bel jij nou op. Ik ga naar buiten. Ik wil er zijn wanneer de ouders arriveren. Ik wil niet dat ze in paniek raken wanneer ze de politieauto zien.'

Het kostte meer dan een uur voor de laatste ouder was weggereden. Alex had moeten kalmeren, uitleggen en geruststellen. Ze liep, lichamelijk en geestelijk uitgeput, het gebouw in.

Evelyn zocht de papieren bij elkaar die op de grond lagen. Ze vertelde Alex dat de politie nog steeds in de klas bezig was. Alex ging naar ze op zoek.

'Wanneer denkt u dat we kunnen gaan opruimen?' vroeg Alex aan de agenten. Een paar minuten geleden toen ze met de ouders had gesproken, had ze vertrouwen uitgestraald en de schade gebagatelliseerd. Nu ze de puinhoop die van de ene muur tot aan de andere reikte zag, was dat een nieuwe schrik. Ze kreeg weer zin om te gaan huilen.

'Over een paar uur,' zei de oudere rechercheur. 'Als u wilt, kunt u nu naar het politiebureau gaan.'

Ze fronste haar wenkbrauwen. 'Het politiebureau?'

'Ze zullen willen dat u een aanklacht indient.'

'Kunt u niet gewoon vertellen wat ik u heb verteld?'

Hij glimlachte. 'Sorry, nee. Het is trouwens de Pacific Division. Culver Boulevard 12312. Vraag daar naar iemand van de afdeling inbraak. Ik zal opbellen om te zeggen dat u onderweg bent.'

Alex liep terug naar het kantoor. 'Ik moet naar het politiebureau, Evelyn.'

Evelyn keek haar aan. 'Maak je geen zorgen. Ik heb Patty opgebeld. Ze komt helpen. We maken het kantoor in orde. En als de politie klaar is met de klas, gaan we daar beginnen met opruimen.' Toen Alex geen beweging maakte om te gaan, zei Evelyn: 'Ga!' en grinnikte zwakjes.

Alex glimlachte onwillekeurig. 'Dank je wel. Ik zou niet weten wat ik zonder jou moest beginnen.'

De rit naar het politiebureau kostte haar twintig minuten. Eerst moest ze bijna een uur in een kamertje wachten. Toen moest ze rechercheur Dean Brady precies uitleggen wat er was gebeurd, wat ze had aangetroffen en waarom ze Lundquist verdacht.

'Het kan kinderwerk geweest zijn,' zei Brady. Hij draaide aan de punten van zijn snor. 'Dat horen we steeds vaker. In dat geval zou u met iemand van Jeugdzaken moeten spreken.'

'Het waren geen kinderen,' hield Alex vol en probeerde niet geïrriteerd te raken. Waarom gaf iedereen toch de schuld aan kinderen? 'Het was Lundquist. Hij dreigde mijn school te sluiten omdat ik hem niet wilde vertellen waar zijn vrouw en zoon zijn.'

Brady knikte. Toen stelde hij meer vragen. Ten slotte stond hij op en gaf haar een visitekaartje.

'Ik zal u bellen als we iets vinden, mevrouw Prescott. Als u nog iets te binnen schiet, laat het me dan weten.'

De politieauto was weg toen Alex terugkwam bij de peuterzaal. Warrens Lexus stond op de parkeerplaats achter de school. Ze zette haar jeep ernaast, stapte uit en haastte zich naar binnen.

'Warren?' riep ze vanuit de gang.

'Alex?' Even later was hij bij haar en lagen zijn armen om haar heen. 'De klootzak! God, wat erg, Alex.'

Ze liet haar hoofd tegen zijn borst rusten. 'Wie heeft het je verteld?'

'Evelyn heeft naar kantoor opgebeld, maar ik was weg. Ik ben net teruggekomen en toen ik Evelyn opbelde, zei ze dat je naar het politiebureau was. Ik heb daar naartoe opgebeld. Ze zeiden dat je al weg was, dus ben ik hier naar toe gegaan. Hoe was het?'

'Langdradig.' Ze geeuwde. 'Ik ben zo moe.'

'Ga naar huis. Rust wat uit.' Hij masseerde haar nek.

Ze wilde wel voor eeuwig in zijn armen blijven liggen. 'Ik wil proberen alles vandaag schoon te maken, zodat we morgen open kunnen.'

'Dat kunnen de anderen doen. Paula helpt mee. Ik heb naar huis opgebeld om te kijken of je daar was en ik heb haar verteld wat er gebeurd is. Ze bood hulp aan, dus heb ik haar op weg hierheen opgehaald.'

'Dat is aardig van haar.' Voor een keer meende Alex het. Misschien had ze Paula fout beoordeeld.

'Denise is hier ook.'

'Denise?' Alex tilde haar hoofd op.

'Ze belde op om je te spreken en Evelyn vertelde haar wat er was gebeurd. Ze kwam helpen. Typisch Denise, hè?'

'Denise is geweldig,' zei Alex en vroeg zich af of ze haar onder ogen kon komen na gisteren. 'Waar is ze?'

'In de klas bij de anderen. Ga nou maar. Ik bel wel naar kantoor of er nog bijzonderheden zijn.'

Op weg naar de grootste ruimte liep Alex langs de open deur van het kantoor. Het zag er weer gewoon uit – er lagen geen papieren meer op de grond, geen gapend archiefkastje of lege bureauladen. Paula stond voor het bureau met een stapel papieren in haar handen.

'Dank je wel dat je gekomen bent, Paula,' zei Alex.

Paula keek snel op. 'O, Alex! Ik wist niet dat je terug was. Ik ben net bezig dit te sorteren,' zei ze en wees op de papieren. Ze klonk verward. 'Ik ben bijna klaar,' voegde ze eraan toe.

'Het spijt me dat ik je liet schrikken. Ik waardeer dit echt,' Alex glimlachte warm.
'Ik dacht dat je mijn hulp hier beter kon gebruiken dan thuis. Warren vond het een goed idee.'
'Het was een gewèldig idee.' Alex voelde een vlaag van dankbaarheid ten opzichte van de vrouw toen ze de gang verder doorliep.
De klas was nog steeds een puinhoop, maar de vrouwen boekten vooruitgang. Patty lag op haar knieën op de grond stukjes speelgoed in verschillende dozen te sorteren. Evelyn haalde gescheurde tekeningen van de muren. Denise stond op een krukje en maakte de jaloezieën schoon met een spons.
Alex begroette de vrouwen en zei toen: 'Sorry, dat ik zo lang ben weggebleven.'
'Je probeert zeker onder het zware werk uit te komen, hè?' Evelyn glimlachte. 'We dachten al dat ze je gearresteerd hadden.'
'Jullie zijn fantastisch,' zei Alex, die plotseling overweldigd werd door emoties. Ze knipperde tegen de tranen. 'Ik weet niet hoe ik jullie moet bedanken.'
Denise stapte van de kruk af en liep naar Alex toe. 'Ik vind het heel erg, Alex.' Ze pakte haar hand. 'Degene die dit heeft gedaan, is een ongelooflijke rotzak. Om al die dingen van die kinderen te vernielen...' Ze schudde haar hoofd.
'Bedankt dat je bent gekomen om te helpen.' Alex gaf Denises hand een kneepje.
'Ik doe het graag.' Zachtjes zei ze: 'Ik belde je op om te zeggen dat ik blij was dat je gisteren langs bent gekomen. Dat heeft moed gekost en... tja... dank je wel.' Ze beet op haar lip.
'Denise, misschien vergis ik me. Misschien...'
Denise schudde haar hoofd weer en liet Alex' hand los. 'Ik was toch niet zeker van Ron. Ik denk dat hij het belangrijker vond om te proberen samen met mijn vader investeringen te doen dan dat hij oog voor mij had. Maak je alsjeblieft geen zorgen. Ik red het wel. En wat ik gisteren zei, geldt nog steeds. Over dat feestje ter ere van je zwangerschap, bedoel ik.'
'Denise, dat hoeft niet.'
'Wat hoeft niet?' vroeg Warren die bij hen kwam staan. Hij sloeg zijn arm om Alex' middel.
'Een feestje ter ere van de zwangerschap van Alex,' zei Denise glimlachend tegen hem. 'Heeft Alex je dat niet verteld? Ik wil dat graag gaan organiseren.'
'Dat klinkt als een prima idee,' zei Warren. 'Zolang ik er maar niet bij hoef te zijn.' Hij grinnikte.

'Dat is een enig idee!' zei Evelyn. 'Ik wil graag helpen.' Ze hield opgerolde posters in haar hand.

'O, dat is lief van je, Evelyn,' zei Denise en wendde zich tot haar, 'maar mijn moeder heeft al hulp aangeboden en die heeft de neiging de leiding te nemen.'

'Dat geeft niet. Dat begrijp ik wel.'

Evelyns glimlach was gespannen, en Alex hoorde aan haar stem dat ze gekwetst was. Ze denkt dat Denise haar afwijst, dacht Alex en vroeg zich af of Denise dat deed, of dat Evelyn overgevoelig was. Ze vroeg zich ook af wanneer Mona betrokken was geraakt bij het feestje. Kon ze er maar onderuit komen.

Warren ging weg – hij kon niet helpen schoonmaken met zijn pak aan. Alex werkte een paar uur, toen gaf ze tegenover de anderen toe dat ze uitgeput was en naar huis ging.

'Kom niet terug,' waarschuwde Evelyn. 'We laten je niet binnen.'

Alex haalde Nicholas op onderweg naar huis. Ze was die ochtend van plan geweest hem na schooltijd mee te nemen om boodschappen te doen, maar in plaats daarvan reed ze regelrecht naar huis. Ze zou Warren vragen om een pizza mee te nemen voor het avondeten.

Eenmaal binnen ging ze naar boven, strikte haar sportschoenen los en trok haar sokken uit. Ze liep op blote voeten de trap af en de keuken in waar Nicholas op zijn hapje na schooltijd zat te wachten. Ze schonk twee glazen melk in – halfvolle melk voor Nicholas, magere melk voor zichzelf – en sneed twee stukken van de appeltaart die ze gisteren samen hadden gebakken.

Toen Nicholas klaar was, spoelde Alex de glazen om. Ze was verschrikkelijk moe – ze kon haar ogen nauwelijks openhouden – en ze zou graag naar boven zijn gegaan om een dutje te doen, maar ze kon Nicholas niet alleen laten. Ze liep met hem naar de studeerkamer en ging op de bank liggen, haar benen omhoog op de leuning terwijl hij *Sesamstraat* aanzette. Ze deed haar ogen dicht.

De telefoon ging. Ze reikte naar het apparaat dat op een glazen bijzettafeltje achter haar stond en luisterde in de hoorn. 'Hallo?' Ze slikte een geeuw in.

'Waar is ze, mevrouw Prescott?'

Het was Lundquist. Ze kwam snel overeind en zwaaide haar benen van de bank. Ze had de hele dag honderden verwensingen bedacht die ze hem naar zijn hoofd wilde slingeren. Nu was ze te moe om te praten.

'Ik weet niet waar uw vrouw is, meneer Lundquist. U hebt mijn school voor niets vernield.'

'Ik weet niet waar u het over heeft, mevrouw Prescott. Ik ben niet bij uw school in de buurt geweest.'

Ze hoorde het neerbuigende vermaak in zijn stem. Ze voelde dat hij erop stond te wachten dat ze tegen hem tekeer zou gaan, tegen hem zou gillen. Ze vroeg zich af of dit het soort leven was dat Sally en Bobby Lundquist dagelijks meemaakten. Ze zei niets.

'Ik vind haar, weet u. Ik heb een rechercheur in de arm genomen. En ik zoek alles over u uit, mevrouw Prescott. Waar u vandaan komt. Wat uw geheimen zijn. Alles. En dan ga ik u vernietigen.'

'Waarom?' Haar vraag werd deels opgeroepen door angst, deels door een wonderlijke, afstandelijke nieuwsgierigheid.

'Omdat u me niet vertelt waar ze is.'

'Maar ik...' Ze besefte dat ze tegen een kiestoon sprak. Wat deed het er trouwens toe? Wat ze ook zei, Lundquist was toch niet te overtuigen dat ze niet wist waar zijn vrouw was. Hij wilde geloven dat Alex loog. Hij moest iemand kwellen, iemand straffen. Zijn vrouw was buiten zijn bereik. Alex was een prima vervangster. Bof ik even, dacht ze.

Ze hing de telefoon op en stond op van de bank. 'Ik ben zo terug,' zei ze tegen Nicholas die knikte terwijl hij naar Ernie en Bert luisterde.

Ze liep boven naar de slaapkamer, deed de deur dicht en liep naar haar toilettafel. Ze maakte de la open en haalde de grijze envelop eruit.

Alles zat er nog in. Het was zotheid om te denken dat het anders zou zijn.

Hoofdstuk 12

'Wat denk je ervan?' vroeg Evelyn woensdagochtend.
'Onvoorstelbaar,' zei Alex, en keek om zich heen.
De klas zag er weer als vanouds uit. Bijna als vanouds – geen van de kindertekeningen was te redden geweest en de muren waren kaal, afgezien van een nieuwe groeikaart en sterrenkaart die Evelyn had getekend.
De versplinterde achterdeur was tenminste te redden geweest; de timmerman die Alex gisteren had opgebeld, was bezig hem te repareren. Ze had even overwogen een alarm te installeren, maar er was weinig van materiële waarde in het gebouw. En degene die haar school had vernield, was het om de intimidatie en straf te doen geweest, niet om diefstal.
'Ik kan me niet voorstellen dat jullie dit gisteren allemaal hebben gedaan, Ev. Het zag er zo hopeloos uit.'
'Iedereen heeft geholpen. Lisa was trouwens geweldig. Bedank haar alsjeblieft nogmaals voor haar hulp met het stencilen van de kaarten, wil je?'
Toen Alex gisteravond na het eten had gezegd dat ze naar Evelyn en Patty op de peuterzaal ging, had Warren erop gestaan dat ze thuis zou blijven.
'Je bent uitgeput,' had hij gezegd, 'ik ga wel.' Toen hij beneden was gekomen, nadat hij zich had verkleed in een spijkerbroek en een trui, had Lisa aangeboden mee te gaan.
'Mooi zo, meisje,' zei Warren, die daar duidelijk blij om was. Lisa had gestraald bij zijn goedkeuring.
'Mag ik ook mee?' vroeg Nicholas.
Warren glimlachte. 'Jij moet thuisblijven en op mammie passen. Afgesproken, knul?' Hij maakte Nicholas' haar in de war.
'Goed.'
'Dat is erg attent van je, Lisa,' zei Alex en dacht, misschien zijn we eindelijk over de gebeurtenis met Ron heen. Lisa zei: 'Oké,

hoor,' maar ze keek Alex nauwelijks aan. Het gaat er haar niet om dat ze mij helpt, besefte Alex; ze wil gewoon bij haar vader zijn. En wat is daar fout aan?

Vijf kinderen kwamen die ochtend niet – 'er heerst iets' hadden hun moeders Alex verteld toen ze gisteravond had opgebeld om te zeggen dat de school vandaag weer open zou zijn. Alex vroeg zich af of het 'heersen' een latente angst was dat degene die de school had vernield, weer zou toeslaan.

Ze had eerder die ochtend met rechercheur Brady gesproken. Hij had haar verteld dat er geen bruikbare vingerafdrukken waren. Sorry. Hij zou haar opbellen nadat hij met Lundquist had gesproken. Wanneer is dat, had ze gevraagd. Vandaag nog, had Brady geantwoord en ze dacht dat hij geïrriteerd klonk. Ze vertelde hem dat Lundquist haar thuis had opgebeld. Had hij iets toegegeven? Brady had het met een spoor van interesse in zijn stem gevraagd en ze had nee moeten zeggen. Het klinkt alsof hij geen dreigementen meer heeft, mevrouw Prescott, zei Brady. Laat u niet door hem van streek brengen.

Dat had Warren ook gezegd toen Alex hem over het telefoontje van Lundquist had verteld. Laat hem maar een rechercheur in de arm nemen, had hij gezegd en over haar haren gestreken. Wat zal hij uitvinden, dat je door de FBI gezocht wordt? En natuurlijk had ze moeten glimlachen.

Brady en Warren hebben gelijk, zei ze vastbesloten bij zichzelf terwijl ze papier in verschillende geometrische vormen knipte. Lundquist probeert me gewoon angst aan te jagen.

De peuters kwamen al snel binnen. Gewoonlijk zetten de ouders hun kinderen voor de ingang af (Alex, Evelyn of de assistente stond altijd buiten te wachten) en reden weg. Maar vandaag bleven de meeste ouders hangen, stelden meer vragen over de gebeurtenis en wilde opnieuw gerustgesteld worden. Verschillende moeders parkeerden hun auto's en begeleidden hun kinderen de klas in, ongetwijfeld om zelf vast te stellen dat hun kinderen in een veilige omgeving zouden spelen zonder resten van gewelddadigheid. Alex kon het ze niet kwalijk nemen.

De kinderen reageerden verschillend op de kale muren. Een paar schenen het niet te zien en nadat ze hun lunchtrommeltje en truien in hun vakjes hadden geschoven, liepen ze regelrecht naar de planken met hun lievelingsspeelgoed. De meesten vroegen wat er was gebeurd. Alex legde het zo eenvoudig mogelijk uit en was opgelucht toen ze begrijpend knikten en het accepteerden. Een jongetje van drie huilde ontroostbaar over het verlies van zijn tekening. Alex wilde dat Donald Lundquist hier was om dit jongetje te zien, maar ze zag in dat het Lundquist niets zou kunnen schelen.

Binnen een half uur zaten de kinderen weer in hun gewone routine. Alex bewonderde hun veerkracht. Verschillende keren wanneer ze langs de tafeltjes liep en de verscheidene tekeningen bekeek (ze zag dat de muren opnieuw bedekt zouden worden met 'meesterwerken' voor de dag voorbij zou zijn), passeerde ze de ramen die op straat uitkeken en keek ze naar buiten terwijl ze zich afvroeg wat ze moest doen als ze de zilverkleurige Jaguar zag.

Vlak voor twaalf uur 's middags zag ze hem. Of dat dacht ze tenminste. Hij reed langzaam door de straat voor de school. De chauffeur was een man, maar ze kon niet zien of het Lundquist was. De Jaguar stopte even en reed toen snel weg. Misschien was het gewoon toeval, besloot ze.

Vijf minuten later was de auto er weer en ze wist dat het Lundquist was. In eerste instantie wilde ze rechercheur Brady opbellen, maar toen dacht ze aan de politieauto's en de sirenes die zeker zouden verschijnen. Dat zou de kinderen schrik aanjagen. De ouders ook. Alex had ze eenmaal gerustgesteld. De tweede keer zou aanzienlijk moeilijker worden. Eén ouder zou zijn kind van school afhalen. Dan nog één. En nog één... Ze kende het patroon maar al te goed.

De Jaguar reed weer weg, een zilverkleurige flits tegen de donkergroene muur van cypressen aan de overkant van de straat. Als hij nog een keer terugkomt, bel ik, besloot Alex. Maar ze zag de auto niet meer.

Tijdens het rustuurtje liet Alex de leiding aan Evelyn over en ging naar het kantoor om rekeningen te betalen. Ze schreef een cheque voor de maandelijkse hypotheeklasten, nog één voor gas en elektriciteit. Ze haalde uit de onderste linkerla een map waar 'Telefoon' op stond en maakte die open. Er zat een stapel telefoonrekeningen in van Pacific Bell en AT&T. Ze pakte de bovenste, bekeek het eindbedrag en fronste haar wenkbrauwen.

Dit was de rekening van januari; die had ze al betaald en de rekening van februari. Waar was de rekening van maart? Ze herinnerde zich de verspreid liggende papieren op de grond. Misschien hadden de telefoonrekeningen daartussen gelegen en had degene die ze bij elkaar had gezocht ze niet op datum neergelegd?

Ze bladerde door de stapel, bekeek de data, maar er was geen rekening van maart. Of van februari. Plotseling begreep ze wat er was gebeurd. Lundquist had de rekeningen meegenomen. Hij was ervan overtuigd dat Alex wist waar zijn vrouw en zoon waren. Hij hoopte vermoedelijk dat de plek via een interlokaal gesprek te bereiken zou zijn en op de telefoonrekeningen van Alex zou staan.

Hij gaat ieder nummer opbellen en proberen uit te zoeken met wie hij spreekt. Dat zou ik doen. Nou en, zei ze bij zichzelf, maar haar handen trilden toen ze de map dichtdeed.

Ze pakte de hoorn op en draaide een nummer in een andere stad, maar toen de receptioniste opnam, hing Alex snel op. Ze stelde zich aan, vertelde ze zichzelf. Donald Lundquist was niet in haar geïnteresseerd. En al zou hij dit nummer bellen, dan zou hij nog niets te weten komen.

Ze pakte een andere, ongeëtiketteerde map achter uit de la (was het verbeelding of lag die een beetje scheef?), legde die op haar schoot en maakte hem open. Haar vingers waren klam terwijl ze de reçu's van de cheques natelde, maar die waren er allemaal. De eerste keer dat ze telde, had ze gedacht dat er een ontbrak, maar die had vastgeplakt gezeten aan een andere. Haar oren suisden – hyperventilatie, vermoedde ze – en ze ademde bewust langzaam en hield zich voor dat alles in orde was, de cheques waren er allemaal. Voor de zoveelste keer overwoog ze alles te verscheuren (misschien zouden de nachtmerries ophouden als ze dat deed, dacht ze weleens), maar ze kon het niet. Ze waren de enige tastbare band met het leven dat ze had afgesloten.

Zoals de nachtmerries en de spullen in de grijze envelop, vormden ze haar boetedoening.

Ze waren ook haar troost.

Donderdag belde rechercheur Brady Alex op.

'Ik heb gisteravond met Lundquist gesproken,' zei hij. 'Ik heb hem naar het politiebureau gehaald. Maar dat is niets, hoor. Hij heeft een alibi, zijn secretaresse staat voor hem in.'

'Maar ik weet dat hij het heeft gedaan!' Alex aarzelde en zei toen: 'Hij heeft mijn telefoonrekeningen gestolen. Hij probeert zijn vrouw op het spoor te komen.' En mij ook, dacht ze er achteraan.

'Luister, mevrouw Prescott, u kunt best gelijk hebben. Maar we hebben geen vingerafdrukken, we hebben niets. Ik ben bijna twee uur met hem in de weer geweest, ik heb hem gezegd dat als u wat dan ook voor problemen op school of thuis krijgt, ik bovenop hem zal zitten. Maar wilt u mijn raad? Vergeet Lundquist. Wees blij dat niemand gewond is geraakt.'

'Hij is gisterochtend een paar keer langs de school gereden.'

'Daar weet ik niets van. Met wie heeft u daarover gesproken?'

Ze hoorde geblader van papieren. 'Ik heb de politie niet gebeld. Ik wilde de kinderen niet van streek maken.'

'U had toch moeten bellen, mevrouw Prescott.' Brady klonk geïrriteerd. 'Dat was natuurlijk 's ochtends, voordat ik hem gesproken had. Hij komt vermoedelijk niet meer opdagen.'

Vroeg in de middag zodra Patty er was, reed Alex naar Los Angeles voor een afspraak met dr. Pearson. Ze was drie pond aangekomen vertelde de zuster haar en haar bloeddruk was normaal – dat was verbazingwekkend, vond Alex, als je bedacht hoe zenuwachtig ze de afgelopen paar dagen was geweest.

Dr. Pearson leek tevreden toen hij haar onderzocht. 'De baby heeft een sterke hartslag. Wilt u hem horen?' Hij luisterde even door zijn stethoscoop, bewoog het schijfje over de naakte huid van haar onderbuik en legde de stethoscoop toen tegen haar oren.

Ze luisterde ingespannen, deed haar best het geluid van haar kind te determineren tussen geluiden die klonken als een zee van stromend water en toen hoorde ze het regelmatige, snelle, ongelooflijk sterke *po-pom, po-pom, po-pom*. Ze grinnikte tegen dr. Pearson.

'Heeft u al leven gevoeld?' vroeg hij.

'Nee,' ze fronste haar wenkbrauwen. 'Moest dat al?'

'Maakt u zich geen zorgen. Iedere zwangerschap is anders, dus ik vraag het altijd maar. U kunt volgende week iets voelen, of over vijf weken. Trouwens, ik wil graag een vruchtwaterpunctie doen wanneer u zeventien weken zwanger bent. Dat zou dus over drie weken zijn.'

Ze knikte.

'Mooi. Nog vragen?' zei Pearson en hielp Alex in een zittende houding. 'Zit u iets dwars?'

'Alles is prima.' Ze dacht vluchtig aan Lundquist, Ron, Denise en Lisa en zette het snel weer van zich af. Nu de hartslag van de baby nog in haar oren klonk, zat haar helemaal niets dwars.

Nadat ze de praktijk van dr. Pearson was uitgelopen, reed Alex naar de zaak met zwangerschapskleding die ze op Third Street vlakbij Orlando had gezien. Ze kocht een spijkerbroek, een katoenen broek, een zwempak, een short en twee jurken. Alles was belachelijk groot. De verkoopster probeerde haar alles al te laten kopen, 'tot u overal in bent gegroeid' maar Alex wees dat van de hand.

Ze liep de winkel uit met in iedere hand een zak en ging naar haar jeep. Toen ze het achterportier openmaakte, zag ze in de weerspiegeling van het raam een man aan de overkant aan het eind van de straat. Hij leunde met zijn armen over elkaar geslagen tegen een zilverkleurige Jaguar. Hij keek naar haar.

Haar hart sloeg sneller. Ze gooide haar aankopen achterin de jeep, sloeg het portier dicht en draaide zich om om hem aan te kijken. Het was Lundquist. Hij was haar gevolgd! Hij zwaaide naar haar en ze kon zelfs van deze afstand zien dat hij grinnikte. Het lef!

Ze was nu eerder woedend dan bang, keek naar links en rechts, stak de straat over en liep op hem af.

'Luister!' schreeuwde ze, toen ze dichter bij hem kwam. 'Ik heb er genoeg...'

Ze stopte midden in een stap. Het was Lundquist niet. Het was een andere man met donker krulhaar. Hij keek haar even met half dichtgeknepen ogen aan met een wie-in-godsnaam-ben-jij-uitdrukking op zijn gezicht. Toen keek hij achter haar; Alex draaide zich om en zag een blonde vrouw achter zich aankomen.

'Klaar?' zei de man, liep naar de vrouw en nam het pak van haar over. Hij sloeg zijn arm om haar schouder, boog zich naar haar toe en fluisterde in haar oor.

Alex bleef niet wachten om te zien hoe de vrouw haar aanstaarde. Met een kleur van verlegenheid en opluchting liep ze snel terug naar haar jeep. Hou jezelf een beetje in de hand, hield ze zich voor. Niet iedere zilverkleurige Jaguar is van Donald Lundquist.

'Mevrouw.' De lijmerige manier van praten kwam van achter haar.

Wat nou weer? Alex draaide zich om en zag het strenge gezicht van een politieagent op een motor.

'Ik zag u tot tweemaal toe schuin oversteken,' zei hij tegen haar.

'Het spijt me, agent.' Ze aarzelde. Zou het verschil uitmaken als ze het uitlegde? 'Ik dacht dat ik een man zag die me de laatste tijd lastig valt. Ik was van streek.'

'Ja, ja,' antwoordde hij op neutrale toon, die aangaf dat hij al die smoesjes al eerder had gehoord. Hij haalde een bekeuringsboekje te voorschijn. 'U weet dat schuin oversteken gevaarlijk is?'

Alex zuchtte. 'Hoeveel kost dat?'

Nadat Nicholas sliep en ze met Warren in de studeerkamer naar de tv zat te kijken, vertelde ze hem over de bekeuring.

'Arm kind,' mompelde hij, maar er flikkerde een lichtje in zijn ogen.

'Jij vindt het grappig!' Ze gaf zijn arm speels een duw. Evelyn had dat ook gevonden. Was het tenminste een knappe agent, had ze willen weten.

'Een beetje wel.' Warren glimlachte. 'Jij niet?'

'Misschien.' Het wàs een beetje grappig, veronderstelde ze. 'Ik raak telkens gespannen wanneer ik aan Lundquist denk.'

'Vergeet Lundquist. Dat is verleden tijd. Over gespannen gesproken, er is iets met Ron. Ik belde hem vandaag en stelde voor om dit weekend iets met ons vieren te doen, en hij zei dat hij het er met Denise over zou hebben. Hij was nauwelijks beleefd.' Warren zweeg. 'Ik hoorde dat hij geldproblemen heeft. Misschien is het hem dat.' Hij keek haar aan.

'Misschien.' Om van onderwerp te veranderen, zei ze: 'Wil je zien waar ik vandaag mijn geld aan heb besteed?' Ze zag zijn vragende blik. 'Mijn zwangerschapskleren?' 'Jazeker.' Hij glimlachte. Ze probeerde eerst de short en het veel te ruime T-shirt, toen de broek. 'Leuk,' zei Warren overal op. Ze trok een van de twee jurken aan, een roodzijden lange blouse over een korte rechte rok. Ze stak haar haren op, deed pareloorbellen in, trok een paar zwarte hoge hakken aan en keek in de spiegel.

De jurk was enorm. Impulsief pakte ze een kussen van de leunstoel in de slaapkamer en duwde die onder de blouse, onder de elastische tailleband van de rok. Toen ging ze naar beneden, naar de studeerkamer.

'En wat denk je ervan, Warren? Is het... o, hallo, Lisa.'

Lisa zat naast Warren op de bank en staarde naar Alex' buik. Net zoals Warren, merkte Alex. Niemand zei iets.

Alex haalde het kussen te voorschijn; ze hield het onhandig in haar hand. 'Ik vond dat het de jurk beter tot zijn recht zou laten komen.' Ze voelde zich plotseling dom en onvolwassen en wist dat ze bloosde. Ze dwong zich om te glimlachen.

'Het is erg leuk,' zei Warren. Er lag een vreemde klank in zijn stem. 'Vind je ook niet, Lisa?'

Lisa gaf geen antwoord. Ze pakte de afstandsbediening van de tv en zette het geluid harder, toen begon ze snel te zappen.

'Lisa,' zei Warren kalm.

'Ik ga naar boven om me te verkleden,' kondigde Alex aan.

Warren pakte zijn dochter de afstandsbediening af en zette het geluid van de tv zachter. 'Ik vroeg je iets, Lisa.'

Laat toch, Warren, smeekte Alex in stilte.

Lisa draaide zich snel om. 'Het kan Alex niets schelen wat ik van haar jurk vind. Jou ook niet, dus waarom vragen jullie het me?'

'Het kan ons wèl schelen, liefje. Het kan ons heel veel schelen wat je denkt. We zijn een gezin en...'

'Hij is lelijk, nou goed? Hij is lelijk en ik heb er een hekel aan en ik vind het dom om er een kussen onder te duwen!' Ze sprong van de bank af.

Warren zuchtte. 'Dat is onbeleefd, Lisa. Verontschuldig je tegenover Alex.'

'Ze heeft nog niet eens zwangerschapskleren nodig. Ze loopt alleen maar te pronken!'

Alex zei: 'Ik zou het prettig vinden als je niet over me praatte alsof ik er niet was.' Haar vuisten waren gebald.

Warren zei: 'Alex, Lisa is alleen...'
'Het was goed zoals het was! We hebben geen andere baby nodig. We hadden haar niet nodig!' Huilend rende Lisa de kamer uit.
'Ik moet met haar praten, Alex.' Warren liep achter zijn dochter aan de studeerkamer uit.
Alex bleef nog een paar minuten, toen liep ze langzaam naar boven. De deur naar Lisa's kamer was dicht. Alex ging naar haar eigen slaapkamer, gooide het kussen op de stoel en trok haar nachtjapon aan. Ze hing de rode jurk op en legde al haar andere nieuwe zwangerschapskleren weg. Toen Warren de kamer inkwam, lag ze in bed te lezen.
'Het gaat nu weer,' zei Warren. Hij ging op de rand van Alex' bed zitten en pakte haar hand.
Ze trok hem terug.
'Toe nou, Alex. Waarom ben je boos op me? Ik zit ertussenin.'
'Je verwent haar. Telkens wanneer ze onbeleefd is en een scène maakt, rent ze de kamer uit en loop jij achter haar aan. Ze weet precies wat ze doet.'
Hij schudde zijn hoofd. 'Je hebt het mis. Ze maakt een moeilijke tijd door. Probeer het te begrijpen.'
Alex deed haar boek dicht. 'Ik doe mijn best. We zijn bijna twee jaar getrouwd en ik heb nog steeds het gevoel alsof ik voortdurend op eieren loop. Ze haat me.'
'Nee.'
'Ze haat me. Ze haat de baby. Daar kwamen haar woorden beneden op neer.'
'Ze meent niet wat ze zegt. Het is nog een kind, Alex. Ze is van streek. Ze is in de war.' Hij zweeg, en toen hij weer sprak, keek hij Alex niet aan. 'Andrea had een rode zwangerschapsjurk, die precies op de jurk leek die jij net aan had. Toen je de studeerkamer inkwam, leek je heel even op haar. Ik moet eerlijk bekennen dat ik ervan schrok, Alex. Ik denk dat Lisa ook geschrokken is. Ze heeft het moeilijk gehad nadat Andrea was overleden.'
'Ik zal de jurk terugbrengen.' Klonk ze humeurig? Ze wilde niet humeurig klinken. Ze wilde er zo graag bij horen, haar eigen identiteit in dit huis hebben, in dit gezin en het leek wel dat wat ze ook deed, ze steeds weer over de geest van Andrea struikelde.
'Dat is onzin. Niemand wil dat je hem terugbrengt.' Hij zuchtte. 'Probeer alsjeblieft geduld te hebben, Alex. Ik denk dat Lisa meer tijd nodig heeft om aan het idee van de baby te wennen. Misschien kunnen we het onderwerp beter een tijdje laten rusten. Er niet over praten waar zij bij is.'
'De baby zal niet wachten met geboren worden tot Lisa daar

klaar voor is, Warren,' zei Alex zachtjes. 'Hij groeit. Ik zal dikker worden. Het is geen kussen dat ik kan wegstoppen.'
'Dat weet ik.'
Ze pakte zijn hand en vlocht haar vingers door de zijne. 'Ik ben blij met de baby, Warren. Vertel je me nu eigenlijk dat ik er niet blij mee moet zijn?'
'Shit, Alex. Ze is veertien. Jij bent een volwassen vrouw.' Zijn stem klonk moe en gefrustreerd. 'Ik dacht dat je meer begrip zou hebben.'
Ze trok haar hand terug. 'Misschien is het niet zo'n goed idee geweest om zwanger te worden. Misschien hadden we moeten wachten.'
'Misschien.' Hij klonk alsof hij verdiept was in gedachten. Hij stond op.
Het was niet het antwoord dat ze had willen horen. Ze boog zich voorover naar de lamp op haar nachtkastje en deed het licht uit.

Hoofdstuk 13

Eigenlijk zou ze Donald Lundquist moeten bedanken dat hij haar zo'n schitterende gelegenheid in de schoot had geworpen en zo'n perfect lokaas was. Ze glimlachte bij de gedachte. Misschien zou ze hem op een dag bedanken. Als alles voorbij was.

Het was gemakkelijk geweest om het slot van de achterdeur van de peuterzaal te forceren. Eigenlijk veel gemakkelijker dan ze had verwacht. Ze was een beetje zenuwachtig geweest, maar de deur werd door een haag cipressen aan het zicht van de straat en de aangrenzende buren onttrokken.

Ze had geweten dat Alex de schuld op Lundquist zou gooien. Ze wist hoe druk Alex zich over Donald Lundquist en zijn vrouw en zoontje maakte. Dat wist iedereen. Ze had dolgraag Alex' gezicht gezien toen die de eerste keer het kantoor en de klas was binnengekomen, maar het was bijna net zo lonend geweest om het achteraf te zien en het was, in stilte, een prachtig ogenblik geweest toen Alex haar naderhand had bedankt voor het helpen opruimen van de rommel. Ze had willen zeggen: Je denkt dat je zo knap bent, hè, Alex? Het was Lundquist niet. Ik ben degene die je school vernield heeft.

Je kostbare school. Ze wist dat als de school er niet was geweest, Alex nooit naar Venice was verhuisd. Ze zou Nicholas nooit in de klas hebben gehad. Nooit met Warren getrouwd zijn. Alles zou zo anders zijn geweest.

Ze zuchtte. Misschien had haar woede door die gedachte de overhand gekregen. Ze wist nog steeds niet precies wat haar was overkomen die ochtend vroeg. Het was haar bedoeling geweest om in het kantoor in te breken en tussen Alex' dossiers en papieren naar iets te zoeken waar ze wat aan had, een aanwijzing, iets dat haar uiteindelijk zou helpen om Alex te verdrijven. Daarna had ze, om het te laten lijken alsof Lundquist verantwoordelijk was, – wat zou hij kwaad zijn, hè? – de mappen van Alex' bureau gesmeten (o, wat was dat een heerlijk gevoel geweest!), laden leeggegooid, en alle papieren over de grond gestrooid.

Toen was ze de klas ingelopen. Ze besloot dat Lundquist hier zeker ook schade zou aanrichten om zijn woede te tonen en te intimideren. Ze smeet een paar stoelen ondersteboven en gooide verschillende dozen met speelgoed en puzzelstukjes leeg. Ze was begonnen met een van de geverfde tekeningen van de kinderen die aan de muur geprikt zat eraf te trekken (ze zou er maar eentje afscheuren, zei ze bij zichzelf, tenslotte konden de kinderen er niets aan doen; het was Alex' schuld), maar toen ze het papier wegscheurde, raakte dat geluid een primitieve snaar diep in haar en kon ze er niet mee ophouden. Haar handen werden boodschappers van een woede waarvan ze zich niet bewust was geweest. Ze scheurden en bleven maar scheuren, de ene tekening na de andere. Ze duwden boekenplanken om, er vlogen blokken en vrachtauto's over de grond. Ze maakten potjes verf open en smeten die door de ruimte, tegen de muur, op de tafels, op de grond, smeerden het uit in felle basiskleuren, haat en razernij en woede.

Toen ze klaar was, keek ze op haar horloge en verstijfde. Het had veel meer tijd gekost dan haar bedoeling was geweest. Ze moest Alex' papieren nog doorkijken om iets te vinden, wat dan ook. Maar dat kon ze nu niet doen. Alex zou zo komen. Ze kwam altijd om negen uur als eerste.

Ze moest een keer terugkomen. Ze moest een manier zien te vinden.

Ze had zich geen zorgen hoeven maken. Zelfs met zo veel mensen in de buurt was het gemakkelijk geweest terwijl ze papieren opruimde, om door de dossiers te snuffelen en de telefoonrekeningen te vinden. En de cheques – die waren interessant, die waren allemaal naar één plaats overgemaakt, dezelfde plaats waar Alex eenmaal per maand naar toe opbelde.

Een kerkhof.

Ze zag in gedachten lange rijen grafstenen. Ze wist dat één daarvan belangrijk was voor Alex. Ze huiverde, maar plotseling was ze onverwacht ontroerd en voelde ze sympathie. Een kort ogenblik had ze het gevoel dat ze het recht niet had om inbreuk te maken op Alex' verdriet, maar haar ontluikende sympathie werd in de kiem gesmoord door haar wanhopige en reeds lang bestaande besluit.

De handtekening op de cheque was 'Alexandra Trent'. Haar eerste man had Trent geheten. Larry Trent. Maar waarom tekende ze de cheques niet als 'Alexandra Prescott'? En waarom stuurde ze een maandelijkse cheque en telefoneerde ze maandelijks?

De receptionist van het mortuarium was bijzonder behulpzaam geweest.

'Ja, de cheque van mevrouw Trent is pas gearriveerd,' zei hij. Was er iets mee?

'Nee, nee, er was niets. Mevrouw Trent vroeg me om het even na te gaan. Het is heel belangrijk voor haar, weet u.'
'O, dat weet ik,' zei de receptionist en zuchtte. 'Het is ook vreselijk triest, hè? We vinden het allemaal afschuwelijk voor haar, na alles wat ze heeft meegemaakt.'
'Vreselijk triest. Ze praat er niet graag over, maar ik weet dat ze er nog steeds verdriet van heeft.'
'Tja, dat is begrijpelijk, hè?' zei hij. 'Wat een tragedie. En al dat geklets. Maar dat weet u natuurlijk allemaal.'
'Natuurlijk. Om haar man op die manier te verliezen...'
'Tja, hij heeft tenminste ten slotte vrede gevonden. Maar wat zielig voor mevrouw Trent dat ze haar geboorteplaats heeft moeten verlaten, hè? Ze zeggen dat haar ouders zich zelfs tegen haar gekeerd hebben, dus dan is het geen wonder, hè?'
'Haar schoonfamilie moet ook verbitterd zijn,' zei ze.
'O ja. Een dubbele klap, zogezegd. Ze zeggen...'

Hoofdstuk 14

'Het spijt me,'
Alex trok haar trui aan en draaide zich om. Lisa stond net buiten de deuropening van haar slaapkamer.
'Goed, hoor.' De stem van Alex klonk neutraal.
Ze vroeg zich af of Warren Lisa dit had opgedragen. Meestal werden Alex en Warren gelijk wakker en genoten korte tijd van de rust voor de dag begon. Toen ze vanochtend na een rusteloze nacht was wakker geworden (de naweeën van de ruzie en weer een nachtmerrie; er waren altijd nachtmerries), had hij al een douche genomen. Ze hadden op een paar centimeter afstand van elkaar in de badkamer gestaan, hun tanden geborsteld en ze was blij geweest met het geluid van het water dat uit de kranen stroomde. Het had de stilte verbroken. Hij had zich snel aangekleed, alsof hij gauw naar beneden wilde ontsnappen. Ze hadden plichtmatig een gesprek gevoerd. Hun afscheidskus was ook mechanisch geweest.
'Ik bedoel, wat ik gisteren heb gezegd. Dat was echt gemeen. Je zult me wel haten.' Lisa's stem trilde.
Alex' woede smolt weg. Ze liep naar haar toe. 'Ik haat je niet, Lisa. Ik weet dat je het niet gemakkelijk hebt.'
Lisa zei niets. Alex kon de ogen van het meisje niet zien; ze speelde met de riem van de boekentas die over haar rechterschouder hing en haar blonde haar was over haar gezicht gevallen.
'Ik weet dat je gisteravond met je vader hebt gesproken, Lisa. Het geeft niet als je gemengde gevoelens ten opzichte van de baby hebt.' Alex aarzelde en legde toen haar hand op Lisa's schouders. 'Ben je bang dat je vader niet zo veel meer van jou zal houden wanneer de baby er is?'
Lisa keek op en streek haar haren achter haar oor. 'Natuurlijk niet!'
Was het protest te snel gekomen? Automatisch? 'Het is normaal om daar bang voor te zijn.' Alex maakte het voortdurend mee bij de peuters die nieuwe broertjes of zusjes kregen.

99

Het meisje schudde haar hoofd.

'Het is beter om over je gevoelens te spreken, Lisa. Ik wil er graag naar luisteren. Altijd.'

Lisa deed een stap achteruit. Alex trok haar hand terug.

'Ik moet mijn fietsband nog oppompen,' zei Lisa, 'en als ik nu niet wegga, kom ik te laat op school.'

Geen oplossing, dacht Alex terwijl ze haar stiefdochter de trap zag afrennen. Maar een verbetering. Als die maar eens blijvend was.

De dag verliep rustig. Alex keek de hele ochtend zenuwachtig uit het raam dat uitkeek op de straat, maar er was geen zilverkleurige Jaguar te bespeuren. Tegen de middag kon ze zich ontspannen. Ze besloot dat rechercheur Brady gelijk had. Lundquist zal me niet meer lastig vallen, na de waarschuwing van Brady. En hij heeft geen dreigementen meer. Ze vroeg zich plotseling af hoe het met Sally Lundquist en haar zoon ging.

Toen Alex en Nicholas thuiskwamen, was Paula niet in de keuken of de bijkeuken, maar haar Fort Escort stond voor het huis geparkeerd. Alex dacht dat ze waarschijnlijk boven was om de was op te bergen. Paula had wat koekjes en een glas melk voor Nicholas klaargezet. Alex zag hem aan de tafel in de eetkamer zitten en ging naar haar atelier om de nieuwe voorraad verfspullen op te bergen die ze onderweg naar huis had gekocht.

Paula stond in de kamer te strijken. Ze had Alex' ezel tegen de muur geschoven en verschillende schetsblokken en dozen met verf en houtskool verplaatst.

'O, hallo, Alex,' Paula glimlachte. 'Heb je een prettige dag gehad?' Met haar hand trok ze een mouw glad van een van Alex' katoenen blouses en streek er met het strijkijzer over.

'Ja, dank je wel.' Alex had moeite de woede uit haar stem te weren. 'Paula, ik wil liever dat je in de bijkeuken strijkt, of, als je dat prettiger vindt, in de woonkamer. En berg mijn verfspullen alsjeblieft niet op. Dat doe ik zelf wel.'

Paula streek de tweede mouw glad. 'Ik heb vanochtend gezien dat je al die dozen en koffers naar de garage had gebracht. Ik vind dat een goed idee. Ik heb altijd graag in mijn kamer gestreken. Er is voldoende licht en het is een gezellige kamer.'

'Dit is nu mijn atelier, Paula. Ik wil niet dat je hem gebruikt.'

Paula staarde Alex lange tijd aan. Toen zei ze: 'Uitstekend,' op een toon die Alex het gevoel gaf een heel onbeduidend, dom huisvrouwtje te zijn.

Het ijzer was op de mouw blijven staan. Paula haalde hem nu weg en er stond een bruine afdruk van het strijkijzer op het witte katoen.

'O, nee! Ik heb je blouse vernield, Alex. Het spijt me,' zei ze en het speet haar duidelijk helemaal niet. 'Ik zal het uiteraard vergoeden.'

'Dat hoeft niet. Het was een ongelukje, Paula.' Was het dat inderdaad? Alex liep weg uit het atelier en ging naar de gang. Zoals gewoonlijk had Paula de post gesorteerd. Er lagen verschillende tijdschriften, de gebruikelijke rommel en een grote stapel rekeningen. Een wit envelopje was aan Alex geadresseerd. De achterkant was in de envelop gestopt, niet geplakt. Ze maakte hem open.

In de envelop lag een opgevouwen vel wit papier. Dat vouwde ze open en staarde naar de woorden die met een dikke zwarte viltstift midden op het vel geschreven waren:

JE VERDIENT HET NIET OM EEN BABY TE KRIJGEN!

Het leek alsof een ijzige vuist zich om haar hart sloot. Ze deed haar ogen dicht, toen schudde ze haar hoofd alsof de boodschap op het papier voor haar op die manier verdreven kon worden, maar toen ze haar ogen open deed, stond die er nog steeds. Ze keek naar de poststempel. Hij was op donderdag afgestempeld. Gisteren.

Alex nam aan dat Lisa de brief had gestuurd. Maar het deed er niet toe, want zij en Lisa hadden het vanochtend bijgelegd en alles zou goedkomen. Het meisje had echt in de put gezeten.

Alex nam zich voor Warren niets over de brief te vertellen. Ze verfrommelde hem en liep naar de keuken om hem in de vuilnisbak onder de gootsteen te gooien, maar op het laatste ogenblik veranderde ze van gedachten. Ze vouwde het vel weer open en streek het glad op het aanrecht.

'Alex.'

Ze schrok op van het geluid van Paula's stem en draaide zich om. 'Het spijt me echt van de blouse,' zei Paula. 'Ik wil het heus graag vergoeden.' Ze keek langs Alex naar het vel papier op het aanrecht.

Lag er een zelfgenoegzame blik in haar ogen? 'Denk er niet meer aan, Paula. Het was eigenlijk mijn schuld. Ik leidde je af.' Met een nonchalant gebaar vouwde ze het papier op en nam het mee toen ze haar tas uit de gang ging halen.

Ze kwam terug in de keuken en gaf Paula haar geld voor twee dagen werk. 'Dank je wel. Tot dinsdag.'

'Dinsdag, ja. Ik denk dat je het hele weekend wel in je atelier bezig zult zijn, hè? Veel plezier, hoor lieverd.'

Alex bedacht dat de vrouw passief-agressief was. Er was geen

101

twijfel aan. Ze keek weer naar het vel papier. 'JE VERDIENT HET NIET OM EEN BABY TE KRIJGEN!'
   Misschien had Lisa het briefje niet gestuurd. Stel dat Paula het had gestuurd? Stel dat Denise haar over het voorval van Alex met Ron had verteld? Paula en Denise stonden op heel goede voet met elkaar. Paula was bij Denise geweest op de ochtend dat Alex was langs gekomen om met Denise te praten. Paula kon hun gesprek zelfs hebben afgeluisterd.
   En het was logisch. Paula had bezwaren tegen Alex; natuurlijk zou ze denken dat Alex met opzet Rons aandacht had getrokken. Paula bezat een hartstochtelijke, bijna onnatuurlijke, trouw ten opzichte van Warren, Lisa en Nicholas. Ze vond Alex heel duidelijk niet goed genoeg voor een van hen.
   Je doet belachelijk, zei Alex bij zichzelf. Het was Lisa. En het heeft niets te betekenen. Ze verscheurde het briefje in stukken en gooide de snippers in de vuilnisemmer.

Lisa bood aan om een salade te maken voor het avondeten. Warren kwam vroeg thuis (Alex vroeg zich af of dat was om als scheidsrechter te dienen?) en was zichtbaar blij om zijn vrouw en dochter vriendschappelijk te zien samenwerken.
   Na het avondeten gingen Alex, Warren, Lisa en Nicholas op aanraden van Lisa naar de vroege avondvoorstelling van een film die in Santa Monica draaide. Na de film wandelden ze langs de promenade op Third Street. De binnenstad was verboden voor autoverkeer, er hing een kermissfeer en in het weekend en op de meeste door-de-weekse dagen was het er vol voetgangers. Er waren cafés, Mexicaanse bandjes die buiten speelden, straatartiesten, clowns, turners die radslagen over dozen maakten, een jongleur op een drie meter hoge éénwieler. Voor elk wat wils. Warren liet voor hun vieren door een kunstenaar een houtskoolschets maken. Lisa en Nicholas kregen een ijsje; Warren en Alex namen bevroren yoghurt.
   Warren sprak niet meer over Lisa of hun ruzie van de vorige avond en Alex liet het onderwerp ook rusten. Het was niet nodig. Naderhand, nadat iedereen sliep, gingen Alex en Warren met elkaar naar bed. Toen ze op haar rug lag met zijn arm over haar borst, wist ze dat het verstandig was geweest om niet over het briefje te praten.
   Het duurde een tijdje voor ze in slaap viel. Vlak daarvoor voelde ze het. Een lichte trilling, bijna onmerkbaar. Ze legde haar hand op haar onderbuik en wachtte een paar minuten in de rustige stilte tot ze het weer voelde. Ze viel met een glimlach in slaap met haar hand nog op haar buik.

Alex parkeerde de Lexus in een zijstraat en liep twee straten naar Rose Avenue en het restaurant dat dezelfde naam als de straat had. Ze was een paar keer naar The Rose geweest en steeds weer onder de indruk van de enorme, felroze bloesem boven de ingang. En het eten was er heerlijk.

Het was halfeen. Denise had om halfeen met haar afgesproken toen ze haar die ochtend had opgebeld, maar Alex had er een hekel aan om te laat te komen (ook zoiets dat haar ouders haar hadden ingeprent). Ze liep het restaurant in, niet zeker of Denise binnen of buiten zou willen zitten.

'Hierheen, Alex, lieverd.'

Alex draaide zich in de richting van de stem en zag Mona. Geen Denise. Heerlijk, dacht ze. Denise had gezegd dat haar moeder er ook zou zijn (wat logisch was, omdat moeder en dochter het feestje vanwege Alex' zwangerschap samen organiseerden), maar Alex had aangenomen dat ze samen zouden komen. Ze dwong zichzelf een vriendelijke uitdrukking op haar gezicht te hebben toen ze naar de tafel liep waar Mona zat.

'Hallo, Mona. Hoe gaat het ermee?'

'Goed, hoor, dank je. En ik hoef niet te vragen hoe het met jou is. Je straalt, lieverd, je straalt gewoon. Het is duidelijk dat zwanger-zijn goed voor je is.' Ze klopte op de stoel aan haar rechterkant. 'Kom maar zitten. Denise kan elk moment komen.'

Alex ging zitten en vroeg zich af waar ze met Mona over zou praten tot Denise kwam. 'Mona, ik vind het heel attent van jou en Denise om dit feestje te geven. Ik waardeer het echt.'

Mona wuifde afwerend. 'Ik ben dol op feestjes geven. Ik doe het graag. En Denise is erg op je gesteld. Heel erg.' Ze nam een slok water uit het glas dat voor haar stond. Haar zware gouden armband rinkelde tegen de tafel.

'Denise is geweldig.'

'Om je de waarheid te zeggen, en ik hoop dat je dit niet verkeerd opvat, Alex, was ik verbaasd toen Denise me vertelde dat je in verwachting was. Alles welbeschouwd, bedoel ik.' Haar donkerblauwe ogen staarden Alex van over de tafel aan. Ze waren bijna net zo diepblauw als de grote saffier in de met diamanten bezette ring aan de hand die het glas vasthield.

Het gaat je niets aan, Mona, wilde Alex zeggen. 'Je bedoelt vanwege Lisa. Het was natuurlijk even wennen voor haar, maar het gaat goed.' Lisa was vanochtend opgewekt en behulpzaam geweest. Voor het eerst in weken had Alex enige hoop gekregen wat betreft haar verhouding met haar stiefdochter.

'Lisa is erg gesloten, Alex. Ze toont haar ware gevoelens niet. Ze is altijd bijzonder aan Warren gehecht geweest en na de dood van Andrea...' Mona nam nog een slok water en zette het glas neer. 'Nou ja, wat gebeurd is, is gebeurd.' Ze zuchtte. 'Kan ik eerlijk tegen je zijn, Alex?'

Nog eerlijker? Alex draaide in haar stoel. Waar bleef Denise? 'Natuurlijk.'

'Ik ben blij dat Denise er niet bij is, want er is iets dat ik met je wil bespreken. Stuart en ik zijn er kapot van dat Denise Ron niet meer wil spreken. Nu heeft Denise me alles verteld wat er die zondag in jullie tuin is gebeurd...'

'Mona, ik vind het niet prettig om dit te bespreken.'

'Weet je,' ging Mona verder, alsof Alex niets had gezegd. 'Ik denk dat ze een verschrikkelijke vergissing begaat. Ron is knap. Hij is charmant. Hij heeft succes. En ik denk dat hij dé man voor Denise is. Dat denkt Stuart ook.'

'Ik wil niet onbeleefd zijn, Mona, maar ik vind dat Denise dat zelf moet beslissen.'

'Natuurlijk. Maar ze moet de juiste gegevens hebben om de juiste beslissing te treffen, nietwaar?' Mona glimlachte en boog zich voorover. 'Ik heb met Ron gesproken. Die arme man is helemaal van streek. Hij geeft toe dat hij die dag fout is geweest, maar hij zegt dat het allemaal voor de grap was en ik geloof hem.'

Alex zei niets.

'Ik heb geprobeerd Denise daarvan te overtuigen, maar weet je, Alex, ik denk dat als jij met haar zou praten en zou zeggen dat je je vergist hebt...'

'Ik heb me niet vergist, Mona. Ik weet wat hij deed.'

'Natuurlijk weet je dat.' De glimlach was bijna boosaardig. 'En kun je naar eer en geweten zeggen dat het niet een klein beetje ook jouw schuld was?'

Alex staarde Mona aan. Haar vingers kneedden de rand van het tafelkleed. 'Waar heb je het over?'

'Je bent een heel mooie vrouw, Alex en je bent niet bepaald verlegen. Sommige mannen vinden je misschien provocerend. Ron vertelde me dat je graag met hem flirtte.'

'Dat is niet waar!' Dit was belachelijk! Waarom verdedigde ze zichzelf tegenover deze vrouw?

'Ik heb gezien hoe jullie in Sea World bij elkaar stonden. Hij had zijn armen om je heengeslagen. Ik hoorde jou geen bezwaren maken. Het zag er erg gezellig uit. O, hallo, lieverd,' zei Mona en het was duidelijk dat ze niet tegen Alex sprak.

Alex draaide zich om. Denise stond achter haar met een wonderlijke uitdrukking op haar gezicht. Hoeveel had ze gehoord? En hoelang had Mona geweten dat haar dochter daar stond?

'Hallo, mam, Alex.' Denise ging tegenover Mona zitten. 'Sorry, dat ik laat ben.'

Verbeeldde Alex het zich of klonk Denises stem gespannen?

'Dat geeft niets, lieverd.' Mona strekte haar arm uit en klopte op de hand van haar dochter. 'Alex en ik hebben een gezellig gesprek gehad, hè, Alex? Nu je er bent, Denise, kunnen we het over het feestje hebben. Ik had gedacht, gepocheerde zalm en een trifle als dessert. Wat denken jullie daarvan, meisjes...?'

Ze had een voorgerecht van verse vruchten gegeten en gespeeld met haar salade Niçoise, maar toen Mona de serveerster had geroepen om hun bestelling voor het dessert op te geven, had Alex gedaan alsof ze moe was en hoofdpijn had en gezegd dat ze wegging. (De hoofdpijn was er inderdaad, het gevolg van Mona's voortdurende gewauwel en de spanning die Alex had gevoeld vanaf het ogenblik dat de vrouw over Ron en Denise was begonnen.)

'Maar je wilt het dessert toch niet mislopen, Alex, lieverd!' had Mona uitgeroepen. 'Het dessert is het beste.'

Te oordelen naar Mona's figuur kon Alex zien dat de vrouw in praktijk bracht wat ze verkondigde. 'Een andere keer, Mona. Dank je wel voor de lunch. Het was heerlijk.'

'Neem toch een kleinigheid, Alex. De kwarktaart is zalig.'

'Mam, dring niet zo aan bij Alex,' zei Denise. 'Als ze zich niet goed voelt, moet ze naar huis gaan om uit te rusten.'

Was dat bezorgdheid geweest, vroeg Alex zich af toen ze op weg was naar haar auto, of was Denise net zo opgelucht dat Alex wegging als Alex was om weg te gaan? Ze was halverwege de straat toen ze zich bewust werd van snel naderende voetstappen. Ze ging automatisch sneller lopen.

'Hé, Alex! Wacht even. Dit is de marathon van L.A. niet, hoor.'

Alex stond stil. Ze kon haar oren niet geloven en draaide zich om. 'Waarom volg je me, Ron?' Ze was geïrriteerd, niet zenuwachtig, hield ze zich voor. Er was geen reden om zenuwachtig te zijn.

'Ik volg je niet.' Hij glimlachte. 'Ik wil je spreken. Mag dat soms niet?'

'Hoe wist je dat ik hier zou zijn?' wilde ze weten.

'Dat heeft Mona me verteld. Ik dacht dat het een goede gelegenheid was voor jou en mij om alles uit te praten.'

'Er valt niets uit te praten, Ron. Praat met Denise.' Alex draaide zich om en liep weg.

Hij haalde haar in en greep haar bij haar elleboog.

'Raak me niet aan!' Ze rukte haar arm los en bleef doorlopen.

'Sor-ry!' Hij rende voor haar uit, draaide zich om en begon met

105

zijn gezicht naar haar toe gewend achteruit te lopen. 'Hé, toe nou, Alex. Vijf minuten? Goed? Wat geeft dat nou?'

Alex bedacht dat hij haar vermoedelijk tot aan haar huis zou volgen als ze weigerde. Ze stond plotseling stil. Hij ook.

'Wat wil je, Ron?' snauwde ze. 'Schiet op.'

Hij knikte. 'Goed, snel en eerlijk. Ten eerste, sorry voor de dingen die ik laatst door de telefoon tegen je heb gezegd. Ik was kwaad, maar dat is geen excuus. Vergeef je het me?'

Wat deed het ertoe? 'Oké.' Ze wilde alleen maar naar huis.

'Mooi. Dat hebben we gehad.' Hij glimlachte. 'Ten tweede, Mona zei dat ze met je zou praten of jij de kwestie met Denise in orde kon brengen. Daarvoor wilde ik je alleen bedanken.'

Alex fronste haar wenkbrauwen. 'Ron, ik heb er niet mee ingestemd om wat dan ook in orde te brengen met Denise.'

Hij hief zijn handen op met de handpalmen naar boven. 'Luister, het is niets bijzonders. Ik heb tegen Denise gezegd dat ik te ver ben gegaan. Ze moet alleen van jou horen dat jij het te veel hebt opgeblazen. Je wist dat ik het was. Het was onschuldig gedoe. Toen Lisa ons zag, werd je bang en veranderde je het verhaal.'

Alex staarde hem aan. 'Je bent gek, Ron. Zo is het niet gegaan, en ik ben niet van plan tegen Denise te liegen.'

'Ik wil haar terug, Alex.' Er flitste woede in zijn blik.

'Vertel haar dan de waarheid en vraag háár om vergeving, niet mij.'

'Je begrijpt het niet, hè? Natuurlijk is Denise nu kwaad op me. Maar weet je op wie ze nog kwader is? Op jou. Omdat je het haar verteld hebt en haar vernederd hebt. Ze voelt zich belazerd.'

Alex kromp in elkaar. 'Denise is niet boos op mij. Ze waardeerde mijn eerlijkheid.'

'"Waardeert", bekijk het. Ze haat je erom, Alex. Dat zou iedere vrouw doen. En ze gelooft je verhaal waarschijnlijk niet eens.'

'Geeft ze daarom een feestje ter ere van mijn zwangerschap, Ron? Omdat ze zo'n hekel aan me heeft?'

'Dat is uit trots. Ze móet er wel mee doorgaan. Toe nou, Alex. Help me nou een beetje. Ik smeek het je. Je hebt geen idee hoe belangrijk dit voor me is. Zonder Denise...'

'Ik lieg niet tegen haar, Ron. Het spijt me.'

Hij keek dreigend. 'Wat ben jij voor een heilige tante? Heb je nooit in je leven gelogen, Alexandra de Grote? Nooit iets gedaan waar je je voor geschaamd hebt? Geen verborgen geheimen?'

Alex werd bleek. Ron zag de geschrokken uitdrukking in haar ogen.

'Er is dus wel iets. Wat zou dat kunnen zijn?' Hij streek over zijn

kin. Er lagen rimpels in zijn voorhoofd van zogenaamde concentratie.
'Dag, Ron.' Ze liep de straat in.
'Wil je erover praten?' riep hij. 'Ik kom erachter, hoor. En dan moet ik het Warren gewoon vertellen. Tenzij je natuurlijk met Denise wilt spreken. Wat zeg je daarvan?'
Ze had de neiging te gaan rennen, maar weigerde hem dat plezier te doen. Ze liep met vaste tred door.
'Warren weet niet dat zijn vrouw een groot en schuldig geheim heeft, hè?'
Ze stak over. Nog maar een halve straat.
'Hé, Alexandra! Je kunt wel weglopen, maar je kunt je niet verbergen!'
Zijn lachen volgde haar tot aan haar auto.

Zodra ze de bijkeuken inliep, hoorde ze Nicholas fluisteren: 'Mammie is er!'
'Kom eens in het atelier, Alex,' riep Warren. 'We willen je iets laten zien.'
Het duizelde haar nog van de ontmoeting met Ron en het kostte haar grote moeite niet te laten merken hoe geagiteerd ze zich voelde. Ze bracht een glimlach op haar gezicht die meer als een grimas aanvoelde en liep de gang door naar het atelier.
Midden in de kamer stond een blankeiken schommelstoel. Daarachter stonden Warren, Lisa en Nicholas. Ze straalden allemaal. Zelfs Lisa.
Alex voelde dat ze zelf ook straalde toen ze bij hen kwam staan. Haar gezin.
'Dat is voor wanneer de baby er is,' juichte Nicholas.
'Mag ik hem niet eerder gebruiken?' vroeg Alex aan Nicholas. Ze deed of ze haar wenkbrauwen fronste.
De jongen wendde zich tot Warren. 'Mag dat, pap?'
'Als ze er voorzichtig mee is.' Warren glimlachte.
'Dat beloof ik.' Ze streek met haar hand langs het gladde hout.
'Daarom moest ik de Lexus dus nemen,' zei ze tegen Warren. 'Stiekem, hoor.'
'Vind je hem mooi?' Hij sloeg zijn arm om haar heen.
'Schitterend.' Ze kuste hem.
'Het was Lisa's idee. Zij heeft hem ook uitgekozen. Ik wilde een witte hebben, maar zij zei dat jij eiken mooier zou vinden.'
'Ze had gelijk.' Alex wendde zich tot haar stiefdochter en omhelsde haar. 'Ik kan je niet zeggen wat dit voor mij betekent, Lisa.'
Ze voelde zich zo gelukkig dat de tranen haar in de ogen spron-

gen. Wat konden haar Mona Hutchins en Ron en zijn domme insinuaties ook schelen?

Op maandag kwam er een briefje op de peuterzaal.

Op een felgele envelop, tussen verschillende catalogi die opvoedkundige peuterzaalmaterialen aanboden, had iemand verschillende kleurpotloden gebruikt om Alex naam en het adres van de school in grote, kinderlijke letters te schrijven. Eerst had Alex gedacht dat een van haar 'afgestudeerde' leerlingen het had gestuurd. Ze kreeg vaak liefdesbrieven van de jongens en meisjes die op de peuterzaal hadden gezeten. Ze bewaarde ze zorgvuldig. De brief was met dezelfde kleurpotloden geschreven op extra breed gelinieerd grijs papier, het soort dat eersteklassers gebruiken om hun schrijfkunsten op te oefenen en ze begon met een glimlach vol verwachting te lezen.

JE BENT NIET GESCHIKT OM IN DE NABIJHEID VAN KINDEREN TE ZIJN

Ze zat een minuut later nog naar het vel papier te staren toen Evelyn het kantoor inkwam.

'Alex, we hebben... wat is er aan de hand? Je ziet eruit alsof je een spook hebt gezien.'

Alex gaf de brief aan Evelyn. Die las hem snel en gooide hem toen op het bureau.

'Wat een monster!' Haar gezicht was rood van woede. 'Ik dacht dat hij je met rust liet.'

'Wie?' Alex fronste verbaasd haar wenkbrauwen.

'Lundquist, natuurlijk. Die heeft dit gestuurd.'

Alex schudde haar hoofd. 'Ik geloof niet dat het Lundquist is, Evelyn. Ik heb vrijdag een brief gekregen, thuis. Hoe weet hij mijn privé-adres?'

'Uit het telefoonboek?'

'Er staan verschillende Prescotts in het telefoonboek. Hoe moet hij weten aan welke Prescott hij het moet sturen?'

Evelyn dacht even na en zei toen: 'Hij kan de adressen hebben uitgeprobeerd. Toen hij jouw rode jeep zag, wist hij dat hij het juiste adres had. Of misschien heeft hij alle Prescotts een brief gestuurd.' Evelyn aarzelde even. 'Hij kan je van school naar huis gevolgd zijn, Alex.'

Alex trok een gezicht. 'Is dat als geruststelling bedoeld?'

'Sorry. Maar misschien heb je gelijk. Misschien is het hem toch niet. Wat stond er in de eerste brief?'

Het waren slechts woorden, maar Alex vond het moeilijk om ze te herhalen. ' "Je verdient het niet om een baby te krijgen." Dat is ook zoiets, Evelyn. Lundquist weet niet dat ik zwanger ben, dus die brief kan niet van hem zijn.'
'Misschien weet hij het wel. Het is wèl te zien, hoor. Misschien heeft zijn vrouw het gezegd. Waar is de eerste brief? Je moet ze allebei aan Brady laten zien.' Evelyn fronste haar wenkbrauwen. 'We hadden het papier waarschijnlijk niet mogen aanraken. Misschien kan de politie vingerafdrukken vinden.'
'Ik heb de eerste brief niet meer. Die heb ik weggegooid.' Alex zweeg even. 'Ik dacht dat hij van Lisa was.'
Ze legde uit wat er gebeurd was toen ze de zwangerschapskleren had aangepast. 'Ik dacht dat Lisa een hekel aan mij en de baby had, maar de volgende dag bood ze haar verontschuldigingen aan en ging ze met Warren een schommelstoel kopen voor wanneer de baby er is. Ze is geweldig.'
Ze vroeg zich plotseling af of ze tè geweldig was? Mona had gezegd dat Lisa haar werkelijke gevoelens verborgen hield. Stel dat haar stiefdochter net alsof deed?

Alex moest de hele middag aan de brieven denken. Ze voegde te veel bloem bij de pasta voor het papier-machéproject dat de kinderen maakte. Ze liet het Patty de tweede keer doen. Toen morste ze water over een vel voor een aanplakbord. Ze wilde maar al te graag weg toen het drie uur was.
Meestal stond Alex op Nicholas te wachten wanneer hij uit het gebouw kwam, maar er was veel verkeer en ze was een paar minuten te laat. Er stonden groepjes kinderen op het grasveld op hun ouders te wachten, maar toen ze voor de school stil stond, en naar hen keek, zag ze Nicholas niet.
Daar was hij. Hij stond wat terzijde, maar ze herkende zijn donkerblonde haar en profiel. Hij sprak met een man met donker haar. Alex dacht dat het een van de onderwijzers was die buitendienst had. Ze toeterde om Nicholas' aandacht op zich te vestigen, toen stapte ze uit de jeep en bleef op het trottoir op hem staan wachten.
Nicholas draaide zich naar haar om. 'Hoi, mam!' riep hij, toen wendde hij zich tot de onderwijzer. 'Dat is mijn moeder,' hoorde Alex hem zeggen en de onderwijzer keek in haar richting en glimlachte, maar het was geen onderwijzer. Het was Donald Lundquist.
Haar hart sloeg een slag over. Ze liep naar hen toe, maar Lundquist had Nicholas bij de hand gepakt en liep naar haar toe.
'Leuke jongen, mevrouw Prescott.'
'Stap in, Nicholas.' Ze maakte het achterportier open.

Nicholas zei: 'Dat is Bobby's vader, dus hij is geen vreemde, en dan mag ik met hem praten.'

'Nicholas...'

'Ik herinner me Bobby van verleden jaar toen ik bij jou op school was, mam. Bobby's vader zei...'

'Nicholas, ik heb je gevraagd in te stappen. Doe dat alsjeblieft.' Ze haatte de bruuske toon die in haar stem te horen was en de verbaasde en gekwetste blik op Nicholas jonge gezichtje, maar ze moest hem dringend bij Lundquist weg hebben, dat was het allerbelangrijkste.

'Goed.' Zonder haar aan te kijken, klom hij achterin en bleef passief zitten terwijl ze de veiligheidsriemen vastmaakte.

Ze deed het portier dicht en draaide zich om om Lundquist aan te kijken. Ze sprak beheerst, zodat Nicholas het niet zou horen. 'Als u ooit weer bij mijn zoon in de buurt komt, bel ik de politie.'

'Er is geen wet die het verbiedt om tegen mensen te spreken, is het wel? Of om basisscholen te bekijken voor je kind. Bobby begint in september met de kleuterschool. Vindt u als onderwijzeres niet ook dat dit het juiste tijdstip voor me is om eens te kijken wat er zoal is op dat gebied?'

'Blijf bij ons uit de buurt!'

'Ik moet u zeggen dat ik het heel leuk vind dat u tegen de politie heeft gezegd dat ik in uw school te keer ben gegaan. Sally heeft zeker voorgesteld dat u dat moest zeggen?' Lundquist kwam dichter naar haar toe. 'Ik wil mijn vrouw terug, mevrouw Prescott. Ik wil mijn zoon terug. Ik wil weer een gezin vormen. Begrijpt u dat niet? U zou het afschuwelijk vinden als u uw zoon niet kon zien, als u niet wist waar hij was. Zo voel ik me, mevrouw Prescott. Iedere minuut van de dag.'

Ze liep weg naar de bestuurderskant van de jeep.

'Waar is ze, mevrouw Prescott?'

Ze maakte het portier open, stapte snel in en trok het portier dicht.

'Waar is ze?' schreeuwde Lundquist. Hij leunde over de motorkap en zijn woedende gezicht was slechts een paar centimeter van de voorruit verwijderd.

Ze deed haar riemen aan en draaide het contactsleuteltje om. Ze zag zijn hand omhoog gaan, een vuist vormen, en naar beneden gaan naar het raam. Ze dook in elkaar. Op het laatste ogenblik spreidde hij zijn vingers en zwaaide tegen Nicholas.

'Tot ziens,' zei hij tegen het jochie.

Alex liet de handrem los en reed weg.

Hoofdstuk 15

Zodra ze thuiskwam, zette Alex Nicholas in de eetkamer met iets te eten en liep naar de studeerkamer. Ze belde rechercheur Brady en vertelde hem wat er was gebeurd.
'Heeft hij de jongen iets gedaan?' vroeg Brady.
'Nee. Er stonden mensen in de buurt. Maar hij zinspeelde erop dat als ik hem niet vertelde waar zijn vrouw en zoon waren, hij...' Ze deed haar ogen dicht en kreeg de woorden niet over haar lippen. 'Dat hij Nicholas zou meenemen.'
Het bleef even stil. Toen zei Brady: 'Dat betwijfel ik, mevrouw Prescott. Hij weet dat als uw zoon iets overkomt, vooral na vandaag, we regelrecht naar hem toe gaan.'
'Rechercheur Brady, u denkt logisch. Lundquist is niet logisch. Of redelijk. Ik wil dat de politie hem een verbod oplegt om bij mij en mijn gezin in de buurt te komen.'
'Daar heeft u een advocaat voor nodig. Maar dat is niet gemakkelijk. Er is geen sprake geweest van een duidelijke bedreiging, geen daadwerkelijke bedreiging.'
'Wilt u wachten tot hij iemand aanvalt of Nicholas ontvoert?' Ze besefte dat ze bijna schreeuwde. Met moeite hield ze haar stem in bedwang. 'Ik wil politiebescherming.'
Brady zuchtte. 'Mevrouw Prescott, luistert u nou eens. Ik begrijp u helemaal. Maar politiebescherming is onmogelijk. Ik zal nog eens met Lundquist praten en hem het vuur na aan de schenen leggen. En als u hem ziet en hij heel duidelijk wordt...'
Alex bedankte Brady (ze vroeg zich af waarvoor eigenlijk) en hing op. Ze belde Warren op. Zijn secretaresse vertelde haar dat hij bij de rechtbank was en dat ze de boodschap zou doorgeven. Toen belde Alex Evelyn op school en vertelde haar wat er was gebeurd.
'Ik wil dat je speciale maatregelen treft wanneer de ouders komen. Zorg ervoor dat ieder kind naar de auto begeleid wordt.' Nadat Alex met Brady had gesproken, had ze bedacht dat Lundquist

111

een van de andere kinderen als doelwit kon nemen om Alex ertoe te brengen hem te vertellen waar zijn gezin zich bevond. Ze vroeg zich plotseling af wat ze zou doen als ze inderdaad wist waar Sally Lundquist zich met haar zoon schuilhield.

Ze herinnerde zich het papiertje dat Sally Lundquist had laten vallen. Toen ze de laatste keer had opgebeld, had degene die de telefoon had opgenomen gezegd dat er daar geen Sally Lundquist woonde. Maar misschien was dat een vaste voorzorgsmaatregel voor de vrouwen en kinderen die in het tehuis woonden.

Alex vond het papiertje en drukte de nummers in. Nadat de telefoon twee keer was overgegaan, werd hij door een vrouw opgenomen en Alex zei haar naam en vroeg naar Sally Lundquist.

'U hebt het verkeerde nummer gedraaid,' zei de vrouw.

'Zeg haar dat dit een noodgeval is. Haar man vernielt mijn peuterzaal. Hij bedreigt mijn gezin.'

'Het spijt me heel erg, mevrouw, maar...'

'Vertel het haar nou maar, oké? Alexandra Prescott.'

De vrouw hing op. Alex legde de hoorn neer. Het was vermoedelijk zinloos, dacht ze. Ze draaide zich om en zag Nicholas staan.

'Heb je je koekjes op?' vroeg ze.

Hij knikte. Hij was stilletjes geweest in de auto, en dat was uitzonderlijk voor hem, maar het was ook geen wonder gezien de ongebruikelijke harde toon die Alex had aangeslagen toen ze tegen hem had gezegd in de jeep te stappen.

'Zullen we een spelletje Trouble doen?'

Hij schudde zijn hoofd met neergeslagen ogen.

Ze liep naar hem toe en knielde neer tot ze even groot waren. 'Nicholas, het spijt me dat ik tegen je geschreeuwd heb bij school.'

'Ik deed iets verkeerd, hè?' Plotseling stonden zijn ogen vol tranen. Zijn lippen trilden. 'Maar het is de vader van Bobby en ik heb hem vorig jaar gezien, dus ik dacht dat hij geen vreemde was!'

'Je hebt niets verkeerds gedaan, Nick.' Ze aarzelde. 'De vader van Bobby is boos op mij. Daarom wil ik niet dat je met hem praat.'

'Is hij de boze man waar jij en papa over praatten?'

Ze aarzelde. Ze wilde hem niet bang maken. 'Ja.'

'Ik wil niet dat hij jou iets doet, mammie!'

Nicholas wierp zich tegen haar aan. Ze sloeg haar armen om hem heen. Ze voelde hem trillen. Ze vroeg zich af of hij haar ook voelde sidderen.

Ze streek over zijn haar. 'Dat gebeurt niet, Nick. Dat doet hij niet.'

Die nacht werd ze wakker van een nachtmerrie lang nadat Warren in slaap was gevallen en ze dwong zich rustig te blijven wachten tot het wilde bonzen van haar hart wat afnam.

De dromen werden erger. Sinds de eerste brief was gearriveerd, kwamen ze vaker en waren ze intenser. Vooral de geluiden. Alex kon niet tegen de geluiden.

Het schrille, korte gerinkel van de telefoon aan de muur.

Het ritmische geklik van de hoorn als die als een metronoom tegen de muur aan slaat.

Het protesterende gekraak van de kale traptreden vanuit haar zolderatelier. Het gedempte geklets van haar blote voeten over de volgende, gestoffeerde trap als ze naar beneden vliegt naar de kamer beneden.

De indringende stilte die haar daar tegemoet komt.

De kermende wind in haar oren als ze rent, haar voeten die over de warme, korrelige stenen springen.

Het piepende hek als ze het opentrekt. Het weerkaatsende geluid als het tegen de omheining aan slaat.

Ze is het hek door, maar voor haar is er nog één en nog één, elk met zijn eigen gepiep en geknars, zoveel hekken, ze komt er nooit door, nooit! Het geknars neemt toe tot een uitzinnig samenhangend geluid, een slagwerksolo die op drift geraakt is, tot ze denkt dat haar trommelvliezen het zullen begeven en als ze ten slotte het laatste hek door is, is het laatste geluid dat haar bijblijft de klank van de eerste keer dat de telefoon overging en nu uit haar keel te voorschijn komt als een primitieve schreeuw die haar wekt en trillend in bed achterlaat.

Ze begrijpt nooit hoe het mogelijk is dat Warren die schreeuw niet hoort.

Toen Alex Nicholas dinsdagochtend naar school gebracht had, praatte ze met het hoofd van de school en vertelde haar wat er was gebeurd.

'Mijn man en ik willen niet dat Nicholas zonder toezicht buiten het schoolgebouw wacht, nog geen tien seconden,' zei Alex tegen de vrouw en ze zag aan de uitdrukking in haar ogen dat ze serieus genomen werd.

Toen ze naar de peuterzaal reed, voelde ze zich iets rustiger. Nicholas wist dat hij bij Lundquist moest wegblijven; hij zou oppassen. Lisa ook. Ze zou voorlopig niet naar school fietsen. Warren zou haar afzetten en Alex zou haar ophalen.

Warren had Brady vanuit kantoor opgebeld en die ochtend had Brady nogmaals met Lundquist gesproken; Lundquist ontkende uiteraard dat hij probeerde Alex te intimideren, maar Brady had het idee dat hij vooruitgang boekte bij de man. Warren was ook bezig met een aanvraag om Lundquist officieel te verbieden bij zijn gezin in de buurt te komen. 'Voor alle zekerheid,' had hij gezegd. 'Ik geloof niet dat het echt nodig is.'

Evelyns auto stond op de parkeerplaats van de peuterzaal toen Alex kwam. Alex had haar gevraagd vroeg te komen voor het geval zij op de school van Nicholas opgehouden zou worden. Evelyn was in het kantoor en leunde tegen Alex' bureau terwijl ze aan het telefoneren was. Ze zwaaide met haar vrije hand naar Alex.

'Hoi,' zei Alex geluidloos. Ze zette haar tas op het bureau, liep toen naar de kast en hing haar spijkerjasje op.

'Tot zaterdag,' zei Evelyn in de hoorn en legde hem neer. Ze wendde zich tot Alex. 'Heb je met het hoofd van Nicholas' school gesproken?'

Alex knikte. 'Ze zullen erg voorzichtig zijn. Met wie praatte je?'

'Met Jerry. Hij wil zaterdag met mij en zijn ouders uit eten gaan.' Ze glimlachte, er lag een blos op haar gezicht van blijdschap en opwinding. 'Ik heb ja gezegd. Nu ben ik een beetje zenuwachtig. Ik hoop dat ik de juiste beslissing neem.'

Alex glimlachte. 'Natuurlijk. Je zegt steeds hoe aardig je hem vindt, hoeveel jullie gemeen hebben. Wat trek je aan?'

'Ik weet het niet!' Evelyn keek geschrokken. 'Ik zal een nieuwe jurk moeten kopen. Ga je met me mee, Alex? Tenzij dat te veel voor je is,' voegde ze er snel aan toe. 'Met alles dat je al aan je hoofd hebt, bedoel ik.'

'Ik kan wel wat afleiding gebruiken. Wat dacht je van donderdagavond? Ik zal ervoor zorgen dat Lisa of Warren dan thuis is om op Nicholas te passen.'

'Donderdagavond is prima. Bedankt, Alex.' Evelyn glimlachte en pakte een stapel stencils van het bureau. 'Ik zal deze even uitdelen voor de kinderen komen,' zei ze en liep het kantoor uit.

De telefoon ging. Het was Warren. Was alles die ochtend goed verlopen met Nicholas? Alex verzekerde hem dat alles in orde was en dat de school had beloofd goed op hem te letten. Zodra ze had opgehangen, ging de telefoon weer.

'Spreek ik met mevrouw Prescott?' vroeg een vrouwenstem.

'Ja. Kan ik u helpen?'

'Met Sally Lundquist. Ik weet niet hoe u aan mijn nummer komt, of hoe ik u kan helpen, maar ik vind het heel naar dat dit gebeurd is. Is alles met u in orde?'

'Ik wilde u niet lastig vallen, mevrouw Lundquist, maar ik wist niet tot wie ik me anders moest wenden.' Alex vertelde wat er de afgelopen dagen gebeurd was. 'Ik dacht dat u uw man misschien kon opbellen en hem vertellen dat ik niet weet waar u bent.'

'Tja.' Ze zweeg even en zei toen: 'Maar als ik hem bel en hem dat zeg, weet hij dat we elkaar gesproken hebben. Hoe kan ik dit alles anders weten?'

Alex had hierover nagedacht. 'U kunt zeggen dat u het in de plaatselijke krant heeft gelezen,' Alex had er niets over gelezen, maar dat zou Lundquist niet weten.

Weer stilte. 'Ik wil u graag helpen, mevrouw Prescott. Echt waar. Ik weet hoe Donald kan zijn.' Sally Lundquist zweeg even. 'Maar ik weet werkelijk niet of ik met hem kan spreken.'

'Dat begrijp ik.' Alex was teleurgesteld, maar ze begreep het wel. 'Ik ben eerder weggelopen, ziet u. Naar mijn ouders. Ik heb telkens bij mezelf gezegd dat ik niet terugging, maar Donald kan zo overtuigend zijn. En Bobby mist hem...'

'Mevrouw Lundquist, vergeet dat ik heb opgebeld. Ik red het wel.'

'Ik zal erover denken, goed? Ik bel u nog wel. En mevrouw Prescott, verscheur alstublieft het papier met mijn telefoonnummer. Als Donald enig idee had dat u wist hoe u mij moest bereiken...'

Het eerste wat Alex deed toen ze met Nicholas thuiskwam, was de post in de gang bekijken. Er waren tijdschriften, rekeningen en verschillende enveloppen voor Lisa. Geen akelige brief voor Alex.

Ze slaakte een zucht van verlichting en liep de keuken in om naar Nicholas te kijken die met zijn dagelijkse hapje bezig was. Toen ging ze zich boven verkleden.

Paula was in Alex' slaapkamer bezig Warrens gebreide truien in zijn kast te leggen. Ze keek op toen Alex binnenkwam.

'Hallo, Alex.' Ze glimlachte. 'Heb je een prettige dag gehad?'

'Heel prettig, Paula. Dank je wel.' Ze trok haar sportschoenen uit en zette ze netjes naast haar bed. Ze gooide haar sokken in de wasmand in de badkamer. Ze liep graag op blote voeten.

Toen ze uit de badkamer kwam, had Paula een stapel ondergoed van haar opgepakt en trok de la van haar ladenkast open.

Voor de zoveelste keer zei Alex: 'Paula, wil je alles alsjeblieft op de ladenkast laten liggen. Ik leg het wel weg.'

'Ik ben eraan gewend om het te doen. Ik vind het niet erg.'

Maar ik wel, dacht Alex. Ze vond het geen prettig idee dat Paula of wie dan ook aan haar spullen zat en ze aanraakte. Vooral de spullen in die la. Het gaf haar een kwetsbaar gevoel, maar dat was onzin. De grijze envelop lag goed verstopt achterin.

(Maar het was niet onmogelijk om hem te vinden als iemand er naar op zoek was. Ze zag wel in hoe gevaarlijk het was om de envelop in haar slaapkamer te bewaren, maar ze moest de inhoud dagelijks bekijken, het was een deel van het pijnlijke ritueel geworden.

115

Soms bedacht ze dat ze hem daar bewaarde omdat ze onbewust wilde dat Warren het geheim leerde kennen dat zij hem niet durfde te vertellen. Wanneer het eenmaal onthuld was, zou het haar niet meer achtervolgen.)

'Ik heb de schommelstoel gezien,' zei Paula. 'Beeldig.'

'Lisa heeft hem uitgezocht.' Alex vroeg zich af waarom ze het nodig vond om dit Paula te vertellen. Om te tonen dat ze een 'gezin' waren? Dat Lisa haar mocht? Vermoedelijk.

'Lisa is een schat van een kind. En Nicholas,' Paula schudde haar hoofd. 'Dat is een lieverd. Hij doet me aan mijn neefje denken. Ik voel me zo met die kinderen verwant.'

'Ze zijn erg dol op je, Paula. Dat zijn we allemaal.' De laden van de kast waren nu dicht. Alex liep de kamer uit.

'Alex?'

Ze draaide zich om. 'Ja?'

'Denise vertelde me over het feestje ter ere van je zwangerschap dat zij en mevrouw Mona voor je geven. Ik ben erg blij voor jou en heel de familie over de baby.'

O ja? Uit de stem van de vrouw of uit haar uitdrukking kon Alex niets opmaken. 'Dank je, Paula. Dat is aardig van je.'

'Het zal heerlijk voor Nicholas zijn om een broertje of zusje te hebben. Natuurlijk zul je nu meer hulp in huis nodig hebben en iemand die op de baby past. Denise zei dat ze naar iemand anders zal uitkijken om haar te helpen, zodat ik hier full-time kan komen.'

'Dat is lief van je aangeboden, maar ik weet nog niet zeker of ik wel blijf werken.' Dat was een leugen, maar hoe kon ze de vrouw vertellen dat ze haar zelfs geen twee dagen in de week wilde hebben en dat full-time ondraaglijk zou zijn?

Nicholas was klaar met eten en zat in de woonkamer te tekenen. Alex bewonderde zijn werk en liep naar de keuken. Ze stond bij het aanrecht wat salade te eten die was overgebleven toen Paula verscheen.

'Alles is opgeruimd, Alex. Er moeten alleen nog twee overhemden gestreken worden, maar dat doe ik vrijdag.'

'Dank je, Paula. Alles ziet er prachtig uit, zoals altijd.' Dat was waar. Paula was een perfecte huishoudster en behandelde alles in het huis zorgvuldig.

'Zorg goed voor jezelf, Alex. En voor de baby.' Paula glimlachte en vertrok.

Alex at de salade op. Toen ze de kom en de vork afspoelde, vroeg ze zich af wie ze wèl zou nemen om op de baby te passen. Ze vond Paula irritant, maar ze was een logische keus; ze was eerlijk en je kon op haar rekenen. De kinderen hielden van haar. Na Andrea's dood had ze Nicholas, die toen vijf weken was, vrijwel grootgebracht, dat had Paula Alex vaak genoeg verteld. Paula met haar irritante gewoonten en bezitterige manieren zou beter zijn dan een vreemde met nog onbekende irritante gewoonten. Of nog erger, iemand die ondeskundig was. Alex had genoeg schokkende verhalen over kinderjuffen gehoord.

Ze ging even bij Nicholas kijken. Hij was druk aan het tekenen en zong met Mr. Rogers mee, die zijn tennisschoenen dichtstrikte en hem uitnodigde hetzelfde te doen.

Ze liep de gang door naar haar atelier en raakte prompt geïrriteerd. Ze had gisteravond drie schetsen op de bank gelegd. Paula had er een net stapeltje van gemaakt en ze aan de ezel vastgeklemd. Ze had het lichtbeige tapijt in evenwijdige banen gestofzuigd en het vloerkleed was perfect glad op de indrukken van de poten van de strijkplank na. Alex herkende ze.

Paula had ook de brede gele linten doorgeknipt die de schommelstoel hadden versierd. Het strak gedraaide lint en bijbehorende strik lagen op de richel van de ezel. Ze vroeg zich af of Paula de stoel had geprobeerd en erin had geschommeld.

Paula wilde dat ik het lint zou zien, besefte Alex. Net zoals ze wilde dat ik de afdrukken van de strijkplank zag, zodat ik wist dat ze in deze kamer is geweest, gedaan heeft wat ze wilde, wat ik haar had gevraagd niet te doen. Ze was bezig haar rechten en haar vroegere kamer op te eisen.

Die avond, nadat Warren Lisa had geholpen met haar huiswerk voor wiskunde, vertelde Alex hem over Paula. Ze waren in de slaapkamer, hij had de tv aangezet en lag op zijn kant van het bed met zijn handen achter zijn hoofd gevouwen.

'En?' vroeg hij toen ze klaar was. Hij klonk ongeïnteresseerd.

'En dus ben ik in een voortdurende machtsstrijd verwikkeld met die vrouw.'

'Je máákt er een strijd van, Alex. Nou en, dan strijkt ze in je atelier. Wat doet dat ertoe? Ze maakt niets kapot.'

Hij schonk zijn aandacht weer aan de tv.

Ze voelde een vlaag van irritatie. 'Ze vernielde mijn blouse. Ze legt alles anders. Ik vraag haar telkens weer dat niet te doen. Ze komt overal aan. Ik vind dat heel vervelend, Warren.'

Hij zuchtte. 'Leg het toch naast je neer, Alex.'

'Ze heeft in de schommelstoel gezeten, Warren. Het was een cadeau voor mij, maar zij heeft het lint eraf geknipt en is in de stoel gaan zitten.'

Hij draaide zich om en keek haar aan. 'Jezus, hoor je jezelf? "Ze

117

komt aan mijn spullen. Ze zit in mijn stoel". Je lijkt wel een kind, of één van de zeven dwergen.'

De tranen sprongen Alex in de ogen. Misschien klonk ze inderdaad kinderachtig, maar waarom was zijn stem zo kil en ongevoelig? Hij was de hele avond wonderlijk stil geweest. 'Misschien ben ik niet volwassen, Warren, maar ik wil dat ze weggaat.'

'En wie moet er verder nog weg?' Plotseling lag er een harde blik in zijn ogen.

Ze fronste haar wenkbrauwen. 'Wat bedoel je?'

'Wat dacht je van Lisa? Moet ik die ook zien kwijt te raken?'

Ze staarde hem aan. 'Hoe kun je dat zeggen? Je weet hoe ik mijn best heb gedaan om een goede relatie met haar op te bouwen. En het gaat veel beter.'

'Maar het zou verdomd veel gemakkelijker zijn als ze er niet was, hè? Alleen jij en ik en Nicholas en de baby.'

'Waarom doe je zo akelig, Warren? Heeft Lisa iets tegen je gezegd?' Het meisje was stilletjes geweest tijdens het avondeten en regelrecht naar haar kamer gegaan, maar Alex had gedacht dat het was omdat ze de volgende ochtend een belangrijk wiskundeproefwerk had.

'Ze heeft me het aanmeldingsformulier laten zien, dat je door de school aan haar hebt laten sturen.'

'Ik weet niet waar je het over hebt.'

'De kostschool, Alex. Je hebt gezorgd dat de Sheffield School haar een aanmeldingsformulier stuurde voor het volgende kwartaal. Hoe denk je dat ze zich voelde toen ze dat kreeg?' Zijn woede kwam aan als een zweepslag.

'Ik heb nooit een kostschool benaderd, Warren! Misschien is het een reclamecampagne om leerlingen te werven.'

Warren stond van bed op en liep naar zijn kastje in de slaapkamer. 'Geachte mevrouw Prescott. Dank u voor uw aanvraag over de Sheffield School,' las hij voor. Hij gaf haar het aanmeldingsformulier.

Alex keek ernaar, toen gaf ze het hem terug. Ze schudde haar hoofd. 'Er is een fout gemaakt.'

'Een van de eerste dingen die me in jou aantrok, was je manier van omgaan met Nicholas en de andere kinderen van de peuterzaal. Ik heb van het begin af aan duidelijk gemaakt dat ik iemand nodig had die van *allebei* mijn kinderen hield.' Er lag een harde klank in zijn stem.

Plotseling was ze woedend. 'Is dat de enige reden waarom je met me getrouwd bent, Warren? Om een moeder voor je kinderen te hebben, iemand om Andrea te vervangen? Allebei onze namen beginnen met een A, dus je hoefde de monogrammen op de handdoeken niet eens te veranderen.' Ze zag het verdriet op zijn gezicht en zei bij zichzelf dat het haar niet kon schelen. Hij had haar ook gekwetst.

Warren haalde diep adem. 'Dat is gemeen, Alex,' zei hij zachtjes. 'En het is niet waar. Je weet dat ik van je hou.'

'Dit gaat niet om houden van. Dit gaat om vertrouwen. Hoe kun je ook maar een seconde denken dat ik Lisa een aanmeldingsformulier voor een kostschool zou sturen? Denk je dat ik zo gemeen, zo geniepig zou zijn?'

'Ze heeft het niet aan zichzelf gestuurd.'

'Nee?'

Hij fronste zijn wenkbrauwen. 'Wat bedoel je daarmee?' Zijn toon was dreigend kalm.

Ze aarzelde, en zei toen: 'Ik was niet van plan je dit te vertellen, maar nu moet ik wel. Iemand stuurt mij akelige brieven.' Ze vertelde hem wat erin had gestaan en lette op zijn gezicht. 'Ik denk dat Lisa ze heeft gestuurd, Warren. Ze haatte me verleden week. Vrijdag verontschuldigde ze zich, maar ze deed duidelijk alsof. Nu stuurt ze zichzelf dit aanmeldingsformulier. Het is zonder meer een zekere manier om jou te laten denken dat ik de gemene stiefmoeder ben.'

'Je hebt het mis, Alex.' Hij schudde ongeduldig zijn hoofd. 'Lisa zou nooit zoiets doen. Iemand anders stuurt die brieven.'

'Wie?' Dezelfde die het aanmeldingsformulier had gestuurd, nam Alex aan.

'Waar zijn die brieven? Mag ik ze zien?'

'Ik heb ze weggegooid.' Ze zag hem sceptisch kijken. 'Ik wilde ze niet in mijn buurt hebben. Evelyn heeft de tweede gezien. Bel haar maar op als je me niet gelooft. Waarom zou ik het verzinnen?'

'Natuurlijk geloof ik je. Ik wilde ze alleen zien. Misschien had ik er iets uit kunnen opmaken.' Hij legde het aanmeldingsformulier weer op het kastje, toen draaide hij zich snel om. 'En Lundquist? Hij kan je die brieven gestuurd hebben. Hij is erop uit om je te grazen te nemen.'

'Hij zou het aanmeldingsformulier niet naar Lisa hebben gestuurd. Het is te toevallig om te denken dat er twee mensen op uit zijn om ons het leven moeilijk te maken.' Om het míj moeilijk te maken, verbeterde ze in stilte. Iemand is bezig mij te lozen. Ze voelde een huivering van angst.

'Ik weet dat het Lisa niet was, Alex.' Zijn stem klonk eerder smekend dan dringend. 'Wie dan wel?'

Plotseling dacht ze aan Ron.

119

'Het zou Ron kunnen zijn,' zei Alex. Zonder Warren aan te kijken, vertelde ze hem over het voorval in de tuin en haar gesprek met Denise en legde uit waarom ze het niet eerder had gezegd.

'Ron heeft me verleden week opgebeld,' ging ze verder, 'schreeuwend en razend. En zaterdag klampte hij me voor The Rose aan en smeekte me om tegen Denise te zeggen dat ik had gelogen. Ik heb geweigerd. Misschien is dit zijn manier om wraak te nemen.' Ze voelde zich onmetelijk opgelucht. Dat was één geheim dat ze kwijt was. Het andere...

'Ik weet van Ron af en wat er is gebeurd,' zei Warren.

Alex keek hem met grote ogen van verbazing aan. 'Je weet het? Heeft hij...?'

'Denise heeft het me verteld.' Warrens toon was neutraal. Er lag een vreemde uitdrukking in zijn ogen.

Alex kreeg het gevoel alsof ze een klap in haar gezicht had gekregen. Ze had tegen Denise gezegd dat ze het niet tegen Warren zou zeggen. Ze had haar redenen uitgelegd. Waarom had Denise het hem verteld, als ze geen problemen tussen Alex en hem wilde veroorzaken? En wat had Denise nog meer gezegd? Had ze geïnsinueerd dat Alex Ron had aangemoedigd? Alex wilde het weten, maar was bang om het te vragen.

'Het spijt me,' zei ze. 'Misschien had ik het je moeten vertellen. Je begrijpt toch wel waarom ik dat niet heb gedaan?'

'Ik begrijp het wel, maar had het zelf maar verteld toen het gebeurd was. Je hebt het over vertrouwen, Alex. Maar dat geldt voor ons alle twee, hoor,' zei hij zachtjes.

Warren zei tegen Alex dat hij naar kantoor ging om nog wat te werken.

'Wacht maar niet op me,' voegde hij eraan toe. 'Het kan laat worden.'

Hoe laat, vroeg ze zich af. En waarom kon hij niet in zijn studeerkamer werken? Nadat hij weg was, besloot ze wat melk en cornflakes te gaan kopen. Er was genoeg voor morgen, maar ze wilde het huis uit.

Lisa zat in haar slaapkamer in kleermakerszit op haar bed gebogen over een studieboek. Ze had de koptelefoon van haar walkman op. Alex moest haar naam twee keer roepen om haar aandacht te krijgen. 'Ik ga even boodschappen doen,' zei Alex tegen haar. 'Ik ben binnen een uur wel terug.'

'Goed.' Het meisje vermeed het om Alex aan te kijken.

En dat vind ik best, dacht Alex, toen ze achteruit de oprit afreed. Hoewel ze de blik in de ogen van haar stiefdochter wel had willen zien. Was het woede? Verdriet? Triomf?

Toen ze in de supermarkt met haar halfvolle winkelkarretje langs de schappen reed en naar de soorten cornflakes keek die Lisa en Nicholas lekker vonden, kreeg ze het onprettige gevoel dat iemand haar opnam. Haar hart sloeg sneller, ze stond stil en keek even opzij terwijl ze deed alsof ze de stapel met dozen cornflakes voor zich bekeek.

Er was niemand.

Kalmeer, zei ze bij zichzelf, maar tien minuten later, toen ze bij de groenteafdeling was gekomen, had ze weer dat gevoel. Ze draaide zich snel om en ving een blik van geschrokken ogen op en een gezicht dat gedeeltelijk gemaskeerd werd door een zwarte pet. Het gezicht werd snel afgewend. Een seconde later zag Alex de mouw van een donkere trui en een pijp van een spijkerbroek met een sportschoen om de dichtstbijzijnde rij schappen verdwijnen.

Ze liet haar karretje staan, spoedde zich om het eiland met aardappelen en uien heen, maar toen ze bij het gangpad kwam dat de persoon in kwestie was ingeslagen, zag ze alleen een vermoeid uitziende jonge vrouw met een kindje dat in een draagband tegen haar borst hing. De vrouw sloeg haar arm om de baby en staarde Alex aan.

'Sorry,' zei Alex die van verlegenheid een nog diepere kleur kreeg dan ze van boosheid en angst al had. 'Ik dacht dat ik iemand zag die ik kende.' Ze liep het pad uit, keek snel even in de andere gangpaden en liep toen verslagen terug naar haar karretje.

Misschien heb ik me alles verbeeld, zei ze bij zichzelf, maar er was iets bekends geweest aan de ogen en het gezicht. Buiten reed ze snel met het karretje over het asfalt naar haar jeep. Toen ze de veiligheidsriemen in haar auto had omgedaan, reed ze de parkeerplaats op en neer en bekeek de auto's.

Er stond geen zilverkleurige Jaguar. Maar dat wilde niet zeggen dat die er niet geweest was.

Toen ze dichter bij huis kwam, drong het tot haar door dat het misschien Lundquist niet geweest was. Het kon Ron zijn. Of iemand anders. Die gedachte, samen met de brieven, joeg haar nog meer angst aan en ze wist dat ze het Warren moest vertellen.

Warren was niet thuis toen Alex terugkwam. Het licht in Lisa's slaapkamer was aan, Alex klopte, maakte de deur open en stak haar hoofd om de hoek. Lisa zat in dezelfde houding op haar bed met haar koptelefoon nog op.

'Heeft je vader opgebeld?' vroeg Alex. 'Lisa?' riep ze op scherpere toon.

Het meisje keek op. 'Wat?' Ze klonk geïrriteerd.

'Ik vroeg of je vader had opgebeld.'

'Nee. Evelyn heeft een half uur geleden gebeld. Ze zei dat ze al eerder had gebeld, maar toen moet ik in de badkamer geweest zijn of zo.' Lisa vestigde haar aandacht weer op haar boek.

'Of zo' kon de koptelefoon zijn geweest, dacht Alex geërgerd toen ze de deur dicht deed en naar beneden liep. Als Lisa die op had, was ze in een andere wereld. Alex zette de boodschappen weg en belde toen Evelyn op.

'Er is niets bijzonders,' zei Evelyn. 'Ik wilde alleen weten of alles in orde was met Nicholas.' Ze klonk ongerust.

'Ja, hoor. Hij stond in de school te wachten toen ik hem ophaalde. Ik heb Lundquist niet gezien.' Alex fronste haar wenkbrauwen. 'Je hebt hem toch ook niet op de peuterzaal gezien nadat ik weg was?'

'Nee, dan had ik je wel gebeld. Maar ik moet eerlijk zijn, Alex. Ik blijf steeds omkijken om te zien of hij er is. Ik ben door dit geheel erg onrustig geworden.'

'Ik ook.' Alex vroeg zich af of ze Evelyn over de figuur in de supermarkt zou vertellen, maar waarom? Het zou haar alleen maar zenuwachtiger maken dan ze al was. En stel dat Alex het zich allemaal verbeeld had?

Ze besloot te wachten tot Warren thuiskwam, maar ze viel in slaap terwijl ze tv keek. Tegen die tijd had ze besloten het hem niet te vertellen. Hij zou gevraagd hebben hoe je weet of iemand je in het oog houdt en zij zou uitgelegd hebben dat ze sterk dat gevoel had, dat er iets bekends was geweest aan de ogen en het gezicht. En Warren zou sceptisch gekeken hebben, net zoals een paar uur geleden toen ze hem over de twee brieven had verteld en hij zou denken dat ze gewoon een beetje gek was.

Misschien was ze dat ook wel.

Woensdag kwam er weer een envelop.

Ze was boos toen ze haar naam met de zwarte viltstift in hoofdletters geschreven zag. Ik laat me hier niet door opjutten, zei ze bij zichzelf toen ze de envelop openscheurde en de brief eruit haalde. Wie dit ook doet, speelt een kinderachtig spelletje en kan mij niet kwetsen.

Ze vouwde het papier open.

'MOORDENARES!' De bloedrode letters sprongen haar tegemoet.

'O, God!' fluisterde ze, en liet het papier vallen. Het zweefde zachtjes naar de grond.

Hoofdstuk 16

Alex had zich voorgenomen dat als ze nog een brief kreeg ze hem aan Brady zou laten zien. Maar deze brief kon ze niet aan de rechercheur laten zien, of aan Warren, want ze zouden willen weten wat de schrijver bedoelde (MOORDENARES). En hoewel het niet waar was – niemand die wist wat er was gebeurd, zou zeggen dat het waar was – kon ze de zaak niet uitleggen zonder datgene te onthullen dat ze met zo veel moeite drie jaar lang verborgen had gehouden.

Ze stond in de keuken bij het aanrecht en verscheurde de brief in kleine snippers tot het akelige woord onherkenbaar was. Toen veegde ze de resten op haar handpalm en liep naar de badkamer bij de bijkeuken. Ze gooide de snippers in de toiletpot. De snippers die deel van het woord hadden uitgemaakt, leken drijvende bloeddruppels in het water. Ze trok door en wachtte tot het lichtblauwe water helder en rustig was geworden.

Nicholas lag nog op het vloerkleed in de studeerkamer, verdiept in zijn auto's. Alex liep langs hem op weg naar boven.

'Ik ben zo terug,' zei ze en stond versteld van haar rustige stem.

In haar slaapkamer liep ze naar de ladenkast (ze hoefde zich nu immers niet te haasten) en reikte in de la naar de grijze envelop. Die lag daar natuurlijk precies op de plek waar ze hem had neergelegd. Maar wat bewees dat? Iemand die haar laden bekeek (Lisa? Paula?) zou ervoor zorgen dat de inhoud niet verschoof en zou er zelfs nog beter voor zorgen om de envelop op zijn oorspronkelijke plaats terug te leggen.

Maar het was net zo goed mogelijk dat wie haar de brieven ook stuurde, gegevens had vergaard die niet uit de la van haar kast stamden, maar uit de vermiste telefoonrekeningen. Ze was er tot op dit ogenblik zeker van geweest dat Lundquist ze had weggenomen in een poging zijn vrouw op te sporen. Stel nou dat iemand anders ze had weggenomen? Iemand die haar haatte?

Niet Lundquist, besloot Alex. Degene die de brieven stuurde had ook het aanmeldingsformulier voor de kostschool gestuurd. Maar wie dan?

Het kon Evelyn zijn, zij had altijd toegang tot de dossiers van Alex. Of het kon iemand zijn die was komen helpen toen de vernielingen in de peuterzaal waren aangebracht. Hoe moest Alex ze onder ogen komen als ze het niet wist?

Ze hoefde Lisa in ieder geval vanavond niet meer te zien. Denise had haar van school opgehaald en mee uit eten genomen; Lisa zou vannacht bij haar tante blijven. Het was een opwelling geweest, had Warren Alex 's ochtends verteld, maar Alex wist wel beter. Lisa wilde haar ontlopen (ze had goedemorgen gezegd toen Alex beneden was gekomen, maar verder niets voor ze naar school was gegaan). Omdat ze denkt dat ik het aanmeldingsformulier heb gestuurd? Of omdat ze het zichzelf heeft gestuurd en bang is dat ik de waarheid op haar gezicht zal lezen?

'Ik kan hier niet meer tegen!' zei Alex hardop.

Haar hoofd begon te kloppen. Ze duwde haar handen tegen haar hoofd en masseerde haar slapen. Je zou boos moeten zijn, vertelde ze zichzelf. Richt je daar op, niet op je angst. Wie dit ook gedaan heeft, die heeft je privacy geweld aan gedaan, je verleden. Maar haar woede was niet tegen die taak opgewassen en hoewel de brief weg was, stond het woord MOORDENARES! nog in haar geheugen gegrift.

Warren belde om vijf uur en zei hij laat thuis zou zijn. Een belangrijke ontmoeting met een cliënt van buiten de stad, zei hij tegen Alex; hou maar geen eten voor me warm. Ze grilde twee kleine lamskarbonaden voor Nicholas en een zalmfilet voor zichzelf. Na het eten keek ze toe hoe hij in bad ging. Toen las ze hem voor uit *Marvin K. Mooney, Will You Please Go Now!* van dr. Seuss. Het was een verhaal waar hij op het ogenblik dol op was en ze las de vertelling met alle grappige intonaties en handgebaren die hij zo graag hoorde en zag. Nicholas hoefde er niet onder te lijden dat de grond onder haar voeten werd weggeslagen.

Nadat hij was gaan slapen, probeerde Alex naar een komische tv-serie te kijken, maar ze kon zich niet concentreren, ze vond de dialoog taai en het ingeblikte gelach irritant. Ze ging naar boven, trok haar nachtjapon aan, sloeg de sprei terug en legde die aan het voeteneinde. Ze stapte in bed toen de telefoon ging. Het was Denise.

'Ik wilde alleen even weten of alles in orde was, Alex.'

'Waarom zou het niet in orde zijn?' Een akelige brief krijgen? Toen Evelyn haar eerder die avond had opgebeld en ongeveer het-

zelfde had gevraagd, had Alex hetzelfde achterdochtige gevoel gehad. En ze haatte zichzelf daarom.
'Ik bedoelde met Lundquist, die engerd. Hij heeft Nicholas toch niet verder lastig gevallen, hè?'
Nee, zei Alex tegen Denise, Donald Lundquist had Nicholas niet meer lastig gevallen. 'Hoe is het met Lisa?' vroeg ze plichtmatig.
'Goed. Ze zou wel aan de telefoon gekomen zijn, maar ze heeft zich in de logeerkamer teruggetrokken en is met een opstel bezig. Is Warren daar? Hij heeft een boodschap op mijn antwoordapparaat achtergelaten.'
O ja? 'Nee, hij is er niet.'
'Is er iets, Alex? Je klinkt zo vreemd.'
'Alleen maar moe. Ik zal tegen Warren zeggen dat je hebt gebeld.'
'Bedankt. En ik zal Lisa je groeten doen.'
'Doe dat. Welterusten, Denise.'
Warren kwam om kwart voor elf thuis; Alex hoorde hem de trap oplopen en keek op de klok op haar nachtkastje. Toen hij de kamer binnenkwam, had ze haar ogen dicht en was haar lamp uit.
'Alex?' fluisterde hij. Toen ze geen antwoord gaf, liep hij de kamer uit.
Ze lag zoals ze altijd lag voor ze ging slapen: bewust stil, haar hand op haar onderbuik, en wachtte op de trillingen die haar avondserenade was, haar wiegeliedje. Vanavond waren ze belangrijker dan anders, en bezorgden haar een oase van rust.
Het komt goed, vertelde ze zichzelf. Ik kom erachter wie die brieven schrijft en maak er een eind aan. Een trap van haar baby zette kracht bij die gedachte. Ze zag het als een teken.
Ze moest wel.

'Vind je de jurk echt mooi?' vroeg Evelyn donderdagavond aan Alex toen de vrouw haar haar betaalpasje teruggaf.
'Hij is volmaakt. Jerry's ouders zullen vast sprakeloos zijn.'
Evelyn lachte. 'Dat is grappig als je bedenkt dat zijn ouders logopedisten zijn.'
Alex keek weer op haar horloge. Even na achten. Ze had tegen Warren gezegd dat ze tegen halftien thuis zou zijn.
'Het zal wel niet zo grappig zijn,' zei Evelyn.
Alex keek haar aan. 'Wat?'
Evelyn herhaalde wat ze had gezegd. 'Luisterde je niet?'
'Sorry. Ik was even in gedachten. Het is wèl grappig,' zei ze met een glimlach. 'Klaar?'
'Ja, hoor.' Evelyn keek alsof ze nog iets wilde zeggen. In plaats

daarvan stopte ze haar betaalpasje in haar portefeuille en vouwde de jurk die in een plastic hoes zat over haar arm. 'Klaar.'
 Ze gingen zwijgend de lift in naar beneden. Alex zag vanuit haar ooghoek dat Evelyn haar opnam.
 'Is alles in orde?' vroeg Evelyn ten slotte. 'Je lijkt de hele dag al uit je doen.'
 'Alleen maar moe.' Alex had de afgelopen nacht niet goed geslapen. Ze had liggen denken. En niet geweten wie haar wereld op zijn kop zette. Ze merkte dat ze op haar werk af en toe naar Evelyn keek en zich van alles afvroeg.
 'Ik had je hier niet mee naar toe moeten slepen vanavond. Het spijt me.'
 'Evelyn, ik wilde komen. En ik vond het leuk. Echt waar.' Een jurk voor Evelyn helpen kiezen had haar gedachten afgeleid van haar eigen problemen, al was het maar voor een uur. Nu wilde ze graag weer snel naar huis.
 'Ik heb iets gedaan dat je dwars zit, hè?'
 'Evelyn...'
 'Als ik iets niet goed doe met de kinderen of iets niet doe wat jij wilt dat ik doe, zeg het me dan gewoon. Ik zal niet beledigd zijn.' Haar gezicht werd roze.
 Alex legde haar hand op de arm van haar vriendin. 'Evelyn, je bent een prima kleuterleidster. De kinderen mogen van geluk spreken dat jij er bent. *Ik* mag van geluk spreken dat jij er bent. Ik heb gewoon veel aan mijn hoofd.'
 'De brieven?' Evelyn trok rimpels in haar voorhoofd. Haar ogen gingen halfdicht. 'Je hebt er toch niet weer een gekregen, hè?' vroeg ze zachtjes.
 MOORDENARES! Alex schudde haar hoofd. 'Ik moet gewoon eens een nacht goed slapen.' Plotseling keek ze achterom.
 'Wat is er?' vroeg Evelyn. 'Waar kijk je naar?'
 Alex aarzelde, toen zei ze: 'Ik had het gevoel dat iemand naar me stond te kijken. Er is niemand,' voegde ze eraan toe, maar Evelyn keek met een snelle beweging van haar hoofd snel achter zich.
 'Wie zou dat doen?' vroeg ze en keek Alex weer aan. Ze stond met wijd opengesperde ogen te staren.
 'Ik weet het niet. Ik had een paar dagen geleden hetzelfde gevoel in de supermarkt. Ik denk dat mijn verbeelding me parten speelt.'
 Ze liepen de lift uit en gingen op weg naar de schoenen- en accessoiresafdeling. Toen ze langs de cosmetica-stands slenterden, bood een dame bij de Chanelbalie hun een gratis make-up sessie aan.
 Evelyn stond stil en wendde zich tot Alex. 'Wil je?'
 Alex schudde haar hoofd. 'Warren moet terug naar kantoor. Ik

heb gezegd dat ik om halftien thuis zou zijn om op Nicholas te passen. Lisa is vanavond bij een vriendin.'
'Het is net kwart over acht. Toe nou, Alex. Het lijkt me leuk,' Evelyn glimlachte.
Alex schudde haar hoofd. 'Sorry. Misschien hadden we beter elk met onze eigen auto kunnen komen.' Ze had Evelyn bij haar huis in Santa Monica opgehaald, net ten noorden van Venice en was toen naar Robinsons gereden.
'Het geeft niet. Ik maak een afspraak voor zaterdag. Kan het om twaalf uur?' vroeg Evelyn aan de vrouw achter de balie. Toen de vrouw knikte, wendde Evelyn zich tot Alex. 'Dat is waarschijnlijk beter. Dan zie ik er prachtig uit voor de grote avond.' Ze klopte op de jurk die over haar arm hing en glimlachte.
Terwijl Evelyn de vrouw haar naam en telefoonnummer gaf, bekeek Alex haar gezicht in de hoge, langwerpige spiegel op de balie. Ze was bleek en ze had kringen onder haar ogen. Niet bepaald het type van een stralende, aanstaande moeder. Ik zou wel wat make-up kunnen gebruiken, dacht ze. Ik zou heel veel dingen kunnen gebruiken, zoals niets meer aan mijn hoofd hebben.
Ze draaide zich om toen ze het gezicht in de spiegel zag. Ze dacht dat het op ongeveer vijftien meter afstand van haar was, maar wist niet zeker of de ogen op haar gefixeerd waren. Haar hart begon snel te bonzen. Ze draaide zich vlug om en ving een glimp op van een gedaante in een vormeloze beige driekwart jas, spijkerbroek en een zwarte pet met letters erop. De gedaante draaide zich om, ging naar rechts en verdween achter verschillende rekken met riemen.
Alex rende weg.
'Waar ga je naar toe?' hoorde ze Evelyn roepen, maar ze had geen tijd om stil te staan en het uit te leggen, niet aan Evelyn of de twee vrouwen die snel opzij stapten toen ze eraan kwam en haar aanstaarden. Ze was de cosmetica-afdeling voorbij en ging rechtsaf, langs de riemen toen Evelyn haar inhaalde.
'Wat is er aan de hand?' vroeg Evelyn ademloos. Ze greep Alex bij de arm.
'Ik ben hem kwijtgeraakt,' riep Alex uit.
'Wie?'
Alex keek snel naar rechts, en toen naar links. Waar was hij naar toe gegaan? Er waren zo veel mensen! Het was hopeloos, ze zou hem nooit... daar was hij! Ze zag de achterkant van de pet en de jas op de roltrap. Hij ging naar boven.
Haar hart bonkte nu, ze trok zich los van Evelyn en rende naar de roltrap. 'Alex, wacht even!' riep Evelyn, maar ze kon niet wach-

127

ten. De persoon was halverwege de roltrap toen Alex erop stapte. Ze liep de bewegende treden op en verontschuldigde zich terwijl ze zich langs stilstaande mensen wrong die in de weg stonden. Een dikke man mompelde nijdig: 'Hé, dame!' toen hij zich tegen de zijkant van de roltrap moest drukken om haar langs te laten, maar dat kon haar niet schelen, ze was bijna boven.

Ze struikelde bijna van de roltrap af en het hart zonk haar in de schoenen toen ze rondkeek. De gedaante was weg.

Ze wist dat het zinloos was om iemand te gaan zoeken die in iedere willekeurige paskamer kon staan of met een andere roltrap naar boven of beneden kon zijn gegaan, of zich tussen de mensen gemengd had die over de talloze afdelingen zwermden. Maar ze vroeg toch, met Evelyn naast zich, aan tientallen winkelende mensen, verkopers, etagechefs: 'Heeft u iemand gezien...' maar iedereen keek haar bevreemd aan, niemand had de gedaante in de beige jas en zwarte pet en spijkerbroek gezien.

Een man of een vrouw, vroeg iedereen.

Het was een goede vraag. Alex zou er het antwoord niet op weten.

Ze zei niets tegen Evelyn toen ze in de winkel waren. Evelyn drong niet aan. Toen ze in de jeep zaten met de veiligheidsgordels om, zei Alex: 'Heb jij iets gezien?'

Evelyn aarzelde, toen schudde ze haar hoofd. 'Het spijt me.'

'Je gelooft het toch wel, hè? Dat er iemand naar me keek?' Ze keek diep in Evelyns bruine ogen.

'Natuurlijk,' zei Evelyn. Maar ze keek de andere kant op.

Vrijdagochtend belde Sally Lundquist op.

'Ik heb mijn man opgebeld,' zei ze tegen Alex. 'Ik heb hem verteld dat ik in de krant heb gelezen over het vandalisme in uw school en me afvroeg of hij daar verantwoordelijk voor was en als dat zo was, wilde ik dat hij wist dat u er geen idee van heeft waar Bobby en ik waren.' Ze zweeg even.

'En?' zei Alex hoewel ze aan Sallys zachte, sombere toon kon horen dat het geen goed nieuws was.

'Hij zei dat hij niet verantwoordelijk was voor het voorval in uw school en hij geloofde niet dat ik er in de plaatselijke krant over had gelezen en het met hem in verband had gebracht. Dus nu is hij zekerder dan ooit dat u en ik contact hebben en dat u mijn adres voor hem verbergt.'

Geweldig. 'Dank u wel voor het proberen, mevrouw Lundquist. Ik waardeer het erg.'

'Het spijt me dat ik niet kon helpen,' Sally zuchtte. 'Ik wil u geen

angst aanjagen, mevrouw Prescott, maar u kunt maar beter weten dat Donald woedend op u is omdat u tegen de politie heeft gezegd dat hij de schuldige is. Hij zei dat u er spijt van zou krijgen. Ik voel me verantwoordelijk.'
Alex dacht aan de gedaante die ze had gezien en voelde een vlaag van angst. 'Het is uw schuld niet. Ik waardeer het dat u me hebt opgebeld.'
'Hij doet misschien niets. Hij is boos op mij.'
En ik ben je vervangster, dacht Alex toen ze ophing.

Denise stopte halverwege de ochtend bij de peuterzaal. Alex stond buiten met Evelyn de kinderen gade te slaan terwijl ze speelden. Evelyn liep tussen de glijbaan en de klimrekken heen en weer en tilde er af en toe een kind af. Alex stond bij de schommels en duwde kinderen wanneer ze hulp nodig hadden en zorgde ervoor dat niemand te hoog schommelde. Maar ze tilde ze niet op, dr. Pearson had haar daarvoor gewaarschuwd.

'Dat is een verrassing,' zei ze toen ze Denise door het hek zag binnenkomen dat toegang tot de straat verschafte. Denise had haar blonde haar los hangen met een rode haarband erdoorheen. Alex bedacht dat ze op Alice in Wonderland leek.

Denise liep naar haar toe. 'Is dit een slecht tijdstip, Alex? Ik moet je spreken. Ik beloof je dat het niet lang zal duren.'

'Ga je gang. We moeten alleen wel hier praten. Ik kan Evelyn niet alleen laten.'

'Dat is goed.' Op zachte toon zei Denise: 'Alex, Warren heeft me over het aanmeldingsformulier verteld, en ik...'

'Heeft Warren je dat verteld?' Hoe kon je, zei Alex in stilte tegen haar afwezige man.

Denise legde haar hand op Alex' arm. 'Dat moet je niet erg vinden. Hij maakt zich zorgen en hij wilde mijn mening omdat ik Lisa zo goed ken. Het arme kind. Ze maakt een moeilijke tijd door.'

Niet zo moeilijk als ik, dacht Alex.

Denise ging verder: 'Ik weet dat je heel erg je best hebt gedaan, maar het is niet gemakkelijk om stiefmoeder te zijn, hè?' Ze glimlachte. 'Assepoester heeft jullie allemaal een slechte reputatie bezorgd.'

'Zeg dat wel,' Alex zweeg even. 'Ik dacht dat Paula het aanmeldingsformulier misschien gestuurd kon hebben.'

Denise staarde haar aan en lachte toen. 'Dat meen je toch niet?'

'Nou, misschien wel.' Alex zag dat een van de jongens veel te hoog schommelde. 'Rustig aan, Brian,' riep ze en knikte goedkeurend toen hij gehoorzaamde. Ze wendde zich weer tot Denise.

129

'Paula mag me niet. Ze heeft iets tegen mijn aanwezigheid. Ik ben verbaasd dat ze daar niet met jou over heeft gesproken. Ik weet dat jullie goed met elkaar overweg kunnen.'

Er verscheen een lichte blos op Denises gezicht. 'Wil je de waarheid horen? Ze denkt dat jij haar niet mag. Ze was gekwetst toen ze werd teruggezet naar twee keer in de week. Maar je moet het begrijpen, Alex. Paula is al eeuwen bij Warren. Ze was dol op Andy. God, ze was er kapot van toen ze overleed! Ze hielp Lisa grootbrengen. Ze hééft Nicholas grootgebracht.'

'Tot ik kwam. Misschien wil ze moeilijkheden veroorzaken zodat ik wegga.' Zodat ze haar kamer en gezin terugkrijgt.

Denise schudde haar hoofd. 'Dat zou Paula nooit doen.'

Lag er een blik van onzekerheid in haar ogen? 'Iemand heeft het aanmeldingsformulier gestuurd, Denise. Ik was het niet.'

'Warren heeft me verteld dat jij denkt dat Lisa het gestuurd zou hebben. Ik heb daarover nagedacht en je kunt gelijk hebben. Trouwe tante, hè?' Ze glimlachte weer. 'Met al dat gedoe over de baby heeft ze het misschien gedaan om aandacht te trekken. Of misschien had ze de bevestiging nodig dat jij en Warren haar nooit zouden wegsturen.'

'Natuurlijk zouden we dat niet doen!'

'Dat weet ik. Maar Lisa is in de war, Alex. Ze staat Warren heel erg na, zoals je weet. Te erg, denk ik, maar ik heb gelezen dat tienerdochters een stadium doormaken waarin ze erg aan hun vader hangen en boos zijn op hun moeder.'

'Het Electra-complex.'

Denise knikte. 'Misschien is dat een deel van het probleem. En Lisa was altijd aan Warren gehecht, zelfs al voordat Andy stierf. Toen Andy gestorven was, concentreerde iedereen zich op Nick. Nu jij een baby krijgt, ziet Lisa misschien hetzelfde opnieuw gebeuren.'

'Ik begrijp wat je bedoelt.' Dat kon de verklaring zijn voor het sturen van het aanmeldingsformulier en de narigheid die daartoe geleid had. Maar het was geen verklaring voor de brieven. *MOORDENARES!*

'Ik wil eraf,' riep een meisje met vlechtjes.

Alex liep naar het meisje, maakte de metalen stang los en hielp haar van de schommel af. Het kind holde naar de glijbaan, haar vlechtjes dansten op en neer. Alex liep terug naar Denise. 'Sorry.'

'Leuk ding,' zei Denise en staarde naar het kleine meisje. 'Denk je dat je een jongen of een meisje krijgt?'

'Het kan me niet schelen. Ik wil alleen maar dat de baby gezond is.'

'Je hebt gelijk. Dat zou ik ook willen.' De stem van Denise klonk verlangend. Ze keek een tijdje naar het meisje, toen wendde ze zich weer tot Alex en zei: 'Gisteravond vertelde Lisa me dat ze een tijdje bij me wil blijven logeren.'
Alex fronste haar wenkbrauwen. 'Dat lijkt me niet zo'n goed idee.'
'Mij ook niet. Ik heb tegen Lisa gezegd dat daar geen sprake van was. Jij en Warren zijn haar ouders en ze moet met jou verder zien te komen. Ik ben geen psychologe, maar tja, misschien komt het er weer op neer dat ze wil horen dat jullie van haar houden, dat ze gewenst is.'
Misschien. 'Dus jij denkt dat zij het aanmeldingsformulier heeft gestuurd?'
'Het is mogelijk. Ik denk eigenlijk dat Lundquist het gedaan heeft.'
Alex schudde haar hoofd. 'Hoe zou hij kunnen weten dat ik een stiefdochter heb?'
'Je zou er versteld van staan wat mensen over je weten,' grinnikte Denise.
Was dat een sluwe verwijzing naar Alex' verleden? Alex dwong zichzelf te glimlachen. 'Wat betekent dat?'
'Je weet hoe er gekletst wordt. De meeste ouders van jouw peuterzaal weten vermoedelijk alles van je, dat je Nicholas' kleuterleidster was, dat je met zijn vader getrouwd bent, dat je een tienerstiefdochter hebt. En ik heb nog iets anders bedacht. Herinner je je dat kerstspel dat je anderhalf jaar geleden hebt opgevoerd? Daar waren de ouders natuurlijk ook. Warren en Lisa zijn naar Nick gaan kijken. Ik ook. Was Lundquist daar?'
'Misschien. Zijn zoon was toen wel al ingeschreven, maar ik herinner me niet of de vader die avond hier was.' Denise had gelijk. Lundquist was nog altijd een mogelijkheid, een mogelijkheid aan wie Alex verre de voorkeur gaf boven haar stiefdochter of huishoudster of collega. Of de vrouw die voor haar stond, en sympathie, steun en vriendschap aanbood.
'Trouwens,' zei Alex, 'ik mis een paar telefoonrekeningen uit mijn kantoordossiers. Jij hebt die toevallig niet zien liggen toen je hielp met opruimen?' Ze hoopte dat haar toon losjes was en dat Denise haar doordringende blik niet zou merken.
'Sorry. Ik ben niet in het kantoor geweest. Ik had klascorvee.' Ze glimlachte. 'Waarom? Is het belangrijk?'
'Nee. Maar bedankt.'
Denise tikte met haar vinger tegen haar lippen. 'Nu ik erover nadenk, Paula heeft het kantoor opgeruimd. Ik zal het haar na-

mens jou vragen.' Ze keek op haar horloge. 'Ik moet gaan. Ik moet tapijtstalen selecteren voor een cliënt met vier kinderen die iets lichts wil, maar vuilafstotend.' Denise grinnikte en schudde haar hoofd. Op ernstiger toon zei ze: 'Ik wilde je alleen laten weten dat ik je wil helpen zo veel ik kan, Alex, en dat ik aan jouw kant sta.

O, ja? Alex wilde haar heel graag geloven.

Toen de kinderen naderhand aan tafel zaten te lunchen, vertelde Alex aan Evelyn over het gesprek met Denise. De twee vrouwen zaten op barkrukken bij de balie aan de linkerkant van de kamer en vulden kommetjes met knopen, garen, en rondjes, halve rondjes en driehoekjes van vilt – het materiaal waarmee de kinderen ogen, wenkbrauwen, wimpers, haar, snorren, lippen, neuzen en roze wangen op de kale, neutrale gezichten van de stoffen poppen zouden plakken die Alex en Evelyn hadden genaaid.

Alex knipte verschillende stroken donkerbruin garen in stukken van tien centimeter en legde ze in een kom. 'Ik hoop dat Denise het meent,' zei ze.

'Waarom zou ze het niet menen?' Evelyn fronste haar wenkbrauwen. 'Je zegt altijd dat ze van het begin af aan zo geweldig tegen je is geweest. En vergeet niet dat ze een feestje voor je geeft ter ere van je baby.' Ze gooide knopen in een ander kommetje.

Er was iets in Evelyns toon dat Alex eerst niet kon thuisbrengen. Toen herinnerde ze het zich: Evelyn was vermoedelijk nog steeds gekwetst omdat Denise haar hulp bij het feestje had afgeslagen.

Alex zei: ' Dat kan deel uitmaken van het doen alsof.'

'Maar waarom? Ik kan me voorstellen dat Lisa de brieven stuurt en het aanmeldingsformulier. Wat Denise zei over Lisa die emotioneel nogal zwak staat en zo, dat klinkt aannemelijk. Waarom zou Denise je willen bedreigen?'

Alex haalde haar schouders op. 'Ik heb haar verhouding kapotgemaakt. Zij maakt mijn leven kapot. Dat is redelijk, vind je niet?' Ze knipte meer draden door, gele deze keer.

'Straks vertel je nog dat ze het altijd al op Warren voorzien heeft gehad, dat ze een hekel aan je heeft omdat je hier bent gekomen en hem vlak voor haar ogen verliefd op je hebt laten worden. Toe nou, Alex.' Evelyn schudde haar hoofd.

Alex fronste haar voorhoofd. 'Dat heb ik nooit gedacht.'

Evelyn zette de zak knopen op de balie. 'God, Alex, ik maakte maar gèkheid! Je zou je gezicht eens moeten zien.'

'Misschien is het geen grapje. Jij werkte al voor Cybil toen Nicholas net op de peuterzaal was. Heb je iets gemerkt aan Denise en Warren?'

'Toe nou, Alex, dat was meer dan twee jaar geleden.'

'Denk na! Het is belangrijk.'
'Goed.' Evelyn pakte de zak knopen op en schifte die. Even later zei ze: 'Warren zette Nicholas iedere dag af en Denise haalde hem op. Als hij iets was vergeten, zoals zijn lunch of een trui, bracht zij het na, of Paula. Als hij ziek werd, belden we Denise of Paula, en een van hen kwam hem dan halen. Als we extra moeders nodig hadden voor een uitje, ging Denise altijd mee.'
'Grappig. Ik herinner me dat Denise Nicholas een of twee keer in de week kwam ophalen, maar meestal kwam Warren.'
'Hij wilde Nicholas' mooie nieuwe kleuterleidster leren kennen.' Evelyn glimlachte. 'Bovendien, Denise of Paula waren er altijd. Cybil zei wel dat Nicholas zijn moeder dan had verloren, maar dat hij geen gebrek aan bemoederen had. Dat is het ongeveer. Bewijst veel, hè?'
'Het bewijst dat Denise aan Nicholas gehecht is.' Net zoals Paula. Alex moest de huishoudster niet vergeten. 'Misschien wilde ze Warren tonen wat voor goede moeder ze was.'
'Ze was een goede tante. Het is Lundquist,' zei Evelyn vastbesloten. 'Hij heeft twee brieven gestuurd en het aanmeldingsformulier en dat is dat. Je hebt verder niets gekregen, hè?'
'Nee.' Alex kon niemand iets over de laatste brief vertellen, zelfs Evelyn niet.
'Zie je wel? Het is voorbij,' zei Evelyn, maar de uitdrukking in haar ogen wees erop dat ze hier niet zo zeker van was. 'En dat is de lunch ook. Laten we met de kinderen gaan spelen.'

Lisa kwam na het avondeten thuis. Denise bracht haar, maar vertrok weer nadat ze binnen was geweest en Nicholas gekust had.
'Alex,' begon Lisa op de langzamerhand bekende verzoenende manier. Ze had spijt dat ze van streek was geweest; ze wist dat Alex het aanmeldingsformulier niet had gestuurd.
'Ik begrijp dat het afschuwelijk voor je geweest moet zijn,' zei Alex. 'Laten we het maar vergeten, hè?'
Warren stond erbij en glimlachte goedkeurend. Alex vroeg zich af hoelang deze wapenstilstand zou duren en of er enige waarheid school in haar woorden of in die van Lisa.
Vrijdag zag Alex ertegenop om naar huis te gaan en Paula onder ogen te komen, maar de huishoudster was opgewekt en vol bezorgdheid.
'Je ziet er zo moe uit, Alex,' zei Paula zodra ze haar zag. 'Je hebt ook kringen onder je ogen. Ik hoop dat je dit weekend zult proberen wat te rusten.'
'Dat ben ik wel van plan.' Vanwaar die plotselinge vriendelijk-

heid, dacht Alex en ze voelde zich verschrikkelijk somber. Ze was moe van het voortdurend op haar hoede zijn tegenover iedereen, van het analyseren van iedere opmerking, iedere klank, op verborgen bedoelingen of motieven.

Nicholas zei: 'Mammie, je hebt beloofd dat we morgen naar het strand gaan om naar de jongleurs te kijken en te gaan fietsen.'

'Dat doen we ook.'

Ze liep naar de gang en controleerde de brievenbus. Er was vandaag geen brief voor haar. Gisteren was er ook geen geweest. Misschien ìs het voorbij, dacht ze, toen herinnerde ze zich de gedaante. Of was dat toch haar verbeelding geweest?

Nadat Paula weg was, ging Alex naar het atelier. Er stonden geen afdrukken van de strijkplank. Alex vroeg zich af of Warren met Paula gesproken had.

Ze sliep op zaterdag uit, iets dat ze zelden deed, toen nam ze een douche, kleedde zich aan, en at op haar gemak haar ontbijt. Warren ging tennissen. Hij kwam om elf uur terug en twintig minuten later reed hij met Nicholas en Alex naar het strand. Lisa was gaan rolschaatsen met vriendinnen, ze was opgehaald en zou haar familie om één uur ontmoeten bij het fietsenverhuurbedrijf. Van daaruit zouden ze met z'n allen gaan lunchen.

Warren parkeerde de jeep op de parkeerplaats van Market Street. In de tijd van Abbot Kinney was dat het Aldebarankanaal geweest. Alex probeerde zich voor te stellen hoe het er toen had uitgezien met gondels en gondeliers.

'Ik ga de fietsen huren,' zei Warren tegen haar. 'Nick, ga je met me mee, of blijf je bij mama?'

'Ik ga mee.'

'Ik ben over twintig minuten weer hier, schat,' zei Warren.

Alex keek hoe ze hand in hand wegliepen. Het was een frisse dag, maar het strand was vol mensen van allerlei leeftijden in zwemkleding. Sommigen waren in de oceaan, en ze vroeg zich af waarom iemand zou willen zwemmen in dat ijskoude water.

Ze bleef staan voor een kiosk op een straathoek die T-shirts verkocht, petten met kleppen, strohoeden, zonnebrillen, oorbellen, namaak Gucci en Louis Vuitton-tassen en draagtassen. Ze probeerde een strohoed met een brede rand en een donkere zonnebril en keek in het ronde spiegeltje aan de paal van de kiosk. Ze zag er heel anders uit, onherkenbaar en ze had plotseling de neiging om weg te rennen en opnieuw te beginnen. (Jaren geleden had ze gelezen dat de geestelijke Aimee McPherson in Venice was verdwenen, misschien wel vlak bij deze plek. Naderhand was ze in een andere staat opgedoken.) Maar natuurlijk kon Alex niet weglopen. Ten eerste was er Warren van wie ze hield. En Nicholas, ze moest er niet aan denken hem achter te laten. En ze was al eens weggelopen en opnieuw begonnen.

Ze zette de hoed en de zonnebril af en gaf ze terug. Vandaag niets, dank u, zei ze tegen de eigenaar.

Ze sloeg rechtsaf naar Ocean Front Walk en wandelde wat tot ze bij een restaurant kwam; ze liep naar binnen en kwam in Small World Books terecht. Het was een winkel waar ze vaak kwam voor kunstboeken, kinderboeken en fictie in het algemeen. Achterin was een deel dat de Mysterie-afdeling werd genoemd; Alex snuffelde de planken vaak af op zoek naar een titel of omslag die bijzonder boeiend leek, maar vandaag niet. Ik heb genoeg spanning in mijn leven, dacht ze. Ze vond een boekje met namen voor baby's en nam dat mee naar de balie voorin.

'Voor uzelf?' vroeg de aardige eigenaar. 'Als ik mag vragen?'

'Ja,' Alex glimlachte. Als ze aan de baby dacht, moest ze altijd glimlachen. Het was de enige vreugde die door niets gedempt kon worden, zelfs niet door de brieven.

Ze liep de winkel uit en terug over het strand naar de parkeerplaats. Tien meter voor haar waren ze aan het volleyballen. Ze vond volleybal leuk; op de middelbare school was ze er goed in geweest. (Haar ouders hadden haar prestatie weggewuifd. *Concentreer je op je studie, Alexandra.*)

Ze ging bij de mensen staan die stonden te kijken en bleef vooraan staan. Van tijd tot tijd keek ze naar links in de hoop Warren en Nicholas en de fietsen te zien. Er kwam vaart in het volleybalspel; rondom haar juichte de menigte. Ze stond nauwelijks een meter van de rand van het plankenpad langs het strand, keek naar de spelers en juichte in stilte voor de bal die eindeloos boven scheen te blijven voor hij neerkwam en plotseling als door een wonder weer in de lucht zweefde.

Was haar leven ook maar als de bal, licht, veerkrachtig, vol beloftes.

De handen, die haar een duw in de rug gaven, kwamen onverwacht, en waren sterk en snel. Haar schreeuw werd overstemd door het lawaai van de menigte. Ze graaide in de lucht om zichzelf in evenwicht te houden, toen sloeg ze haar armen om haar onderbuik om de baby in zich te beschermen terwijl ze viel en met een misselijk makende klap op het betonnen pad viel.

Een fietser kwam met piepende remmen een paar centimeter van haar vandaan tot stilstand, maar door de vaart smakten de fietser en fiets bovenop Alex.

Tegen die tijd voelde ze niets meer.

135

Hoofdstuk 17

Toen Alex wakker werd, lag ze in een ziekenhuiskamer. Haar hoofd bonkte en haar rechterjukbeen deed pijn. Ze tilde haar rechterhand op om haar wang aan te raken en gaf een gilletje van de pijn die door haar arm, schouder en zij schoot. Op haar wang zat een dik verband.
'U bent wakker,' zei een vrouw. 'Mooi zo.'
Alex wendde haar hoofd naar links, in de richting van de stem, en zag een zuster uit een stoel bij de muur opstaan. Het bewegen van haar hoofd deed ook pijn en ze vroeg zich af of er een deel van haar lichaam was dat geen pijn deed. En toen herinnerde ze het zich weer.
'Mijn baby!' Haar handen gingen onder de deken, onder het ziekenhuishemd en ze legde ze voorzichtig op haar onderbuik. Alles voelde hetzelfde. 'Is alles in orde met mijn baby?'
'Ik zal de dokter halen.' De zuster liep naar de deur.
'Maar is mijn...'
De zuster maakte de deur open en deed die achter zich dicht. Alex sloot haar ogen en lag stil te wachten op een mededeling die haar zou geruststellen. Het leek of het eeuwen duurde; ze voelde niets. Ze tastte voorzichtig met haar vingers. Nog niets. Dat betekent niets, zei ze bij zichzelf. De baby kon slapen. Maar ze hield haar hart vast.
De deur ging open en Warren kwam binnen. Hij zag er gekweld en moe uit. Hij liep naar het voeteneinde van het bed en legde haar tas en een papieren zak op de deken. Ze vroeg zich af wat er in de papieren zak zat, maar toen herinnerde ze het zich weer: het namenboekje. Ze voelde de warme tranen achter haar oogleden branden.
'Hoe gaat het ermee?' vroeg hij.
Hij vermeed het haar aan te kijken, maar ze zag de pijn in zijn ogen, ze kon het horen in zijn stem en ze wist dat de baby dood was. Ze begon te huilen.

'Hou me vast,' fluisterde ze. 'Hou me alsjeblieft vast.'
Ze kwam half overeind, kromp in elkaar van de pijn en stak haar armen uit. Hij liep naar de zijkant van het bed en ging zitten. Ze sloeg haar armen om zijn hals, leunde met haar hoofd tegen zijn borst en huilde.
'Niet huilen,' zei hij, maar zijn stem klonk niet overtuigend. Hij maakte haar handen los van zijn nek en legde ze in haar schoot. 'Je moet rusten, Alex. Je hebt een hersenschudding. Je hebt je sleutelbeen gebroken en twee ribben. Je hebt je kaak en jukbeen ook gekneusd. Maar de dokter zegt dat alles goed komt.'
Wat zegt hij dat raar, dacht Alex, hij praat net als een schade-expert van een verzekering die de schade opsomt, niet als een echtgenoot. Maar ja, verdriet kwam in allerlei vormen, dat wist ze uit ervaring. 'Dat kan me niet schelen. De baby is dood, hè, Warren?' De woorden trilden op haar lippen, maar ze moest het hardop zeggen.
Hij keek haar voor het eerst aan sinds hij de kamer was ingekomen. 'Nee. Pearson zei dat alles goed was met de baby.'
'Alles is goed met de baby,' herhaalde ze ongelovig. 'De baby is goed,' zei ze weer en voelde een vlaag van vreugde. Ze greep Warrens handen beet. 'Boffen wij even!'
'Pearson zei dat het onvoorstelbaar was dat je niet meer letsel hebt opgelopen, vooral omdat de fietser met zijn fiets bovenop je is gevallen.'
Ze fronste haar wenkbrauwen. 'Welke fietser?'
Warren vertelde Alex wat de mensen in de menigte hadden gezien. 'Tegen de tijd dat ik bij je kwam, had iemand een ziekenauto gebeld. Ik heb gezegd dat ze je naar het St. John moesten brengen. Ik heb ze gevraagd dr. Pearson erbij te roepen. Ze konden hem bereiken en hij is vrij snel naar het ziekenhuis gekomen. Maar toen was je natuurlijk al door een arts van het ziekenhuis onderzocht en die had gezegd dat alles in orde was met de baby.'
'Hoelang ben ik hier geweest?'
'Bijna vier uur. Het is nu halfdrie.'
'Waar is Nicholas? Hij zal wel erg bang zijn.'
'Hij zit met Lisa in de wachtkamer. Ik heb Mona gebeld nadat ik hier aankwam en haar gevraagd om Lisa om één uur bij de fietsenzaak op te wachten, zoals we hadden afgesproken. Mona heeft haar hier naar het St. John gebracht.'
'Waarom Mona?' Alex wist dat ze kinderachtig was, ze zou dankbaar moeten zijn dat zij en de baby het er heelhuids van af hadden gebracht, maar ze was geïrriteerd dat de vroegere schoonmoeder van haar man erbij betrokken was.

'Ik heb Denise gebeld. Maar die was niet thuis. Ik wist niet wie ik anders moest bellen.' Hij trok zijn handen terug.

'Wat is er?' Ze fronste haar wenkbrauwen. 'Waar ga je naar toe?'

'Er is niets. Ik ben doodmoe, dat is alles. Ik wilde een sandwich en een kop koffie gaan halen.'

'Je houdt iets voor me achter. Ik hoor het aan je stem. Wat heeft Pearson gezegd?' Haar stem had een schrille klank gekregen.

'Ik houd niets voor je achter, Alex. Rustig toch! Misschien moest Pearson je maar een kalmerend middel geven.'

'Ik heb geen kalmerend middel nodig, Warren! Maar als je liegt over de baby omdat je denkt dat ik geen slecht nieuws aankan, doe dat dan alsjeblieft niet. Ik wil nu de waarheid horen.' Ze greep zijn handen en hield die stevig vast.

'Met de baby is alles in orde. Dat is de waarheid. Pearson wil je een paar dagen ter observatie hier houden om te kijken of er nog naweeën van het ongeluk komen. Maar hij denkt dat alles goed is.'

'Wat zit je dan dwars?' Er zat iets fout. Heel erg fout.

Warren zuchtte. 'Alsjeblieft, Alex, niet nu, hè? Het is een lange middag geweest. We hebben het er thuis wel over.' Hij stond op.

'Ik wil het nu weten. Vertel op.'

'Wil je het weten?' Er klonk onverhulde woede in zijn stem en die was ook te zien aan zijn strak gespannen kaaklijn. 'Ik heb Pearson gesproken nadat hij je had onderzocht en hij had gezegd dat alles met de baby in orde was. "De foetus heeft een sterke hartslag en goede afmetingen",' zei hij, "hoewel ik graag de dossiers van uw vrouw hier had gehad ter vergelijking".'

Ze had het gevoel alsof iemand haar een stomp in haar maag had gegeven en ze geen adem meer kon krijgen. 'Warren...'

'"Ter vergelijking?" zei ik en ik begreep het niet en Pearson zei: "Met haar eerste zwangerschap en bevalling. We vergelijken graag hoe alles verloopt – haar bloeddruk, gewichtstoename, gewichtstoename van de baby, bloed, suikergehalte. Uw vrouw zei dat haar vroegere verloskundige niet hier in de staat woont en dat hij haar dossiers niet meer had, dus dat is dat."'

Alex bestudeerde het patroon op de deken die ze met beide handen omklemde.

'Weet je wat me dwars zit, Alex? Het zit me dwars dat ik niet begrijp hoe je verdomme twee jaar met me getrouwd kon zijn, met me kon slapen en leven zonder me te vertellen dat je een kind had gehad.'

'Het spijt me,' fluisterde ze.

'Het spíjt je? Je hebt tegen me gelógen, Alex. Waarom? Waarom kon je me niet vertellen dat je een kind had gehad?' Er kwam ver-

driet in de plaats van woede in zijn stem. 'Toen ik jou op het asfalt zag liggen voordat de verplegers van de ziekenauto je op de brancard tilden, leek je net een gebroken pop en ik dacht dat ik het zou besterven. Dat dacht ikècht.' Zijn stem trilde.
'Ik kan er niet over praten, Warren. Het doet te veel pijn. Doe dit alsjeblieft niet.' Ze reikte naar zijn hand.
Hij trok zich terug. 'Was het Larry's kind?' vroeg hij op zorgvuldige afstandelijke toon.
Ze kreeg een kleur bij de insinuatie. 'Ja. Natuurlijk.'
'Jongen of meisje? Of is die onthulling te veel gevraagd? Het spijt me,' zei hij snel. 'Ik ben alleen zo boos en voel me zo verraden.'
'Een jongen,' fluisterde ze. Haar ogen schoten vol tranen.
'Waar is hij, Alex? Is hij...'
Ze keek op naar Warren. 'Hij is dood. Hij maakt deel uit van mijn verleden en dat is ook dood en het heeft allemaal niets met ons te maken. Dat verzeker ik je.'
'Alex...'
'Ik wil er niet over praten, Warren! Dat kan ik niet! Ik heb jou nooit gedwongen om over Andrea's dood te spreken, omdat ik weet hoeveel pijn je dat doet. Waarom kun je dit niet laten rusten?'
De intercom kwam tot leven – een vrouwenstem vroeg of dr. Abrams zich stat (direct) in de operatiekamer wilde melden, en toen was het weer stil in de kamer.
'Misschien heb je gelijk,' zei Warren ten slotte. Er klonk geen boosheid in zijn stem, of verdriet, maar ze wist dat er iets tussen hen was veranderd. 'Ik denk dat we quitte staan. Eén, één. Vertel me alleen een ding, Alex. Zijn er nog meer geheimen die ik zou moeten weten?'
Ze gaf geen antwoord, maar staarde naar de ingelijste poster die aan de muur tegenover haar bed hing.
'Ik zal Nicholas en Lisa gaan halen,' zei Warren. 'Ze willen je graag zien.' Hij liep naar de deur.
'Kom je nog terug?'
Hij draaide zich om en keek haar aan. 'Natuurlijk. Ik hou van je, Alex. Daarom doet dit zo'n pijn.'
Pas nadat hij weg was, besefte ze wat ze vergeten was om hem te vertellen:
Iemand had haar een duw gegeven.

Ze had voldoende tijd om de mogelijkheden te overwegen. Ze had weinig anders te doen terwijl ze aan haar ziekenhuisbed gekluisterd lag.
Tot nu toe had Alex degene die de brieven had gestuurd als

iemand beschouwd die haar uit jaloezie, wrok of kwaadaardigheid wilde intimideren en verdrijven. Ze was bang geweest aan de kaak gesteld te worden, ze had gesidderd bij die gedachte, maar ze had geen lichamelijk gevaar gevreesd. Dat was nu allemaal veranderd. Iemand probeerde haar en haar ongeboren kind schade te berokkenen. *Ons te vermoorden?* Het idee scheen onmogelijk en melodramatisch maar ze had de handen in haar rug gevoeld. Ze had de haat gevoeld. Ze had met iemand te maken die duidelijk geestelijk gestoord was. En gevaarlijk.

In het ziekenhuis was ze niet bang voor lichamelijke bedreigingen ('s nachts had ze overwogen een stoel tegen de deur te zetten voordat ze ging slapen, maar dat idee had ze snel van zich afgezet), maar zodra de kamerdeur openging was ze achterdochtig. Warren was teruggekomen met Nicholas en Lisa. Nicholas was naar Alex toegerend en had zachtjes gehuild terwijl ze hem in haar armen hield, maar hij was snel gerustgesteld door haar glimlach en haar verzekering dat alles in orde was en hij zat weldra met de knopjes bij haar bed te spelen en de tv-stations van haar tv te veranderen. Lisa was aarzelend naar Alex toegekomen en had haar lippen tegen Alex niet verbonden wang laten glijden; toen had ze bij de deuropening rondgehangen, met haar handen aan haar haren zitten frutselen en had duidelijk graag weg gewild. Was het Alex' verbeelding of had Lisa het vermeden haar aan te kijken?

Denise kwam zaterdagavond met Warren mee. Ze was hartelijk, bezorgd en lief. Er schitterden tranen in haar ogen. 'We zijn allemaal zo geschrokken!' had ze uitgeroepen. Alex was verstrakt onder haar omhelzing. Op zondagochtend was Warren weer met Nicholas en Lisa gekomen. Alex vroeg zich af of het toeval was dat Warren nooit alleen met haar in de kamer was.

Er stonden bloemen van hem. Hij had witte aronskelken gestuurd, haar lievelingsbloemen; op het briefje stond: 'Word gauw weer beter. Liefs, Warren'. Een briefje dat je aan je secretaresse kon sturen had ze gedacht, maar kon ze eigenlijk meer verwachten na wat hij als een inbreuk op hun vertrouwen zag? Denise had ook bloemen gestuurd; Mona ook – een reusachtig bloemstuk met exotische bloemen dat de kamer domineerde door zijn afmeting en geur. Paula had via Warren beterschapswensen gestuurd. Nicholas had een kaart voor haar getekend; Lisa had een roze kangoeroeknuffel meegenomen met een baby in zijn buidel. Ik ben zo blij dat alles goed is met jou en de baby, had ze tegen Alex gezegd en haar stem was omfloerst geweest van emotie. Alex had haar bedankt en zich afgevraagd toen ze Lisa's wang kuste wat die emotie was, werkelijke sympathie en opluchting, of teleurstelling dat een plan mislukt was?

Op zondagmiddag kwam Evelyn. Ze vertelde Alex dat ze nergens van geweten had tot Warren een half uur geleden had gebeld. Ze was met Jerry en zijn ouders uit geweest toen Warren haar zaterdagavond had gebeld.

'Goddank dat alles goed is afgelopen,' riep ze zachtjes uit toen ze zich vooroverboog en Alex voorzichtig omhelsde. Haar stem trilde.

'Ja, dat was geen half werk, hè?' Alex had zichzelf in de spiegel in de badkamer bekeken. Er zat nog verband op haar wang en haar voorhoofd en kin waren paars.

'Warren zei dat je bent gevallen en een fietser met fiets en al bovenop je terecht is gekomen. Wat is er gebeurd? Verloor je je evenwicht?'

'Ik stond in een menigte naar een volleybalspel te kijken. Iemand heeft me een duw gegeven, Evelyn.' Dezelfde iemand die haar eerst in de supermarkt en daarna in het warenhuis had gadegeslagen?

Evelyn keek haar met grote ogen ongelovig aan. 'Misschien was het een ongeluk, Alex. Mensen worden verdrongen in menigten.'

Alex schudde haar hoofd. 'Ik voelde de handen, iemand wilde me kwaad doen. Meer, iemand wilde de baby kwaad doen.' Dat was nog het meest angstaanjagende.

Evelyn fronste haar wenkbrauwen. 'Wat bedoel je met "meer"?'

'Degene die me geduwd heeft, dacht vermoedelijk niet dat ik zou doodgaan. Ik had een hersenschudding en ik heb mijn sleutelbeen gebroken en twee ribben. Dat is allemaal niet levensgevaarlijk. Maar ik had een miskraam kunnen krijgen. Dat zei dr. Pearson.' U hebt heel erg geboft, had hij tegen haar gezegd.

'Wat denkt Warren hiervan?'

'Ik heb het hem nog niet verteld. We hebben nog geen kans gehad om samen te praten. En wat moet ik hem vertellen? Dat iemand me haat en probeert onze baby te vermoorden?'

Evelyn beet op haar onderlip. 'Het kan Lundquist zijn. Dat zei je al eerder. Hij is boos op je, Alex. Zijn vrouw heeft je verteld dat hij wraak wil nemen. Hij mishandelt haar. Hij is ertoe in staat om een andere vrouw lichamelijk kwaad te doen.'

'Misschien. Maar ik moet steeds aan jouw woorden denken, dat Denise, voordat ik op school kwam, als een moeder voor Nicholas was.'

'Paula ook, weet je nog wel? Hoewel...' Evelyn zweeg.

'Wat?'

'Je gaat dit verkeerd interpreteren, vooral nu je denkt dat iemand je een duw heeft gegeven.'

'Vertel op.'
Evelyn zuchtte. 'Je vroeg me naar de verhouding van Denise met Nicholas? Nou, zaterdag bekeek ik wat plakboeken die ik van de kinderen bijhoud...'
'Hou jij plakboeken bij? Wat lief.' En zo typisch Evelyn, dacht Alex.
Evelyn glimlachte. 'In ieder geval kwam ik een fotootje tegen van de tweede verjaardag van Nicholas en toen kwam er een herinnering boven. Warren was er natuurlijk en Denise en Cybil zei iets van: "Je bent beter dan veel echte moeders" en Denise zei: "Misschien wòrd ik binnenkort wel een echte moeder". Cybil vertelde me dat ze dacht dat Denise bedoelde dat ze met Warren ging trouwen.'
'En toen kwam ik.'
'Het bewijst niets. Cybil kan het mis hebben gehad. Ik kan het me verkeerd herinneren. Misschien zou je Cybil eens moeten opbellen.'
'Die zit toch tot november in Europa?'
'O ja. Dat was ik vergeten.'
Alex zuchtte. 'Ik wil het hier niet meer over hebben. Het is zo deprimerend. En zinloos. Vertel eens over Jerry's ouders. Hoe is de avond verlopen?'
'Prima.' Evelyn grinnikte. 'Ik geloof dat ze me echt mochten.'
'De jurk was het wel waard?' Evelyn had zich zorgen over de prijs gemaakt; ze had meer uitgegeven dan ze normaal gesproken deed.
'Beslist. Jerry zei steeds weer dat ik er zo mooi uitzag. En ik ben blij dat ik die make-up had.' Ze zag Alex' niet-begrijpende gezicht. 'Mijn gratis make-up behandeling van Chanel, weet je nog? Bij Robinsons? Ik zou het trouwens niet gratis willen noemen, niet als je alle produkten erbij telt die ik heb gekocht.' Ze lachte en schudde haar hoofd.
'En?' hield Alex aan en glimlachte. Ze wilde dingen horen over Evelyns avond; en meer, ze wilde dit gesprek over normale, dagelijkse dingen verlengen en doen alsof haar leven ook normaal was. 'Wat is er gebeurd? Met Jerry, bedoel ik. Ik zie aan je gezicht dàt er iets is gebeurd.'
'Nou...' Evelyn aarzelde en zei toen: 'Na het eten hebben Jerry en ik zijn ouders thuis gebracht naar Van Nuys, en heeft hij mij thuis gebracht... en... tja, toen gaf hij me dit.' Ze strekte haar rechterhand uit naar Alex. Aan haar ringvinger droeg ze een vierkante smaragd, omringd met diamantjes.
'O, Ev, wat mooi!' riep Alex uit. 'Waarom heb je dat niet meteen gezegd?'

'Ik weet het niet.' Evelyn haalde haar schouders op en lachte verlegen, duidelijk blij en onzeker tegelijkertijd. Ze keek omlaag naar de ring en speelde ermee. 'Het leek op de een of andere manier niet het juiste tijdstip, na alles wat jij had doorgemaakt.'
'Doe niet zo gek! Ik kan wel wat goed nieuws gebruiken. Je zult wel opgewonden zijn, Evelyn. Heb je je moeder opgebeld?'
'God, nee!' Ze lachte. 'Die zou waarschijnlijk met de volgende vlucht uit Baltimore komen.' Haar moeder was nadat Evelyns vader was overleden, vijf jaar geleden hertrouwd en naar Baltimore verhuisd. Ze had Evelyn haar strandhuis met twee slaapkamers in Santa Monica gegeven. 'Ik zal het haar binnenkort vertellen. Ik wil alleen niet te hard van stapel lopen. Dit is geen verlovingsring. Jerry heeft geen aanzoek gedaan.'
'Nog niet.' Alex glimlachte.
'Nog niet.' Evelyn was het met haar eens. Ze had een kleur van geluk.
Er werd op de deur geklopt. De zuster kwam binnen.
'Mevrouw Prescott? Een van de zusters zag net dat er een pakje voor u was gekomen. Iemand heeft het in de zusterpost achtergelaten.' Ze gaf Alex een langwerpig ingepakte doos met een babymotief erop.
'Je eerste babycadeau,' zei Evelyn nadat de zuster de kamer was uitgegaan. 'Maak je het niet open?'
Alex scheurde het pakpapier eraf en maakte de witte doos open. Er lag een pop van twintig centimeter in met lang, platinablond haar die een Barbie kon zijn, op een opvallend kenmerk na: deze pop was zwanger. Iemand had de kleren van de pop uitgetrokken – naast haar lagen keurig opgevouwen een jumpsuit van spijkerstof en een rode blouse – en haar opgezwollen middenrif was ontbloot.
'Ik ben een beetje te oud voor poppen,' zei Alex. 'Ik vraag me af van wie dit is.' Ze keek in de doos. Er lag geen kaartje bij.
'Misschien is het voor Nicholas. Kathy Morton heeft zo'n pop. Weet je nog dat ze die mee naar school nam? Haar moeder was in verwachting. Ze vertelde me dat het een goede manier was voor Kathy om "de ervaring te delen".'
'Wie is de vader van de pop? Doet hij mee aan de ervaring?' Alex glimlachte.
Evelyn grinnikte. 'Grappig. Ik denk eerlijk gezegd dat je die kunt bestellen.' Ze pakte de pop van Alex aan. 'Het is best leuk. Je neemt de buik weg en daar zit de baby.' Ze haalde de eivormige, vleeskleurige welving weg.
Er zat geen baby in. In plaats daarvan lag er een reepje wit papier, het soort dat in Chinese voorspellende koekjes zit.

143

'Je bent opgelicht,' zei Evelyn, maar Alex luisterde slechts met een half oor. Met een akelig voorgevoel pakte ze het papier en las de getypte boodschap voor zichzelf:

CONFUCIUS ZEGT:
ZIJ DIE EEN LEVEN NEEMT
VERDIENT HET NIET EEN LEVEN TE SCHEPPEN

Ze liet het papier op haar deken vallen, pakte de pop van Evelyns schoot en smeet hem door de kamer. Hij sloeg tegen de muur. De kop brak af en kwam een meter of zo van het lichaam terecht.

'Is het weer zo'n brief?' fluisterde Evelyn. 'Wat staat erin?' Ze reikte ernaar.

Alex pakte het stukje papier en sloot haar hand eromheen. 'Hetzelfde gedoe.' **MOORDENARES!**

'Dit moet ophouden! Je moet dat briefje aan rechercheur Brady geven. Misschien kan hij het achterhalen.'

Alex schudde haar hoofd. 'Hij kan niets doen.' Ze maakte haar vuist open, pakte het reepje papier en begon het in stukjes te scheuren.

Evelyn greep Alex' hand. 'Doe dat niet! Laat het tenminste aan Warren zien. Laat het aan hem over.'

'Ik vertel het hem wel wanneer hij straks komt.'

'Alex,' zei ze, en haar stem klonk somber, 'Alex, ik wilde je dit niet vertellen, maar Warren heeft me opgebeld. Hij wilde weten of ik de brieven had gezien.'

'Hij geloofde me niet!' De gedachte sneed vlijmscherp door haar heen.

'Hij maakt zich zorgen om je. Hij vertelde me dat je onder vreselijke druk stond. Ik heb gezegd dat ik de tweede brief heb gezien, maar je moet hem deze tonen, zodat hij zelf kan zien wat er aan de gang is.'

'Je hebt gelijk. Dat zal ik doen.'

Alex legde het papier in de bovenste la van haar nachtkastje, maar zodra Evelyn weg was, scheurde ze het briefje verder in snippers en gooide de stukjes in de afvalzak die aan de zijkant van haar nachtkastje geplakt zat.

Het kostte moeite om uit bed te komen, maar het lukte haar en ze liep naar de zusterpost. Ze hoorde dat geen van de zusters degene had gezien die het pakje voor haar had achtergelaten. Ze was niet verbaasd. Toen ze in haar kamer terugkwam, stapte ze bijna op de glimlachende, onthoofde, blonde kop met de blauwe ogen. Ze bukte zich, pakte de kop en de pop zonder baby en gooide beide in de prullenmand in haar badkamer.

Toen Warren 's avonds op het bezoekuur kwam, wilde ze hem over de pop en de brief vertellen (niet de hele boodschap, dat kon ze niet), maar de kinderen waren bij hem. Ze zou het hem morgen vertellen, wanneer ze weer alleen thuis waren.

De gedachte alleen met Warren te zijn, vervulde haar met nare voorgevoelens en onrust. Ze vroeg zich af hoe ze de schade aan hun huwelijk moest repareren, of dat die onherstelbaar was, net zoals de onthoofde pop.

Hoofdstuk 18

Warren zou haar haten als hij erachter kwam. Dat wist ze. Ze zou het proberen uit te leggen, als hij haar de kans gaf. Ze zou hem de waarheid vertellen, dat ze Alex niet had willen duwen, dat had ze echt niet gewild. Ze was Alex achternagelopen naar de kiosk en naar de boekenwinkel, het was leuk geweest haar te volgen, naar haar rug te staren, haar ongezien gade te slaan, toen had ze in de menigte achter haar gestaan en haar handen hadden zich plotseling bewogen alsof het onafhankelijke dingen waren. Ze moest toegeven dat ze iets van blijdschap had gevoeld toen ze Alex hoorde schreeuwen en haar zag vallen, maar ze had de baby geen kwaad willen doen, ze had Alex alleen maar angst willen aanjagen, haar laten weggaan, zodat alles goed kwam, zoals het was voordat Alex was gekomen.

Waarom kon Alex niet weggaan?

Ze had bijna naar adem gesnakt toen ze Alex op het asfalt had zien liggen. Ze had zich voorover willen buigen om te kijken of alles in orde was, maar dat kon ze natuurlijk niet doen. Hoe kon ze uitleggen wat ze daar deed?

Dat betekende niet dat ze slecht was. Ze was niet slecht. Niemand kon zeggen dat ze slecht was, want ze was toch blij dat het goed ging met de baby? Ze zou geen onschuldige baby iets willen aandoen. Ze wilde Alex ook niets aandoen. Zo was ze niet.

Zelfs als er iets met de baby gebeurde, dan zou het haar schuld niet zijn. Ze had Alex zo vaak gewaarschuwd, zo vaak! En als er iets met de baby gebeurde, zou dat Alex' schuld zijn, niet de hare. Want als Alex echt van haar kind hield, zou ze weggaan voordat het te laat was.

Sufferd! zei ze tegen zichzelf. Alex zou niet weggaan. Nu niet. Waarom zou ze? Iedereen was dol op haar, stuurde haar bloemen en kaarten en vertelde haar hoe geliefd ze was. En Warren had medelijden met haar. Ze kon als het ware horen hoe hij Alex suste en kalmeerde. 'Arme schat, ik zorg wel voor je, hoor.'

Dat was niet goed! Dat was niet de manier waarop het moest gaan. In één seconde had ze alles tenietgedaan wat ze zo zorgvuldig opgebouwd had.

Sufferd! *schreeuwde ze tegen haar spiegelbeeld in de badkamerspiegel.* Sufferd, sufferd, sufferd! *Haar ogen brandden van de tranen van machteloze woede en zelfverachting. Ze pakte een borstel en tilde die op, klaar om hem tegen de spiegel te gooien en het jammerlijke beeld dat ze zag aan stukken te slaan. Een mislukking! In plaats daarvan sloeg ze de borstel tegen haar blote dijbeen aan, en bleef haar dijbenen ritmisch bewerken, eerst de ene, toen de andere kant. Net zolang totdat de huid rauw was en bloedde van het schaven van de stalen borstelharen en haar pijn erg genoeg was en haar gejammer hard genoeg om de gedachten uit te bannen die wild door haar hoofd tolden.*

Toen ze naderhand wat gekalmeerd was, trok ze een nachthemd aan en ging op haar bed liggen. Haar dijbenen deden pijn, maar ze rolde voorzichtig op haar zij en krulde zich op in een gedeeltelijk foetale houding. Ze deed haar opgezwollen ogen dicht.

Alles zou goed komen, fluisterde ze tegen het kussen dat ze omhelsde. Warren zou er nooit achter komen dat zij Alex geduwd had. En er was nog niets verloren. Warren had medelijden met Alex, maar dat was logisch. Maar het was medelijden, geen liefde. Medelijden, die zou verdwijnen zodra hij uitvond wat voor mens Alex in werkelijkheid was. Wat ze voor vreselijks had gedaan. Dan zou hij haar haten.

Ze dacht weer aan het gesprek met de mensen van het kerkhof en de berg gegevens die ze over Alex te weten was gekomen. Het was zo gemakkelijk geweest, bijna alsof het de bedoeling was geweest dat ze erachter kwam en hoewel ze geen hulp van wie dan ook nodig had – ze deed het prima in haar eentje – bevestigde het de wetenschap dat ze juist handelde.

Het zou goed komen.

Het was alleen een kwestie van wachten. Alex zou niet voor eeuwig in het ziekenhuis blijven. Zelfs daar was ze niet veilig. Dat had de pop Alex getoond. Ze glimlachte bij de gedachte.

Alex was nergens veilig, niet voor de waarheid.

Ze bewoog zich en kromp in elkaar van de pijn in haar dijbeen. De pop was een heel goed idee geweest.

Ze had nog meer goede ideeën.

Hoofdstuk 19

'Het gaat prima met u en de baby,' vertelde dr. Pearson Alex maandagochtend nadat hij haar had onderzocht. 'Maar ik wil wel dat u het de komende dagen kalm aan doet. Bedrust, niet werken. Geen oefeningen. Ik wil de vruchtwaterpunctie ook uitstellen. Op dit moment wil ik de baarmoeder niet aan weer een trauma blootstellen. Kom donderdag naar mijn praktijk en dan verzetten we de datum.'
Ze knikte.
'Over vruchtwaterpuncties gesproken, Alexandra,' zei Pearson, 'je stapt niet over naar een andere ziektekostenverzekering, is het wel?'
'Nee. Waarom vraagt u dat?'
'Ik dacht al van niet.' Hij klonk bezorgd. 'Er belde vrijdag een man op die beweerde dat hij je nieuwe verzekeringsagent was en hij wilde alles over je zwangerschap weten. Hoe ver je was, of je een vruchtwaterpunctie liet doen. Dat soort dingen. Hij zei dat de maatschappij de gegevens moest hebben voor ze je zwangerschap zouden dekken.'
Alex fronste haar wenkbrauwen. 'Wat hebt u tegen hem gezegd?'
'Niets. Ik wilde het er eerst met jou over hebben. Ik heb gezegd dat ik hem terug zou bellen, maar hij zei dat hij míj volgende week zou terugbellen. Ik denk niet dat hij dat doet.'
Alex voelde een vlaag van angst. Wie probeerde dingen over haar zwangerschap uit te zoeken? En waarom? 'Hoe klonk hij?'
'Moeilijk te zeggen.' Pearson streek over zijn kin. 'Niets bijzonders. Geen speciaal accent. Een tamelijk jonge stem, ergens tussen de twintig en de dertig. Dat zegt niet veel, hè?' Hij tuurde haar aan door zijn bril met schildpadmontuur. 'Je moet je er maar geen zorgen om maken. Misschien had ik het je niet moeten zeggen.'
'Nee, ik ben blij dat u dat heeft gedaan.'

'Misschien wilde hij wat statistische gegevens voor reclamedoeleinden. Dat doen ze steeds. Aasgieren.' Hij klopte op haar hand.
'Concentreer je maar op je baby. Dat is een bevel.'
Pearson vertrok om de ontslagpapieren van Alex te ondertekenen. Warren kwam even later en wachtte terwijl ze zich verkleedde van haar ziekenhuishemd in de overhemdblouse en de broek die hij van huis had meegenomen. (Geen truien, had ze tegen hem gezegd; het was te moeilijk en pijnlijk om haar arm en schouders te bewegen.) Hij vermeed het nog steeds om haar aan te kijken en ze voelde zich stuntelig, alsof ze zich voor een vreemde stond aan te kleden.
'Heb je hulp nodig met die mouwen?' vroeg hij plotseling.
Was dit een verzoeningsgebaar? 'Ja, graag.'
Ze gaf hem de blouse. Hij stond naast haar en hielp haar armen in de mouwen. Het was voor het eerst dat ze elkaar aanraakten sinds hij haar in zijn armen had gehouden nadat ze in de ziekenhuiskamer was wakker geworden.
'Dank je.' Ze draaide zich om en kuste hem licht op zijn lippen. Hij trok zich niet terug, maar reageerde ook niet. 'Ik hou van je, Warren.' Het spijt me, Warren.
'Ik hou ook van jou.'
Zijn woorden klonken geforceerd. De tranen sprongen haar in de ogen en ze wendde zich af. Ze wilde zijn medelijden niet.
Er werd op de deur geklopt. Een blonde Brunhilde-achtige zuster kwam de kamer in en duwde een rolstoel naar binnen. 'Bent u zover, mevrouw Prescott?'
'Ik kan wel lopen, dank u wel.' Alex bukte zich voorzichtig en pakte haar tas en het namenboekje van haar nachtkastje.
'Het spijt me. Dit zijn ziekenhuisregels.' De zuster wachtte tot Alex in de stoel zat en vroeg toen: 'En die mooie bloemen? Neemt u die mee naar huis?'
'Ik denk van niet.' Alex wilde geen herinneringen aan haar ziekenhuisverblijf, of aan de daad van haat die haar daar had gebracht.
De zuster reed Alex over de lange afrit naar de uitgang waar Warren de Lexus had geparkeerd. Hij maakte het portier naast de bestuurder open en de zuster hielp Alex bij het instappen.
'Over een maand of vier, vijf rijden we u en uw baby hier uit,' zei de zuster. 'Leuk, hè?'
Meer dan leuk, dacht Alex. Onderweg naar huis spraken Warren en Alex nauwelijks en ze wenste dat de zuster was meegegaan om de stilte op te vullen. Ze zette de radio aan en koos een station met klassieke muziek.

Warren zei: 'Tussen haakjes, Paula is thuis.'
'Paula? Maar het is toch maandag?' Alex had zich verheugd op een dag uitstel voordat ze de huishoudster onder ogen moest komen. En zich moest afvragen...
'Het was haar idee. Denise vond het niet erg. Ik heb tegen Paula gezegd dat we haar attente gebaar waarderen.'
Was dat een wenk voor Alex om dankbaar te zijn wanneer ze Paula sprak? 'Het is erg aardig van haar, Warren,' zei Alex en verviel weer in stilzwijgen. Ze stelde vast dat zelfs als Paula de vijand wàs, het onwaarschijnlijk was dat ze Alex schade zou toebrengen in haar eigen huis en zo de verdenking op zich zou vestigen.
Toen ze thuis aankwamen, maakte Paula de voordeur open. 'Welkom thuis, Alex,' zei ze met de sombere stem van een begrafenisondernemer. Haar ogen waren nog zwaarder opgemaakt dan anders. 'Ik ben blij dat alles goed is met jou en de baby. Ik heb gisteren in de kerk voor je gebeden.'
Waarvoor? 'Het gaat prima, Paula. Dank je wel voor je goede wensen. En dank je wel dat je vandaag gekomen bent.' Alex keek Warren niet aan die achter haar stond, maar ze wist dat hij goedkeurend glimlachte.
Haar lichaam deed nog overal pijn op plekken die ze niet duidelijk kon aangeven, vooral wanneer ze liep; hoewel Warren achter haar was en haar met zijn hand in de rug steunde, ging het trappen lopen langzaam en moeizaam. Iemand – ongetwijfeld Paula – had de sprei weggehaald en haar dekbed teruggeslagen. Er lag een katoenen nachtjapon met knoopjes aan de voorkant op haar kussen. Het was een van de nachtjaponnen die ze voor later had gekocht, wanneer ze de baby zou voeden.
'Ik ben zo terug,' zei Warren en liep de kamer uit.
Ze kleedde zich uit en maakte alle knoopjes van de nachtjapon los zodat ze hem gemakkelijker kon aantrekken. Toen Warren terugkwam, lag ze in bed.
'Paula wil weten of je iets wilt eten,' zei hij vanuit de deuropening.
'Nee. Ik heb in het ziekenhuis ontbeten.'
'Ik moet naar kantoor, maar ik bel je nog wel.'
Ze besefte met een scherp gevoel van teleurstelling dat ze had verwacht dat hij thuis zou blijven. Vóór zijn gesprek met dr. Pearson zou dat zo geweest zijn. Maar ja, hij had nu eenmaal een advocatenkantoor. 'Warren, voordat je gaat, wil ik je iets zeggen.'
'Ik dacht dat je niet over je verleden wilde spreken.'
Ze voelde dat ze een kleur kreeg, de warmte kroop vanuit haar hals omhoog. Hoe lang zou dit doorgaan? 'Daar gaat het niet over.

Het gaat over zaterdag. Ik ben geduwd, Warren. Ik ben bewust geduwd.'

Hij deed een paar aarzelende stappen de kamer in alsof hij met tegenzin naar haar toekwam. 'Alex, je stond in een menigte. Mensen worden geduwd in menigten.'

Ze schudde haar hoofd. 'Ik voelde dat iemand me met zijn handen een zet gaf.'

'Ik heb met veel mensen daar gesproken, Alex. Ze zeiden allemaal hetzelfde – je verloor je evenwicht en bent gevallen.'

Hij sprak op zijn 'redelijke' toon, de stem die hij gebruikte wanneer Nicholas of Lisa – meestal Lisa – moeilijk of kinderachtig deed. Het was dezelfde toon die haar ouders vaak tegen haar hadden aangeslagen, lang nadat ze volwassen was.

'Iemand is me gevolgd, Warren. Iemand heeft me geschaduwd! Eerst in de supermarkt, daarna donderdag toen ik met Evelyn bij Robinsons was. Ik heb het je niet verteld omdat ik wist dat je me niet zou geloven.'

'Heeft Evelyn die persoon ook gezien?' Dezelfde kalme, neutrale toon.

Ze was woedend. 'Nee! Maar dat betekent niet dat het niet zo is. Iemand heeft me geduwd! Iemand wilde dat ik viel. Iemand wil onze baby vermoorden! Waarom geloof je me niet?'

Warren zuchtte. Hij deed de deur dicht, kwam toen naar haar toe en ging naast haar zitten. Hij pakte haar hand. 'Alex,' zei hij op tedere toon. 'Alex, niemand probeert je iets aan te doen. Je moet ophouden zo te denken. Je wordt paranoïde en daar word ik bang van.'

'Ik ben niet paranoïde, Warren. Dr. Pearson heeft me verteld dat iemand die zich als een verzekeringsagent voordeed, hem in zijn praktijk heeft opgebeld en vragen over mijn zwangerschap heeft gesteld.'

Warren fronste zijn wenkbrauwen. 'Wie?'

'Ik weet het niet.' Alex herhaalde wat de dokter haar had verteld. 'Pearson denkt dat het een of andere reclamejongen is.'

'Dat ìs het vermoedelijk ook, Alex,' zei Warren vriendelijk. 'Je blaast de boel waarschijnlijk op.'

'En als het nou eens niet zo is? En die brieven dan? Die heb ik niet verzonnen. Ik heb er gisteren in het ziekenhuis weer een gekregen.' Ze vertelde hem over de pop en het briefje erin. 'Er zat geen baby in, Warren. Begrijp je het dan niet? Degene die me een duw heeft gegeven, stuurde de pop. Op het briefje stond dat ik geen baby verdien.' *MOORDENARES!*.

'Mag ik het zien?'

'Ik heb het verscheurd en ik heb de pop weggegooid.' Waarom had ze het hem niet in het ziekenhuis laten zien? Ze keek hem recht aan. 'Evelyn was erbij toen de pop kwam. Je kunt mijn verhaal bij haar natrekken, net zoals je de vorige keer hebt gedaan.'

Hij had het fatsoen om een kleur te krijgen en liet haar hand los. 'Ik heb haar opgebeld omdat ik me zorgen om je maakte, Alex, niet omdat ik je niet geloofde.'

Geloof je me nu wel, wilde ze vragen, maar ze was bang om het antwoord te horen.

'En wie heeft je een duw gegeven, denk je?'

Ze voelde dat hij haar niet geloofde. Hij paaide haar en was geduldig. Als ze Denise of Paula noemde, (niet Lisa – ze kon Lisa niet noemen) zou Warren ervan overtuigd zijn dat ze neurotisch aan het worden was. Ze had bewijs nodig voordat ze een naam tegenover hem noemde.

'Ik weet het niet. Lundquist misschien,' zei ze. Ze noemde de naam bij wijze van offerdier omdat het in Warrens ogen de geloofwaardigste en minst bedreigende was.

'Ik zal rechercheur Brady opbellen en het hem vertellen.'

Ze schaamde zich bijna, maar troostte zich met de gedachte dat het Donald Lundquist zou kùnnen zijn.

De rest van de ochtend en de middag bracht Alex rustend door. Ze sliep, keek wat tv – een paar soaps, Oprah, Phil. Ze las de *Los Angeles Times* en een nummer van *Newsweek*.

Paula maakte een kopje groentesoep en een sandwich met tonijn voor haar klaar. De huishoudster deed uitzonderlijk vriendelijk en lief en Alex moest toegeven dat het prettig was om verwend te worden. Maar ze vroeg zich af of Paula in haar atelier aan het strijken was, in haar schommelstoel zat, haar ezel en al haar voorraden verplaatste, en stijfsel op al haar nachtjaponnen spoot. Of ze alle voorbereidingen trof voor wanneer Alex er niet meer zou zijn.

Om twintig minuten voor drie kwam Paula boven en zei tegen Alex dat ze wegging om Nicholas van school op te halen.

'Denise heeft aangeboden om Lisa te halen,' zei ze.

Alex knikte. 'Dat is aardig van haar. Trouwens Paula, weet je nog dat er vernielingen in de school waren aangericht en dat alle papieren door mijn kantoor verspreid lagen?'

'Natuurlijk. Dat was vreselijk, gewoonweg vreselijk.'

Verbeeldde Alex het zich, of verstrakte de vrouw?

'Tja, ik mis wat papieren en ik vroeg me af...'

'Ik heb niets weggenomen, Alex.' De huishoudster ging meer rechtop staan. 'Ik heb alleen gesorteerd wat ik heb gevonden.'

Bijna dezelfde woorden die ze die middag had gebruikt toen Alex van het politiebureau was teruggekomen. 'Natuurlijk niet, Paula. Ik weet dat je dat niet zou doen.' Alex glimlachte. 'Maar misschien is er per ongeluk iets weggegooid. Het was zo'n puinhoop,' voegde ze er verontschuldigend aan toe.

'Ik heb niets weggegooid,' zei Paula, haar stem en gezicht waren streng van verontwaardiging. 'Iedereen was vroeg of laat in je kantoor. Evelyn, natuurlijk. En je assistente...?' Ze keek Alex vragend aan.

'Patty.'

'Ja.' Ze knikte. 'Patty. En Denise.'

Dat was interessant, dacht Alex. Denise had gezegd dat ze niet in het kantoor was geweest. Op neutrale toon zei Alex: 'Ik dacht dat Denise had geholpen de klas op te ruimen.'

'Dat was later. Toen ik kwam, was ze in het kantoor.' Paula keek op haar horloge. 'Ik moet nu gaan, anders moet Nicholas wachten. En dat willen we toch niet, hè?' Ze draaide zich om en liep de kamer uit.

Zo, ik ben op mijn plaats gezet, dacht Alex.

Een half uur later lag ze nog steeds met gefronst gezicht geconcentreerd na te denken wie er inzage in haar rekeningen had gehad. Toen hoorde ze Nicholas de trap oprennen. Ze glimlachte nog voor hij haar slaapkamer inkwam.

'Hoi, mammie!' Hij rende naar haar kant van het bed, boog zich voorover en kuste haar. 'Dat ziet er vies uit, zeg!' Hij wees naar haar wang.

Die ochtend had een arts het verband weggehaald, maar de kneuzing zag er lelijk uit. 'Het is al veel beter. Hoe was het op school, Nick?' Ze schoof voorzichtig een eindje opzij en klopte naast zich op bed. 'Ga zitten.'

'Het gaat prima op school.' Hij ging grinnikend zitten.

Ze streek zijn haar glad. 'Vertel me alles eens.'

'Nou, eerst...'

'Nicholas?' Paula riep hem van beneden. 'Laat je moeder rusten, lieverd. Kom in de keuken. Ik heb iets lekkers voor je.'

En mijn lekkers dan, dacht Alex geïrriteerd, maar ze kuste Nicholas en keek hoe hij de kamer uitholde.

Warren kwam vroeger thuis dan gewoonlijk. Alex hoorde hem in de zitkamer praten. Een paar minuten later kwam hij naar boven en nadat hij Alex had gevraagd hoe ze zich voelde, vertelde hij haar dat hij voor het eten nog aan wat pleidooien moest werken. Dat gaf niet, zei ze.

'Paula heeft het etcn klaargemaakt,' zei Warren. 'Trouwens, Denise eet bij ons. Lisa heeft haar uitgenodigd om te blijven.'

153

'Dat is leuk,' zei Alex. Drie verdachten in één kamer.
'Denise wil even gedag komen zeggen. Is het goed dat ze naar boven komt?'
'Straks, graag. Ik ben moe.'
Ze was niet in de stemming om van Denise vrolijkheid en troost te accepteren die misschien niet gemeend waren. Aan de andere kant was het dat misschien ook wel en dat zat haar ook dwars. Ze vroeg zich af of ze Denise zo snel verdacht omdat ze jaloers was op de herinneringen die haar echtgenoot met zijn vroegere schoonzuster deelde.

Even later hoorde Alex vanuit haar kamer interessante en boeiende flarden van gesprekken beneden, zoals in het liedje van de Rattenvanger van Hamelen. Ze was al half haar bed uit, klaar om naar de anderen te gaan toen Paula haar diner op een wit dienblad bracht. Alex aarzelde, ging toen terug naar bed en bedankte haar.

Paula ging naar beneden. Alex speelde met haar gegrilde kip, gebakken aardappels en salade en vroeg zich af waar ze het allemaal over hadden. Warren, Lisa, Nicholas, Denise, Paula. De gelukkige familie, dacht ze... precies zoals het was voordat ik op het toneel verscheen. Ze wist dat ze medelijden met zichzelf had, maar ze kon er niets aan doen.

Na het eten kwam Warren boven met Denise. 'Hoe gaat het, Alex,' vroeg ze. Ze glimlachte, maar die glimlach bereikte haar ogen niet. 'Goed, dank je, Denise.' Het gesprek stokte; Alex deed geen poging om het gaande te houden. Na een moeizame stilte gaf Denise Alex een kus die nauwelijks haar wang raakte en ging weer naar beneden. Alex was niets wijzer geworden – Denise leed onder de spanning van haar dubbelhartigheid of ze was gekwetst door Alex' plotselinge afstandelijkheid.

Als Warren haar houding ten opzichte van Denise al vreemd vond, zei hij daar niets van. Hij vertelde haar dat Paula de nacht bij hen zou doorbrengen, zodat ze 's ochtends direct voor haar kon klaarstaan. Vond Alex dat ook geen uitstekend idee? Uitstekend, ja. Ze moest er niet aan denken het mens de hele nacht in de buurt te hebben, de hele volgende dag, en ze moest er nog veel minder aan denken dat niemand haar mening hierover had gevraagd.

Een paar minuten later kwam Evelyn haar bezoeken.
'Kijk eens, wat ik voor je heb meegenomen, Alex!' Ze legde een armvol beterschapskaarten op het bed. 'Zelfs Richie heeft er een afgemaakt en je weet dat hij er eeuwen over doet om een kleurtje te kiezen.' Ze glimlachte.

'Ze zijn prachtig.' Alex had tranen in haar ogen toen ze de liefdevolle boodschappen van elk kind las.

De telefoon ging. Even later gilde Lisa: 'Het is voor jou, Alex. Lijn één. Een vent. Hij noemde zijn naam niet.'
Alex drukte de knop in waar 'lijn 1' op stond en legde de hoorn tegen haar oor. Op de achtergrond hoorde ze Warren Nicholas roepen en het gelach op de tv.
'Een ogenblikje,' zei Alex in de hoorn. Ze duwde het gesprek in de 'wacht'. 'Hang maar op, Lisa,' riep ze naar beneden. Ze duwde lijn 1 weer in. De geluiden van de tv waren nog steeds te horen. Had Lisa er nou maar aan gedacht om de hoorn terug te leggen. Of de 'wacht' knop te gebruiken.
'Het spijt me dat ik u heb laten wachten,' zei Alex. 'Mijn dochter...'
'Ik heb gezien wie u geduwd heeft.'
Alex' hart ging sneller slaan. 'Met wie spreek ik?'
'Speel geen spelletjes, mevrouw Prescott. Ik heb gezien wie u heeft geduwd. U weet waar mijn vrouw is. We kunnen tot een eerlijke ruil van gegevens komen. Wat dacht u ervan?'
Haar handen werden plotseling klam. 'Voor de honderdste keer, meneer Lundquist...'
'U weet niet waar ze is. Dat weet ik.' Hij maakte een hinnikend geluid. 'Maar u spréékt haar wel. Dat heeft ze tenminste laatst wel toegegeven.'
Evelyn fluisterde. 'Wat wil hij?'
Alex legde haar vinger op haar lippen. 'Meneer Lundquist, u zei dat u hebt gezien wie me heeft geduwd. Hoe weet ik dat u de waarheid vertelt?'
Lundquist lachte. 'Hoe zou ik kunnen weten dat iemand u had geduwd als ik het niet had zien gebeuren? Of hebben de plaatselijke kranten erover geschreven, net zoals ze over de vernielingen in uw school schreven?'
'Misschien weet u het omdat u me heeft geduwd.'
'Ik heb het niet gedaan! Waarom zou ik dat in godsnaam doen?' wilde hij nijdig weten. Op rustiger toon zei hij: 'Luister, we maken een afspraak, u stemt erin toe mijn vrouw een boodschap te geven en ik vertel het u.'
'Ik weet niet hoe ik haar moet bereiken.' Dat was een leugen. Alex had het stukje papier met het nummer van het tehuis niet weggegooid. Nu had ze er spijt van dat ze dit niet had gedaan, omdat ze in de verleiding kwam de vrouw op te bellen.
'Jawel, dat weet u wel. Bovendien, ze belt u wel. Ik weet dat ze dat zal doen. Wanneer ze dat doet, wil ik dat u weet wat u namens mij moet zeggen.'
'En als ze niet belt?'

155

'Daar gok ik op. Ik vraag alleen om een afspraak met u, dat u met me praat. Ik ben niet zo slecht, mevrouw Prescott. Ik geef toe dat ik een paar grote fouten heb gemaakt. Maar ik wil u mijn kant van de zaak vertellen en goed, ik zal eerlijk zijn. Ik wil graag dat u me helpt Sally naar me te laten terugkeren. Ik moet haar spreken.'

'Wanneer wilt u afspreken?'

'Morgenavond om negen uur bij mij thuis.' Hij gaf haar het adres.

'Afgesproken?'

'Ik geef de voorkeur aan een restaurant.'

'Nou, ik geef de voorkeur aan mijn huis. Ik heb op het ogenblik wat zakelijke problemen en ik wil me een beetje gedekt houden. Morgen om negen uur bij mij thuis, of vergeet het anders maar. Maar dan zult u nooit weten wie u geduwd heeft, hè?'

En wie de brieven heeft geschreven. En probeert mijn baby te vermoorden. 'Goed. Morgen om negen uur.'

Ze hield de hoorn nog even vast nadat Lundquist de verbinding had verbroken en vroeg zich af of ze gek was geworden door ermee in te stemmen hem te ontmoeten. Toen hing ze op. Het rode lampje van lijn 1 was nog aan, en dat betekende dat de hoorn er beneden nog steeds naast lag. Uiteindelijk zou iemand het wel zien. Tot die tijd zou iedereen die opbelde een in gesprektoon te horen krijgen, maar het kon Alex niet echt veel schelen.

Ze wendde zich tot Evelyn. 'Lundquist weet wie me heeft geduwd, Evelyn. Hij gaat het me vertellen.'

'Ik hoorde het. Je gaat toch niet naar hem toe, hè?' Ze staarde Alex aan.

'Ik moet te weten komen wie achter die brieven zit.'

'Stel dat híj het is?' Evelyn pakte Alex' hand beet. 'Ga niet, Alex. Het is gekkenwerk.'

'Hij zei dat hij het niet was en ik geloof hem. Hij is ervan overtuigd dat ik hem naar zijn vrouw kan leiden.'

'Zeg je het tegen Warren?'

'Nee. En ik wil niet dat jij een woord tegen hem zegt.'

Evelyn fronste haar wenkbrauwen en liet Alex' hand los. 'Alex, ik...'

'Beloof het!' Ze keek Evelyn strak aan.

Evelyn zweeg. 'Ik laat je niet alleen gaan!' zei ze ten slotte. Haar stem haperde. 'Als je het Warren niet vertelt, laat me dan met je meegaan.'

Alex schudde haar hoofd. 'Hij zegt niets waar jij bij bent. Dat weet je wel.'

'Ik wacht in de auto. Dan weet hij niet dat ik er ben.'

Alex overwoog dit even en knikte toen. 'Goed.'

Toen Warren naderhand bovenkwam, vroeg hij haar wie er had opgebeld.

Ze dacht aan de hoorn beneden die naast het apparaat had gelegen. Was dit een test? 'Donald Lundquist. Hij wil dat ik probeer zijn vrouw over te halen thuis te komen.' Dat was waar.

'Jezus, wanneer houdt die klootzak eens op met jou te achtervolgen?'

Warren kleedde zich snel uit, deed het licht uit en stapte in bed. Alex tastte naar zijn hand, maar hij rolde zich op zijn andere zij.

'Welterusten, Alex. Slaap lekker.'

'Welterusten.'

Ze deed haar ogen dicht, en wist niet zeker of ze de slaap moest verwelkomen of tegenhouden. Slapen zou haar haar problemen met Warren doen vergeten. Maar zou tevens de deur tot haar droom openen.

Ze deed haar ogen open en keek naar Warren. Hij had zich op zijn rug gedraaid en staarde haar aan. Toen hij zag dat ze naar hem keek, deed hij zijn ogen dicht.

De volgende avond om halfnegen hoorde Alex een claxon. Ze keek uit het raam van de zitkamer en zag Evelyns blauwe Toyota Corolla in de oprit staan. Ze liep naar de studeerkamer van Warren.

'Evelyn is er,' zei ze.

Hij keek op van zijn papieren. 'Ik vind nog steeds dat je in bed zou moeten liggen.'

'We gaan alleen even koffie drinken. Ik voel me vandaag beter, bijna zo goed als nieuw en om je de waarheid te zeggen, voel ik me duf.' Dat was niet gelogen. Ze was de hele dag prikkelbaar geweest, had de minuten voorbij zien kruipen en had gewacht op het ogenblik dat ze eindelijk de waarheid zou horen.

Dan zou ze naar Warren toegaan en zouden ze hier samen een eind aan maken. *Tenzij het Lisa is*, fluisterde een stem. *Als het Lisa is, zijn we nergens.* Maar daar wilde ze nu niet aan denken.

Lundquist woonde in Marina del Rey, een welvarende buurt ten zuiden van de Washington Boulevard. Evelyn vond de straat zonder moeite, maar reed het huis voorbij en moest terugrijden. Het was kwart voor negen toen ze voor het brede bungalowachtige huis van Lundquist stilstonden. Ze zaten zwijgend naast elkaar, te gespannen om te praten. Alex keek om de paar minuten op haar horloge. Om negen uur maakte ze het portier open.

'Weet je zeker dat je ermee doorgaat?' Evelyns ogen waren donkere poeltjes in het zwakke licht van de straatlantaarn.

'Ik ben bang,' gaf Alex toe. 'Maar dit is de enige manier waarop ik erachter kan komen.'
'Had je maar een afspraak in een openbare gelegenheid gemaakt.'
'Ik heb hem een uur geleden opgebeld zoals jij voorstelde en ik heb hem gevraagd naar een restaurant te komen. Maar hij weigerde. *Vertrouwt u me niet?* had hij gevraagd. 'Dat heb ik je verteld.'
'Ik weet dat je dat zei. Maar ik vind het toch niet prettig.' Ze raakte Alex' arm aan. 'Zullen we niet liever weggaan? Laat de politie dit maar doen.'
'Dat kan ik niet.'
'Laat me dan met je meegaan.' Haar stem klonk dringend en omfloerst. 'Wat kan het hem schelen of ik erbij ben?'
Alex schudde haar hoofd. 'Wens me succes,' fluisterde ze.
Het instappen was relatief pijnloos geweest. Uitstappen vereiste zorgvuldig manoeuvreren. Ze zette haar benen naar rechts en terwijl ze zich aan de greep van het portier vasthield, hees ze zich van de stoel omhoog in een staande houding. Ze vertrok haar gezicht en beet op haar lip vanwege de pijnscheuten die door haar heen trokken, toen deed ze het portier dicht.
Alle lichten waren aan in het huis. Ze liep het tegelpad op naar de dubbele witte deuren en belde aan. Niemand maakte open, maar ze wist dat Lundquist thuis was. Ze belde nog een keer, toen zag ze dat er een wit, dubbelgevouwen papiertje op de deuren zat vastgeplakt. Ze trok het eraf en maakte het open.

Mevrouw Prescott, de bel is kapot. De deur is open. Doe alsof u thuis bent. Ik zit in het bubbelbad. Geef maar een gil als u er bent en dan kom ik eraan – of u kunt me gezelschap komen houden. Grapje! Neem maar iets te drinken.   *D.L.*

Ze was geïrriteerd en een beetje zenuwachtig. Was dit een truc? Ze kreeg de neiging zich om te draaien, naar de auto te lopen en tegen Evelyn te zeggen naar huis te rijden. Ze draaide de knop om, duwde de deur open en liep de ruime, met witte marmeren tegels belegde gang in.
Links en rechts van haar waren gesloten deuren. Direct voor haar lag een enorme verzonken zitkamer met drie openslaande deuren zonder gordijnen die uitzicht boden op de achtertuin. Er stonden geen meubels, behalve twee grijze, zijden banken en een glazen salontafel met een zwarte granieten poot. De vloer had dezelfde witte marmeren tegels. De muren waren lichtgrijs geverfd.
Alex vroeg zich af waar Bobby Lundquist speelde – zeker niet in

deze strenge, ijzige kamer. Vermoedelijk in een van de kamers die ergens achter de deuren verborgen lag.
Ze liep de marmeren trap af, de kamer door naar een van de openslaande deuren. Die stond op een kier. Ze duwde hem open en riep. Het was een dwaas gevoel om iemand te roepen die ze niet zag.
'Meneer Lundquist? Ik ben het, Alexandra Prescott. Ik ben er.'
Ze draaide zich om. Op een zwarte granieten bar aan haar rechterkant had Lundquist karaffen met barnsteenkleurige vloeistoffen klaargezet, kristallen glazen, Perrier, en verschillende soorten water. Alex bedacht dat Lundquist dan geen goede echtgenoot mocht zijn, hij was wel een goede gastheer. Ze vulde een glas met Perrier en ging op een van de grijze zijden banken zitten.
Er verstreken vijf minuten, toen zes. Ze zette het glas neer op de glazen salontafel voor zich en stond op. Ze zou zichzelf een tweede keer aankondigen, misschien had hij haar niet gehoord. Daarna zou ze nog een paar minuten wachten en dan ging ze.
Ze liep weer naar de openslaande deur, en riep hem nog een keer. Ze drukte haar gezicht tegen het glas, maar het bubbelbad en het zwembad waren door een kring bomen aan het zicht onttrokken.
Ze liep naar buiten de betegelde patio op. Ze hoorde muziek. Misschien had Lundquist haar toch niet horen roepen. Ze volgde het pad dat linksaf sloeg. Daar lag het zwembad en een paar treden hoger het bubbelbad. En daar zat Lundquist, op de treden van het bubbelbad. Met zijn rug naar haar toegekeerd.
'Meneer Lundquist!'
Ze liep naar de rand van het zwembad tot ze voor het bubbelbad stond. Het hoofd van Lundquist was naar zijn borst gericht. Zijn ellebogen leunden op de betegelde richel. Ze strekte een hand uit en raakte licht zijn schouder aan. Een elleboog gleed van de tegels, toen de andere, en voor haar ontstelde blik gleed Donald Lundquist in het borrelende water en zonk naar de bodem.

159

Hoofdstuk 20

Alex gilde.
Ondanks het donker kon ze in het maanlicht zien dat Donald Lundquist dood was. Zijn gezicht was volkomen kleurloos. Er zaten donkere, gekartelde wonden in zijn hals en op zijn borst en zijn bloed kleurde het borrelende water van het bubbelbad lichtroze. Ze kokhalsde en wankelde achteruit, toen draaide ze zich om en gaf over op het beton. Toen het braken afnam, drukte ze haar armen tegen haar gekneusde, pijnlijke zijden en rende zo hard ze kon naar het huis, de openslaande deur door, de zitkamer, en de gang door. Eindelijk was ze buiten.
De pijn schuurde door haar gekwelde ribbenkast, maar ze moest verder. Ze haastte zich naar Evelyns auto, rukte het portier open, stapte in en sloeg het portier dicht.
'Rijden!' zei ze schor. Haar keel was rauw van het overgeven.
Evelyn staarde haar aan. 'Alex...'
'Nu!'
Evelyn startte de motor en reed een paar straten, toen parkeerde ze langs het trottoir. Ze legde haar hand op Alex' schouder.
'Ik had je niet alleen naar binnen moeten laten gaan! Wat heeft hij gedaan? Heeft hij je aangevallen?'
'Hij heeft me niet aangevallen.' Alex zweeg even. Ze kon dit op geen enkele manier voorzichtig brengen. 'Lundquist is dood, Evelyn. Iemand heeft hem vermoord!'
Evelyn trok haar hand snel terug. 'Dat kan niet!' Haar ogen waren groot van angst. Ze trilde. 'Wat is er gebeurd? Heb je...'
'Hij was dood toen ik kwam. In het bubbelbad. Het was afschuwelijk, Evelyn. Ik raakte hem aan en hij gleed het water in. Iemand had hem in zijn hals en borst gestoken. Het bloed...' Alex kokhalsde weer bij het beeld dat haar voor ogen kwam; ze hield haar hand voor haar mond, maar ze had niets meer om over te geven.
'O, God!' kreunde Evelyn. Ze deed even haar ogen dicht. Er

vormden zich pareltjes zweet op haar bovenlip. 'Ik weet dat hij zijn vrouw sloeg en een afschuwelijk mens was, maar om hem te vermoorden...' Het leek alsof ze op het punt stond om te gaan huilen.
'Ik weet het. Ik moet de politie opbellen.'
'Dat kun je niet doen! Ze zullen willen weten waarom je niet vanuit zijn huis hebt opgebeld. Raak er niet bij betrokken, Alex!'
'Ik kan hem zo niet laten liggen, Evelyn! Laten we een telefooncel zoeken. Ik zal mijn naam niet noemen. *Alsjeblieft*,' drong Alex aan toen Evelyn zich niet verroerde.

Ze reden zwijgend, en na eindeloos lange minuten vonden ze een klein winkelcentrum met een avondwinkel en een telefooncel. Er stonden een paar mensen in de avondwinkel en er zaten twee onverzorgde, slordig uitziende mannen met gescheurde kleren op het stuk trottoir voor de winkel met hun rug tegen de gepleisterde muur van het gebouw.

'Laten we een andere plek zoeken,' fluisterde Evelyn.

Alex wilde naar huis, in bed kruipen, de dekens over haar hoofd trekken en vergeten. Alsof dat mogelijk was. 'Ik wil dit achter de rug hebben.'

Ze stapte uit en vermeed het naar de twee mannen te kijken, maar ze was zich bewust van hun starende ogen en liep zo doelbewust mogelijk naar de telefooncel.

'Heb je vijftig cent?' vroeg een van hen. Hij had een schorre, enigszins onduidelijke stem.

Ze had haar tas in de auto laten staan. 'Het spijt me,' zei ze zonder stil te staan en hoorde hem 'kreng' roepen, maar op een ongeïnteresseerde toon.

Ze liep de cel binnen en deed de dubbele vouwdeur dicht. Vanaf het ogenblik dat ze het huis van Lundquist was uitgerend had ze maar één idee gehad en wel zo snel mogelijk een gezaghebbend persoon op de hoogte te brengen van haar wetenschap omtrent zijn dood, om zelf deze verantwoordelijkheid van zich af te schudden, maar toen ze de hoorn oppakte, trilde haar hand. Ze haalde diep adem en duwde de toetsen 911 in.

'Politiebureau, alarmnummer,' zei een mannelijke telefonist.
'Er is een...'
Plotseling klonk er gebons op de deur van de telefooncel.
Alex draaide zich snel om en pakte de hoorn stevig beet in haar opgeheven hand, klaar om zich te verdedigen tegen de man die haar een kreng had genoemd. In plaats daarvan zag ze het bleke gezicht van Evelyn.

Evelyn maakte de deur op een kier open. 'Hang op!'
Alex keek haar onzeker aan.

'Je hebt niet goed nagedacht,' siste Evelyn. 'Je zult een advocaat nodig hebben.' Ze reikte met haar hand in de cel en legde die op de hoorn. 'Je hebt het slachtoffer van een moord gevonden!' Haar met paniek vervulde ogen ontmoetten Alex' verbijsterde blik.

Alex hoorde geknars in de hoorn. Ze zag dat de twee mannen geïnteresseerd naar haar en Evelyn zaten te kijken. Ze legde de hoorn op de haak, liep de telefooncel uit en ging met Evelyn terug naar de auto, vastbesloten voor zich uit kijkend.

'Vijftig cent?' vroeg de man op dezelfde ongeïnteresseerde toon en boerde luid.

Ze stapten in de auto. Evelyn reed bij het kleine winkelcentrum vandaan en parkeerde om de hoek, maar ze liet de motor draaien.

'Wat heb je de politie verteld, Alex?'

'Niets. Ik kreeg de kans niet. Denk je echt dat ik een advocaat nodig heb?' fluisterde ze. 'Warren zal dat vreselijk vinden,' voegde ze er zachtjes aan toe.

Evelyn knikte nadrukkelijk. 'Een advocaat en een alibi. Om te beginnen, gaan we koffie drinken, zoals we zeiden dat we zouden doen. Daarna kun je opbellen.'

Alex staarde haar aan. 'Ben je gek geworden? Ik kan nu geen koffie gaan drinken! Lundquist ligt *dood* in zijn bubbelbad.'

Evelyn pakte Alex' hand beet. 'Je moet wel! Je hebt het alibi nodig.'

'Maar ik hèb een alibi! Ik was bij Warren en nu ben ik bij jou.'

'Alex, denk na!' Evelyns stem klonk schril van spanning en er klonk wat ongeduld doorheen. 'Lundquist moet vermoord zijn vlak voordat jij daar kwam.' Ze zweeg even. 'Daarom gaan we koffie drinken,' zei ze vastbesloten alsof ze het tegen een van de peuters had. 'Jij hebt tegen Warren gezegd dat we koffie gingen drinken. Dat zal hij tegen de politie zeggen als die dat vraagt. Je kunt anoniem opbellen en niemand zal ooit weten dat jij in dat huis was.'

'De politie?' Alex verbleekte. 'Waarom zou die met Warren gaan praten?' Ze voelde haar borst samentrekken.

'Alex, jij hebt Lundquist ervan beschuldigd dat hij je school heeft vernield. Je hebt een aanklacht tegen hem ingediend dat hij je lastig viel, en dat hij Nicholas aansprak. Natuurlijk willen ze met jou praten!'

Alex sloeg haar hand voor haar mond. 'O, God!' fluisterde ze. Ze trilde. 'O, God!' Ze zakte achterover tegen haar stoel aan.

'Je hebt hem om acht uur gesproken,' zei Evelyn op rustiger toon. 'Dus toen leefde hij nog. Je zei dat je hem hebt aangeraakt. Was hij... was hij koud?'

'Nee,' zei Alex, en herinnerde het zich. 'Hij voelde gewoon aan.'

'Dat is mooi.' Evelyn knikte. 'Dus hij was nog niet lang dood. We gaan koffie drinken, zoals je tegen Warren hebt gezegd. De serveerster zal zich niet precies herinneren hoe laat we kwamen of weggingen. Dan heb je een aantoonbaar alibi.' Ze fronste haar wenkbrauwen. 'Heb je iets in het huis aangeraakt?'
Alex liep in gedachten haar bewegingen na vanaf het ogenblik dat ze bij Lundquist was aangekomen. 'Ik heb de voordeur opengemaakt. Ik heb de openslaande deuren aangeraakt die naar de achtertuin leiden.' Ze fronste haar voorhoofd van het ingespannen nadenken. 'Ik heb wat Perrier genomen.' Ze keek Evelyn aan. 'Dat verdomde huis zit vol vingerafdrukken van mij!' Haar stem was bijna onhoorbaar. 'Wat moet ik doen?'
'Goed.' Evelyn staarde naar de voorruit. Haar knokkels waren wit, zo stevig had ze het stuur vastgegrepen. 'Goed,' zei ze weer alsof ze probeerde zichzelf te overtuigen. 'Je zegt tegen de politie dat je eerder op de dag bij Lundquist was om met hem te praten en dat alles in orde was toen jij wegging.'
'Stel dat ze ontdekken dat ik er later was, nadat hij was vermoord? Stel dat iemand me heeft gezien?' Ze werd verlicht door de koplampen van een tegemoetkomende auto. Ze deinsde terug en dook weg met haar hoofd.
'Dan vertel je ze de waarheid, dat je uit het huis van Lundquist bent weggerend, omdat je doodsbenauwd was dat ze jou zouden verdenken.'
'Ik weet het niet, Ev. Ik denk dat ik gewoon de politie opbel en alles vertel.'
'Maar...' Evelyn haalde diep adem en keek de andere kant op. Toen ze haar weer aankeek, zei ze: 'Misschien heb je gelijk. Het is allemaal zo ingewikkeld. Had je maar niets aangeraakt.' Ze klonk neerslachtig en moe. 'Ik zal je naar huis brengen. Warren is advocaat. Hij zal wel weten wat je moet doen.'
Het idee Warren onder ogen te komen en toe te geven dat ze vanavond tegen hem had gelogen, was plotseling meer dan Alex kon verdragen. 'Ik kan niet goed nadenken. Doe maar wat je goeddunkt.'
'Maar ik wéét niet wat goed is!' Evelyns stem trilde.
Even was het enige geluid het geronk van de draaiende motor. 'Laten we koffie gaan drinken,' zei Alex.
Ze vonden een café waar ze nog nooit geweest waren en parkeerden op een vrijwel verlaten parkeerplaats. Evelyn zette de motor uit, maar beide vrouwen bleven zitten.
'Goed,' zei Alex ten slotte. 'Kom op.' Ze maakte het portier open.

163

'Wacht even!' zei Evelyn. 'Haal een kam door je haar en doe wat lippenstift en blusher op. Je bent zo bleek.'

Evelyn zag er niet veel beter uit, dacht Alex terwijl ze haar haren borstelde. Haar hand trilde toen ze de lippenstift aanbracht. Ze zag dat Evelyns hand ook trilde toen die hetzelfde deed. Het drong tot Alex door dat Evelyn haar eigen veiligheid in gevaar bracht.

'Zenuwachtig?' vroeg ze.

Evelyn knikte snel.

'Je hoeft dit niet te doen. We kunnen ook naar huis gaan.'

'Nee, het is goed.' Ze pakte Alex' hand beet en kneep er even in. 'Samen uit, samen thuis, hoor.'

'Net zoals Thelma en Louise,' zei Alex, glimlachte grimmig en wenste prompt dat ze niet de twee vrouwen uit een film had genoemd die aan de politie ontsnapt waren en uiteindelijk met hun auto de Grand Canyon inreden.

Alex voelde zich onvast ter been toen ze naar het café liep, alsof haar benen van rubber waren, maar Evelyns arm ondersteunde haar. Toen ze binnenkwamen, begon Evelyn te lachen. Alex keek geschrokken opzij naar haar vriendin – was Evelyn hysterisch geworden? – maar ze begreep dat Evelyn deed alsof, en probeerde een zorgeloze stemming op te roepen.

'Wat grappig!' riep Evelyn uit. 'Dat moet ik onthouden.'

Ze gaf Alex een arm (Alex voelde haar trillen) en liep in de richting van een tafeltje. Toen de serveerster kwam, bestelde Evelyn twee koffie en een stuk kwarktaart.

'Eén stuk maar?' De serveerster keek naar Alex' ronde taille. 'Ik dacht dat u voor twee moest eten,' zei ze tegen haar.

Evelyn zei: 'Ze eet voor twee. Ik probeer voor één te lijnen.' Ze glimlachte.

'O, juist,' zei de serveerster en liep weg.

'Praat,' fluisterde Evelyn tegen Alex. 'Zeg iets. Vertel me iets over de kinderen op school.'

'Dat kan ik niet.'

Maar toen de serveerster terugkwam met hun bestelling, merkte Alex dat ze het kon. Ze dronk de koffie – het was heerlijk om die door haar keel te voelen glijden – maar het zien van de kwarktaart met een geglazuurde kers die eraf gleed, maakte haar misselijk; ze moest aan het doodsbleke gezicht van Lundquist denken en aan zijn hals en borst die onder het bloed zaten.

Een kwartier later betaalden en vertrokken ze. Ze reden naar een bioscoop en vonden een telefooncel. (Er was een telefooncel in het café, maar Alex was bang geweest dat de 911-telefonist haar gesprek naar de coffeeshop zou kunnen traceren.) Alex pleegde een anoniem telefoontje over het lijk en gaf het adres van Lundquist door. Ze hing op voor de telefonist vragen kon stellen.

Alex en Evelyn zaten weer zwijgend in de auto onderweg naar Alex' huis. Toen ze daar aankwamen, verwachtte Alex half en half zwartwitte politieauto's te zien met rode zwaailichten die haar stonden op te wachten.

'Dank je,' zei ze tegen Evelyn toen ze de oprit opreden. 'Ik bel je morgen wel op school.'

'Wil je dat ik met je mee naar binnen ga?'

Alex schudde haar hoofd. 'Ik moet Warren toch vroeg of laat alleen onder ogen komen.'

'Wat ga je tegen hem zeggen?'

'Ik weet het niet.'

Het was stil in huis toen Alex binnenkwam. Het licht in de keuken was aan. Net zoals in Warrens kantoor, maar daar was hij niet. Alex liep naar boven om te kijken of hij in hun slaapkamer tv aan het kijken was, maar de kamer was leeg. Ze keek even bij Nicholas naar binnen. Hij was diep in slaap, met zijn Ninja Turtle dekentje over zich heen. Ze streek over zijn wang en bukte zich om hem een kus te geven. Toen liep ze de gang door naar Lisa's kamer en klopte aan. Geen reactie. Ze maakte de deur open en liep naar binnen.

Het was donker in de kamer en er speelde zachtjes muziek uit Lisa's cd-speler. Lisa lag op haar buik met haar gezicht naar de muur.

'Lisa?' Alex riep haar zachtjes. Het meisje sliep of deed alsof. Even later liep Alex de kamer uit.

Ze ging naar haar slaapkamer. Op haar toilettafel zag ze een briefje liggen: 'Ik ben pas laat thuis. Blijf maar niet op. Warren.' Ze belde zijn kantoor. Niemand nam op. Ze liet het bad vollopen, kleedde zich uit en stapte in het bad. Het water was in het begin te warm, maar ze liet zich langzaam zakken tot ze met haar hoofd tegen de betegelde achterkant leunde.

Het water voelde heerlijk aan, het ontspande haar spieren en pijnlijke ribben. Ze lag een half uur in bad, huilde zachtjes en vroeg zich af hoe haar leven zo plotseling zo'n verkeerde wending had kunnen nemen.

Na haar bad trok Alex een nachtjapon aan en ging naar bed. Ze zette de tv aan, ze wilde absoluut opblijven tot Warren kwam en hem over Lundquist vertellen. Ze keek naar het nieuws van elf uur, en toen naar *Nightline*. Vervolgens naar de tweede helft van Letterman. Maar gedurende die show viel ze in slaap.

Toen ze wakker werd, was het ochtend. Ze herinnerde zich direct wat er was gebeurd en draaide zich om naar Warren, maar hij

165

lag niet in bed. Ze keek op haar wekker. Tien over halftien. Er lag een briefje op haar nachtkastje:

> *Sorry dat het gisteravond zo laat werd. Je hebt erg onrustig geslapen, dus ik wilde je vanochtend niet wekken. Bel maar wanneer je op bent.*
> *Warren*
>
> *P.S. Denise brengt Nicholas en Lisa thuis tenzij jij haar zegt dat je het anders wilt.*

Geen 'liefs'. Geen uitleg waarom hij zo laat was geweest. Als ze het hem zou vragen, zou hij vermoedelijk 'pleidooien' zeggen. Ze vroeg zich af of ze van nu af aan via briefjes zouden communiceren.

Ze stond op en waste zich in de badkamer. Toen belde ze naar Warrens kantoor. Zijn secretaresse vertelde haar dat hij met spoed was weggeroepen naar een getuigenverklaring en de hele ochtend en een groot deel van de middag weg zou zijn.

'Laat hem alsjeblieft even bellen, Gwen,' zei Alex. 'Het is belangrijk.'

Ze douchte uitgebreid en liet het warme water haar spieren ontspannen. Toen kleedde ze zich aan en ging naar beneden. De *Los Angeles Times* lag op het aanrecht in de keuken. Haar handen trilden, ze keek naar het stadsnieuws. Er stond niets in over Lundquist.

Ze had geen honger, maar ze wist dat ze iets moest eten voor de baby. Ze had gisteravond haar eten nauwelijks aangeraakt, daar was ze te zenuwachtig voor geweest. Ze sneed een broodje door midden en legde beide helften in het broodrooster. De telefoon ging. Ze wist niet zeker of ze wilde dat het Warren zou zijn. Het was Evelyn.

'Gaat het een beetje, Alex?' Ze zei het met een grafstem.

'Ja, hoor.' De broodjes sprongen omhoog en ze legde ze op een papieren bordje. 'Er stond niets in de *The Times*. En de politie is niet geweest.' Ze stelde vast dat zelfs al vonden ze haar vingerafdrukken, ze niet zouden weten dat die van haar waren, want ze hadden niets om mee te vergelijken. Zonder haar te arresteren, konden ze haar toch niet dwingen vingerafdrukken te laten maken? En konden ze haar arresteren zonder een goede reden tot verdenking te hebben? Dat waren een paar dingen die ze aan Warren wilde vragen.

'Dat weet ik,' zei Evelyn. 'Ik heb ook niets op de radio gehoord. Wat zei Warren?'

'Ik heb het hem niet verteld. Hij kwam gisteravond pas laat thuis,

nadat ik in slaap was gevallen en is vanmorgen vroeg weggegaan en nu is hij niet op kantoor. Hoe gaat alles op school?' Ze verlangde weer naar haar peuterzaal en haar kinderen. Wanneer ze Pearson morgen zag, zou ze erop aandringen weer te mogen werken.
'Goed. Ik bel je nog wel. Alex, als je iets nodig hebt...'
Ze had een wonder nodig, dacht ze terwijl ze smeerkaas op het broodje smeerde, iets dat Evelyn noch iemand anders kon bewerkstelligen. Gisteravond was ze te ontsteld geweest over het feit dat Lundquist dood was om helder te kunnen nadenken. Onder de douche was ze begonnen de mogelijkheden te overwegen, maar ze had ze van zich af gezet. Nu moest ze die onder ogen zien.

Het was mogelijk dat de moord op Lundquist een op zichzelf staande gebeurtenis was die geen verband met haar hield. Ze wist vrijwel niets van de man, niets over zijn werk, zijn vrienden, zijn vijanden. Ze wist dat zijn vrouw bang voor hem was, maar van wat ze had gezien, was Sally Lundquist een zielig angsthaasje. Een slachtoffer. Alex kon zich haar niet voorstellen als iemand die haar man met een mes te lijf ging.

Stille wateren hebben diepe gronden, had Alex' moeder haar altijd verteld, maar hoewel angst een slachtoffer soms tot agressor maakte, had Sally Lundquist voor zover Alex wist haar man niet meer gezien sinds ze was weggelopen om in een tehuis voor mishandelde vrouwen te gaan wonen.

Het feit dat Lundquist zou onthullen wie Alex had geduwd, kon toeval zijn. Maar dat was niet waarschijnlijk. En dat betekende dat Lundquist door iemand vermoord was die wilde voorkomen dat hij tegen Alex sprak. Iemand die had gehoord dat Alex hem zou ontmoeten. Iemand die wanhopig genoeg was om hem het zwijgen op te leggen.

Alex schudde haar hoofd. Ze moest het feit accepteren dat iemand in haar directe omgeving haar met brieven lastig viel, haar een duw had gegeven en geprobeerd had de baby kwaad te doen. *Maar Lundquist vermoorden?* Het idee was belachelijk, grotesk en onvoorstelbaar – vooral in verband met Lisa. Ze was veertien jaar!

Maar het kon ook niet zonder meer terzijde geschoven worden.
Lisa had het gesprek van Lundquist aangenomen. En Alex herinnerde zich dat ze de hoorn van de haak had laten liggen.

Als Alex objectief wilde zijn, moest ze natuurlijk Warren en Evelyn ook op haar lijst zetten. Iedereen kon de hoorn opgepakt hebben en meegeluisterd hebben en Evelyn was bij Alex in de kamer geweest toen Lundquist had opgebeld. Maar Warren had geen motief om Lundquist het zwijgen op te leggen. Hij zou het zelfs fijn gevonden hebben te weten te komen wie de brieven aan Alex had

167

geschreven en haar geduwd had. (Alex besefte plotseling dat, nu Lundquist dood was, ze nog steeds geen bewijs voor Warren had dat ze door iemand wàs geduwd.)

Evelyn had ook geen motief. Ze was zichtbaar ontsteld geweest toen Alex haar had verteld dat Lundquist vermoord was. *Geen bewijs*, Alex kon het Warren horen zeggen; *je sluit haar uit omdat ze je vriendin is*. Maar Evelyn kon hem niet vermoord hebben – daar was geen tijd voor geweest. Lundquist was kort na acht uur nog in leven geweest; toen had Alex hem op aandringen van Evelyn opgebeld om hem te vragen haar toch in een openbare gelegenheid te ontmoeten. Hij had geweigerd. Alex had Evelyn teruggebeld en het haar verteld; toen was Evelyn thuis in Santa Monica weggegaan en had Alex om halfnegen opgehaald, nog geen twintig minuten later.

Alex had geen idee waar Denise en Paula gisteravond tussen acht en negen uur waren geweest. Lisa was die avond bij haar vriendin Valerie Haines thuis geweest om samen te leren voor een proefwerk geschiedenis – dat had ze tenminste gezegd. Lisa was na schooltijd met Valerie meegefietst; Valeries vader zou haar thuis hebben gebracht.

Alex kon de moeder van Valerie met een of ander smoesje opbellen en uitzoeken of het waar was, maar ze wist het telefoonnummer van Valerie niet. Gisteren had Lisa het op een papiertje geschreven dat ze op de deur van de koelkast had vastgezet met behulp van een magneet, maar dat papiertje was er niet meer. De namen van Lisa's vriendinnen, de adressen en telefoonnummers stonden in haar roze vinyl agenda, maar die had ze altijd bij zich. Warren wist het nummer misschien, maar Alex kon het hem moeilijk vragen, al kon ze hem bereiken. Alex wist dat Valerie op Millwood Avenue woonde. Ze keek in het telefoonboek. Er stond een lange rij met de naam Haines, veel zonder adres. Misschien was er nog een ander boek in Lisa's kamer.

Alex ging naar boven en voelde zich net een spion toen ze Lisa's slaapkamer binnenging. Op de grond bij het hemelbed stond een enorm roze lieveheersbeest met groene plastic ogen. Ze schenen Alex aan te staren en zich af te vragen wat ze in de kamer deed.

De kamer was keurig, zoals gewoonlijk. Iemand – Andrea of Paula – had Lisa goed opgevoed. Of misschien was het gewoon haar aard. Alex doorzocht Lisa's bureau. Er lag een keurig stapeltje tijdschriften, een pocketroman. Een rolletje plastic plakband en een nietmachine. Een potloodbakje in de vorm van een lieveheersbeestje. Geen adresboekje.

Alex trok de laden van het bureau open. Ze hield zich voor dat ze op zoek was naar een adresboekje, maar ze wist dat ze op zoek was naar vernietigend bewijs en bad dat ze het niet zou vinden. God, ze wilde niet dat het Lisa was! Het laatje in het midden zat op slot. Alex vroeg zich af wat daarin zat.

Ze zocht tussen de boeken op de kast boven het bureau, in de laden van de toilettafel, onder het bed. Ze vond het adresboekje niet, maar op de bovenste plank van de grote kledingkast vond ze Warrens zwarte honkbalpetje van de Kings.

Wat deed dat hier, vroeg ze zich af en er schoot haar een gedaante te binnen in een driekwart jack die haar had gadegeslagen. Hij, of zij, had een zwarte pet op gehad met een insigne erop. Alex had de pet slechts kort en vanuit de verte gezien. Ze wist niet zeker of het een honkbalpetje van de Kings was geweest.

Ze wist ook niet zeker of dat niet zo was.

Warren had een driekwart beige jack.

Je trekt te snel conclusies, zei ze bij zichzelf. Duizenden mensen hebben petjes van de Kings. Ze staarde even naar het petje voor ze de kastdeur dichtdeed.

Ze keek de kamer nog eens rond en verzekerde zich ervan dat er geen sporen van haar speurtocht te zien waren, toen trok ze de deur achter zich dicht. Ze vroeg zich af of Denise het nummer van Valerie kende – tante en nicht stonden elkaar erg na. Alex ging naar beneden en belde Denise.

Paula nam de hoorn op. 'Denise is niet thuis,' vertelde ze Alex. 'Hoe gaat het ermee?'

'Veel beter, dank je. Zeg alsjeblieft tegen Denise dat ik Lisa en Nicholas van school ophaal. Over Lisa gesproken, ik denk dat ze iets bij Valerie is vergeten en ik wilde dat even aan haar moeder vragen, maar ik weet het telefoonnummer niet uit mijn hoofd. Denk je dat Denise het zou kunnen hebben? Het is Valerie Haines,' voegde ze eraan toe.

'Ik zal even in Denises telefoonklapper kijken.' Even later was Paula weer terug aan de telefoon. 'Sorry, ik zie niets.'

'Toch bedankt.' Het was een gok geweest. Maar misschien was het toch geen vergeefs gesprek geweest. 'Trouwens, ik waardeerde het bijzonder dat je maandag bent geweest.'

'Geen dank, Alex. Aardig dat je het zegt.'

'Tussen twee haakjes, ik heb gisteravond gebeld om je te bedanken, maar je was niet thuis. Kort na achten, geloof ik.'

'Gisteravond? O, ja, ik weet het weer. Toen heb ik boodschappen gedaan.'

'Nou, nogmaals mijn dank,' zei Alex zwakjes. 'Tot vrijdag.' Ze was niets wijzer geworden en had niets bewezen.

Ze pakte het telefoonboek en begon iedereen te bellen die op Millwood woonde. Ze stelde zich telkens voor als Alexandra Prescott en vroeg naar Sandra Haines, de moeder van Valerie. Sommige mensen vertelden haar dat ze het verkeerde nummer had gedraaid. Drie gesprekken werden opgenomen door een huishoudster met een Zuidamerikaans accent die zei: 'Mevrouw is niet thuis.' Alex had geen idee of ze het goede nummer had of niet. Twee gesprekken werden door antwoordapparaten ontvangen. Verschillende mensen die ze belde, waren niet thuis.

Ze belde Warrens kantoor weer. De secretaresse zei dat ze nog niets van Warren had gehoord. Alex keerde terug naar het telefoonboek. Bij het achttiende gesprek bereikte ze Sandra Haines. Alex was zo van de wijs door haar succes dat ze even niet wist wat ze moest zeggen, maar ze herstelde zich snel.

'Mevrouw Haines, ik wilde u nogmaals bedanken dat Lisa bij u gegeten heeft.'

'Geen dank, mevrouw Prescott. We mogen Lisa allemaal graag.'

'Hebben de meisjes goed geleerd? Ik was weg toen Lisa thuiskwam en zij sliep toen ik thuiskwam. En vanmorgen heb ik me verslapen.' Je legt te veel uit, zei Alex bij zichzelf.

'Ze zijn tot tegen achten in Vals kamer geweest, en toen is Lisa weggegaan, maar ik weet niet hoeveel ze hebben geleerd. U kent meisjes van die leeftijd.' Sandra Haines lachte. 'Maar ik weet dat Lisa bang was voor haar geschiedenisproefwerk. Daarom is ze vroeg naar huis gegaan, want ze had thuis wat aantekeningen laten liggen.'

'Het was aardig van uw man om haar thuis te brengen. Ik hoop dat de fiets niet te lastig was.'

'George heeft haar eigenlijk niet thuis gebracht.' Sandra Haines klonk niet op haar gemak. 'Ze wilde naar huis fietsen. Ik hoop dat dat goed was. Het was nog licht buiten en ze zei dat u dat niet erg zou vinden, anders hadden we wel voet bij stuk gehouden.'

'Dat geeft niet.' Alex bedankte haar nogmaals en hing op, ze was duizelig van de spanning. Waar was Lisa naar toe gegaan vanuit Valerie? Niet naar huis – het was tien minuten fietsen en Alex was pas om halfnegen uit huis gegaan. Het huis van Lundquist lag op een paar kilometer afstand van dat van de familie Haines. Lisa kon daar naar toe zijn gefietst en...

En niets, zei Alex bij zichzelf. Lisa is vermoedelijk bij een winkel of een supermarkt gestopt. Alex liep naar haar atelier. Ze prikte een nieuw vel papier op de ezel en pakte een pastelkleurig krijtje op. Ze wilde iets lichts, luchtigs tekenen, maar het enige dat haar voor de geest kwam waren de bebloede hals en borst van Donald Lundquist.

Een kwartier later was het papier nog steeds maagdelijk wit. Alex zuchtte, legde het krijtje weg en liep het atelier uit. Vandaag zou ze hier geen uitlaat in vinden.

Toen ze in de keuken het hard geworden broodje opat, hoorde ze de post in de brievenbus vallen. Ze liep naar de zitkamer, greep in de brievenbus en ze bekeek de enveloppen. Hoofdzakelijk rekeningen. Er was een envelop voor haar zonder afzender. Ze zette zich schrap (alsjeblieft God, niet weer zo'n afschuwelijke brief!) en scheurde de brief open. Het was een beterschapskaart van Ron. 'Hoorde dat je was gevallen, Alex,' had hij geschreven. 'Fijn dat jij en de baby niets mankeren. Ik heb de laatste keer dat ik je zag akelige dingen gezegd. Ik hoop dat je die kunt vergeven en vergeten. Wat Denise en mij betreft, was het misschien voor ons allebei wel het beste.'

Dat was een verrassing. Alex herinnerde zich die nare laatste ontmoeting nog goed. De dreigementen. Ze vroeg zich af hoe Ron over haar valpartij had gehoord en wat deze ommekeer teweeg had gebracht. Als dat tenminste zo was. En wat bedoelde hij met: 'misschien was het voor ons allebei wel het beste'?

Ze legde de post op het gangtafeltje (Warren wilde graag dat die daar lag als hij thuiskwam van zijn werk) en zag het namenboekje liggen. Ze had het niet meer gezien sinds ze uit het ziekenhuis was gekomen en ze was het helemaal vergeten. Ze nam het boekje mee naar boven en ging in kleermakerszit op haar bed zitten terwijl ze erdoor bladerde. Een van de pagina's had een ezelsoor. Ze fronste haar wenkbrauwen en boog het recht. Er ontsnapte een gejammer aan haar lippen.

Iemand had een zwarte viltstift gepakt en de naam doorgestreept die ze 's nachts in zichzelf prevelde, de naam die ze in haar dromen uitschreeuwde.

Ze liet het boekje op bed vallen en viel achterover tegen het hoofdeinde aan. Het was nog dag, maar de geluiden doorboorden haar oren. Eerste het schrille gerinkel van de telefoon, dan de afwisselende geluiden – het geklik van de hoorn, het gekraak van de trap, het gebons, het kermen van de wind, het gepiep van de hekken; ten slotte het gebeier van een enorme alarmklok, die als een gek door haar hoofd klonk.

Ze duwde haar handen tegen haar oren. 'Hou op!' gilde ze. 'Hou op! Hou op! Hou op!'

Hoofdstuk 21

Ze vroeg zich af wat de politie deed. Misschien klopten ze op dit ogenblik bij Alex aan: 'Neemt u ons niet kwalijk, mevrouw Prescott, maar we wilden u een paar vragen stellen.'
Wat zou ze nu graag in de kamer bij Alex en Warren zijn, om haar gezicht te zien verbleken van angst en schaamte, om getuige te zijn van de afkeer en walging in Warrens ogen. Ze had zo lang moeten wachten voor hij zag hoe Alex werkelijk was: een moordenares.
God straft moordenaars.
Ze vond het niet erg dat Donald Lundquist dood was.
Het was haar schuld niet. Hij had het er zelf naar gemaakt door Alex op te bellen en te beloven haar te vertellen wie haar een duw had gegeven. Ze had zich boos en hulpeloos gevoeld, en bang. Iedereen in haar omstandigheden zou bang geweest zijn, want als Alex het wist, zou ze het tegen Warren zeggen.
En dan zou ze Warren nooit meer zien, nooit deel van het gezin uitmaken. Hij zou haar voor gek verslijten en ze zou geen kans krijgen om het uit te leggen, niet terwijl Alex hier de ene leugen na de andere zat te verkondigen.
Maar ze had Lundquist niet dood willen hebben. Ze had een hekel aan hem gehad. Ze had gewild dat hij ophield. Maar ze had nooit hardop gezegd dat ze hem dood wenste, ze had het zelfs niet gedacht. Hem vermoorden was verkeerd. Dat wist ze.
God strafte moordenaars.
Haar hoofd begon weer te bonzen en ze duwde haar handpalmen tegen haar slapen. Ze moest ophouden aan de dood van Lundquist te denken en zichzelf daar de schuld van te geven. Als ze dat niet deed, werd ze gek. Dat werd ze echt. En dat mocht niet gebeuren, niet nu, niet nu alles net goed begon te gaan.
Ze moest sterk zijn. De touwtjes in handen houden.
Ze vroeg zich vluchtig af of ze een fout had begaan; misschien had ze dat eerste telefoontje naar het kerkhof nooit moeten plegen, die

brieven nooit moeten sturen. Het was als het openen van de doos van Pandora. Nu stapelden de dingen zich op, zoals een tol die buiten haar bereik wegdraaide. Ze kon de tol niet beletten te blijven ronddraaien en het was te laat om de deksel weer op de doos te doen.

Maar het was geen vergissing! Natuurlijk niet. Ze was zo veel over Alex te weten gekomen. Zo veel interessante dingen. En weldra zou iedereen die dingen ook over Alex weten.

Warren zou ze horen. Dat was het belangrijkste. Warren zou het Alex nooit vergeven. En zelfs al zou die onwaarschijnlijke mogelijkheid zich toch voordoen, dan zou hij haar nooit meer vertrouwen. Zeker niet met Nicholas. En niet met de baby.

God straft moordenaars, maar zij was geen moordenaar. Dat was Alex.

Het was haar verdiende loon om naar de gevangenis te gaan.

Ze zag in gedachten hoe Alex met handboeien om werd weggeleid. Geen leuke zwangerschapskleding meer, Alex. Ze glimlachte bij de gedachte.

Misschien zou Alex haar kind in de gevangenis krijgen. Bij Hester Prynne was dat gebeurd en de rechters hadden haar het kind laten houden. Maar de rechters zouden Alex natuurlijk niet haar baby laten houden. Die was geen goede moeder.

Dat was de waarheid en zij had het bewijs.

Alex had gedacht dat het zo handig was om zwanger te worden en Warren er op die manier in te laten lopen. Maar zo handig was ze toch niet. Ze zou alles kwijtraken. Warren, Nicholas en de baby.

Het was in zekere zin verdrietig om aan een baby zonder moeder te denken. Maar het was geen probleem. Zij zou Warren helpen om voor de baby te zorgen. Ze had hem met Nicholas geholpen en ze zou hem nu weer helpen.

Ze raakte het hartvormige medaillon aan en knikte.

Ze vond het niet erg van Lundquist. Hij verdiende het om te sterven.

Ze vond het ook niet erg van Alex. Het was Alex' eigen schuld.

Ze vond niets erg.

Hoofdstuk 22

'Mammie? Slaap je?' fluisterde Nicholas.
Alex deed haar ogen open. Nicholas stond naast haar bed. Ze glimlachte en ging voorzichtig zitten om hem te omhelzen (Pearson had haar gewaarschuwd geen plotselinge bewegingen te maken). Toen fronste ze haar wenkbrauwen. 'Nicholas, wat doe jij thuis? Hoe ben je hier gekomen?'
'Tante Denise heeft mij en Lisa van school gehaald.'
Alex keek op de klok op haar nachtkastje. Tien over halfvier. O, God! Ze had tegen Paula gezegd dat zij de kinderen vandaag zou ophalen.
Denise kwam de kamer binnen. 'Daar ben je dus, Nick.' Ze glimlachte. 'Sorry, Alex. Ik heb tegen hem gezegd dat hij jou niet wakker moest maken.'
'Denise,' begon Alex.
'Paula zei dat je tegen haar had gezegd dat jij de kinderen zou ophalen, maar toen je niet kwam opdagen, hebben allebei de scholen mij opgebeld, omdat Warren ze had verteld dat ik de kinderen zou ophalen. Heeft Paula het verkeerd begrepen?'
Alex kreeg het warm van schaamte. 'Nee, ik heb me verslapen.' Ze was uitgeput geweest van het huilen en was blijkbaar in slaap gevallen. Mooie moeder, dacht ze. 'Het spijt me. Ik had er moeten zijn.'
'Het geeft niet. Ik ben blij dat ik er was. Hoi, jochie,' zei ze tegen Nicholas. 'Ik heb een appel voor je geschild en in stukjes gesneden, precies zoals je dat graag wilt. Als je die opeet, krijg je een koekje.'
'Goed.' Hij kuste Alex en liep naar de deur.
'Lekker jong, hè?' zei Denise toen hij de kamer uithuppelde. 'Ik heb eens nagedacht, Alex. De kinderen kunnen bij mij logeren tot jij beter bent.'
'Dank je wel, maar dat is niet nodig.'
'Dat weet ik wel, maar je zou meer kunnen rusten, en je hoeft je

dan niet druk te maken over het koken, of kinderen van school ophalen of...'

'Ik kan goed voor de kinderen zorgen, Denise. Ik zal me niet meer verslapen. En zo veel rust hoef ik niet te hebben.' Alsof ze dat wilde bewijzen, zwaaide ze haar benen uit bed en stond op.

'Ik bedoelde niet dat je er niet geschikt voor was, Alex,' zei Denise kalm. 'En ik wilde je niet van streek maken. Ik wilde het gemakkelijker voor je maken. Je bent een geweldige moeder, Alex. Dat vindt iedereen.'

'Wie is "iedereen"? Komen jij, Warren, Paula en je moeder bij elkaar en beoordelen jullie dan mijn prestatie? En Lisa? Heeft die er ook een stem in?' Alex liep naar de kledingkast en borstelde haar haren. Ze keek in de spiegel en zag dat Denise haar aanstaarde.

'Natuurlijk niet! Ik weet niet wat je hebt, Alex. Sinds je ongeluk doe je vreemd. In het ziekenhuis en van de week hier sprak je nauwelijks met me.'

Alex legde de borstel neer en wendde zich tot Denise. 'Niet iedereen vindt mij een geweldige moeder, Denise. Ik krijg akelige brieven waarin staat dat ik geen baby verdien.'

'O, Alex! Wat afschuwelijk! Geen wonder dat je van streek bent.' Ze raakte Alex' arm even aan.

'Waarom klink je verbaasd? Heeft Warren je niets over die brieven verteld?'

Denises kleur was haar antwoord. Ze liet haar hand langs haar zij vallen.

'Hij hééft het je verteld, hè? Ik weet niet waarom ìk daar verbaasd over ben. Jullie vertellen elkaar alles, hè?'

'Alex...'

'Waarom heb je hem over het voorval met Ron verteld?' Alex vroeg het op boze toon. 'Ik heb je duidelijk gezegd dat ik het hem niet wilde vertellen.'

Denise kreeg een diepere kleur. 'Het spijt me, Alex. Het floepte er gewoon uit. Ron zei tegen Warren dat ik het had uitgemaakt en Warren vroeg me wat er was gebeurd en tja... het spijt me echt als ik moeilijkheden heb veroorzaakt. Dat was zeker niet de bedoeling.'

O, nee? En wat had Denise Warren precies verteld? 'Heeft Warren je ook verteld dat mijn vallen geen ongeluk was, maar dat iemand me omver heeft geduwd?'

Denise keek snel naar de openstaande deur. Ze liep erheen, deed hem dicht en keerde terug naar het voeteneind van het bed. 'Warren maakt zich zorgen om jou, Alex. Hij denkt dat je onder zware druk staat en hij wil je helpen, maar hij weet niet hoe.'

'Hij gelooft me niet.'
'Hij weet niet wat hij moet geloven.' Denise aarzelde. 'Hij maakt zich ook zorgen om de invloed die jouw... emotionele gesteldheid op Nicholas en Lisa heeft.'
'Met Nicholas is niets aan de hand,' zei Alex opstandig.
'Met Lisa wel. Daarnet in auto was ze net een robot. Er is iets, Alex. Misschien is het die kwestie met de kostschool...'
'Ik heb het aanmeldingsformulier niet gestuurd! Je hebt zelf gezegd dat ze het aan zichzelf gestuurd kan hebben.'
'Zelfs al heeft ze dat gedaan, wijst dat dan niet ergens op?' Denise streek met haar hand door haar haren. 'Toen Lisa voorstelde bij mij te komen wonen, vond ik dat niet zo'n goed idee. Tja, nu denk ik dat het dat misschien wel is, voor een tijdje, tot alles weer rustig is.'
'Is dat het plan? Eerst komt Lisa bij je wonen. Daarna Nicholas. En dan? Warren?' De woorden die al zo lang door haar hoofd spookten, waren eruitgerold en ze kon ze niet meer terugnemen. In zekere zin vond Alex dat niet erg.
'Denk je dat? Dat ik jouw plaats probeer in te nemen?' Denise sperde haar donkerbruine ogen open. 'Denk je dat ìk die brieven heb geschreven? Dat ìk je geduwd heb?'
Alex wenste dat ze de gevoelens kon plaatsen die over Denises gezicht gleden en weerklonken in haar trillende stem – woede, angst, gekwetstheid? Ze keek strak naar de balkondeur.
Denise zei: 'Ik probeer eraan te denken dat je net een hersenschudding hebt gehad en dat zwangere vrouwen wispelturig zijn, maar...'
Alex draaide haar gezicht snel naar haar toe. 'Je hoeft niet zo minzaam te doen, Denise! Iemand heeft die brieven geschreven. Iemand heeft me verdomme geduwd!'
'Nou, ik was het niet!' Op rustiger toon zei Denise: 'Ik heb geprobeerd hartelijk tegen je te doen vanaf de dag dat ik je heb leren kennen. Ik zal niet doen alsof ik dacht dat we de beste vriendinnen waren. En het was in het begin een beetje moeizaam om te zien dat iemand de plaats van mijn zuster innam. Maar ik mocht je. Je leek aardig, je was lief tegen de kinderen, Warren hield van je en ik wilde het voor iedereen gemakkelijker maken. De hemel weet dat de kinderen een moeder nodig hadden. En Warren had een vrouw nodig.'
'Waarom jou niet, Denise?'
'Ik heb erover gedacht. Wilde je dat horen?' Ze kreeg een kleur. 'Ik koesterde een kalverliefde voor Warren vanaf het moment dat hij met Andrea begon uit te gaan. God, wat was ik jaloers!' Ze glim-

lachte een beetje. 'Ik was dol op de kinderen. En de mannen met wie ik uitging waren zulke onvolwassen zakken vergeleken met hem, weet je. Ik geloof dat Lisa wilde dat ik met Warren zou trouwen. Mijn ouders ook en Paula. Dat maakte de kwestie nog aantrekkelijker.'
'Waarom heb je het niet gedaan?' Het was vreemd om Denise haar verhaal te horen vertellen, alsof het een verzonnen verhaal was dat Alex niets aanging.
Denise haalde haar schouders op. 'Het was voorbij voor het begon. Ik denk dat ik toen zelfs al zo'n beetje begreep dat iedereen – mijn ouders, Lisa, Paula – wilde dat ik met Warren zou trouwen zodat ze konden doen alsof er niets was veranderd, dat Andy niet was gestorven.'
'Geen spijt?' vroeg Alex zachtjes.
'Absoluut niet.' Denise keek haar eerlijk aan. 'Geloof je me?'
'Iemand stuurt me akelige brieven. Iemand heeft me geduwd en geprobeerd de baby kwaad te doen. Geloof je míj?'
Denise zweeg even. 'Ik geloof dat je denkt dat iemand je heeft geduwd. Je kunt het mis hebben. Is dat niet mogelijk?'
Donald Lundquist heeft gezien dat iemand me heeft geduwd, wilde Alex zeggen. Maar dat kon ze natuurlijk niet doen. Niet meer. 'En de brieven?'
Denise zuchtte. 'Ik geloof dat iemand de brieven en de pop heeft gestuurd. Donald Lundquist...'
'Het is Lundquist niet. Hij is...' Alex zweeg. 'Ik geloof gewoon niet dat hij het is. De woede in de brieven is persoonlijker. En vanochtend drong er iets tot me door, die brieven zijn begonnen nadat iedereen wist dat ik zwanger was. Het lijkt wel alsof mijn zwangerschap een bedreiging voor iemand vormt.'
Denise dacht hierover na en zei toen: 'Jij denkt dat het Lisa, is, hè, of Paula?' Ze klonk heel bedrukt.
'Wat denk jij?'
Ze keek Alex aan. 'Ik weet het niet.'
Alex was even stil. Toen zei ze: 'Trouwens Denise, herinner jij je die papieren die ik mis, die uit mijn kantoor op school?'
Denise sloeg haar hand voor haar mond. 'Ik heb gezegd dat ik het Paula zou vragen, hè? Ik ben het vergeten. Sorry.'
'Ik heb het haar zelf gevraagd. Ze zei dat ze niets had weggegooid.' Alex zweeg even. 'Maar ik begrijp het toch niet goed. Ze zei dat toen zij kwam, jij bezig was het kantoor op te ruimen.' Ze lette op Denises gezicht.
Denise fronste haar wenkbrauwen. 'Ik weet niet waarom je dat zegt, Alex. Ik ben helemaal niet in het kantoor geweest.' Ze aar-

177

zelde en zei toen: 'Misschien was Paula bang dat je haar de schuld zou geven omdat zij huishoudster is.'

'Misschien.' Alex moest toegeven dat het een logische verklaring was.

'Heeft ze nog anderen genoemd die in het kantoor zijn geweest?'

'Evelyn en Patty.'

'Maar die werken voor je. Paula en ik zijn de enige buitenstaanders.' Denise knikte. 'Ik weet zeker dat ze het daarom heeft gezegd. Arme Paula.' Ze zuchtte. Even later vertrok ze.

Alex ging op bed zitten, staarde naar de open deur en dacht na over Denises woorden. Ze wilde haar geloven en vroeg zich af of ze het kon. Plotseling fronste ze haar wenkbrauwen.

Hoe had Denise van de pop geweten? Alex had het daar niet over gehad. Dat wist ze zeker. Ze haastte zich naar beneden om het Denise te vragen, maar Nicholas zei dat zijn tante al weg was.

Warren had het haar vermoedelijk verteld. Ze zou het hem later vragen om er zeker van te zijn.

Een poosje later belde Warren op. Gwen had hem Alex' boodschap gegeven, maar hij had niet eerder kunnen bellen. Was er iets aan de hand? Inmiddels was de dringende noodzaak om met hem te praten verdwenen. Hij zou gauw thuis komen. Dan zou ze hem over Lundquist vertellen. En hem vragen of hij Denise over de pop had verteld.

Ze maakte het eten klaar – gehakt en spaghetti, het lievelingseten van Nicholas – en zag dat er sausspetters op haar blouse waren gekomen. Ze liep naar boven, trok een andere blouse aan en nam de bevlekte blouse mee naar het washok. Ze spoot een antivlekkenmiddel op de oranje plekjes en tilde het deksel van de wasmachine op om haar blouse erin te gooien. Er lagen een paar handdoeken in de machine, handdoeken die Paula net had gewassen en gisteren had opgevouwen. Vanonder een van de handdoeken was een stukje witte stof te zien. Alex trok het te voorschijn en hield Lisa's schoolblouse in haar handen, een witte Oxford. Er zaten roestkleurige vlekken op de voorkant en de mouwen.

Het hart zonk Alex in de schoenen. Haar mond was droog. Ze had haar stiefdochter de hele middag niet gezien, maar volgens Nicholas was Lisa in haar slaapkamer. Alex nam de blouse mee, ging naar boven en klopte op Lisa's deur. Toen Lisa geen antwoord gaf, maakte Alex de deur open en liep naar binnen.

Lisa lag op haar bed met haar armen onder haar hoofd gevouwen. Ze staarde naar de onderkant van het hemelbed.

'Sorry, dat ik je stoor, Lisa, maar ik zag je blouse in de wasma-

chine liggen. Hoe kom je aan die vlekken?' vroeg Alex zo terloops mogelijk.
Zonder haar aan te kijken, zei Lisa: 'Ik heb een bloedneus gehad toen ik thuiskwam van Valerie. Ik heb de blouse gisteravond gewassen. Ik dacht dat ik alles eruit had gekregen, maar dat is dus niet gelukt.'
'Dat moet een behoorlijke bloedneus zijn geweest.'
Lisa draaide zich om en keek haar aan. 'Is hij bedorven? Maak je je daarom zo druk?'
'Hij is waarschijnlijk niet bedorven en ik maak me niet druk, Lisa. Ik wilde alleen weten hoe ik die vlekken moest behandelen. Overigens, sinds wanneer heb jij last van bloedneuzen?'
'Dat weet ik niet. Ik hou het niet bij. Waarom?'
'Gewoon nieuwsgierigheid. Ik herinner me niet dat jij daar last van had.'
'Nou, je weet niet alles van me. Waarom moet ik altijd kruisverhoren ondergaan, Alex?' Ze keek weer naar de onderkant van het hemelbed. 'Kan ik in mijn kamer met rust gelaten worden, alsjeblieft?'
'Natuurlijk. Het eten is over ongeveer een half uur klaar.'
'Ik heb geen honger.'
Alex knikte en liep de kamer uit. Beneden in het washok pakte ze een katoenen doekje gedrenkt in bleekmiddel en keek toe hoe de vlekken verbleekten en verdwenen. Ze spoelde de blouse met koud water en gooide hem in de wasmachine.
Warren kwam vroeg thuis. Hij kuste Alex en Nicholas en liep toen naar zijn studeerkamer om zijn aktentas weg te zetten. Na een paar minuten ging ze hem zoeken. Hij zat achter zijn bureau een folder te bestuderen.
'Het eten is klaar, Warren.'
Hij keek op. 'Goed.' Hij legde de folder neer en liep achter haar aan naar de eetkamer.
Nicholas zat aan tafel met een wit papieren servetje in zijn kraag gestopt.
'Waar is Lisa?' vroeg Warren.
'Boven. Ze wil niet eten.'
'Ik ga wel met haar praten.'
Hij liep de kamer uit. Alex ging naar de keuken om de schotel met gehakt en spaghetti klaar te maken. Een paar minuten later kwam Warren alleen terug.
'Ze zegt dat ze misschien straks eet. Ze wil me niet zeggen wat haar dwars zit.' Hij zweeg even. 'Hebben jullie ruzie gemaakt?'
'Nee! Waarom neem je altijd aan dat ik de oorzaak ben van Lisa's humeurigheid?'

179

Warren zuchtte. 'Het spijt me. Dat bedoelde ik niet.'
'Ik heb honger,' riep Nicholas vanuit de eetkamer. 'Gaan we eten, mam?'
Alex zag dat Warren net zo opgelucht was als zij dat er een eind aan dit gesprek gemaakt werd. Hij bracht de schaal naar binnen. Tijdens het eten was Alex blij met Nicholas' voortdurende gebabbel. Naderhand ruimden Warren en Nicholas de tafel af. Daarna ging Nicholas in de woonkamer spelen en Warren ging naar zijn studeerkamer.
Alex was bezig de afwas af te spoelen en in de vaatwasser te zetten toen ze de bel van de voordeur hoorde.
'Ik ga wel!' riep Warren. Even later kwam hij in de keuken.
'Alex, er zijn hier twee rechercheurs die je willen spreken. Ze willen niet zeggen waarover. Heb jij de politie gebeld en gezegd dat Lundquist je geduwd heeft? Ik heb er geen gelegenheid voor gehad.'
Ze keek haar man aan en voelde een vlaag van liefde en wanhoop. Ze zette het bord neer dat ze in haar hand had.
'Warren.' Ze schraapte haar keel. 'Warren, Donald Lundquist is dood. Ik heb hem in zijn bubbelbad gevonden. Ik ben daar gisteravond geweest...' Een snik ontsnapte aan haar keel en ze moest wachten tot ze haar zelfbeheersing weer terug had voor ze verder kon gaan. 'Hij belde me maandag op en zei dat hij degene had gezien die me aan het strand had geduwd. Hij zei dat hij het me zou vertellen als ik bereid was zijn vrouw een boodschap door te geven.'
'Ga verder,' zei Warren toen Alex zweeg. Zijn gezicht was een masker. Zijn stem klonk ijzig.
'Hij was dood toen ik daar kwam.' Ze beschreef wat ze had gezien. 'Evelyn zei dat de politie jou en mij zou willen spreken vanwege de aanklachten die ik tegen Lundquist heb ingediend. Dus zijn we naar een café gegaan, omdat ik tegen jou had gezegd dat we daarheen zouden gaan. Toen heb ik de politie gebeld en gezegd dat Lundquist dood was. Dat is het. Alleen zitten mijn vingerafdrukken op de deuren en een glas. Ik wilde het je gisteravond vertellen – ik zweer het je – maar je was niet thuis. Ik probeerde wakker te blijven tot je kwam, maar ik ben in slaap gevallen. Ik heb je de hele dag geprobeerd je te bereiken. Ik ben zo bang, Warren,' fluisterde ze. 'Ik heb hem niet vermoord, maar het ziet er niet best uit, hè?'
Op vriendelijke, maar neutrale toon zei Warren: 'Alex, je moet met ze praten. Ik zal bij je blijven.'
'Maar wat moet ik zeggen? Evelyn zei dat ik moest zeggen dat ik eerder op de dag bij Lundquist was geweest. De serveerster zal zich

ons herinneren, denk ik en dat is ongeveer op dezelfde tijd dat de politie het lijk vermoedelijk heeft gevonden.'
'Alex.' De stem van Warren klonk nu killer. 'Alex, dat is een dom advies. Je zegt niets, of je spreekt de waarheid.'
'Wat moet ik doen?'
'Nu zeg je niets. Laat me horen wat ze je vragen.'
'Stel dat ze jou vragen stellen?'
'Laat dat mijn zorg maar zijn. Goed, we gaan. Ze vragen zich anders af waar we zo lang blijven.'
Ze droogde haar handen af aan een handdoek en draaide zich toen snel om. 'En Nicholas? Ik wil niet dat hij de politie ziet, Warren. Dan schrikt hij zo.'
De blik op Warrens gezicht maakte Alex duidelijk wat hij niet uitsprak – dat ze daar eerder aan had moeten denken. 'Ik zal hem in zijn kamer laten spelen totdat de rechercheurs weg zijn. Wacht maar even.'
Hij liep de keuken uit. Toen hij terugkwam, pakte hij haar hand en ging met haar naar de zitkamer.
De twee rechercheurs – een mannelijke en een vrouwelijke – zaten op de blauw damasten L-vormige bank. Ze stonden op toen Alex en Warren binnenkwamen. De man was lang, en had zwart krulhaar en een snor. De vrouw was bijna net zo lang en had kort blond haar.
'Wat kan ik voor u doen?' vroeg Alex.
'Ik ben rechercheur Rowan,' zei de man. 'Dit is mijn collega, rechercheur Medina. Kunnen we allemaal gaan zitten, alstublieft? Mijn voeten zijn moe aan het eind van de dag.' Hij glimlachte tegen Alex.
'Natuurlijk.' Ze ging op het deel van de bank tegenover de rechercheurs zitten. Warren ging naast haar zitten.
Rowan zei: 'We begrijpen dat u Donald Lundquist kent.'
Zijn nasale stemgeluid irriteerde Alex. Ze knikte. 'Zijn zoon is op mijn peuterzaal geweest.'
'Maar daar zit hij nu niet meer, hè? Rechercheur Brady van onze afdeling vertelde ons dat de vrouw van Lundquist haar zoon met zich had meegenomen naar een vrouwenopvangtehuis.'
'Ja.' Als ze dat wisten, wisten ze alles over haar verhouding tot Lundquist.
'Weet u waar dat tehuis is?'
Alex schudde haar hoofd.
'Heeft u contact gehad met zijn vrouw?'
'Ze heeft me twee keer opgebeld.'
'Waarom?' vroeg rechercheur Medina.

181

Er was geen reden om te verzwijgen wat Brady hun al verteld had. 'Haar man was kwaad op me omdat ik hem niet wilde vertellen waar zijn vrouw en zoon waren. Ik heb hem verteld dat ik het niet wist, maar hij geloofde me niet. Hij... hij dreigde problemen te veroorzaken.'

Rowan zei: 'U hebt tegen rechercheur Brady gezegd dat Lundquist verantwoordelijk was voor de vernielingen in uw peuterzaal.'

'Daar ben ik niet zo zeker meer van. Rechercheur Brady dacht dat het kinderwerk was. Dat dachten de agenten ook die na mijn telefoontje kwamen. En rechercheur Brady vertelde me dat Lundquist een alibi had.'

'Maar volgens rechercheur Brady hield u vol dat Lundquist verantwoordelijk was. U hebt hem ook verteld dat Lundquist u en uw zoon heeft bedreigd als u hem niet hielp zijn vrouw en zoon terug te krijgen.'

Ze voelde Warrens hand op de hare. 'Ik vatte het op als een bedreiging. Lundquist was van streek. Misschien reageerde ik te heftig.' Ze zweeg even. 'Daarom heb ik het tehuis gebeld.' Ze vertelde over het papiertje dat Sally Lundquist in haar kantoor had laten vallen. 'Mevrouw Lundquist belde me terug. Ik vroeg haar om haar man op te bellen en tegen hem te zeggen dat ik niet wist waar zij en haar zoon waren. Dat heeft ze gedaan en ze belde me later op om me dat te vertellen.'

'Dat is de laatste keer dat u contact met haar had?' vroeg Rowan.

Alex knikte.

'Wanneer was dat?'

'Ongeveer een week geleden. Ik weet het niet precies.'

Medina zei: 'Heeft u dat papiertje nog?'

Warren zei: 'Mag ik vragen waar dit om gaat?'

Rowans grijze ogen keken nu somber. De glimlach was weg. 'Donald Lundquist is gisteren vermoord. We proberen zijn vrouw te bereiken. Als we het telefoonnummer van het tehuis hebben, kan de telefooncentrale ons een adres geven. Zou u het papiertje voor ons kunnen halen, mevrouw Prescott?'

'Jazeker.' Alex liep de kamer uit en vond het papiertje in haar tas. Toen ze terugkwam, gaf ze het aan de rechercheur.

'Is dat alles?'

De glimlach was terug. 'Nog een paar vragen, mevrouw Prescott.'

Alex ging weer naast Warren zitten.

Rowan zei: 'Dit is een routinevraag, en we stellen hem iedereen die meneer Lundquist kende. Kunt u ons zeggen waar u gisteravond was?'

'Wacht eens even,' zei Warren.
'Dat geeft niet, Warren.' Alex wendde zich tot Rowan. 'Ik heb eten voor mijn gezin gekookt. Toen ben ik met een vriendin gaan koffiedrinken.'
'Hoe laat was dat?'
'Dat weet ik niet precies. We kwamen om een uur of halftien in het café.'
'Welk café was dat?' Rowan had zijn notitieblok te voorschijn gehaald.
'Ik herinner me het adres of de naam niet, maar ik kan u vertellen waar het is.' Alex beschreef de plaats bij de bioscopen.
'De naam van uw vriendin?'
'Evelyn Goodwin.' Alex gaf hem het telefoonnummer van Evelyn.
Medina zei: 'Mevrouw Prescott, heeft u Donald Lundquist gisteren gezien?'
'Rechercheur, ik begrijp de reden van deze vragen niet.' De toon van Warren was scherp. 'Is mijn vrouw een verdachte?'
'Dat zei ik niet. Maar als uw vrouw meneer Lundquist heeft gezien, kan ze een belangrijke getuige zijn. Hij kan iets verteld hebben dat ons kan helpen uit te zoeken wat er is gebeurd.' Ze deed haar tas open en haalde een wit papiertje te voorschijn. 'Mevrouw Prescott, we vonden dit briefje dat aan u geadresseerd is. Het lag op de bar in de zitkamer van meneer Lundquist. Heeft u het daar laten liggen?'
Warrens hand duwde tegen Alex' arm. Ze zei niets.
Medina las het briefje hardop voor en keek Alex toen aan. 'Mevrouw Prescott, het is duidelijk dat meneer Lundquist u verwachtte. Als u niets te verbergen heeft, begrijp ik niet waarom u onze vragen niet kunt beantwoorden. En u zou ons kunnen helpen.'
Alex staarde naar de open haard.
Warren sloeg zijn arm om haar schouder. 'Ik raad mijn vrouw aan niets te zeggen voor ze met een advocaat heeft gesproken.'
Rowan glimlachte. 'U bènt advocaat, dacht ik.' Hij wisselde een blik met zijn collega en wendde zich toen tot Alex. 'Nog een ding. Toen we het huis van Lundquist doorzochten, hebben we papieren over u gevonden, mevrouw Prescott.'
'Wat voor papieren?' vroeg Warren.
Rowan pakte een donkere envelop van de bank. Alex had hem niet eerder gezien. Hij maakte de envelop open en haalde een stapel papieren te voorschijn. 'Hoofdzakelijk krantenartikelen. Van drie jaar geleden toen u in het Middenwesten woonde.'

183

Ze voelde een strakke band om haar borst. Haar oren suisden zodat het moeilijk werd om de rechercheur te verstaan. '...wisten niet dat u dat was op die foto's... Brady herkende u... vroeg zich af waarom meneer Lundquist deze knipsels had... ermee doet?'

Het gesuis werd luider. Rowans lippen vormden woorden die ze niet kon horen. De kamer begon te draaien.

Nu gaf de rechercheur de papieren aan haar, maar ze maakte geen aanstalten om ze aan te pakken. Hij liet ze op de donkere kersehouten salontafel vallen. Een afbeelding van een korrelige afdruk van haar gezicht staarde haar aan. Daarboven een schreeuwende kop in zwarte letters: 'MIJN VROUW VERMOORDDE ONZE ZOON!' HOUDT ONGERUSTE VADER VOL.

Ze wachtten tot ze iets zei, maar haar tong leek wel een blok hout. Ze keek naar rechts. Warren was net een standbeeld. Zijn gezicht stond neutraal.

'... probeerde hij u te chanteren?' vroeg Rowan aan Alex.

Warren zei: 'Ik heb al gezegd dat mijn vrouw geen vragen meer beantwoordt. Ik moet u vragen nu te vertrekken, alstublieft.'

Rowan stond op. Medina ook. 'We komen er wel uit,' zei hij. 'Dank u voor uw tijd.' Ze liepen naar de doorgang in de zitkamer die naar de voordeur leidde.

Warren zei: 'U vergeet uw papieren.'

Rowan draaide zich om: 'O, die kopieën kunt u houden, meneer Prescott. Wij hebben de originelen.' Hij en zijn collega liepen de kamer uit.

Even later hoorde Alex de voordeur open- en dichtgaan. 'Warren, ik...'

Zonder nog één blik over zijn schouder te werpen, liep hij de kamer uit.

Hoofdstuk 23

Afgezien van het licht op de gang, was het donker in het atelier.
Alex had er geen idee van hoe laat het was of hoelang ze in haar stoel heen en weer had zitten schommelen; ze had het gevoel dat er een paar uur verstreken waren sinds Warren haar in de zitkamer had achtergelaten. Ze had op de bank gezeten, verstijfd van angst en onzekerheid. Na een tijdje was ze opgestaan en bijna in trance naar het atelier gelopen. Ze wist niet waarom. Beslist niet om te schilderen.

Ze nam aan dat ze uiteindelijk naar boven moest gaan, maar op dat ogenblik wilde ze alleen maar voorgoed in deze kamer blijven, in deze stoel. De beweging van de stoel werkte geruststellend door de monotone regelmaat en het geluid werd gedempt door het tapijt. Er was alleen een zacht geruis hoorbaar wanneer de schommelstoel de lucht wegduwde en er klonk een klein piepje bij iedere derde keer vooruit wiegen. Alex had meer dan duizend piepjes geteld.

Plotseling werd het licht in de gang geblokkeerd en zonder zich om te draaien, wist ze dat Warren in de deuropening stond.

'Het is na twaalven, Alex. Kom je naar boven?'

De gevoelloosheid in zijn stem was kwetsend, maar het was geen verrassing. Ze schommelde even door en telde nog twee piepjes. Ze zag aan de beweging van zijn schaduw dat hij zich omdraaide om weg te gaan.

'Hij heette Kevin,' zei ze. Het was vreemd om zijn naam hardop te zeggen, nadat ze hem drie jaar bij zichzelf gefluisterd had. 'Hij was vier jaar toen het gebeurde. Het was een prachtkind, zo intelligent en levendig. Ik zei altijd tegen hem dat hij een vlinder was die in mijn leven was gevlogen. Dat vond hij zo leuk om te horen.' Onbewust streek ze met haar vingers over de armleuning van de stoel.

'Het was een zondag in juni, een heel warme dag en Kevin wilde in ons zwembad zwemmen. Ik wilde een schilderij afmaken waar ik mee bezig was. Schilderen was toen heel belangrijk voor me. Larry klaagde altijd dat het een obsessie was en misschien was het dat ook wel. Het was een mogelijkheid om te ontsnappen aan al mijn moeilijkheden. Het liep slecht met Larry's accountantskantoor omdat hij te veel werd afgeleid door geldproblemen. Hij had zijn meeste spaargeld verloren op de effectenbeurs en we leefden vrijwel van mijn verdiensten bij de peuterzaal. Larry vond dat vreselijk.' Ze zag zijn gezicht nog voor zich, hoorde zijn stem nog, boos, vol verbittering en zelfbeklag die uiteindelijk overgingen in beschuldigingen. *Als jij een betere vrouw voor me was...*

'In ons huwelijk hebben we van het begin af aan de ene moeilijkheid na de andere gehad. Jarenlang was onze liefde voor Kevin het enige waar we het over eens waren, maar dat was niet langer genoeg voor mij en ik zei tegen Larry dat ik wilde scheiden. Schilderen was een vorm van ontvluchten. Dat begreep Larry. Ik denk dat hij er daarom zo'n hekel aan had, omdat het mij een zekere mate van rust verschafte die hij niet kon vinden. Toen ik die zondag zei dat ik wilde gaan schilderen, was ik er zeker van dat hij een of andere hatelijke opmerking zou maken, maar dat deed hij niet. Hij zei dat hij met Kevin zou gaan zwemmen, zodat ik in mijn atelier kon blijven.' Ze had zich destijds en naderhand vaak afgevraagd of Larry er zelf zin in had gehad of alleen een verzoenend gebaar had gemaakt. *Zie je hoe aardig ik ben, Alex?* Niet dat het er iets toe deed.

'Kevin trok zijn gele zwembroek aan. Ik heb hem met zonnebrandolie ingesmeerd en ik herinner me dat hij giechelde omdat hij zei dat de olie hem kietelde. In werkelijkheid deed ik dat.' De tranen schoten haar in de ogen.' 'Ik gaf hem een handdoek en zijn witte badjas en hij ging met Larry naar beneden, door de woonkamer naar het zwembad. Ik maakte limonade, deed die in een kan en legde wat koekjes met chocoladegezichtjes op een schaaltje. Daar was Kevin dol op.' Haar stem trilde, ze vocht om zelfbeheersing. *Vertel het verhaal. Het is alleen maar een verhaal.*

'Mijn atelier was een zolderkamertje aan de kant van het huis dat geen uitzicht op het zwembad had. Er was geen air-conditioning zoals in de rest van het huis, maar ik had een short aan en een T-shirt en ik zette het raampje van de dakkapel open. Met de plafondfan aan was het er benauwd, maar draaglijk – ik zei bij mezelf dat het de perfecte omgeving was voor de palmboom die ik aan het schilderen was.

Ik draag geen horloge als ik schilder, dus ik weet niet hoelang ik met mijn boom bezig was toen Larry me vanuit de woonkamer door de intercom oppiepte. Misschien een uur later. Hij zei dat het

tien over twaalf was en dat hij en Kevin er even mee ophielden. Hij ging naar de winkel om melk, sodawater en een pakje sigaretten te halen. Daarna zou hij nog even met Kevin gaan zwemmen. Ik vroeg of hij vijf minuten kon wachten zodat ik iets af kon maken. Hij zei dat vijf minuten geen probleem waren, want Kevin zat toch op het toilet. Ik vroeg of hij de schuifpui in de woonkamer had dicht gedaan. Ik was zenuwachtig omdat het slot van het hek naar het zwembad kapot was. 'Dat doe ik nu,' zei hij en ik hoorde het rammelende geluid van de deur die dichtgeschoven werd. Toen hoorde ik hem Kevin gedag zeggen. 'Mama komt eraan, Kev,' zei hij. 'Piep haar maar op als je klaar bent. Dag, Alex,' zei Larry. Hij zette de intercom af, maar even later zette ik hem aan op het nummer van de woonkamer, zodat ik Kevin zou horen wanneer hij de kamer inkwam. Ik heb zijn naam een paar keer geroepen, minstens twee keer, dat weet ik zeker, maar hij was nog steeds op het toilet. Ik maakte me geen zorgen. Het was zo'n lieve jongen. Hij luisterde altijd en ik had hem zo vaak verteld niet alleen het huis uit te gaan.'
 Alex schommelde een tijdje zwijgend heen en weer. Ze kon Warren niet horen, maar ze wist dat hij er was; de schaduw had zich niet bewogen. 'Ik werkte met olieverf en ik had net de tint groenzwart voor de schaduw van een varenblad dat maar niet wilde. Ik wilde dat ene blad afmaken. Ik dacht niet dat het lang zou duren. Het was heel stil in het atelier, alleen het gezoem van de plafondfan – en ik schrok op toen de telefoon ging. Ik pakte de hoorn op. Het was Larry. Hij was in de winkel. Hij had beloofd om ijs voor Kevin mee te nemen maar was vergeten welke smaak. Chocolade of aardbei. 'Ik ga naar beneden en zal het hem nu vragen,' zei ik.
 'Wat bedoel je, verdomme, dat je naar beneden gaat?' vroeg Larry. 'Ik ben twintig minuten geleden weggegaan. Wil je me vertellen dat je nog steeds in dat verdomde atelier zit? Dat je Kevin al die tijd alleen hebt gelaten?' Ik hoorde de paniek in Larry's boze stem. Ik herinner me dat mijn hart bonsde en dat ik meteen drijfnat van het transpireren was. 'Het kan geen twintig minuten zijn,' zei ik, maar ik wist dat het kon, dat ik eerder al eens alle tijdsbesef was kwijtgeraakt wanneer ik zat te schilderen, dat uren minuten leken. 'Het is vijf over halfeen,' schreeuwde Larry. 'Is dat verdomde schilderen van je belangrijker dan je zoon?' Ze schommelde nu sneller, haar handen omklemden de armleuningen van de stoel.
 'Ik liet de hoorn vallen en rende het atelier uit, de smalle trap af naar de eerste verdieping. Ik keek in Kevins kamer, hij speelde graag in zijn kamer. Daar was hij niet. Ik rende de grote trap af naar beneden, de gang door naar de woonkamer. Ik bleef steeds zijn naam roepen, maar hij gaf geen antwoord. Ik wist dat hij niet op het toilet zou zijn, maar toch keek ik even.

187

Ik dacht dat ik erin bleef toen ik de woonkamer inliep. De schuifpui stond open. Kevins rode krukje stond voor de opening. Hij had het uit de badkamer gehaald om bij het deurslot en het bovenste slot te komen. Ik rende naar buiten. Het hek was dicht. Ik trok het open. Hij was... hij was...' Haar stem brak. Ze begon te huilen.
'Alex, je hoeft het me niet te vertellen,' zei Warren.
'Jawel,' fluisterde ze. Ze veegde haar ogen af en even later ging ze verder. *Vertel het verhaal.* 'Hij lag op de bodem van het zwembad. Ik haalde diep adem en dook het water in. Ik zwom naar hem toe en greep hem bij zijn gele zwembroek en tilde hem op. Toen sloeg ik mijn armen om hem heen en zwom naar boven. Ik keek niet naar zijn gezicht. Hij was nu zwaarder. Ik zwom naar het ondiepe gedeelte van het zwembad, hief hem op en rende naar het gras. Ik legde hem op het gras en begon hem te reanimeren. Zijn gezicht was grijs. Zijn lippen waren blauw en koud. Zijn ogen keken glazig, net knikkers. Ik kon geen pols vinden, maar ik duwde op zijn borst. Er kwam een golf water uit zijn mond, ik duwde weer en beademde hem en duwde weer. Ik wist dat hij dood was, maar ik kon niet ophouden.'

'Alex.'

Het woord was een zucht, vol verdriet en medelijden. Maar hij maakte nog steeds geen beweging om de kamer in te komen en daar was ze blij om; als hij dichterbij kwam, als hij haar aanraakte, zou ze haar verhaal niet kunnen afmaken.

'Er lag een draagbare telefoon op de tafel in de patio. Ik draaide 911. Toen liep ik terug naar Kevin en ging verder met reanimeren. Larry en de ambulance kwamen tegelijkertijd. Ik hoorde de sirene, en Larry's schreeuw toen hij Kevin zag. Hij duwde me opzij en knielde naast Kevin neer. Hij wiegde Kevin en begon te huilen. Het was eigenlijk meer een gebrul, het soort geluid dat een gewond dier maakt. Larry was dol op Kevin.

Het ambulancepersoneel nam het over, maar ze konden natuurlijk niets meer doen. "Het spijt me," zeiden ze, "hij heeft het niet gehaald," en Larry wees op mij en zei: "Zij heeft hem vermoord". Ze keken me aan. Ik draaide me om en ging op de traptreden van de patio zitten. Er klonken meer sirenes. Er kwamen twee geüniformeerde agenten. Een van de ambulanceverplegers liep naar hen toe om met ze te praten. Ze keken allemaal mijn kant op. Een van de agenten praatte met Larry. Toen kwam hij naar mij toe en vroeg me wat er was gebeurd. Ik vertelde het hem.

Ze zeiden dat ik mee moest naar het politiebureau. Ik mocht me eerst nog verkleden. Ze zetten me in een politieauto. Mijn buren stonden allemaal te kijken. Op het bureau moest ik mijn verhaal steeds weer herhalen voor de rechercheurs. Ten slotte brachten ze me thuis. Larry's auto was weg. Ik kwam erachter dat hij naar zijn ouders was gegaan om daar te logeren. Ik belde mijn ouders, maar die hadden het al van Larry gehoord. Hij had hun verteld dat ik Kevin had vermoord.

Ik vertelde wat er was gebeurd, dat het een ongeluk was, een vreselijk tragisch ongeluk, dat ik Kevin met heel mijn hart en wezen liefhad en mijn leven voor hem had willen geven. Ik huilde. Ik kon nauwelijks uit mijn woorden komen. Mijn vader zei' – haar stem brak weer – 'mijn vader zei dat het alleen laten van een vierjarig jongetje dat toegang tot het zwembad had, verwaarlozing was en geen ongeluk, dat hij en mijn moeder me hadden gewaarschuwd dat mijn schilderen een lichtzinnige hobby was en dat mijn tijd beter besteed was geweest als ik geprobeerd had een steungevende echtgenote te zijn. Hij zei dat tranen mijn schuld niet konden wegwassen, dat hij en mijn moeder me niet konden vergeven, maar dat ik God om vergeving moest vragen en dat zij hetzelfde zouden doen.

De volgende ochtend werd ik gearresteerd en beschuldigd van het feit dat ik een kind op misdadige wijze gevaar had laten lopen. Ik belde een advocaat. De rechter stelde een borgsom van vijfduizend dollar vast. Die betaalde ik met een cheque van de rekening van mijn peuterzaal. Op onze eigen rekeningen stond vrijwel niets. Later op die dag werd ik vrijgelaten. Iemand moet het de media hebben verteld, misschien Larry. Ik weet het niet. Er waren journalisten en fotografen en een verslaggever van de plaatselijke tv-omroep.' Ze was overvallen door een kakofonie van genadeloze ondervragingen, versterkt door microfoons. Ze was verblind door eindeloze lichtflitsen van camera's.

'De telefoon bleef rinkelen vanaf het moment dat ik thuiskwam. Het is verbazingwekkend hoe snel nieuws rondgaat, vooral in een kleine stad. Mensen die ik in geen jaren had gesproken, belden op. Ze zeiden dat ze wilden condoleren. In werkelijkheid wilden ze details weten. Sommigen namen niet de moeite om te doen alsof. Verschillende goede vriendinnen boden aan om bij me te komen, maar dat wilde ik niet. Ik wilde niemand bij me hebben.

De begrafenis was voor woensdag gepland. Mijn ouders kwamen dinsdagavond en zeiden dat Larry niet wilde dat ik erbij zou zijn en dacht ook ik niet dat ik er een circus van zou maken als ik aanwezig was? Ik zei dat niets me ervan zou weerhouden bij de begrafenis van mijn zoon aanwezig te zijn. Ze zeiden dat ik egoïstisch was en wraakzuchtig. Ik vroeg hun mijn huis te verlaten.

Er waren verslaggevers en fotografen in de kapel. Ik had het

189

kunnen verwachten, ik voorzag de stad van nieuws en algemene bekendheid. Ik liep langs hen heen naar voren, de kapel in. Ik voelde honderden ogen naar me staren, maar ik was vastbesloten niet te tonen dat me dat iets kon schelen. Larry en zijn ouders zaten op de eerste rij, rechts van het pad. Mijn ouders zaten naast hen. Ik zat aan de linkerkant. Ik herinner me niet veel van de dienst of de begrafenis, maar ik zal nooit het beeld vergeten van het kleine kistje dat in de grond zakte.' Ze zag het nu weer voor zich en boog haar hoofd. Ze deed haar ogen dicht, maar het beeld bleef hangen.

Ze ging verzitten. 'Ik dacht dat ik me het beste op mijn werk kon storten. Ik ben 's maandags naar de peuterzaal gegaan en merkte dat meer dan de helft van de ouders hun kinderen hadden afgemeld. Mijn assistenten hadden het me niet willen vertellen. Tegen het eind van de week waren er nog maar drie kinderen over. Ik belde op en kreeg smoesjes te horen waar ik niet intrapte en geloofde ook de mensen die ze maakten niet. Ze wilden hun kinderen niet bij mij op school hebben.

Ik heb de school gesloten en een baan als secretaresse genomen. De aanklacht tegen mij werd ingetrokken – geen duidelijk bewijs, zei mijn advocaat – maar Larry hield net zo lang bij de politie aan tot ze de zaak heropende. En de geruchten en het gestaar hielden niet op. Toen, toen ik voelde dat zelfs mijn trouwste vriendinnen hun kinderen nauwelijks meer aan mij toevertrouwden, heb ik het huis verkocht. Ik ben de stad uitgegaan waar ik was geboren en getrouwd en mijn enige zoon had gekregen en verhuisde naar Los Angeles. Ik heb niemand ooit verteld waar ik naartoe ging, zelfs mijn vriendinnen niet, en zeker mijn ouders niet. Ik heb nooit gedacht weer geluk te vinden, maar toen leerde ik jou en Nicholas kennen. Vervolgens werd ik zwanger en ik dacht dat het Gods manier was om me te vertellen dat Hij het me had vergeven, door me een ander kind te geven. Ik kreeg een herkansing.'

Toen was ze ook weer gaan schilderen. Na Kevins dood had ze het atelier en alles wat erin stond vermeden. De zolderkamer verschafte haar geen rust, die vormde alleen maar een bewijs van haar gedachteloosheid en schuld. Ze had de boom nooit afgemaakt.

Ze schommelde nu nauwelijks meer. 'Ik heb je iedere dag van ons huwelijk de waarheid willen vertellen. Ik was bang dat je niet meer van me zou houden als je het wist, dat je zelfs als je nog wel van me hield, me niet als de moeder van je twee jaar oude zoon zou willen hebben. Had ik ongelijk?' Ze wilde zich naar hem omdraaien om zijn gezicht te zien, maar had er de moed niet voor.

Warren gaf geen antwoord. Hij zweeg enige tijd. 'Wanneer is Larry overleden?' vroeg hij ten slotte.

Alex aarzelde, toen zei ze: 'Larry is niet overleden. We zijn direct na Kevins dood gescheiden. Drie maanden later – voordat ik het huis verkocht – kwam ik op een dag thuis van mijn werk en vond hem in onze vroegere badkuip. Hij had zijn polsen doorgesneden.' Alles had onder het bloed gezeten. Ze rilde bij de herinnering. 'Hij was bewusteloos, maar leefde nog. Ik heb de ziekenauto gebeld. Hij zit nu in een psychiatrische inrichting. Zijn zaak was een fiasco. Zijn huwelijk ook. Toen Kevin er niet meer was, had hij niets meer om voor te leven.' Ze zuchtte. 'De media rakelde alles natuurlijk weer op.' Weer microfoons en cameraflitsen.
'Heb je me ooit de waarheid ergens over verteld, Alex?'
Er klonk woede in zijn stem en een verlangen die haar bijna in snikken deden uitbarsten. 'Ja, ik hou van jou en van Nicholas en van Lisa, ook al kunnen zij en ik de laatste tijd niet zo goed met elkaar overweg.'
'Heb jij Donald Lundquist vermoord, Alex?'
Ze kon het hem eigenlijk niet kwalijk nemen dat hij het vroeg.
'Nee, ik heb de waarheid gezegd. Hij zou me vertellen wie me geduwd had en wie de brieven had geschreven. In een daarvan stond dat ik een moordenares was. Iemand is achter mijn verleden gekomen, Warren.' Ze vertelde hem over de vermiste telefoonrekeningen, over de cheques. 'Ik laat om de paar dagen verse bloemen op Kevins graf zetten.'
'Lundquist had de papieren. Hij kon de brieven geschreven hebben. Hij kan je geduwd hebben.'
'Wie heeft hem dan vermoord?'
Warren gaf geen antwoord. Alex wachtte. Ze plukte aan de mouw van haar blouse.
'Alex,' zei hij, en ze wist dat hij niet over Donald Lundquist ging praten. 'Iets in me wil je in mijn armen nemen en je troosten en zeggen dat alles goed komt. Maar ik kan het niet. Ik ken je niet, Alex. Ik heb je gekust, aangeraakt en bemind, maar ik ken je niet.'
Wat had ze verwacht? 'Ik begrijp het.'
'Ik heb tijd nodig.' Hij liep weg uit de deuropening. 'Kom boven. Het is erg laat.'
Hun gesprek was in een kringetje rondgedraaid. 'Ik kom zo.'
Nadat hij was weggegaan, bleef ze nog een tijdje zachtjes zitten schommelen. Toen ging ze op de bank in de kamer liggen en viel in slaap. Op een gegeven ogenblik tijdens de nacht droomde ze dat Warren haar naam fluisterde en haar wang streelde.
Toen ze wakker werd, merkte ze dat er een deken over haar heen lag.

Hoofdstuk 24

Alex trok de deken dichter om zich heen en putte troost uit de zachte warmte en het feit dat Warren genoeg om haar gaf om die over haar heen te leggen. In gedachten zag ze hem boven in bed liggen. Ze vroeg zich af of hij wakker was, of hij over haar lag te denken en over haar vroegere leven als Alexandra Trent.
 Met een schok dacht ze aan de kranteknipsels. Die had ze op de salontafel laten liggen waar de rechercheur ze had neergelegd. Ze stond op van de bank en liep snel naar de zitkamer.
 De kranteknipsels waren weg. Eerst raakte Alex in paniek, stel dat Lisa ze had gepakt? Of Nicholas? Maar toen bedacht ze dat het halfzeven in de ochtend was en dat Lisa en Nicholas nog sliepen. Warren moest ze meegenomen hebben. Ze vroeg zich af of hij ze gelezen had voor of nadat hij naar haar had geluisterd toen ze in de schommelstoel had gezeten. Misschien allebei. Ze had boven in de grijze envelop in haar la een kopie van de knipsels en een foto van Kevin. Ze keek er iedere avond naar.
 Alex waste zich in het badkamertje bij het atelier en liep terug naar de bank. Ze was niet van plan te gaan slapen, maar dommelde toch even weg. Toen ze enige tijd later wakker werd, overwoog ze om naar boven te gaan, maar ze kon Warren nog niet goed onder ogen komen. Ze vouwde haar handen onder haar hoofd en staarde naar het plafond terwijl ze aan Donald Lundquist dacht en Warren en de politie en haar kwelgeest.
 'Waarom slaap je hier, mammie?'
 Alex draaide zich om. Nicholas stond in de deuropening. 'Hoi, Nick.' Ze leunde op haar elleboog. 'Alles in orde?'
 'Ik heb je boven gezocht, maar papa zei dat je hier was. Hij zei dat ik je niet wakker mocht maken, maar je had je ogen open. Waarom ben je hier?' vroeg hij weer.
 'Ik was ergens mee bezig en toen ben ik in slaap gevallen.'
 Nicholas keek naar het lege vel op de ezel. 'Daar staat niets op.'

'Ik was er in gedachten mee bezig.'
'O.' Hij schuifelde met zijn rechtervoet heen en weer over het vloerkleed. 'Lisa zei dat je ziek was.' Hij keek haar bezorgd aan. Ze glimlachte. 'Er is niets.' Ze hoorde Warren Nicholas roepen. Even later stond Warren naast hem in de deuropening. 'Klaar om te gaan, Nick?' vroeg Warren. 'Heb je je tanden gepoetst?'
'Nog niet.' Hij rende naar het bed, bukte zich en kuste Alex stevig op haar wang. 'Dag, mam.' Hij huppelde de kamer uit.
'Bedankt voor de deken, Warren.'
'Ik wilde niet dat je het koud kreeg.' Zijn toon klonk neutraal. Hij trok de knoop van zijn das recht. 'Ik bel je nog wel vanuit kantoor, Alex. Als er iets is, bel me dan. Wat de politie betreft...'
'Warren, ik wil ze de waarheid zeggen.' Ze had er genoeg van om met leugens en uitvluchten te leven. De straf was te zwaar. 'De politie heeft dat briefje dat Lundquist voor me achterliet. Ik heb het aangeraakt en andere dingen in dat huis ook. Ze zullen mijn vingerafdrukken vinden en die identificeren. Ze kunnen toch een kopie van mijn strafblad opvragen?'
'Ja,' Warren fronste zijn wenkbrauwen. 'Ik heb vanochtend twee afspraken die ik niet kan afzeggen. Daarna kom ik thuis en ga ik met jou naar het politiebureau. Ik zal Gwen alles verder laten verzetten.'
Ze kon niet uitmaken of hij het vervelend vond dat zijn dag verstoord werd. Vermoedelijk wel. Ze kon het hem nauwelijks kwalijk nemen. 'Dank je wel.'
'Je hoeft me niet te bedanken, Alex, ik ben met je getrouwd.' Hij deed een stap de kamer in en stond toen stil. 'Tot straks.'
Nadat Warren was vertrokken, bleef Alex nog een paar minuten liggen, daarna liep ze naar de keuken en schonk een glas sinaasappelsap voor zichzelf in. Ze aarzelde, pakte toen de hoorn van de telefoon aan de muur op en drukte het nummer in van de Pacific Division. Ze kende het uit haar hoofd. Toen de telefoniste opnam, vroeg ze om met rechercheur Rowan verbonden te worden.
'Rechercheur Rowan is niet op zijn plaats. Wilt u een boodschap achterlaten of kan iemand anders u helpen?'
Alex was de naam van zijn collega vergeten. 'U spreekt met Alexandra Prescott. Ik wilde later op de ochtend naar het politiebureau komen om hem te spreken en ik wil zeker weten dat hij er dan is.'
'Hij kan ieder ogenblik terug zijn. Ik zal hem u laten bellen.'
Alex gaf de telefoniste haar nummer en hing op. Toen belde ze Evelyn. 'Met Alex,' kondigde ze zich aan toen Evelyn opnam. 'De politie is hier gisteravond geweest.'

193

'O, mijn God!' riep Evelyn uit. 'Wat is er gebeurd?'
Alex vertelde haar over het bezoek van de rechercheurs, en over het briefje dat ze had achtergelaten. 'Ik heb ze jouw naam en telefoonnummer gegeven, Evelyn. Ik heb ze over het cafébezoek rond halftien verteld. Ik heb ze niets over Lundquist verteld, maar ik wil niet dat je voor me liegt.'
'Alex...'
'Zeg overal de waarheid over. Ik doe het ook. Ik kan hier niet meer tegen.'
'Je zult wel gelijk hebben.' Evelyn klonk weifelend. 'Maar zelfs al vertel ik hen dat jij daar bent geweest, dan heb je nog geen motief om Lundquist te vermoorden.'
'Ik hoop dat de politie dat met je eens is.' De politie kon een motief zien in de kranteknipsels die ze bij Lundquist thuis hadden gevonden. Wat had de rechercheur gevraagd? *Chanteerde Lundquist u?*
'Alex? Hou je iets voor me achter?'
'Sorry. Ik ben gewoon moe.' Misschien dat ze Evelyn nog eens alles over haar verleden zou vertellen, maar niet nu.
Alex belde de praktijk van dr. Pearson en liet een boodschap achter op het antwoordapparaat dat ze haar afspraak afzei en een andere afspraak wilde maken. Toen ging ze naar boven om zich te douchen en haar haren te wassen. Ze nam een uitgebreide douche en ontspande zich onder de zachte druk van het water. Terwijl ze zich aan het afdrogen was, hoorde ze de bel van de voordeur hoorde. Ze pakte de badjas van de badkamerdeur, trok die aan en haastte zich naar beneden naar de gang. De bel ging weer.
'Ik kom!'
Bij de voordeur keek ze door het kijkgaatje en trok een gezicht toen ze de twee rechercheurs zag die gisteravond waren geweest. Ze maakte de deur open en deed een stap opzij om hen binnen te laten.
'Ik stond onder de douche,' legde ze uit, ze had het gevoel dat ze haar badjas en natte haar moest verklaren.
Rowan zei: 'Ik heb uw boodschap gekregen, mevrouw Prescott. Ik ben blij dat u hebt besloten ons te helpen. U kunt een belangrijke getuige zijn.'
'Ik heb tegen de telefoniste gezegd dat ik naar het bureau zou komen. Ik weet waar het is,' voegde ze er enigszins geïrriteerd aan toe.
Rowan glimlachte. 'Ik was in de buurt.'
'Kunt u wat later terugkomen? Of nog beter, ik kom naar het bureau zodra ik klaar ben.' Een seconde geleden was ze nog bereid

geweest, graag bereid geweest, haar verhaal aan de politie te vertellen. Nu voelde ze zich zeer terughoudend en wilde Warren naast zich hebben.

'We kunnen wachten tot u aangekleed bent, mevrouw Prescott,' zei rechercheur Medina. 'We kunnen hier praten, of op het bureau.'

'Mijn man was van plan met me mee te gaan. Zijn kantoor is in Century City.'

Rowan zei: 'Dan is het bureau beter. Waarom belt u hem niet op zodat hij daar naartoe kan komen? Dan kunt u met ons meerijden?'

Alex voelde zich gemanipuleerd toen ze naar boven liep. Vanuit de slaapkamer belde ze Warren op en vertelde hem wat er was gebeurd.

'Je had ze niet moeten opbellen,' Warren klonk geërgerd. 'Goed. Zeg geen woord tot ik er ben. Ik ga nu weg. Ik ben over twintig minuten op het bureau.'

Ze kleedde zich snel aan, trok een zwangerschapsbroek aan en een wijde trui en föhnde vervolgens haar haren. Een vrouw moet er goed uitzien wanneer ze ondervraagd wordt, zei ze tegen haar spiegelbeeld, maar ze glimlachte niet en haar hand trilde toen ze lippenstift en blusher aanbracht.

Terwijl ze naar beneden liep, drong het verontrustende idee tot haar door dat drie jaar geleden twee andere politieagenten op haar hadden gewacht tot ze was aangekleed zodat ze haar voor ondervraging konden meenemen. Ze probeerde die gedachte van zich af te zetten, dit was tenslotte anders. Ze was geen verdachte. Ze was een belangrijke getuige, had Rowan gezegd. Ze had niets verkeerd gedaan.

Maar ook al waren er vandaag geen politiesirenes geweest en was de auto die voor haar huis stond niet de politieauto met zwaailicht van drie jaar geleden, toch stonden twee buren van de overkant haar aan te staren toen de rechercheurs haar vanuit haar huis begeleidden naar de achterbank van de grijze Chevy en ze had het akelige gevoel dat er ook andere buren vanuit hun ramen naar haar stonden te kijken.

Alles was anders. Alles was hetzelfde.

Warren zat in de wachtkamer van het bureau te wachten toen Alex met de rechercheurs kwam. Hij zat naast een vrouw die Alex vaag bekend voorkwam. Bij het zien van Alex stond hij op en liep naar haar toe.

'Kan ik mijn vrouw even onder vier ogen spreken?' vroeg hij aan Rowan en Medina.

'Natuurlijk.' Rowan deed een stap opzij, evenals zijn collega.
'Ik heb Margot Leibman meegenomen, Alex,' zei Warren zachtjes. 'Je bent haar weleens op een feest tegengekomen. Zij is een strafpleiter en ik heb haar voor jou aangenomen. Zij behandelt alles.'
'Maar ik wil dat jij bij me bent,' fluisterde Alex.
'Margot is de beste die er is. En het is niet zo'n goed idee om mij jouw zaken te laten behartigen.' Hij gaf haar hand een kneepje en liet hem toen los. 'Het komt wel goed.' Hij wendde zich tot Margot en wenkte haar.

Margot Leibman was lang en slank, zag Alex toen de vrouw opstond en met een soepele, doelbewuste tred naar hen toeliep. Ze had een goedgesneden zakelijk pakje aan en grijze schoenen met lage hakken. Ze was aardig om te zien met prachtige, grote bruine ogen die opvallend contrasteerden met haar korte blonde haar met lichtere tinten erin. Alex vermoedde dat ze begin veertig was.

Warren stelde hen aan elkaar voor en de vrouwen gaven elkaar een hand. De handdruk van Margot was stevig. Alex' hand voelde klam aan.

'Ik ben een beetje zenuwachtig,' vertelde Alex de advocate.

Margot glimlachte. 'Dat is begrijpelijk. Maar het komt wel goed. Warren heeft me uitgelegd wat er is gebeurd en wat u gisteravond tegen de rechercheurs heeft gezegd. Ik wil graag dat u mij dat nog een keer verteld.'

Rowan kwam naar hen toe. 'Klaar?'

Margot stelde zich voor en zei toen: 'Ik wil mijn cliënte graag eerst even privé spreken.'

'Uw cliënte?' Rowan keek Warren aan. 'Ik dacht dat u advocaat was.' Er lag een spoor van een zelfgenoegzaam lachje op zijn gezicht.

Warren gaf hem geen antwoord. Er trok een spiertje in zijn wang.

'Is er een kamer waar we naar toe kunnen?' vroeg Margot.

Rowan begeleidde Margot en Alex naar een kamertje dat vol leek te staan met een tafel, en vier stoelen, twee aan weerszijden van de tafel. Het metaal van de wanden was met een saaie bleekgele kleur geverfd en zat vol graffiti. Het rook er naar sigarettenrook.

'Veel plezier,' zei Rowan en liep weg.

'Goed,' zei Margot toen ze allebei zaten. 'Vertel me precies wat er is gebeurd.'

Alex sprak meer dan tien minuten. Ze vertelde Margot alles – het vernielen van de school, de brieven, het gevoel dat ze achtervolgd werd, dat ze bij het strand geduwd was, de pop. Het aanbod van Lundquist om haar te vertellen wie haar had geduwd. Dat ze Lundquist dood in het bubbelbad had aangetroffen. Ze vertelde Margot over het bezoek van de rechercheurs gisteravond, over de papieren die ze in het huis van Lundquist hadden gevonden. Ten slotte vertelde ze over haar verleden. Ze bestudeerde het gezicht van de advocate op tekenen van afkeuring, maar ze zag alleen grote belangstelling.

Margot tikte met haar vulpen op een blocnote. 'Het is waarschijnlijk dat ze je vingerafdrukken vinden, of zullen vinden. Dat betekent dat jij op de plek van de misdaad bent geweest, maar het zegt niet wanneer je daar was. Je hebt gisteravond niets willen zeggen, dus zijn ze achterdochtig. Ze denken dat je iets weet dat zij willen weten, of ze denken dat jij Lundquist misschien hebt vermoord.'

'Maar dat heb ik niet gedaan!'

Margot bedekte Alex' hand met de hare. 'Ik geloof je. Maar dit is de manier waarop zij kunnen denken.' Ze haalde haar hand weg. 'Jij was boos op Lundquist. Je was bang voor hem. Je dacht dat hij de vernielingen in je school had aangericht. Hij uitte vage bedreigingen om je stiefzoon te ontvoeren. Dat hoeft nog niet tot een motief voor moord te leiden, maar dan hebben we die kranteknipsels nog. De politie zal zeggen dat Lundquist dreigde je verleden wereldkundig te maken, dat je hem wanhopig graag wilde tegenhouden en hem vermoordde. Je was bang voor je goede naam en je peuterzaal.'

Margot zweeg. 'Warren zegt dat hij niets wist over de dood van je zoon, maar dat weet de politie niet en een echtgenoot kan niet tegen zijn vrouw getuigen.'

Geruststellend bericht, dacht Alex, maar ze had het warm van schaamte en vroeg zich af wat de advocate wel dacht van een vrouw die haar man vanaf het begin van hun verhouding had voorgelogen. Zou Margot Leibman denken dat Alex nu ook loog?

'Maar als ik hem vermoord heb omdat ik niet wilde dat hij mijn verleden wereldkundig maakte, waarom heb ik de papieren dan niet meegenomen?'

'Je hebt ernaar gezocht, maar je kon ze niet vinden. Was het huis van Lundquist overhoop gehaald?'

'Voor zover ik kon zien niet, maar ik ben alleen in de gang en de zitkamer geweest.'

Margot stond op. 'Goed. We zijn klaar. Ik ga ze vertellen wat je mij hebt verteld.'

'Ik dacht dat ik een verklaring moest afleggen.'

Margot schudde haar hoofd. 'Dat is geen goed idee. Je kunt jezelf in de nesten werken.'

'Maar ik heb niets verkeerd gedaan!' Alex zweeg. 'Ik wil het echt graag zelf rechtzetten, Margot.'

De advocate fronste haar wenkbrauwen. 'Goed. Maar laat je door mij leiden en geef niet te snel antwoord. Als ik je arm aanraak, hou je je mond. Het is mijn werk om jouw advocate en je getuige te zijn, om ervoor te zorgen dat zij geen misbruik van jouw rechten maken of proberen je tot uitspraken verleiden die voor tweeërlei uitleg vatbaar zijn.'

Margot liep het kamertje uit. Even later kwam ze terug met Rowan en Medina. Margot ging naast Alex zitten. Rowan en Medina zaten tegenover hen. Rowan had een bandrecorder bij zich. Hij zette hem op tafel, deed hem aan, sprak zijn naam in, gaf de datum, tijd en plaats en dat hij met Alexandra Prescott sprak.

'Mevrouw Prescott, u hebt vanmorgen het politiebureau opgebeld om met mij te praten. Ik neem aan dat het over de dood van Donald Lundquist gaat.'

'Ja. Ik wil een verklaring afleggen.'

'We willen graag horen wat u te zeggen heeft. Voor u begint, wil ik u even op uw rechten wijzen.'

'Een momentje.' Margots stem was scherp. 'Mevrouw Prescott is hier gekomen om gegevens te verstrekken over de dood van de heer Lundquist. Zegt u dat ze een verdachte is in de zaak van zijn dood?'

'We trekken alle mogelijkheden na. Ik wil er zeker van zijn dat alles klopt.'

Margot boog zich dichter naar Alex. 'Alex, dit verandert alles. Geen verklaring.'

Alex schudde haar hoofd. 'Ik wil dit achter de rug hebben. Ik heb niets te verbergen.' Ze wendde zich tot Rowan. 'Ik ben op de hoogte van mijn rechten,' zei ze tegen hem, maar hij dreunde ze al op.

'...alles dat u zegt, kan tegen u gebruikt worden. Begrijpt u alles wat ik u net heb verteld, mevrouw Prescott?'

'Ja.' Ze begreep het maar al te goed. Ze had het allemaal al eerder gehoord.

'Goed. Vertel me over Donald Lundquist.'

Ze schraapte haar keel. 'Maandagavond belde Donald Lundquist me op...' Ze sprak langzaam en zo zacht dat Rowan haar een paar keer moest verzoeken luider te spreken. Toen ze klaar was, bestudeerde hij haar even. Ze keek hem recht aan.

'We hebben nagegaan dat het briefje dat u bij de voordeur van de heer Lundquist vond, in zijn handschrift is geschreven,' zei de rechercheur. 'Het briefje waarin stond dat hij in het bubbelbad was.

Dat komt overeen met het medisch bewijs dat vaststelt dat hij in de buurt van het bubbelbad is vermoord en toen tegen de traptreden van het bubbelbad is aangezet.' Hij zweeg even.

Alex vroeg zich af waarom hij haar dit vertelde. Ze wachtte.

'Niet gemakkelijk... om een dood lichaam te verslepen,' ging Rowan verder. 'Maar niet onmogelijk, zelfs voor een vrouw.' Hij leunde achterover in zijn stoel. 'U hebt geen bloed in de buurt van het bubbelbad gezien?'

Alex schudde haar hoofd. 'Het was donker.'

'Er was nogal wat bloed,' zei de rechercheur. 'Degene die Lundquist heeft vermoord, heeft niets aan het toeval overgelaten. Hij heeft hem in de hals gestoken, en in de borst. De halsslagader is doorgesneden. De aorta doorboord.'

Ze kromp in elkaar bij de gedachte, maar zei niets.

'We hebben het moordwapen nog niet gevonden. Volgens de patholoog-anatoom was het vermoedelijk een keukenmes. Daar is niet moeilijk aan te komen.'

Margot zei: 'Rechercheur, dank u voor deze mededeling. Heeft u vragen voor mijn cliënte? Zo niet...'

Rowan glimlachte tegen de advocate. 'Ik heb verschillende vragen aan mevrouw Prescott te stellen.' Hij wendde zich tot Alex. 'Mevrouw Prescott, waarom heeft u me dit alles gisteravond niet verteld?'

Op deze vraag was ze voorbereid. 'Ik was bang. Ik wilde niet betrokken raken bij de dood van Lundquist.'

'Omdat hij u chanteerde?'

Margot raakte Alex' arm licht aan. 'Rechercheur, u legt mijn cliënte woorden in de mond. Ze heeft nooit gezegd of gesuggereerd dat de heer Lundquist haar chanteerde. Ze heeft het zelfs van het begin af aan duidelijk gemaakt dat Lundquist had aangeboden haar belangrijke gegevens te verstrekken over degene die haar en haar gezin lastig viel.'

'Dank u voor de uitleg,' Rowan glimlachte. 'Mevrouw Prescott, hoe laat kwam u bij het huis van Lundquist?'

'Om kwart voor negen. Ik heb hem trouwens om een paar minuten over acht nog telefonisch gesproken, dus ik weet dat hij toen nog in leven was.'

'Dat is goed om te weten. Dank u.' Hij knikte. 'Hoelang bent in het huis geweest?'

Alex dacht na. 'Ik heb een minuut of zes, zeven in de zitkamer gewacht. Toen ben ik naar het zwembad gegaan. Hoogstens tien minuten later, denk ik.'

Medina vroeg: 'Waarom bent u naar het café gegaan? Waarom heeft u de politie niet geroepen en gewacht tot die kwam?'

'Weer omdat ik bang was. Ik wilde er niet bij betrokken raken. Lundquist was dood. Ik kon niets doen om hem te helpen. Ik had tegen mijn man gezegd dat ik met mijn vriendin koffie ging drinken. Ik dacht dat ik dat moest doen. Ik weet dat het dom en verkeerd was. Het spijt me.'

Rowan zei: 'Het kon u niets schelen dat Lundquist dood op de bodem van zijn bubbelbad lag met een opengesneden borst en keel?'

Rowans stem klonk zacht. Alex kende dit soort stemmen en de zachtheid was misleidend. 'Het kon me heel veel schelen,' zei ze. 'Daarom heb ik de politie gebeld.'

'Nádat u koffie had gedronken, mevrouw Prescott. Dáárna pas.' Hij keek even in zijn aantekenboekje. 'Met een stuk kwarktaart. We hebben de serveerster gisteravond gesproken.' Hij keek haar aan. 'Ik denk dat u een goede eetlust heeft. Ik weet niet hoeveel mensen taart zouden kunnen eten nadat ze een dode hadden gevonden.'

'Ik heb de taart niet opgegeten,' zei Alex en wist dat het slap klonk. Ze sloeg haar handen om haar knieën.

'Kunnen we verder gaan, alstublieft?' Margots toon was beleefd, maar vastbesloten.

'Heeft u in het huis rondgekeken, mevrouw Prescott?'

'Nee. Ik ben van de gang naar de zitkamer gegaan, en toen door de openslaande deuren naar de achtertuin.'

'U bent niet in het kantoor of de slaapkamer geweest?' vroeg Medina.

Margot zei: 'Mevrouw Prescott heeft die vraag al beantwoord.'

'U hebt gelijk. Sorry.' De rechercheur glimlachte tegen Margot.

Rowan zei: 'Iemand heeft het huis overhoop gehaald op zoek naar iets. Misschien waren het de knipsels. Wat denkt u?'

Alex zei: 'Ik zou het niet weten.'

'Ze zaten trouwens in een envelop vastgeplakt onder zijn bureau.' Rowan leunde achterover in zijn stoel. 'En hoe denkt u dat Lundquist aan die krantenknipsels is gekomen?'

Margot zei: 'U vraagt mijn cliënte om te speculeren.'

'We staan hier niet voor de rechtbank, mevrouw Leibman.'

'Rechercheur Rowan, we weten in feite niet eens of de heer Lundquist die knipsels wel had. Iemand kan ze in zijn huis hebben gebracht om mijn cliënte bij de dood van de heer Lundquist te betrekken.'

'De slaapkamer en het kantoor waren overhoop gehaald.'

'Als ik iets ergens zou neerleggen, zou ik hetzelfde doen om het erop te laten lijken alsof mijn cliënte naar de knipsels had gezocht.'

'En hoe zou deze persoon aan de knipsels gekomen zijn?'
Alex keek naar Margot die knikte.
'Nadat de vernielingen in mijn peuterzaal waren aangebracht, miste ik twee telefoonrekeningen. Ik heb dat rechercheur Brady verteld. Ik denk dat degene die de telefoonrekeningen heeft weggenomen, het nummer van de begraafplaats heeft uitgezocht waar... waar mijn zoon begraven ligt en met de mensen daar heeft gesproken en zo heeft gehoord wat er is gebeurd. Toen heeft hij vermoedelijk contact met de plaatselijke krant opgenomen en gevraagd hem kopieën van de kranteknipsels te sturen.'
Medina zei: 'Híj?'
'Of zíj. Ik sprak in het algemeen.'
Rowan zei: 'Volgens rechercheur Brady was u ervan overtuigd dat de heer Lundquist degene was die de vernielingen in uw school had aangericht. Dit betekent dat hij de telefoonrekeningen heeft gestolen, heeft uitgezocht waar u vandaan kwam en op die manier aan de knipsels is gekomen. Heeft hij u de knipsels laten zien toen u daar kwam?'
Margot zei: 'Mijn cliënte heeft u verteld dat de heer Lundquist dood was toen ze daar kwam. Toe nou, rechercheur.'
'Wat denkt u dat hij met deze knipsels van plan was, mevrouw Prescott?'
'Ik wist niet dat hij ze had. Ik heb u gisteravond al gezegd, dat ik er niet meer zo zeker van ben dat Donald Lundquist de vernielingen in mijn school heeft aangericht.'
'Dat zei u. Ik heb dat tegen rechercheur Brady gezegd en hij vond dat vreemd. Hij zei dat u telkens weer volhield dat Lundquist die vernielingen had aangericht. Waardoor bent u van gedachten veranderd?'
'Het aanmeldingsformulier van de kostschool. De brieven. De pop. Dat strookte allemaal niet met het karakter van Lundquist. Maar als ze dat uitlegde, zou ze naar iemand verwijzen die haar na stond. Daartoe was ze niet bereid.
'Moeilijk te zeggen,' zei Alex.
'Juist.' Rowan wisselde een blik van verstandhouding met Medina, toen fronste hij zijn wenkbrauwen tegen Alex. 'Ik heb de knipsels gelezen, mevrouw Prescott en ik moet zeggen dat ik het vreselijk vind wat u hebt moeten doormaken.
O ja? 'Dank u.'
'Het is vreselijk om een kind te verliezen, vooral op die manier.' Rowan schudde zijn hoofd. 'Helaas kunnen mensen verschrikkelijk wreed zijn. Ik vraag me af hoe de ouders van uw peuterzaal zouden reageren als ze dit wisten. Maakte u zich daar zorgen om?'

Alex ging verzitten. 'Nee. Ik wist niet dat iemand die kranteknipsels had.'
'Maar iemand stuurde u brieven die zinspeelden op uw verleden. Dat zei u. Dat kon Donald Lundquist geweest zijn.'
'Misschien. Maar het kon ook iemand anders geweest zijn.'
'Maar als het Lundquist was, dan zou het logisch zijn dat hij u die duw had gegeven, hè? Dus nodigt hij u uit, onder het voorwendsel u te zeggen wie u die duw heeft gegeven, dan vertelt hij u dat híj u hebt geduwd en...'
'Rechercheur Rowan,' waarschuwde Margot.
'Zei hij dat hij, tenzij u hem vertelde waar zijn vrouw was, uw tragische verleden voor iedereen openbaar zou maken – de samenleving, de ouders van uw school? Trouwens, wist uw man dat u vanwege de dood van uw zoon gearresteerd bent geweest?'
Alex voelde de hand van Margot op haar arm. Ze staarde naar de gele muur boven het hoofd van Medina.
Margot zei: 'U maakt het mijn cliënte te lastig. Ik waarschuw u om daarmee op te houden, anders beantwoordt ze geen vragen meer.'
'Lundquist was ervan overtuigd dat u wist waar zijn vrouw was. En u wilde het hem niet vertellen. Misschien wilde hij gegevens, mevrouw Prescott, of misschien wilde hij u straffen.'
'Door wie is hij vermoord, denkt u?' vroeg Medina.
Alex schrok van de veranderde tactiek. Was dit het spelletje goede agent-slechte agent? Ze keek naar rechercheur Medina. 'Ik weet het niet.'
'U moet erover nagedacht hebben. Wie is die "iemand" die de knipsels daar heeft neergelegd om u erin te laten lopen?'
'Ik weet het niet,' herhaalde Alex. Ze zag de sceptische blik in de ogen van de rechercheurs. Hadden ze haar aarzeling gezien? 'Misschien een zakelijke partner,' veronderstelde ze. 'Hij zei op de avond toen hij me opbelde dat hij zich gedeisd wilde houden. Daarom wilde hij dat ik naar zijn huis kwam.'
Rowan zei: 'We hebben het zakelijke leven van de heer Lundquist nagetrokken en we blijven het natrekken. Hij zat in een import-exportzaak en het zag ernaar uit dat hij schulden had. Wist u dat zijn vrouw degene was met het geld?'
Alex schudde haar hoofd.
'Misschien wilde hij haar daarom zo graag terug, hè? Denkt u dat zij haar man vermoord kan hebben?'
'Ben ik niet langer verdacht?' Alex was verward en enigszins gedesoriënteerd door het heen en weer kijken van Rowan naar Medina en weer terug naar Rowan terwijl ze vragen beantwoordde. 'Ze zat in het opvangtehuis.'

'Nee, daar zat ze niet. Die avond tenminste niet. Mevrouw Lundquist heeft het tehuis die dinsdag verlaten en is niet meer teruggekeerd. Interessant, hè?' Rowan glimlachte. 'Ik denk dat het dat voorlopig is, mevrouw Prescott. Dank u wel voor uw medewerking.' Hij stond op.

Zijn beëindigen van het gesprek kwam zo plotseling dat Alex zich net een marionet voelde waarvan de touwtjes waren doorgesneden. Margot stond op. Alex ook, en ze liep achter de advocate aan het kamertje uit en terug naar de wachtkamer.

Warren stond van zijn stoel op en liep snel naar hen toe. 'Hoe ging het?' vroeg hij. Zijn gezicht stond gespannen van bezorgdheid.

Margot glimlachte en legde haar hand op Alex' schouder. 'Ze heeft het goed gedaan. Ze hebben haar haar rechten voorgelezen, maar ik denk dat ze alleen maar vissen. Ze zijn met het verleden van Lundquist bezig en het ziet ernaar uit dat zijn vrouw ervandoor is.' Ze keek even op haar horloge. 'Ik moet terug naar kantoor. Bel maar als er nog iets is. En Alex, als de politie je belt, verwijs ze dan naar mij.'

'Bedankt, Margot,' zei Warren.

'Graag gedaan.' Ze glimlachte weer en liep weg.

'Wat vroegen ze je, Alex?' vroeg Warren.

'Dat vertel ik in de auto wel.' Ze voelde zich plotseling uitgeput. 'Kun je me naar huis brengen, Warren? Nu meteen, graag.'

Hij leidde haar bij haar elleboog de wachtkamer uit. Bij de ingang hield hij de deur voor haar open toen ze naar buiten liep.

'Mevrouw Prescott!' hoorde ze iemand roepen.

Ze wendde zich in de richting van de stem en schrok van het flitslicht van een camera. Ze boog haar hoofd en hief haar hand op om haar gezicht te beschermen.

'Stik!' mompelde Warren.

'Mevrouw Prescott! Kunt u ons vertellen...'

Warren sloeg zijn arm om Alex heen. 'Kom, we gaan.' Hij liep snel met haar naar het trottoir.

'Mevrouw Prescott!'

'Alexandra Trent!'

Alles was anders. Alles was hetzelfde.

Hoofdstuk 25

'Ik heb Paula gevraagd weer te komen inwonen,' zei Warren tegen Alex toen ze na het avondeten in de eetkamer zaten. 'Het is maar tijdelijk tot alles weer wat rustiger is.'
Ze vroeg zich af wat 'alles' was – de politieondervraging betreffende haar betrokkenheid bij de moord op Lundquist? De aandacht van de media (een volhardende verslaggever van de plaatselijke krant van Venice had de hele middag telkens gebeld). De onzekere staat waarin hun huwelijk verkeerde?
'Goed.' Ze nam een slokje van haar kruidenthee.
'Met alle stress die je bij je zwangerschap en na je val te verduren krijgt, kun je wel wat hulp gebruiken. Pearson zei dat je het rustig aan moest doen en niets moest tillen, vooral gezien je verwondingen. Paula kan de boodschappen doen. Ze kan de kinderen van school halen als jij er niet bent.'
'Als ik in de gevangenis zit voor de moord op Lundquist, bedoel je.'
Warren zette zijn kopje neer en staarde haar aan. 'Als dat een grap is, vind ik het niet leuk. Waarom wil je niet dat Paula komt?'
'Waarom wil jij dat ze komt?'
'Dat heb ik je verteld. Ze zal een grote hulp zijn, Alex. Ze...'
Alex zuchtte. 'Doe wat je wilt, Warren.' Het is jouw huis, het zijn jouw kinderen. 'Waar slaapt ze?'
'Ik kan een bed in de kinderkamer neerzetten. Of ze kan beneden slapen.'
'In mijn atelier, bedoel je.' Alex vond het vreselijk het atelier aan Paula af te staan. Ze zag de triomfantelijke glimlach van de huishoudster al voor zich. Aan de andere kant lag de kinderkamer vlak naast de slaapkamer van Alex en Warren en het idee Paula zo dichtbij te hebben, sprak haar ook niet aan.
'We hebben geen extra kamers, Alex.' Zijn toon en de uitdrukking in zijn ogen voegden eraan toe: 'Waarom doe je zo moeilijk?'

'Dat weet ik.' Ze nam nog een slokje thee. 'Beneden dan maar. We zullen mijn schildersezel en voorraden naar de kinderkamer verhuizen.' Qua licht viel er wel te werken; het zou moeten. Op dit ogenblik had ze toch geen zin in schilderen.
'Ik zal het vanavond doen. Dit is maar tijdelijk, Alex.'
'Dat zei je, ja.' Alex zette haar kopje neer en begon de borden op elkaar te stapelen.
'Ik doe dat wel.' Hij nam de borden van haar over. 'Alex, nog één ding. Ik vind dat we Lisa over Lundquist moeten vertellen en... tja... alles, voordat ze er in de kranten over leest of het van iemand anders op school hoort.'
'Ik denk dat je gelijk hebt.' Ze moest niet denken aan het idee dat haar stiefdochter haar verleden te weten zou komen, maar toen bedacht ze dat Lisa het misschien al wist. Dat ze het allang had geweten. 'Vertel jij het haar maar.'
'Goed,' hij knikte. 'We vertellen het Nicholas natuurlijk niet.'
'Of Denise of wie dan ook.' Zelfs toen ze Evelyn 's middags had opgebeld, had Alex haar slechts gedeeltelijk ingelicht over de politieondervraging. Ze had niets over haar verleden gezegd; dat kon ze nog niet. 'Heb je het Paula verteld?'
Warren fronste zijn wenkbrauwen. 'Natuurlijk niet. Waarom zou ik?'
Hij ruimde de tafel af, laadde de afwasmachine in en liep toen de keuken uit. Alex veegde het aanrecht schoon en zette de restjes weg. Ze had nog steeds pijn en moeite zich te bewegen en moest toegeven dat hulp krijgen zinvol was – als het alleen Paula maar niet was.
Alex liep de zitkamer in. 'Bedtijd,' zei ze tegen Nicholas.
Hij lag op zijn buik op het tapijt aan een jigsawpuzzel te werken.
'Goed.' Hij kwam overeind, veegde de puzzelstukjes met zijn handen bij elkaar en gooide ze in de kartonnen doos.
'Wil je het niet voor morgen laten liggen?' vroeg ze.
Hij schudde zijn hoofd.
'Goed. Ik kom zo naar je kamer.'
Ze ging naar boven. De deur van Lisa's kamer was dicht. Warren zat vermoedelijk bij haar op de kamer. Alex trok een nachthemd aan en een korte broek. Ze sloeg de sprei terug en borstelde haar haren terwijl ze zich afvroeg welke woorden Warren zou kiezen om zijn dochter uit te leggen dat zijn vrouw een verdachte in een moordonderzoek was en dat ze haar enig kind had laten verdrinken. Ze voelde een vlaag sympathie voor Warren en Lisa, maar besefte dat ze hoofdzakelijk verdomd veel medelijden met zichzelf had.

Onderweg naar Nicholas liep ze langs Lisa's kamer. De deur was nog steeds dicht. Ze liep de gang door en klopte op de deur van Nicholas' kamer. 'Klaar?'
'Ja.'
Ze maakte de deur open. Alleen de lamp op zijn nachtkastje brandde. Nicholas lag in bed met zijn handen bovenop zijn dekentje. Alex liep naar hem toe en ging op de rand van zijn bed zitten.
'Welk verhaaltje vanavond?'
'Kan me niet schelen.'
Het kon Nicholas altíjd wat schelen. Hij had zijn lievelingsverhalen en genoot ervan die telkens weer te horen. Ze bekeek zijn gezicht. Hij keek ernstiger dan anders, of misschien verbeeldde ze zich dat wel.
'Is er iets, Nicholas?' vroeg Alex zachtjes.
Hij schudde zijn hoofd.
'Er is wèl iets. Kun je me niet vertellen wat dat is?' Ze streek over zijn haar. 'Misschien kan ik je helpen.'
'Het is een nare gedachte, mammie. Lisa zei dat je geen nare dingen mag denken, anders komen ze uit.'
'Dat is niet zo, Nicholas.' Ze pakte zijn hand. 'Het is goed om mensen te vertellen wat je dwars zit.'
Hij krulde zijn vingers om de hare en gaf haar hand een kneepje. 'Ga je dood, mammie?'
Haar hart sloeg een slag over. 'Iedereen gaat een keer dood, Nicholas. Mensen worden oud. Maar ik ga nog lang niet dood. Waarom maak je je daar zorgen om?'
'Mijn eerste moeder is doodgegaan en die was jong, net zoals jij. Lisa zei het zelf.'
'O, Nicholas,' fluisterde Alex.
'Ze is doodgegaan vlak nadat ze een baby heeft gekregen en jij gaat een baby krijgen en je bent gevallen en je bent in het ziekenhuis geweest en die man is boos op je en Lisa zei dat je vanmorgen ziek was en jij zei van niet, maar ik ben bang, mammie!' Zijn ogen stonden vol tranen. Ze stroomden over zijn wangen. 'Ik wil niet dat je doodgaat.'
Ze boog zich voorover en legde haar wang tegen de zijne. Hij sloeg zijn armen om haar heen. Zijn lichaampje schokte. Ze hield hem stevig tegen zich aan en streelde met heel langzame cirkelende bewegingen over zijn rug.
'Ik ben niet ziek, Nicholas. En vrouwen gaan niet dood als ze baby's krijgen. Jouw moeder wel, maar dat gebeurt maar heel erg zelden.'

'Beloof je dat?'
'Ik beloof het.'
Ze hield hem lange tijd vast. Toen zei ze. 'Wil je nu een verhaaltje?'
Hij schudde zijn hoofd. 'Kun je blijven zitten tot ik in slaap val?'
'Ja, hoor.' Ze deed het lampje op het nachtkastje uit en ging naast hem liggen. 'Wil je voelen hoe de baby schopt?'
'Kan dat?'
'Hij schopt nog niet hard, het is ongeveer zoiets.' Ze tikte met haar vinger zachtjes tegen zijn handpalm. Toen pakte ze zijn hand en legde die op haar onderbuik. Ze liet haar hand op de zijne liggen.
'Ik voel niets,' fluisterde hij.
'Even wachten.'
Ze wachtten samen in de stilte en de duisternis.
'Ik voelde het!' zei Nicholas. 'Kan hij dat nog eens doen, mammie? Kan dat?'
Alex glimlachte. 'Misschien. Afwachten.'
Een paar minuten later was Nicholas in slaap met zijn hand nog op haar buik. Alex legde zijn handje weg en stond op. Toen ze stond, zag ze Warren voor de deur staan.
Ze liep de kamer uit en trok de deur achter zich dicht. 'Hij had problemen met in slaap vallen.' Ze vertelde Warren over Nicholas' angsten. 'Ik denk dat ik hem gerustgesteld heb.'
'Je bent een goede moeder, Alex.' Zijn toon klonk bijna plechtig. 'Nicholas mag van geluk spreken dat hij jou heeft.'
En jij, wilde ze vragen. Mag jij van geluk spreken dat je me hebt?
'Heb je met Lisa gepraat?'
'Ja. Ze was geweldig, Alex, erg begrijpend. Ze vind het vreselijk wat je allemaal hebt meegemaakt.'
Dat had Rowan in de verhoorkamer ook gezegd. Alex vroeg zich af of haar stiefdochter eerlijker was dan de rechercheur was geweest. 'Ik denk dat je er wijs aan hebt gedaan het haar te vertellen.'
'Ze zal er niet over beginnen, ze wil je niet in verlegenheid brengen, maar ik denk dat ze het niet erg zal vinden als jij erover praat. Wanneer je dat kunt,' voegde hij eraan toe toen hij Alex' blik zag.
'Nu ga ik je spullen naar de kinderkamer brengen.'
Warren vond een doos in de garage. Terwijl Alex die vulde met haar voorraden, pakte hij haar schildersezel op en de schommelstoel. De doos ging als laatste. De kamer was nog geen kinderkamer, het was een extra kamer waar niets in stond, er hingen alleen witte jaloezieën en er lag blauwe vaste vloerbedekking.
'Ik zal een kastje kopen voor je voorraden,' zei hij.

207

'Dat is fijn.' Het was niet fijn, maar wat moest ze anders zeggen?
'Blijf maar niet op, hè? Ik heb nog heel wat paperassen af te handelen.'
Warren ging naar beneden. Alex probeerde in bed te lezen, maar kon zich niet concentreren. Ze zette de tv aan en raakte geboeid door een film. Twee uur later toen ze naar het nieuws lag te kijken, kwam Warren de slaapkamer in.
'Ik dacht dat je nu wel zou slapen,' zei hij.
'Sorry, dat ik je teleurstel.'
Hij kreeg een kleur. 'Dat bedoelde ik niet. Ik bedoelde alleen, shit, Alex.' Hij knoopte zijn overhemd los.
'Het spijt me ècht. Ik weet dat ik dit alles moeilijk maak. Als je wilt, kan ik vanavond beneden slapen.' Morgenavond zou Paula hier zijn.
'Nee, dat wil ik niet!' Op een kalmere en meer beheerste toon zei hij: 'Ik geloof niet dat dat een goed idee is, niet voor ons en niet voor de kinderen.' Hij kleedde zich uit en stapte in bed. 'Welterusten, Alex.'
'Welterusten.' Ze lagen in hetzelfde bed, maar ze had het gevoel alsof er een denkbeeldige muur tussen hen stond. *Ik heb tijd nodig*, had Warren gisteravond gezegd. Ze kon het hem niet kwalijk nemen, maar ze vroeg zich af hoeveel tijd. Ze deed haar lamp uit, sloot haar ogen en dwong de slaap te komen.
'Alex?'
Ze wendde zich naar hem toe. Zelfs in het donker kon ze zien dat hij haar aanstaarde.
'Ik weet dat het vandaag heel akelig voor je is geweest en het spijt me dat ik geen... betere steun voor je ben geweest.'
'Je bent met me naar het politiebureau gekomen. Je hebt een advocate meegenomen om me te helpen.'
'Dat zou ik voor een cliënt ook gedaan hebben, Alex. Jij bent mijn vrouw.' Hij zweeg even. 'Ik probeer te begrijpen waarom je tegen me hebt gelogen. Ik hou mezelf voor dat, nadat iedereen zich van je had afgewend, zelfs je ouders en je vriendinnen, je het gevoel had dat je niemand meer kon vertrouwen. Maar het blijft pijn doen, Alex, het feit dat je míj niet kon vertrouwen.'
'Maar ze hadden gelijk, Warren. Larry, mijn schoonfamilie, mijn ouders. Het was mijn schuld dat Kevin doodging.'
'Het was een tragisch ongeluk, Alex,' zei hij zachtjes.
'Het was onoplettendheid. Ik heb hem twintig minuten alleen gelaten om te kunnen schilderen. Zeg je dat jij mij niet de schuld zou geven? Dat je me nu niet de schuld geeft?'
'Ik kan begrijpen hoe het is gebeurd. Je leest voortdurend over kinderen die verdrinken. Je moet dat schuldgevoel van je afzetten.'

'Dat kan ik niet,' fluisterde ze. 'Ik herleef Kevins dood iedere nacht in mijn dromen.' Gisteravond was ze emotioneel kapot geweest, maar in zekere zin opgelucht dat de last van geheimhouding van haar schouders genomen was en ze had gedacht dat de droom misschien verleden tijd was. Maar hij was haar slaap binnengedrongen en had haar gevangen gehouden, beeld voor beeld, geluid voor geluid.
'Jarenlang heb ik gewacht tot God me zou straffen,' zei ze. 'Toen ik jou leerde kennen was ik bang om me te binden. Ik dacht dat ik geen geluk verdiende. Gedeeltelijk voel ik dat nog steeds.' Soms vroeg ze zich af of de brieven haar straf waren. En de afzender?
'Gisteravond zei je dat je van me hield,' zei Warren. 'Ik geloof dat, maar ik moet weten...'
Ze verstrakte. 'Wat?'
'Ben je met me getrouwd omdat je van me hield, of omdat je van Nicholas hield en je iemand wilde hebben die de plaats van Kevin kon innemen?'
Haar ogen schoten vol tranen. Ze vond het een wrede vraag, maar wel redelijk. 'Ik heb me dat zelf ook afgevraagd toen we met elkaar uitgingen,' zei ze zachtjes. 'Ik heb nooit bewust geprobeerd Kevin te vervangen. Dat zou ik nooit kunnen of willen. Ik hield van Nicholas toen ik zijn kleuterjuf was, omdat het onmogelijk was niet van hem te houden.'
'Ik heb je gekwetst. Het spijt me.' Hij stak zijn hand uit en veegde de tranen van haar wang.
Ze wilde graag haar hand op de zijne leggen. 'Geloof je me?'
'Ja. Welterusten, Alex. Slaap lekker.'
Was er een fractie van een aarzeling geweest voordat hij antwoord gaf?
'Welterusten,' zei ze.

Hoofdstuk 26

'Waar zal ik deze neerzetten?' vroeg Paula aan Alex, en wees op de twee koffers die ze in de bijkeuken had neergezet.
Alsof je dat niet weet, dacht Alex, maar ze hield haar stem luchtig en plezierig toen ze antwoordde: 'In mijn atelier.'
'En jouw spullen, Alex? Ik wil je niet tot last zijn.'
'Dat geeft niet. Warren heeft mijn spullen naar de kinderkamer verhuisd. Het is aardig van je dat je komt helpen,' voegde ze eraan toe en vroeg zich af waarom zij en Paula deze schijnvertoning van sympathie volhielden.
'Ik doe alles voor dit gezin, Alex. Het is weer net zo als vroeger, hè? Ik in mijn eigen kamer en een baby op komst.' Paula glimlachte tegen haar. 'O, dat vergat ik bijna.' Ze gaf Alex een krant. 'Die lag op het grasveld.' Ze pakte haar koffers en liep naar het atelier.
Het was de plaatselijke krant. Met een ongerust gevoel sloeg Alex de krant open. Ze zag dat er niets verontrustends op de voorpagina stond. Ze ademde uit, maar hield hem een paar seconden later plotseling in. Er stonden twee foto's van haar op pagina drie, één was gisteren door de fotograaf gemaakt toen ze het politiebureau verliet. Daarnaast stond een foto van Alexandra Trent. De kop liep boven beide foto's: EIGENAAR VAN PEUTERZAAL IN VENICE WORDT ACHTERVOLGD DOOR TRAGISCH VERLEDEN EN NU ONDERVRAAGD DOOR DE POLITIE IN VERBAND MET MOORD OP EEN PLAATSELIJKE ZAKENMAN.
Als het zo tragisch is, waarom kan je het dan niet met rust laten? Haar vingers prikten, net zoals haar gezicht en ze had moeite met ademhalen. Ze wist dat ze begon te hyperventileren. Ze dwong zichzelf om diep en gelijkmatig adem te halen en probeerde niet aan de mensen te denken die op dit ogenblik naar haar foto's staarden en over haar schande lazen. Denise, Mona, Evelyn, Patty. De ouders van haar peuters. Duizenden anderen, vreemden voor haar,

maar zij zou niet langer een vreemde voor hen zijn. Ze zouden haar in de supermarkt zien, in een restaurant, in het park. *O, kijk! Daar is die vrouw die haar zoon liet verdrinken...*
In de keuken vond ze een papieren zak en ademde erin tot het prikkelende gevoel ophield. Toen vouwde ze de krant dicht en rolde hem strak op, ze vroeg zich af of Paula het gelezen had. Gewoonlijk zat er een elastiekje om de krant. Dat was vandaag niet het geval geweest. Natuurlijk betekende dat niets.
De telefoon ging. Ze reikte naar de hoorn en trok haar hand toen terug. Het kon een verslaggever zijn, of een van de vele mensen met wie ze niet wilde spreken.
Hij ging weer over. 'Paula! Wil jij hem alsjeblieft opnemen?'
Hij rinkelde een derde keer, toen stilte. Even later kwam Paula de keuken in.
'Het is Warren,' zei ze tegen Alex. 'Mag ik trouwens even die krant inkijken die ik je gaf? Er staan meestal bonnen in...'
'Ik ben er zo mee klaar.' Alex besefte dat ze de krant tegen haar borst aanklemde en liet haar hand zakken. 'Dank je wel, Paula.' Ze wachtte totdat de huishoudster de keuken uitliep, toen pakte ze de hoorn op. 'Hallo?'
'Hoe gaat het ermee?' vroeg Warren.
'Verschrikkelijk. Mijn foto's staan in de plaatselijke krant.'
Hij zuchtte. 'Ik wilde dat Paula de krant voor je verborgen hield. Iedereen belt me erover op.'
'Dat verbaast me niets. Het is toch een geweldig verhaal? Ze willen vermoedelijk alle details weten.'
'Ze zijn bezorgd, Alex. Ze zijn van streek vanwege jou. Denise, Evelyn, Patty, Mona. Brenda Judd, Mort Green. Er lag een lading boodschappen op me te wachten toen ik op kantoor kwam. Ze wilden me erop attenderen. Ze weten niet of jij met ze wilt spreken.'
'Dat wil ik niet!'
'Dat hoef je ook niet. Laat Paula de telefoon aannemen. Het zal een dag of wat vreselijk zijn en dan zorgt een ander voor krantekoppen.' Hij zweeg even. 'Alex, als je wilt dat ik thuiskom...'
'Dat is onzin. Ik red het wel.'
Nadat ze had opgehangen, liep ze naar haar atelier, Paula's kamer, verbeterde ze zichzelf, maar ze was te moe om zich daar druk om te maken. Paula's koffers lagen open op de bank. Ze was bezig de jurken in de kast te hangen toen Alex de kamer binnenkwam. Alex zag haar ingelijste foto's, de foto van Paula met haar overleden man en de foto van haar neefje, al op de toilettafel staan.
'Paula?' Alex wachtte tot de vrouw zich had omgedraaid. 'Ik weet waarom je de krant wilde hebben. Dank je wel dat je probeerde mijn man te helpen om me te beschermen.'

'Het spijt me,' zei Paula zachtjes.
'Hier,' Alex gaf de huishoudster de krant.
'Dit gaat mij niet aan.'
'Ik wil dat je het leest. Je vraagt je vermoedelijk af wat ze schreven en dat maakt het erger voor me.' Tenzij je het al weet, dacht Alex. 'Ik heb Donald Lundquist niet vermoord, maar alles over mijn verleden is waar.'
Paula bloosde en wendde haar blik af. 'Ik heb met u te doen.' Ze maakte geen aanstalten om de krant te pakken.
Alex liet hem op de bank vallen. 'Wil je alsjeblieft de telefoon opnemen als die gaat? Ik wil met niemand spreken, behalve met mijn man, maar ik zou het waarderen als je de boodschappen wilt aannemen.' Ze draaide zich om en liep de kamer uit.
Vanuit haar slaapkamer belde Alex de praktijk van dr. Pearson en liet de zuster een afspraak voor donderdag maken voor een vruchtwaterpunctie. Alex sprak ook met Pearson. Hij vond het goed dat ze maandag weer aan het werk ging.
'Neem niet te veel hooi op je vork,' waarschuwde hij. 'En vermijd stress.'
Alex moest bijna lachen. 'Goed,' beloofde ze. 'Trouwens, dr. Pearson, heeft die man nog teruggebeld? Degene die zei dat hij van de verzekeringsmaatschappij was, bedoel ik.'
'Nee, ik zei al dat het niets was, Alexandra. Denk er niet meer aan.'
Misschien wàs het niets, dacht Alex toen ze ophing. Of misschien had Lundquist opgebeld. En dode mannen telefoneren niet.
Als een antwoord op haar gedachten rinkelde de telefoon. Ze schrok van het geluid, maar probeerde niet om de hoorn op te nemen. Paula nam na twee keer overgaan op.
Een paar minuten later ging de telefoon weer. Alex zette het geluid van haar toestel af, draaide de radio op haar nachtkastje aan en deed liggend op de grond een paar oefeningen die het boek van Lamaze haar aanraadde. Ze hielpen haar om zich lichamelijk te ontspannen maar haar geest kon dat niet. Naderhand zat ze in kleermakerszit met de radio nog aan, aantekeningen op een bloknoot te maken voor nieuwe teken- en handvaardigheidsoefeningen voor de kinderen. Als ze nog op school zijn als ik terugkom, zei ze bij zichzelf en zette die gedachte snel weer van zich af.
Halverwege de ochtend besefte ze dat ze nog niet ontbeten had. Ze had honger. En bovendien had de baby voedsel nodig. Ze liep naar beneden naar de keuken. Daar was Paula bezig de rekken van de koelkast af te soppen. Het was een moeizaam ogenblik toen de twee vrouwen elkaar zagen.

'Er zijn verschillende telefoontjes geweest, Alex. Hier is de lijst,' Paula gaf hem haar.
'Dank je wel.' Ze stak hem in de zak van haar blouse. Toen vulde ze een schaaltje met cornflakes en sneed een banaan in stukjes.
'Mag ik iets zeggen, Alex?'
Ze wendde zich tot Paula.
'Het is erg wreed om zoiets te publiceren. Ik heb jaren geleden mijn man verloren, toen ik nog erg jong was. Kanker. Het was vreselijk, maar het moet afschuwelijk zijn om een kind te verliezen, om te weten...' Ze sloeg haar hand voor haar mond. 'Het spijt me. Dat wilde ik niet zeggen.'
O nee? 'Dat geeft niet.'
'Je hebt veel om dankbaar voor te zijn. Een man die van je houdt. Twee kinderen. Een baby op komst. Laat dat je kracht schenken.'
'Ik zal het proberen.'
Alex deed melk in het schaaltje en nam het mee naar de eetkamer. Ze haalde het papiertje uit haar zak en bekeek de telefonische boodschappen terwijl ze de cornflakes at. Jim Battaglia, de verslaggever die gisteren had gebeld, had twee keer gebeld. Hij had een nummer achtergelaten waar hij bereikbaar was. Verschillende vrienden hadden opgebeld, waaronder Evelyn en Patty (doe Alex de groeten) en Denise. Denise had aangeboden de kinderen van school op te halen. Alex was in de verleiding het te accepteren, ze moest er niet aan denken al die starende blikken van andere ouders bij het ophalen van de kinderen te moeten ondergaan, maar ze zou er toch eens doorheen moeten. Ron had ook gebeld; om zich te verlustigen? Toen herinnerde ze zich de beterschapskaart die hij had gestuurd nadat ze was gevallen en de verontschuldiging. Misschien waren ze gemeend geweest.
Ze belde Denise op. Toen het antwoordapparaat in werking trad, dankte ze in stilte de hemel dat Denise niet thuis was en liet een boodschap achter dat ze zelf de kinderen zou ophalen. Daarna belde ze Ron op kantoor op. Zijn secretaresse nam op. Alex maakte zich bekend en even later kwam Ron aan de lijn.
'Alex!' riep hij uit. 'Ik ben blij dat je opbelt.'
'Dank je wel voor het briefje. Dat was aardig van je.'
'Het was het minste dat ik kon doen na die rotmanier waarop ik me had gedragen. Luister, ik ben geen subtiel type, dus daar gaatie. Ten eerste, niemand die jou kent zal ook maar een seconde geloven dat jij iemand hebt vermoord. Ten tweede, ik denk dat het een godvergeten schande is dat ze dat gedoe uit jouw verleden hebben opgerakeld, en ik wil dat je weet dat ik je een geweldige vrouw vind. Einde verhaal.' Hij lachte.

'Vrij goed verhaal,' zei ze zachtjes. 'Dank je wel, Ron.'
'Je vrienden steunen je, Alex. Dat zul je zien. En degenen die het niet doen, nou, dat zijn geen vrienden.' Hij zweeg even. 'Nu we het er toch over hebben, ik weet dat ik me de laatste keer als een enorme zak heb gedragen, daar voor The Rose. Nog gezwegen over de keer toen ik in jullie achtertuin naar je toe kwam. Maar ik hoop dat we toch nog vrienden kunnen zijn, Alex. Dus... eh... denk je dat je me die gebeurtenissen kunt vergeven?'

Het leek eeuwen geleden en nu zo onbelangrijk. 'Misschien reageerde ik wel te heftig.'

'Nee, hoor. Laat me er niet zo gemakkelijk van af komen, Alex. Dat verdien ik niet. Ik heb iets stoms gedaan. Het was onvolwassen en goedkoop en toen je me ter verantwoording riep, werd ik nijdig. Mijn enige verdediging is dat ik jaloers was.'

Alex fronste haar wenkbrauwen. 'Jaloers? Op wie?'

'Op Warren, natuurlijk. Vanuit mijn standpunt bekeken, heeft hij alles. Een prachtige vrouw. Een fijn gezin. Een geweldige carrière. En dan Denise...' Ron zweeg.

'Wat is er met Denise?'

'Vergeet het maar. Niets.'

'Toe, Ron. Wat is er met Denise?'

'Ik dacht dat ze een zwakje voor Warren had. Dat was niet best voor mijn gevoel van eigenwaarde, laat ik je dat vertellen. Daarom gedroeg ik me zo stom. Denise was weg van hem. Ik vond dat ik de stand gelijk moest zetten.'

'Waarom denk je dat Denise interesse in Warren had?' Ze probeerde nonchalant te klinken. 'Het is logisch dat ze elkaar na staan. Denise was zijn schoonzuster.'

Ron zuchtte. 'Alex, dit wordt nogal netelig. Geloof me nou maar.'

'Je verzint dit, hè?'

'Helemaal niet!' Hij zweeg, ten slotte zei hij: 'Soms als we naar bed gingen, riep ze Warrens naam uit.'

'O.'

Het bleef even stil.

'Tja,' zei Ron kalm. 'Ik zei al dat het een netelige kwestie was. Luister, zeg hier niets over tegen haar of Warren, hè? Ik zou Denise niet graag in verlegenheid brengen. Of hem. Hij kan er niets aan doen. Ik heb het je alleen verteld zodat je begreep waar ik het vandaan had.'

'Ik waardeer het.'

'En, zijn we vrienden?'

'Vrienden,' zei ze en vroeg zich af of ze hem kon geloven en of ze dat wilde.

Toen Warren thuiskwam uit kantoor, kuste hij haar. Alex was verbaasd en blij en vroeg zich toen af of het voor de show was, om tegenover Paula, Lisa en Nicholas te tonen dat ze een gelukkig paar waren, een gelukkig gezin. Maar ze was blij met zijn aanraking. Zijn mond leek op de hare te blijven hangen, en naderhand, toen ze rollade en gegratineerde aardappelschelpen aten die Paula had klaargemaakt ('net zoals ik ze vroeger maakte!' had ze stralend uitgeroepen), merkte Alex dat Warren haar af en toe aankeek.
Na het eten speelde ze met Nicholas. Hij was in een giechelbui en ondeugend en scheen al zijn angsten van de vorige avond vergeten te zijn. Ze las hem een verhaal voor en stopte hem in bed. Toen ging ze naar beneden. De keuken was smetteloos. Alex bedankte Paula, blij met haar hulp, maar ze vroeg zich af hoe ze dagen, weken en mogelijk maanden zou overleven waarin Paula Alex' linnengoed zou opbergen, haar kruiden op alfabet zette, en haar eigen stempel op iedere kamer in het huis drukte.
De avond was net zoals iedere andere avond. Alex was verbaasd hoe zij en Warren, Lisa en Paula hun leven voortzetten onder het mom van normaliteit. Warren werkte in zijn studeerkamer. Lisa maakte huiswerk in haar kamer. Paula nam haar kamer weer in bezit en keek tv. (Warren had de kleuren-tv met de 30-cm beeldbuis teruggebracht die er had gestaan voordat Alex de slaapkamer in haar atelier veranderde). Misschien zou ik wat wol moeten kopen en een dekentje voor de baby moeten breien, dacht Alex.
Ze zat boven op haar bed en zette de tv aan met de afstandsbediener. Ze had te weinig rust om te kijken en veranderde voortdurend van kanaal. Ten slotte zette ze de tv uit, lag achterover tegen het hoofdeinde en dacht aan de moord op Lundquist.
Ze wist dat het vreemd en onlogisch was, maar vanaf het ogenblik dat de twee rechercheurs haar met de kranteknipsels hadden geconfronteerd, was haar grootste zorg niet de dood van Lundquist geweest, maar Warrens reactie op de onthulling van haar verleden.
Natuurlijk was ze bang geweest voor de ondervraging van de rechercheurs en gisteren, in het kleine, met sigaretterook gevulde hokje, nog meer door hun insinuaties dat zij Lundquist vermoord had. Maar haar angst was niet rationaal geweest en ze had zich steeds gesteund gevoeld – en voelde dat nog – door de wetenschap dat ze onschuldig was en door het geloof (misschien was ze naïef, dat besefte ze wel) dat de politie dat te zijner tijd ook te weten zou komen.
Ondertussen kon ze niets aan hun achterdocht doen. En nu de krant haar verleden had opgerakeld, kon ze daar ook niets aan doen, behalve wachten en hopen dat Warren gelijk had, dat ze

weldra oud nieuws zou zijn. In zekere zin was het ergste al voorbij – haar kwelgeest had geen munitie meer om tegen haar te gebruiken.

Ze vroeg zich toch nog af wie de brieven had gestuurd, wie haar had geduwd en ze vroeg zich af of diezelfde persoon Lundquist had vermoord. Het had twee dagen geleden zo duidelijk geleken, het was onmogelijk om het verband niet te zien, maar de politie had gezegd dat Lundquist zware schulden had bij zijn zakelijke partner en dat Sally Lundquist op de dag van de moord op haar man het tehuis had verlaten. Nog twee verdachten die niet in verband stonden met Alex; de mogelijkheden waren haar zeer welkom. (Ze had met Sally Lundquist te doen gehad, maar de vrouw was geen vriendin van haar of familie.)

Maar als de zakelijke partner van Lundquist of zijn vrouw hem had vermoord, waarom had hij – of zij – hem dan op de traptreden van het bubbelbad gezet zodat Alex hem vond? En wie had de kranteknipsels in zijn huis gelegd? Wie wilde Alex bij zijn moord betrekken? Dat was niet logisch, tenzij Warren gelijk had en Lundquist haar de brieven had gestuurd en geduwd had. Lundquist die haar verleden openbaar had gemaakt en de kranteknipsels had gevonden en van plan was haar ermee te chanteren.

Wat betreft het neerzetten van Lundquist tegen de richel van het bubbelbad, had de moordenaar duidelijk voordeel gehad van het briefje dat Lundquist aan Alex had geschreven en had geprobeerd haar als verdachte te laten opdraaien. Of had geprobeerd het eruit te laten zien alsof Lundquist om negen uur nog in leven was, zodat de moordenaar een alibi voor zichzelf kon scheppen. Of misschien had de moordenaar alleen maar een bizar gevoel voor humor.

Vandaag had Alex zichzelf bijna overtuigd van het feit dat de moordenaar van Lundquist en haar eigen kwelgeest verschillende mensen waren, samengebracht door een grimmig toeval. Toen had Ron opgebeld. Zijn telefoontje had haar van streek gemaakt, in de war gebracht en het had haar achterdocht gewekt.

Alex ging naar beneden vastbesloten om Warren over Denise te vragen, maar toen ze zijn studeerkamer inliep, besefte ze dat dit er niet de plaats voor was. Hier, tegen een achtergrond van boekenplanken vol dikke boeken was hij een advocaat, geen echtgenoot of vriend.

'Kom je naar boven, Warren?'

'Zo meteen.' Hij keek haar even aan, toen verdiepte hij zich weer in zijn papieren. 'Wacht maar niet op me.'

Bel ons niet, wij bellen u. Zijn eerdere omhelzing wàs voor de show geweest, besefte Alex.

Ze wachtte toch. Toen hij bovenkwam, deed ze alsof ze las, maar ze was bezig te repeteren hoe ze zou beginnen. Niets scheen goed te zijn. Ze legde het boek op het nachtkastje. Zo eenvoudig mogelijk, besloot ze.

'Ron belde vandaag,' zei ze. 'Hij was erg vriendelijk. Hij verontschuldigde zich voor zijn gedrag en legde het uit.' Warren maakte zijn zakken leeg en legde zijn portefeuille en kleingeld op de toilettafel. 'Hij zal best inventief geweest zijn. Ron is een gladde jongen.'

'Tot een paar weken geleden was hij je beste vriend.'

'Beste vrienden blijven van elkaars vrouwen af.' Hij trok zijn broek uit, hield hem ondersteboven, trok de kreukels glad en hing hem over een hangertje. 'En wat zei hij?'

'Dat hij van streek was omdat Denise een zwak voor jou had.' Warren wendde zich tot Alex. 'Dat is belachelijk. Denise en ik zijn goede vrienden, en verder niets. Ron probeert moeilijkheden te creëren.'

'Misschien.' Daar had zij ook aan gedacht. 'Ben je ooit met Denise uit geweest?'

'Alex.' Zijn stem klonk gespannen en ongeduldig. En waarschuwend.

Het kon haar niet schelen. 'Denise heeft me verteld dat nadat Andrea was overleden, de mensen dachten dat jullie twee samen zouden verder gaan.'

'Waar wil je heen? Probeer je te bewijzen dat Denise je die brieven heeft gestuurd en je heeft geduwd? Jezus, ik dacht dat je tot de conclusie was gekomen dat Lundquist dat gedaan had. Het is de enige logische conclusie.'

'Heb je Denise over die pop verteld?'

'Welke pop? O, de pop.' Hij fronste zijn wenkbrauwen. 'Nee. Waarom?'

'Ze wist ervan. Ze had het er laatst over tegen me, maar ik heb er tegen haar nooit iets over gezegd.'

Warren zweeg. Hij begon zijn overhemd los te maken.

'De schrijver van die brieven is via mijn telefoonrekeningen achter mijn verleden gekomen, Warren. Denise was op de peuterzaal om te helpen de rommel op te ruimen nadat daar vernielingen waren aangericht. Het was de volmaakte gelegenheid voor haar om onopgemerkt toegang tot mijn dossiers te krijgen.'

'Veel mensen hadden die gelegenheid. Evelyn, Patty, Paula.'

En Lisa, voegde Alex er voor zichzelf aan toe. Had Warren vergeten dat Lisa 's avonds met hem was meegegaan om te helpen de peuterzaal op te ruimen, of noemde hij bewust haar naam niet en hoopte hij dat Alex het was vergeten?

217

'Evelyn en Patty hoefden niet op een gelegenheid te wachten,' ging Alex verder. 'Die kunnen er altijd bij.' Ze zweeg even. 'Denise beweert dat ze niet in het kantoor was. Paula houdt vol dat ze Denise daar zag toen ze net op school aankwam. Jij hebt Paula gebracht, Warren. Heb jij Denise in het kantoor gezien?'
'Ik weet het niet zeker. Er waren zoveel mensen.'
'Waarom probeer je haar te beschermen, Warren?'
'Ik probeer verdomme niet om haar te beschermen!' Hij rukte aan een van de knoopsgaten van zijn overhemd. Het knoopje vloog eraf en viel geluidloos op de grond. Hij maakte geen aanstalten om het te zoeken. 'Ik zei dat ik het niet zeker wist omdat dat de waarheid is, begrepen?'
'Begrepen.'
Hij maakte de andere knoopjes los, rolde zijn overhemd in een prop en gooide het in een hoek.
'Ben je met haar uit geweest?' vroeg Alex weer.
Hij aarzelde, toen zei hij: 'Ik zou het geen uitgaan willen noemen, Alex. We zagen elkaar af en toe. We spraken er hoofdzakelijk over hoe erg we Andrea misten.'
'Heb je met haar geslapen, Warren?' Ze wist het antwoord aan de uitdrukking op zijn gezicht.
'Eén keer.' Zijn korte, bondige toon zei haar dat hij boos was over de vraag.
'Het spijt me. Ik neem aan dat mij jóuw verleden niets aangaat.'
'Dat verdiende ik waarschijnlijk.' Hij zweeg even. 'We wisten allebei direct dat het een vergissing was. We deden het uit eenzaamheid, denk ik. Of misschien dachten we onbewust dat als we samenkwamen, alles weer zo zou zijn als voordat Andy dood ging. Ik weet het niet.' Hij zat op de rand van het bed naar Alex te kijken.
'Het was maar één keer,' herhaalde hij. 'Ik heb het je niet verteld, omdat ik dacht dat het de dingen moeilijk zou maken tussen jou en Denise en ik wilde erg graag dat jullie met elkaar overweg zouden kunnen.'
'Dat begrijp ik.'
'Laat niet merken dat ik het je heb verteld. Ze zou het heel akelig vinden.'
'Ik zeg niets.' Alex pakte haar boek op.
'Denise heeft de brieven of de pop niet gestuurd. Zó is ze niet.'
'Iemand heeft ze gestuurd. Als het Lundquist niet was...'
'Natúúrlijk was het Lundquist wel! Mijn God, besef je wat je zegt? Als het Lundquist niet was, dan heeft iemand die knipsels in zijn huis gelegd en heeft die persoon hem vermoord. Denk je echt dat Denise een moordenares is?'

Denise. Of Paula. Of Lisa, met haar met bloed bevlekte blouse verstopt onder een stapel handdoeken.
'Ik denk van niet,' zei Alex en sloeg haar boek open.

Hoofdstuk 27

Waarom duurde het zo lang?
Langzamerhand had de politie Alex toch gearresteerd moeten hebben voor de moord op Lundquist en haar in de gevangenis gezet moeten hebben. Alex had Lundquist niet vermoord, maar ze had haar eigen kind vermoord, dus de gevangenis was precies de plek waar ze thuishoorde.
Ze wist dat de politie Alex verdacht – dat moesten ze wel! Ze hadden het pakje foto's en kranteknipsels gevonden. Dat was een prachtidee geweest om de knipsels in Lundquists huis leggen. En Alex had het vinden van Lundquists lijk niet aangegeven. Dat was erg verdacht. En dom.
Ze was van streek geweest toen Warren een advocaat in de arm had genomen voor Alex, waarom deed hij dat? Na alles wat Alex had gedaan! Maar natuurlijk moest Warren het wel doen, zodat de mensen er niets van zouden denken. Ze was tenslotte zijn vrouw. De moeder van zijn toekomstige kind.
Maar het betekende niet dat hij van Alex hield. En het betekende niet dat hij het haar had vergeven. Hoe kon hij haar vergeven dat ze haar eigen kind had vermoord en al die tijd tegen hem had gelogen?
Warren had met haar over Alex gesproken: 'Dit is heel moeilijk voor Alex,' had hij tegen haar gezegd. 'Ze heeft onze hulp en begrip nodig.' Eerst was ze geschrokken, hoe kon hij haar willen helpen? Maar toen had ze begrepen dat hij gewoon deed wat er gedaan moest worden, de dingen zei die hij dacht dat hij moest zeggen. Hij geloofde *ze* niet.
Maar ze bleef niet begrijpen waarom het zo lang duurde! Ze wilde dat het voorbij was. Ze wilde Alex uit haar leven hebben zodat alles zo zou worden als het voor haar komst was geweest en zij alles had bedorven. Maar stel dat de advocaat een manier vond om Alex vrij te krijgen? Dat kon gebeuren en dat zou ze vreselijk vinden!
Maar het zou geen ramp zijn, zei ze bij zichzelf. Ze zat op bed met

haar armen om zich heengeslagen en wiegde regelmatig heen en weer. Alex zou toch weggaan. Haar foto had in de krant gestaan – allebei de foto's – en zelfs als de politie niet kon bewijzen dat Alex Donald Lundquist had vermoord, dan zou iedereen dat toch denken. Alex zou iedereen naar zich voelen staren, overal waar ze naartoe ging, en iedereen zou zich afvragen of ze Lundquist vermoord had, in de wetenschap dat ze haar zoon had vermoord. Haar man, Larry, had dat gezegd, dus was het waar.

Alex zou weldra inzien dat ze hier niet kon blijven, dat ze Warrens leven ruïneerde en ook dat van Nicholas, dat ze moest vertrekken en ergens anders opnieuw beginnen. Ze had tenminste het kind.

Ze knikte. Alles zou goed komen. Ze hoefde alleen maar geduld op te brengen.

En voorzichtig te zijn. Ze fronste haar wenkbrauwen. Ze moest heel voorzichtig zijn. Alex stelde de laatste tijd veel vragen. Laatst had ze het gevoel dat Alex dwars door haar heen keek, dat Alex wist wat ze had gedaan!

Dat was onzin. Alex kon het niet weten.

Het duurde te lang!

Ze wiegde sneller heen en weer. Stel dat Alex Warren ervan overtuigde dat ze niets verkeerd had gedaan? Ze kon proberen hem met haar lichaam te verleiden. Hij was ook maar een mens. Stel dat ze hem zo ver kreeg dat hij weer met haar naar bed ging? Stel dat ze het voor elkaar kreeg dat hij haar geloofde? Dat kon gebeuren. Ze had hem zo ver gekregen dat hij met haar trouwde. Ze had hem overgehaald haar zwanger te maken.

Ze besloot dat als dat gebeurde, als ze ook maar de minste of geringste aanwijzing had dat Warren zwak werd, ze hem zou bewijzen dat Alex niet te vertrouwen was. Maar hoe moest ze dat doen? Hoe...?

Ze hield op met wiegen. Nicholas, *fluisterde ze.*

Als het moest, als de zaken de verkeerde kant op zouden gaan, zou ze Warren laten geloven dat Alex onoplettend was ten opzichte van Nicholas. Warren zou haar dan nooit vergeven. Nooit.

Natuurlijk zou ze Nicholas niets ergs laten overkomen. Ze hield van Nicholas. Niemand zou dat kunnen ontkennen. Ze zou haar uiterste best doen om ervoor te zorgen dat hem niets overkwam. En als er toch iets met hem gebeurde – een kleinigheid – zou iedereen weten dat het Alex' schuld was.

Ze zou het alleen doen als het moest.

Hoofdstuk 28

Iedereen hield haar in het oog: Warren, Paula, Lisa. Alex voelde hun verstolen blikken, de moeizame glimlachjes die hun gêne niet verborgen. Alleen Nicholas was zorgeloos, en zich nergens van bewust. Het was balsem op haar geïrriteerde zenuwen om bij hem in de buurt te zijn.

Zaterdagochtend stond er niets in de *Los Angeles Times*. Alex had het gecontroleerd. Er waren verschillende telefoontjes over het verhaal en de foto's in de krant. Warren handelde het allemaal af. Ze waren hoofdzakelijk van vrienden afkomstig, zei hij, en één van een hardnekkige verslaggever die wilde dat Alex haar versie van het verhaal vertelde.

Denise belde halverwege de ochtend. Alex was met Warren in de zitkamer toen hij het gesprek aannam, en ze wist onmiddellijk dat het Denise was aan de moeizame, waakzame klank die in zijn stem te horen was en aan het feit dat hij haar niet aankeek. 'Alles gaat goed,' zei hij in de hoorn. 'Alex waardeert het dat je belt en ze belt je wel terug.'

Tegen de middag ging Paula boodschappen doen. Warren nam Lisa en Nicholas mee naar een film. Wilde Alex ook mee? Nee, dank je wel, zei ze. Ze was niet in de stemming om naar de film te gaan en in werkelijkheid genoot ze ervan alleen thuis te zijn zonder mensen die haar in het oog hielden.

Kort nadat ze waren vertrokken, ging de telefoon. Alex aarzelde. Stel dat het weer die verslaggever was? Of Denise? Na drie keer overgaan, nam ze de hoorn op. Als het iemand was met wie ze niet wilde praten, kon ze weer ophangen.

'Ja?'
'Alex?'

Het was Evelyn. Alex zou vroeg of laat met haar moeten spreken. 'Ik weet dat je gisteren hebt gebeld, Evelyn. Ik kon het toen niet opbrengen om met je te spreken. Ik hoop dat je het begrijpt.'

'Natuurlijk begrijp ik dat. Ik wilde alleen zeker weten dat alles goed is met je.'
'Evelyn...'
'God, wat stom! Natuurlijk is alles niet goed! Het moet een hel voor je zijn. Ik vind het vreselijk voor je, Alex.' Dit was het moeilijkste. 'Evelyn, je vraagt je vermoedelijk af waarom ik je nooit over mijn zoon heb verteld. Het is gewoon...'
'Alex, dat gaat me niets aan. Verontschuldig je niet.'
'Het ging er niet om dat ik je niet vertrouwde, Evelyn. Je weet hoezeer ik je vriendschap waardeer. Ik kon er met niemand over praten, zelfs niet met Warren.'
'Is hij boos?' vroeg ze rustig.
'Meer gekwetst dan boos. Ik kan het hem niet kwalijk nemen.'
'Hij trekt wel bij, Alex. Hij houdt van je.'
'Misschien. Ondertussen is het hier vreselijk. Evelyn, heeft de politie contact met je opgenomen?'
'Donderdagmiddag. Ze hebben me gevraagd hoe laat ik je heb opgehaald, hoelang je in het huis van Lundquist bent geweest. Ik heb gezegd, nog geen tien minuten. Is dat goed?'
'Dat is prima, Evelyn. Dat heb ik ze ook gezegd.'
'Ik heb tegen ze gezegd dat het mijn idee was om koffie te gaan drinken. Ik weet niet òf ze me geloofden.'
'Dat geeft niet. Ik ben goddank niet de enige verdachte.' Alex herhaalde wat rechercheur Rowan had gezegd over de vrouw van Lundquist en over zijn zakelijke partners. 'Ik hoop niet dat het Sally Lundquist is.'
'Daar zou ik me geen zorgen om maken. De hoofdzaak is dat deze beproeving zo snel mogelijk achter de rug is en je leven weer normaal in het gareel loopt.'
Alex was vergeten wat 'normaal' was. 'Ik hoop het. Ik moet in ieder geval verder gaan met mijn leven. Ik kom maandag weer naar school.'
'Weet je zeker dat je dat aankunt?'
'Pearson vond het goed. Ik heb nog wel pijn, maar het gaat wel.'
'Ik bedoel niet fysiek. Ik bedoelde...'
'Ik moet me weer onder de mensen begeven, Ev. Ik kan me niet voor eeuwig verbergen.'
Hoewel dat precies is wat ik vandaag doe, dacht ze, toen ze ophing. Me thuis verbergen, mijn leven op een zacht pitje zetten tot de politie me van alle blaam zuivert en Warren me vergeeft. Dat kan weken duren, maanden. Ze vroeg zich af of ze nog steeds onder een wolk van verdenking en schuld zou leven wanneer de baby werd geboren, binnen vier maanden van nu. Dat was een akelige gedachte.

223

Plotseling wilde ze iets te doen hebben, iets positiefs doen. Ze zou met de kinderkamer beginnen. De kamer moest behangen worden en er moest linoleum komen in de plaats van de versleten vloerbedekking. Of misschien zou ze de vloer opnieuw laten politoeren. Ze vond Warrens meetlint in de gereedschapskist in de bijkeuken en was bezig de muren op te meten toen ze de deurbel hoorde.

Ze voelde een vlaag van onrust, ze wilde niemand zien, maar ze hield zichzelf voor dat ze zich niet meer verstopte. Ze liet het meetlint in de kamer liggen en ging naar beneden.

Het waren Mona en Stuart zag ze door het kijkgaatje. Alex aarzelde en maakte toen de deur open.

'Hallo, lieverd,' zei Mona toen ze in de gang stond. 'Hoe gaat het ermee?' Ze nam Alex' gezicht nauwkeurig op.

'Goed, dank je.' Alex dwong zich tot een glimlach. 'Warren en de kinderen zijn naar de film.'

'O? Nou, dan wachten we.'

'Ik weet niet wanneer ze terugkomen. Misschien gaan ze na de film ergens anders naar toe.'

Stuart zei: 'We kunnen straks terugkomen, Mona.' Hij klonk alsof hij zich niet op zijn gemak voelde.

Hij weet vermoedelijk niet wat hij tegen me moet zeggen, dacht Alex. 'Ik zal tegen Warren en de kinderen zeggen dat jullie hier geweest zijn.'

Mona raakte Alex' arm aan. 'Alex, lieverd, Stuart en ik weten dat dit een moeilijke tijd voor je is en we willen je helpen. Ik heb het met Stuart besproken en hij is het ermee eens. We willen met alle plezier de kinderen een tijdje in huis nemen, zolang dat nodig is, tot je je leven weer in het gareel hebt.'

'Dat is niet nodig, Mona. Hoewel ik het aanbod waardeer. Ik red het wel.'

'En de kinderen dan? Redden die het ook?'

'Ik weet niet wat je bedoelt.' Haar handen waren tot vuisten gebald. Haar nagels drongen in haar handpalmen.

'Alex, lieverd. Je foto's hebben in de krant gestaan. Ze zullen vermoedelijk vaker over je schrijven. We geven jou daar natuurlijk niet de schuld van, maar wil je Nicholas en Lisa werkelijk de dupe laten worden van een dergelijke beruchtheid?'

Stuart zei: 'Mona, laten we dit een andere keer bespreken.'

Mona wendde zich tot hem: 'Jij zei dat het een goed idee was.'

'Alex vindt dat duidelijk niet. Laten we de kwestie niet op de spits drijven, hè?'

'Ik zeg alleen maar wat andere mensen denken, Stuart.' Mona

wendde zich weer tot Alex. 'Je zou een tijdje kunnen weggaan, lieverd. Misschien zou je bij je ouders kunnen logeren, of bij vrienden. Je moet thuis nog vrienden hebben.'

'Mona!' Stuarts toon was een zweepslag. Zijn gezicht was rood. 'Wil je me alsjeblieft excuseren?' zei Alex rustig. 'Ik ben druk bezig alles in de kinderkamer in orde te maken voor de baby.' 'Ik bied mijn verontschuldigingen aan voor mijn vrouw, Alex. Kom.' Hij maakte de deur open, nam Mona's arm en leidde haar naar buiten.'

'Ik denk alleen maar aan de kinderen,' zei Mona. 'Je wilt ze hierdoor toch geen schade laten oplopen, Alex? Ze hebben genoeg meegemaakt, vooral Lisa, dat arme kind. Eerst de dood van haar moeder en nu dit. Ze hebben zekerheid nodig. Ze hebben...'

Alex deed de deur dicht en leunde ertegenaan. Toen ging ze naar boven, pakte het meetlint en begon getallen op een blocnote te schrijven.

'Het spijt me.' Warrens lippen waren vertrokken tot een grimmige streep getrokken. 'Mona had geen enkel recht om zo tegen je te spreken.'

Ze waren in hun slaapkamer. Met Nicholas en Lisa in de woonkamer en Paula als een alomtegenwoordige aanwezigheid in huis, was dit het enige toevluchtsoord voor een privé-gesprek.

'Ze beweert dat ze zegt wat iedereen denkt,' zei Alex. 'Ze heeft vermoedelijk gelijk.'

'Ze heeft géén gelijk. Het is een bemoeizuchtig uilskuiken. Ik praat wel met haar.'

Mijn held, dacht Alex, plezierig verrast. Ze had nooit eerder gemerkt dat hij geïrriteerd raakte door Mona. In feite had ze in tweestrijd gestaan of ze hem zou vertellen wat Mona had gezegd; ze was bang voor zijn reactie, een stoïcijns: nou en?, zuchten en een verdediging van zijn vroegere schoonmoeder.

'Doe het niet,' zei Alex. 'Je maakt het alleen maar erger.'

Er werd op de deur geklopt.

'Binnen,' riep Warren.

De deur ging open; Nicholas kwam de kamer binnen. 'Ik ben klaar voor mijn bad, mam. Mag ik schuim erin?'

'Ja, hoor.' Ze glimlachte tegen hem, ze besefte dat ze altijd om hem moest glimlachen, en wachtte tot hij de kamer uit was. 'Laat het schieten, Warren. Ik vind het niet erg meer. Ik wilde het alleen kwijt.'

Hij gaf haar hand een kneepje. 'Ik ben blij dat je het me hebt verteld.'

In de badkamer van Nicholas draaide Alex de kranen open en mengde het water zodat het niet te heet was. Ze gooide er badschuim in, wachtte tot het bad vol was en draaide de kranen toen dicht. Ze liep Nicholas' slaapkamer in. Hij zat aan zijn bureau te kleuren.
'Je bad is klaar, Nick. Met heel veel schuim.'
'Goed.' Hij legde zijn potlood weg en stond op van zijn stoel.
'Roep maar als je klaar bent.'
Ze wachtte buiten op de gang voor de halfgesloten deur terwijl hij zich uitkleedde. Er verstreek een minuut. 'Nicholas?' riep ze.
'Nog niet!'
Ze zag Warren de trap oplopen en glimlachte tegen hem.
'Klaar met baden?' vroeg hij.
'We zijn nog niet eens begonnen.'
'Ik zit erin, mam!' riep Nicholas. 'Ik heb je verrast!'
'Ik kom eraan!' zei Alex.
'Laat je hem alleen het bad ingaan?' vroeg Warren met gefronste wenkbrauwen.
Alex voelde dat ze een kleur kreeg. 'Hij is vijf jaar, Warren. Hij voelt zich opgelaten om zich voor mij uit te kleden.'
'Hij kan zich pijn doen.'
'Ik heb hem geleerd hoe hij het het beste kan doen. Meestal sta ik vlak voor de badkamerdeur.'
'Ik vind het toch niet zo'n prettig idee. Het is gevaarlijk.'
'Je hebt je er nooit eerder zorgen om gemaakt dat ik Nicholas in bad deed. Wat is er, Warren? Ben je bang dat ik hem laat verdrinken? Ga je me van nu af aan in het oog houden?'
Hij greep naar haar arm. 'Alex...'
Ze rukte zich los en buiten zijn bereik, duwde de deur open en sloeg die achter zich dicht.
'Mam?'
'Ik kom eraan, liefje.' Ze beet op haar lip om niet te huilen en liep de badkamer in. 'Goed, jongeman. Dan zullen we eens kijken wie de grootste bellen kan maken.'
Tien minuten later waren ze klaar en ze herinnerde zich nauwelijks dat ze op de badrand had gezeten en had toegekeken hoe hij zich waste. Vanwege haar ribben en sleutelbeen kon ze hem naderhand niet uit het bad in de handdoek tillen die ze om hem heen sloeg, maar ze liep achter hem aan naar zijn kamer en maakte het ritueel af door hem te kietelen toen hij in bed lag.
Toen hij zijn pyjama aan had, kwam ze terug in zijn kamer en zong een slaapliedje voor hem. Daarna kuste ze hem welterusten.
Haar tas stond in haar kamer. Ze nam hem met zich mee naar beneden. Warren verscheen onderaan de trap.

'Alex, kunnen we even praten?' vroeg hij rustig.
'Nu niet.' Ze liep langs hem heen naar de zijdeur.
Hij liep achter haar aan. 'Waar ga je naar toe?'
Ze gaf geen antwoord. Ze maakte de deur open en liep naar buiten. Ze had graag de deur dichtgeslagen, maar ze gunde Paula de genoegdoening niet om te weten dat de hele sfeer in huize Prescott verpest was.

Ze wist niet precies waar ze naartoe wilde, maar ze moest ergens heen, weg van het huis. Ze besloot naar Evelyn te gaan. Dat was maar een kwartiertje rijden, dus het gaf niet als ze niet thuis was. Alex wilde niet nadenken, dus zette ze de radio aan. Billy Ray Cyrus zong: 'Achy Breaky Heart' Ze draaide de radio uit en reed de rest van de weg in stilte.

De lichten in de voorkamer van Evelyns huis waren aan. Er stond een andere auto in de oprit achter de auto van Evelyn, Jerry's auto. Alex herinnerde zich dat Evelyn haar had verteld dat Jerry vanavond bij haar zou komen. Alex draaide de Jeep om en reed in noordelijke richting.

Langzamerhand was haar woede weggeëbd, als pus uit een wond, maar ze had nog steeds geen zin om naar huis te gaan. Ze reed een tijdje rond, helemaal naar het noorden van Malibu, toen in oostelijke richting langs Sunset, daarna over de slingerende boulevard langs de donker wordende afgelegen omheinde gemeenschap Bel Air, langs de flats van Beverly Hills naar de opzichtige met neon verlichte Strip. Op La Brea sloeg ze linksaf naar de Hollywood Boulevard en toen rechtsaf.

Ze besloot naar de film te gaan. Ze zette haar auto op de parkeerplaats van de bioscoop, liep van de parkeerplaats de hoek om naar Hollywood Boulevard en vroeg om een kaartje.

'De film is twintig minuten geleden begonnen,' zei de caissière.
'Dat geeft niet.'

Ze betaalde voor het kaartje en ging naar binnen. De zaal was vol, maar ze vond een plaatsje bij het gangpad vooraan. Ze moest haar hoofd in haar nek leggen om de figuren op het scherm te zien, maar dat kon haar niet schelen. Te oordelen naar het gelach van het publiek was het een komedie.

'Wil je wat popcorn?' vroeg de man naast haar.
'Nee, dank je.'
'Weet je het zeker?'
'Ik heb geen honger.'
'Ik wel, moedertje.'

Ze draaide haar hoofd om. Hij grinnikte en lonkte naar haar borsten. Ze stond op, liep de bioscoop uit en reed naar huis.

Warren zat in hun slaapkamer toen ze thuiskwam. Hij zette de tv uit toen hij haar zag en stond op.

'Ik ben blij dat je terug bent, Alex,' zei hij kalm. 'Ik maakte me zorgen.'

'Ik ben volkomen in staat op mezelf te passen.' Ze zette haar tas op de grond aan haar kant van het bed. Ze wilde niet in de kamer met hem blijven, maar ze wilde ook niet weggaan.

'Ik weet dat je gekwetst bent, Alex.' Hij liep om het bed heen tot hij voor haar stond.

'Jij bent advocaat, Warren. Jij wordt betaald om oplettend te zijn.'

Hij zuchtte en streek met een hand door zijn haar. 'Luister, ik weet hoe het geleken moet hebben. Ik wil uitleggen...'

'Er valt goddomme niets uit te leggen, nou goed?' Ze schreeuwde en het kon haar niets schelen als Lisa of Paula of de wereld haar hoorde. 'Je vertrouwt me niet als moeder, Warren. Mona ook niet, maar die is tenminste zo eerlijk om het te zeggen.'

'Mona heeft ongelijk, Alex. Dat zei ik al.'

'Je let op me. Denk je dat ik je niet gezien heb? Je hebt Paula gevraagd om terug te komen, zodat ook zij op me kan letten.'

Hij schudde zijn hoofd. 'Dat is belachelijk.'

'O ja? Kun je me eerlijk zeggen dat je het niet een heel klein beetje moeilijk vindt om Nicholas aan mijn zorgen toe te vertrouwen? Kun je dat?'

'Ik vertrouw je absoluut met hem, Alex.' Hij liet zijn hand op haar schouder rusten. 'Ik zweer het.'

'Ik zou hem nooit alleen in bad laten, nooit! Ik ben er altijd bij.'

'Dat weet ik,' zei hij zachtjes. Hij trok haar naar zich toe. Ze verzette zich niet. 'Ik reageerde te fel. Ik dacht niet na.'

'Ik ben altijd voorzichtig in de buurt van water, weet je dat dan niet?' zei ze op bedroefde toon. Haar gezicht lag tegen zijn borst. 'Ik dacht ik het bestierf in Sea World toen Nicholas op de rug van die walvis zat. Ik ben bijna niet met je getrouwd vanwege het zwembad. Ik háát het zwembad!'

'We verkopen het huis, als jij dat wilt, Alex. Dat meen ik.' Hij streek over haar haren.

'Ik wil het huis niet verkopen. Ik wil dat je me vertrouwt.' Ze huilde.

'Ik vertrouw je, Alex. Ik hou van je. En het spijt me zo godallemachtig. Vergeef het me alsjeblieft.'

Hij tilde haar gezicht op, veegde haar tranen weg en kuste haar. Zijn lippen waren eerst zacht, bijna aarzelend, toen indringender.

'Alex.' Zijn gefluister was bijna gekreun.

Ze kleedden zich snel uit en toen raakte hij haar aan, kuste haar mond, haar hals, haar borsten. Ze sloeg haar armen om hem heen, drukte zich dicht tegen hem aan en genoot van het gevoel van zijn naakte huid tegen de hare. Er was iets anders in hun liefkozingen, iets teders dat tevens bitterzoet was, dringender en intenser dan gewoonlijk. Ze wilde dat het voor eeuwig doorging.

Toen ze naderhand in slaap viel, vroeg ze zich af of het 'iets anders' dan gemeenschappelijke schuldgevoelens waren.

Hoofdstuk 29

Maandagochtend kwamen er slechts elf van de vierentwintig peuters opdagen.
'Misschien zijn ze te laat,' zei Evelyn, maar haar stem klonk niet overtuigend. 'Of misschien hebben ze waterpokken. Jason had vorige week waterpokken en...'
'Het zijn niet de waterpokken,' zei Alex. 'En ze zijn niet te laat. Ze komen niet terug.' Net zoals drie jaar geleden. *Je kunt je schuld niet ontlopen, Alexandra*, hadden haar ouders gezegd. Ze hadden blijkbaar gelijk.
Sinds haar foto in de krant van Venice was verschenen, had Alex zich zorgen gemaakt om de reacties van de ouders van haar leerlingen, maar ze was niet voorbereid geweest op deze massale ontrouw. Het weekend had haar angsten in zekere zin gekalmeerd. De politie had haar niet lastig gevallen. Vrienden hadden weer opgebeld en hun vriendschap en steun aangeboden. En het allerbelangrijkste was dat Warren haar had vergeven en zondagavond hadden ze weer gevreeën. Nu was ze boos op zichzelf dat ze zich van de wijs had laten brengen, en zich niet had voorbereid op het onvermijdelijke. Ze kon het de ouders eigenlijk niet kwalijk nemen. Wie zou een kind toevertrouwen aan de zorg van een vrouw die een verdachte was in een moordonderzoek? Een vrouw wier enige kind was overleden vanwege haar eigen onoplettendheid?
De ochtend ging snel voorbij. 's Middags kwamen de ouders van de part-time peuters hun kinderen ophalen. Alex had de kinderen met Evelyn naar buiten kunnen sturen, maar ze dwong zichzelf de kinderen naar het trottoir te begeleiden en tegen de ouders te glimlachen als ze kwamen aanrijden. Ze vroeg zich af of ze het wisten? Sommigen leken haar aan te staren, anderen schenen het te vermijden haar recht aan te kijken. Misschien ook niet. Misschien verbeeldde ze het zich allemaal wel.
Gedurende het rustuurtje ging Alex naar haar kantoor, haalde het schoolrooster te voorschijn en ging aan het opbellen.

'Mevrouw Alters?' zei ze, toen de vrouw de telefoon opnam. 'Met Alexandra Prescott van de peuterzaal. Ik vroeg me af of alles in orde was met Jennifer.'

'O, mevrouw Prescott. Jennifer is verkouden.'

'Komt ze morgen weer?'

'Morgen?' Een korte stilte. 'Ik denk van niet. Eigenlijk weet ik niet zeker of ze teruggaat. Ze is vatbaar, en ik wil niet dat ze iets oploopt. Dat begrijpt u wel.'

'Natuurlijk. Zegt u alstublieft tegen Jennifer dat we haar missen en hopen haar gauw weer te zien.'

Alex hing op en belde de volgende naam op de lijst.

'...altijd het idee gehad dat Jeremy een beetje te klein was voor de peuterzaal, dus houden we hem een paar weken thuis. Dat begrijpt u wel.'

'...en Shawn kan niet overweg met een paar andere kinderen op school, weet u, dus proberen we een andere school. Ik had eerder moeten bellen...'

Slechts één moeder was eerlijk. 'Het spijt me, mevrouw Prescott. U lijkt erg aardig, maar mijn man en ik vinden het geen prettig idee om Peggy onder deze omstandigheden op school te laten. Eerst de vernielingen en nu... Misschien is het niet eerlijk tegenover u, maar we moeten voor Peggy doen wat wij goed achten. Als de zaken veranderen...'

Alex voelde zich gekwetst tijdens het gesprek, maar vond het verfrissend na al die overduidelijke smoesjes die ze had gehoord.

Nadat ze het laatste gesprek had gevoerd, liep ze de klas in en keek naar de slapende kinderen. Er waren er nog maar vier. *Tien kleine negertjes...*

Ze vroeg zich af hoeveel het er morgen zouden zijn.

'De klootzakken!' riep Warren zachtjes uit. Zijn ogen en de strakke streep die zijn mond vormde, toonden zijn woede. 'Waarom heb je me dat niet gelijk gezegd?'

'Ik wilde genieten van ons avondje uit.'

Warren had haar opgebeld nadat ze thuis was gekomen van haar werk en voorgesteld om samen uit eten te gaan. 'Wij tweetjes,' had hij gezegd. 'Zeg jij maar waar.'

Ze had geaarzeld, stel dat ze mensen tegenkwam die ze kende? Of nog erger, stel dat vreemden haar zouden herkennen van de foto uit de krant en haar aanspraken of aanstaarden? *Dat is Alexandra Trent!* Maar ze had ja gezegd. Het was belangrijk voor haar en Warren om het ritme van hun huwelijk buiten de slaapkamer te herstellen en ze wilde graag een avond weg van Paula, die haar het gevoel gaf een indringster te zijn en van Lisa. Alex voelde zich uiterst onbeholpen in gezelschap van haar stiefdochter, ze zag beurtelings medelijden en schuld in alles wat het meisje deed of zei. Wat betreft het mensen onder ogen komen, dat moest Alex toch vroeg of laat doen. Vroeg was beter, verstoppen zou als een teken van schuld worden uitgelegd.

Dus had ze een tafeltje gereserveerd in het strandrestaurant waar ze tijdens hun eerste afspraak waren geweest en ze hadden allebei hun best gedaan het gesprek luchtig en opgewekt te houden. Toen had Warren gevraagd hoe haar eerste dag terug op haar werk was verlopen.

Nu reikte hij over de tafel en pakte haar hand. 'Je hebt de school niet nodig, Alex. Over een paar maanden heb je het druk met de baby en dan mis je het niet.'

'Daar gaat het niet om. Ik leid graag een peuterzaal. Ik ben dol op de kinderen en wil het niet opgeven.'

'Wil je dat ik de ouders opbel?'

Alex schudde haar hoofd. Evelyn had hetzelfde aangeboden. 'Dat helpt niet. Op dit moment hebben ze geen vertrouwen in me, Warren. Ik kan het ze eigenlijk niet kwalijk nemen. Ik weet niet of ik mijn kind op een peuterzaal zou willen hebben waarvan de eigenares iemand is die van moord verdacht wordt.'

'Dat wordt allemaal opgelost, Alex.'

'Wanneer? Over een week? Een maand? Tegen die tijd hebben alle ouders hun kinderen van school gehaald.'

'Je zei zelf dat de politie de vrouw en collega van Lundquist natrekt.' Warren gaf haar hand een kneepje. 'Je zult het zien. Ze komen erachter wie hem heeft vermoord, Alex, en dan ligt dit allemaal achter ons.'

En stel nou dat het niet de vrouw van Lundquist noch zijn collega is, vroeg ze zich af. Zal het dan ook achter ons liggen?

Dinsdag verschenen er acht kinderen op de peuterzaal. Alex belde Patty op en legde de situatie uit.

'Dus het heeft geen zin als je vandaag komt,' zei Alex. 'Natuurlijk betaal ik je wel voor vandaag. Wat morgen betreft...'

'Ik weet zeker dat dit maar tijdelijk is, Alex.'

'Ik hoop dat je gelijk hebt. Ik zal het je wel laten weten.'

Alex voelde een vlaag van dankbaarheid ten opzichte van Patty. Alex wist van Evelyn dat de assistente over haar benarde positie had gelezen, maar er was gisteren geen heimelijk staren geweest, geen moeizame stiltes, alleen maar opgewekte steun.

Voor Alex scheen de klas het fiasco te weerspiegelen. De kinderen waren druk bezig met hun collages, maar vier van de zes activiteitentafels waren nadrukkelijk leeg. Naderhand, tijdens het voorleesuurtje, vormden de acht kinderen een zielig, klein kringetje. Alex deed alles zoals gewoonlijk, spelen, kleuren, lezen.

Om één uur belde Paula. 'Ik heb Nicholas net thuisgebracht,' zei ze tegen Alex. 'Het hoofd heeft opgebeld en stelde voor dat ik hem kwam halen.'

Alex verbleekte. 'Wat is er? Is hij ziek?'

'Dat niet.' Ze zweeg even. 'Maar hij is van streek. Een van de oudere jongens heeft hem gepest over... tja... wat in de krant stond. Hij zei tegen Nicholas dat jij naar de gevangenis gaat.'

'O, God!' riep Alex uit.

'Blijkbaar heeft Nicholas de jongen voor leugenaar uitgescholden en hem geslagen. De jongen sloeg hem terug en Nicholas heeft een kapotte lip opgelopen. De schoolverpleegster heeft er ijs op gedaan, maar het was nog aardig opgezwollen toen ik daar kwam. Ik zal er ook een tijdje ijs op doen.'

'Dank je wel, Paula. Ik kom meteeen naar huis.' Drie van de kinderen waren om twaalf uur naar huis gegaan, er waren er nog vijf over. Evelyn kon dat met gemak alleen aan.

'Je hoeft je niet te haasten. Alles loopt goed.'

Ondanks de geruststelling van de huishoudster, ging Alex vroeg naar huis. Ze liep door de zijdeur naar binnen zoals ze gewoonlijk deed en vond Paula in de keuken bezig aardappelen te schillen.

'Waar is Nicholas?' vroeg ze.

'In zijn kamer met Lego aan het spelen.'

'Hoe is het met zijn lip?'

'Beter. Die is bijna niet meer opgezwollen. Ik zei al dat je niet vroeg thuis hoefde te komen, Alex.'

'Ik wil met Nicholas praten.'

Paula fronste haar wenkbrauwen en legde het aardappelmesje op het aanrecht. 'Denk je dat dat verstandig is? Hij raakt er alleen maar weer door van streek. Het heeft me eeuwen gekost om het arme jochie te kalmeren.'

De onuitgesproken implicatie was duidelijk, dit was allemaal Alex' schuld. 'Dank je wel voor je raad, Paula.'

Nicholas zat op de vloer met vaste vloerbedekking omringd door rode, gele, blauwe en witte Legosteentjes. Hij bouwde een toren. Alex liep naar hem toe en ging in kleermakerszit tegenover hem zitten.

'Zware dag gehad?' vroeg ze rustig.

Hij knikte.

'Wil je erover praten?'

Hij keek haar snel even aan en schudde zijn hoofd. Ze was pijnlijk getroffen door zijn kapotte lip, de verwarring en de opgelaten blik in zijn ogen.

'Hoe is het met je lip?' vroeg ze.

'Goed.'

'Paula zei dat je iemand geslagen had. Die heeft je zeker kwaad gemaakt, hè?'

Zonder Alex aan te kijken, zei Nicholas: 'Christopher Rakin zei dat jij misschien naar de gevangenis gaat omdat je iemand hebt vermoord. Toen zei hij... hij zei dat je je eigen zoon ook had laten doodgaan, dus heb ik hem geslagen. Hij sloeg terug.' Hij keek Alex aan. Zijn lippen trilden.

Alex pakte zijn hand. 'Nick, ik vind het zo akelig dat je dit hebt moeten meemaken. Je bent een intelligente jongen en ik hoop dat je begrijpt wat ik je ga vertellen. Herinner je je die man die bij school tegen je sprak? Die ons lastig viel?'

Nicholas knikte. 'Bobby's vader.'

'Precies. Hij heette Donald Lundquist. Iemand heeft hem vermoord en de politie heeft mij vragen gesteld over hem omdat ik hem kende en Bobby bij mij op school heeft gezeten.'

'Was je bang?'

'Ja. Maar de politie komt er wel achter wie hem heeft vermoord.' God, ze hoopte dat dat waar was! 'En wat betreft het laten doodgaan van mijn zoon...'

'Ik heb tegen Christopher gezegd dat hij een stomme leugenaar was! Ik heb hem verteld dat je niet eens een zoon hebt, hè mam?' Hij keek haar strak aan.

'Ik heb een zoon gehàd, Nicholas,' zei Alex vriendelijk. 'Hij is verdronken in ons zwembad. En het wàs mijn schuld, omdat ik hem alleen liet toen hij naar buiten ging.'

'Maar dat is niet expres.' Zijn ogen stonden triest. 'Zeg je daarom altijd dat ik niet te dicht bij het zwembad moet komen als ik alleen ben?'

'Ja.'

'Hoe heette hij?'

Ze schraapte haar keel.

'Kevin. Hij was vier jaar.'

'Mis je hem?'

'Heel erg,' fluisterde Alex. Ze streek over Nicholas' haar.

'Ik mis mijn moeder niet. Ik was een kleine baby toen ze doodging, dus herinner ik me haar niet. Ik heb het Lisa en papa wel gevraagd, maar ze praten niet graag over haar.' Hij zweeg even. 'Paula vertelt me over haar en soms laat ze me foto's zien, zoals vandaag. Paula zegt dat mijn moeder in de hemel is en dat ze over me waakt.'

'Ik weet zeker dat dit zo is, Nick. Ik weet zeker dat ze heel veel van je houdt.'

Nicholas pakte een blauw steentje op en duwde dat op zijn plaats. Alex gaf hem een ander steentje en nog één en vroeg zich af wat hij dacht.

Plotseling keek Nicholas Alex aan. 'Misschien zorgt ze voor jouw zoontje. Mijn moeder, bedoel ik. Omdat jij voor mij zorgt.'

'Misschien.' Er glinsterden tranen in haar ogen.

Nicholas knikte en ging verder met zijn toren te bouwen. Even later zei hij: 'Ik heb er geen spijt van dat ik Christopher heb geslagen.'

'Slaan is nooit een oplossing, Nick. Praat tegen mij als je ergens mee zit. Of praat met papa.'

'Goed.' Hij ging dichter bij Alex zitten. 'Maar je gaat niet naar de gevangenis, hè?'

'Nee, hoor.'

Lisa en Nicholas aten die avond om zes uur. Alex had tegen Paula gezegd dat zij samen zou eten met Warren, die had opgebeld om te zeggen dat hij laat thuis zou komen. 'Dan wacht ik ook,' had Paula gezegd en Alex had niet geweten hoe ze de vrouw beleefd moest zeggen dat ze liever alleen met haar man at. Had Paula altijd met Andrea en Warren meegegeten?

Paula had aan tafel het hoogste woord. 'Hoe is de biefstuk?' vroeg ze Warren.

'Heerlijk. Vind je niet, Alex?'

'Heerlijk.'

'Ik heb het gemaakt zoals jij het altijd het lekkerste vond, Warren. Nicholas is er ook dol op. Het lijkt alweer veel beter met hem te gaan. Ik hoop dat er morgen niets gebeurt dat hem van streek maakt.'

Alex verstrakte.

'Wat bedoel je?' Warren keek niet-begrijpend. 'Wat is er gebeurd?'

'Het spijt me, Alex.' Paula glimlachte verlegen. 'Ik dacht dat je Warren al over het gevecht van Nicholas en zijn lip had verteld.'

Warren keek Alex even aan. Ze voelde dat ze bloosde.

'Ik ga het toetje halen.' Paula stond op en liep de kamer uit.

Lag er een zelfgenoegzame uitdrukking op het gezicht van de huishoudster? 'Nicholas heeft met Christopher Rakin gevochten,' begon Alex. Ze vertelde Warren wat er was gebeurd. 'Ik heb met Nicholas gepraat. Hij begrijpt het.'

235

'Waarom heb je het me niet verteld?'
'Ik wilde het je na het eten vertellen. Ik wilde je er op kantoor niet mee lastig vallen.'
'Goed,' zei Warren. Zijn ogen zeiden echter iets anders.
'Ze deed dit expres, hoor. Ze probeert problemen tussen ons te veroorzaken.'
Warren zuchtte. 'Alex, hier hebben we het allemaal al over gehad. Paula is een goed mens en ze is dol op ons gezin.'
'Ze praat met Nicholas over Andrea. Ze laat hem foto's van haar zien.'
'Alex.' Hij zuchtte weer. 'Ik kan me voorstellen dat je dat een vervelend gevoel geeft, maar is daar iets verkeerd aan?'
Was er iets verkeerd aan? 'Ik denk van niet,' gaf Alex toe.

Woensdag waren er negen kinderen – dezelfde acht die gisteren waren gekomen en nog eentje: Bobby Lundquist. Alex staarde hem aan toen hij de klas inliep met zijn moeder, toen herstelde ze zich snel.
'Hoi, Bobby. Fijn dat je terug bent.' Hij was bleek, dacht Alex en had donkere kringen onder zijn ogen.
'Hoi.' Hij liep naar zijn vakje toe en zette zijn lunchtrommeltje erin.
Sally Lundquist zei: 'Kan ik u even onder vier ogen spreken, mevrouw Prescott?'
Alex bracht haar naar het kantoor. 'Ik ben blij om te zien dat alles goed gaat met u en Bobby.'
'Ik weet niet of het "goed gaat". We redden het. Ik moest hem vertellen dat Donald dood is. Het was vreselijk.'
Hoe had ze geweten dat haar man dood was? Waar was ze geweest? 'De politie heeft mij over de moord ondervraagd,' zei Alex. De verklaring klonk meer beschuldigend dan ze had bedoeld. Ze bloosde.
'Dat weet ik. Ik heb contact gehad met iemand uit het tehuis en zij vertelde me dat er een artikel in de plaatselijke krant had gestaan.' Sally zuchtte. 'Ik voel me verantwoordelijk voor wat u is overkomen.'
'Dat bent u niet. Het was gewoon een toevallige reeks gebeurtenissen.'
'Misschien. Ik weet dat de politie heeft geprobeerd me te bereiken. Ik ben op de dag dat Donald is vermoord het tehuis uitgegaan, en was bang dat de politie zou denken dat ik hem had vermoord.' Ze zweeg even. 'Ik ben die avond naar huis gegaan, maar wist niet dat u er zou zijn. Ik heb hem die middag weer opgebeld. Bobby

wilde hem spreken en ik dacht niet dat het goed was om dat tegen te houden. Nadat Bobby met zijn vader had gesproken, vroeg Donald of hij mij kon spreken. Ik had nee moeten zeggen, maar dat kon ik niet. Ik kon nooit nee tegen Donald zeggen.

Nou ja, hij was heel lief door de telefoon. Hij beloofde dat hij zou veranderen. Hij zwoer dat hij hulp zou zoeken. Ik denk dat ik hem wilde geloven. Ik had er genoeg van om in het tehuis te wonen en Bobby voelde zich er zo akelig. Dus besloot ik alleen met hem te gaan praten. Ik heb niet tegen Donald gezegd dat ik zou komen, maar ben gewoon naar huis gegaan. En ik trof hem dood aan, zittend in het bubbelbad. Eerst dacht ik dat hij leefde, maar toen zag ik zijn hals en borst.' Ze rilde. 'Degene die hem zo heeft neergezet, moet niet goed bij zijn hoofd zijn geweest.'

Als Sally Lundquist haar man zìttend in het bubbelbad had aangetroffen, kon ze bewijzen dat hij dood was voordat Alex was gekomen! 'Hoe laat was dat?'

'Rond halfnegen. Ik ben teruggegaan naar het tehuis, heb ingepakt, Bobby meegenomen en ik heb een vlucht naar Phoenix geboekt. Daar wonen mijn ouders.'

'Waarom bent u teruggekomen?'

'Ik hoorde van iemand uit het tehuis dat de politie u verdacht. Dat klopt niet. Ik ga nu naar de politie om ze te vertellen dat Donald dood was voordat u daar kwam.'

Alex had haar wel kunnen zoenen. 'Dank u.' Ze aarzelde en zei toen: 'Ze denken misschien dat u hem heeft vermoord.'

'Dat weet ik. Maar ik zou het mezelf nooit vergeven als ik ze de waarheid niet vertelde. Ik heb hem trouwens niet vermoord, hoor,' voegde ze eraan toe.

Nadat Sally Lundquist weg was, belde Alex Warren op en vertelde hem wat er was gebeurd.

'Ik zal het direct aan Margot vertellen,' zei hij, 'en dan zal ik haar rechercheur Rowan over een uur of zo laten bellen.'

Over een uur? 'Waarom nu niet? Ik wil een eind aan deze nachtmerrie hebben!'

'Ik ook, Alex, maar we moeten mevrouw Lundquist de tijd geven om met de politie te spreken. Probeer geduld op te brengen.'

Het duurde bijna twee uur voordat Warren terugbelde.

'Rowan heeft met mevrouw Lundquist gesproken, Alex, maar hij zei dat gezien het feit dat ze het tijdstip van zijn dood niet kennen, het feit dat zij hem om halfnegen zag, niet veel bewijst.'

'Maar ik heb hem om acht uur gesproken!'

'Daar hebben ze alleen jouw woord voor, Alex. Dat kun je niet bewijzen, is het wel?'

'Nee.' Ze dacht even na en zei toen: 'En het telefoonbedrijf? Hebben die geen computer die gesprekken registreert?'

'Daar heb ik ook aan gedacht. En ja, dat hebben ze, zelfs voor plaatselijke gesprekken. Ik heb dat tegen Rowan gezegd. Hij zegt dat hij die lijsten kan opvragen.'

'Dan ben ik dus onschuldig verklaard!'

'Nee,' zei Warren rustig. 'Rowan zei dat zelfs al tonen die lijsten dat er een gesprek vanuit ons nummer naar dat van Lundquist is gemaakt, dat nog niet bewijst dat Lundquist leefde toen jij belde.'

'Maar ik heb met hem gesproken, Warren! Hij nam de telefoon op! Tonen de lijsten niet aan dat het gesprek beantwoord werd.'

'De lijsten zullen aantonen dat het gesprek werd aangenomen,' zei Warren geduldig, 'maar Lundquist had een antwoordapparaat. Rowan zei dat het antwoordapparaat jouw gesprek opgenomen kan hebben.'

'Dat is onzin. Als dat was gebeurd, zou mijn boodschap nog op de band staan.'

'Niet als je die had uitgewist toen je er om negen uur weer naar toe ging. Dat opperde Rowan, Alex.' Warren voegde er snel aan toe: 'Ik weet dat dit niet is gebeurd. Hij suggereert dat jij Lundquist eerder hebt vermoord, hem om acht uur hebt gebeld om vast te stellen dat hij leefde en jezelf een alibi te verstrekken en de band naderhand hebt gewist.'

'Maar ik kòn Lundquist niet eerder hebben vermoord, Warren. Ik was de hele dag thuis. Dat kan Paula getuigen.' Ze voelde Warrens aarzeling in de stilte die daarop volgde. 'Wat is er?' vroeg ze.

'De politie heeft al met haar gesproken, Alex. Ze is die dinsdag twee keer van huis geweest – om naar de markt te gaan en om Nicholas en Lisa tussen drie en vier 's middags van school te halen.'

'Dit is belachelijk,' protesteerde Alex, maar dat was het natuurlijk niet, niet voor de politie. Die deden gewoon hun werk.

Ze kon Donald Lundquist en de politie van zich afzetten door zich op de kinderen te concentreren. Toen ze naderhand Nicholas ging ophalen, was ze weer terneergeslagen, maar haar bui verbeterde toen ze zijn glimlach zag. Hij vertelde haar dat alles vandaag goed was gegaan. Christopher Rakin had hem niet meer lastig gevallen.

Paula was de linnenkasten aan het inruimen toen Alex en Nicholas thuiskwamen. Ze vouwde alle handdoeken en lakens op zoals zij vond dat dit moest en Alex ergerde zich er prompt aan. Ze had het haar honderd keer getoond...

Alex liep naar de keuken en maakte de koelkast open om er een pak gehakt uit te halen dat ze uit de diepvriezer had gehaald om te ontdooien. Maar er lag geen gehakt. Ze liep naar boven naar Paula.

'Paula heb jij het gehakt in de koelkast gezien?'
'Ik heb het teruggelegd in de diepvriezer.'
Alex telde tot vijf. 'Paula, ik heb je vanmorgen gezegd dat ik van plan was om dat vanavond te eten.'
'We hebben gisteren biefstuk gehad. Ik geloof niet dat het verstandig is om zo vaak vlees te eten. Ik heb gepaneerde kip klaargemaakt. Lisa is daar dol op, weet je.'
'Ik was van plan om spaghetti met gehaktballen te maken. Daar is Nicholas dol op en Lisa vindt het ook lekker.' Dit is volkomen belachelijk, vertelde Alex zichzelf en het gaat niet om kip of vlees. Op rustige toon begon ze: 'Paula...'
'Ik zal het gehakt morgen ontdooien. We kunnen het morgenavond eten.' Ze pakte een laken, vouwde het dubbel, hield het tegen zich aan en streek het glad.
'Paula, ik waardeer alles wat je hebt gedaan om me te helpen sinds ik ben gevallen. Ik weet niet hoe we het zonder jou hadden moeten stellen. Maar alles is nu genezen, en mijn kneuzingen zijn in feite geheeld.' Ze had nog pijnlijke momenten en moest voorzichtig zijn met tillen, maar ze redde het wel. 'Dus, je ziet het, we hebben geen inwonende huishoudster meer nodig.'
Paula keek Alex aan. 'Warren heeft me gevraagd om te komen inwonen. Ik heb mezelf niet opgedrongen.' Haar hoekige kin had een weerbarstige houding. Ze bleef het laken gladstrijken.
'Natuurlijk niet.' Alex dwong zich om geduldig te klinken.
'Je hebt me nodig wanneer de baby komt. Ik ben erg goed met baby's. Ik heb Lisa praktisch groot gebracht. Ik heb alles voor Nicholas gedaan nadat Andrea was gestorven.'
'Dat weet ik,' zei Alex vriendelijk. 'Ik weet nog niet wat ik doe nadat de baby is geboren.'
'Ik geloof je niet.' Ze vouwde het laken dubbel, en toen in drieën. 'Waarom geef je het niet toe, Alex? Je mag me niet. Daarom probeer je me kwijt te raken.'
Misschien had de vrouw gelijk; misschien was dit het moment om eerlijk te zijn en niet diplomatiek. 'Paula, je hebt jouw ideeën over een huishouden voeren en ik heb de mijne, en...'
'Als je wilt, ontdooi ik het gehakt wel.'
'Het gaat niet alleen om het gehakt. Het is je houding, Paula. Je doet de was op de manier zoals jij dat wilt doen. Je doet stijfsel in mijn nachtjaponnen nadat ik je herhaaldelijk heb gevraagd het niet te doen. Je zet alles anders in de kelderkast en mijn kasten en mijn laden, ook al heb ik je gevraagd het niet te doen. Je doet vaak het tegengestelde van wat ik je vraag.' De bezwaren klonken kinderachtig zelfs toen ze ze opnoemde, maar Alex kon niet onder woorden brengen wat ze voelde: *je probeert de vrouw des huizes te zijn.*

239

'Het is moeilijk om te veranderen. Ik ben gewend aan de manier zoals ik alles voor Andrea deed.'

'Dat weet ik. Het moet moeilijk voor je zijn om mij in de plaats van Andrea te zien. Ik weet dat je veel van haar hield.'

'Het was een vrouw uit duizenden,' Paula's stem brak. Haar lippen trilden. 'En Nicholas, die arme jongen, kent haar niet eens. Niemand prâát zelfs over haar!' Ze drukte het opgevouwen laken tegen haar lichaam. 'Daarom mag je me niet, hè? Omdat ik Warren en Lisa aan Andrea herinner. Nou, ze zouden ook aan haar moeten denken. Denise herinnert zich haar. We praten steeds over haar, over hoe alles vroeger was.' Haar ogen schoten vol tranen. Ze maakte geen aanstalten om ze weg te vegen.

'Paula, het spijt me dat je verdriet hebt. Echt waar.' Alex zweeg even en zei toen: 'Ik denk dat je gelukkiger zou zijn als je ergens anders werkte.'

Paula staarde haar aan en knipperde snel met haar ogen. 'Wat zeg je? Dat je me ontslaat?'

'Ik denk echt dat je gelukkiger bent als je ergens anders werkt,' herhaalde Alex. 'Natuurlijk zal ik je een aanbeveling meegeven. Je hebt geweldige kwaliteiten. Of misschien weet Denise iemand die hulp nodig heeft. En je kunt de kinderen komen opzoeken. Ik weet dat ze dat fijn zullen vinden.'

Paula schudde haar hoofd. 'Jij kunt me niet ontslaan. Warren heeft me aangesteld. Hij wìl dat ik hier ben. Ik maak deel uit van het gezin.'

'Paula...'

'Ik kan leren de dingen op jouw manier te doen. Ik wist niet dat je er niet gelukkig mee was, maar nu ik dat weet...'

Zelfs al wist Alex dat Paula loog en elke daad berekend was geweest om haar een ongewenst gevoel te geven, toch was ze ontroerd door de vrouw die bijna wanhopig was en heel even was ze in de verleiding om toe te geven. Toen dacht ze aan de brieven en de pop en ze vroeg zich af waarom Paula zo graag wilde blijven.

'Het spijt me, Paula. Ik denk dat we allebei aan verandering toe zijn.'

'Ik ga niet voordat Warren me dat zegt.' Paula legde het laken in de linnenkast. Toen bukte ze zich, pakte een ander laken uit de wasmand, vouwde het dubbel in de lengte en trok het strak.

Alex draaide zich om en liep de trap af.

Hoofdstuk 30

Vanaf het ogenblik dat Warren had opgebeld om te zeggen dat hij op weg naar huis toe was, had Alex op de uitkijk gestaan bij het raam van de zitkamer. Toen ze de Lexus de oprit zag oprijden naar de dubbele garage, liep ze de voordeur uit.

Ze wist niet waar Paula was. De huishoudster had met Lisa en Nicholas gegeten, toen de tafel opnieuw gedekt voor Alex en Warren en was naar haar kamer verdwenen. Alex voelde zich dwaas omdat ze zich naar Warren toe haastte als een klikkende peuter die zich naar de juf haast om haar kant van de ruzie als eerste te vertellen. Toen ze hem bereikt had, was hij de garage ingereden en stapte uit de auto.

Hij keek haar verbaasd aan. Toen fronste hij zijn wenkbrauwen. 'Wat is er aan de hand? Nicholas? Heeft die jongen het hem weer lastig gemaakt?'

Er klonk vermoeidheid door in zijn boze stem. Ze had plotseling met hem te doen en vroeg zich af wanneer ze zou ophouden een bron van zorgen te zijn, een last. 'Er is niets met Nicholas. Het gaat om Paula. Kunnen we in de achtertuin praten?'

Er kwam even een ongeduldige blik in zijn ogen. 'Jazeker. Laat me even mijn aktentas in mijn kantoor zetten.'

Alex ging naar buiten om op hem te wachten. Het was nog licht buiten en impulsief liep ze naar de redwood klimrekken die zij en Warren twee jaar geleden voor Nicholas hadden uitgekozen en ging op een van de schommels zitten.

Ze hoorde het gerommel van de schuifpui die openging. Even later stond Warren voor haar. Zijn kaak stond strak, zijn ogen onbewogen.

Alex zei: 'Het komt erop neer dat ik Paula ontslagen heb, maar ze zei dat jij haar had aangenomen en ze gaat niet weg voordat jij haar dat zegt.'

'Wat is er gebeurd?'

Was dat een zucht, vroeg ze zich af, of een zeewindje dat de bladeren in de bomen vlakbij deed ritselen. 'Het gaat niet alleen om vandaag.'

Ze vertelde hem over het gehakt, over het linnengoed, over de gesteven nachtjaponnen, over haar idee dat haar gezag voortdurend ondermijnd werd. 'Je denkt vermoedelijk dat ik kinderachtig doe.' Ze keek naar zijn gezicht en zocht naar tekenen van afschuw, maar zag alleen verdriet.

'Zei ze dat ze zou proberen de dingen te doen zoals jij het wilde?'

Alex schudde haar hoofd. 'Dat werkt niet. Ik wil haar hier niet, Warren. Niet inwonend, niet twee keer in de week, zelfs geen uur.' Ze zweeg even. 'Paula is te sterk aan jou en de kinderen gehecht. Ze maakt deel uit van jouw verleden met Andrea en daar kan ik niet meer mee leven. Daar wìl ik ook niet meer mee leven. Dat moet je haar vertellen.'

'Het is een goed mens, Alex. Betrouwbaar. De kinderen zijn dol op haar. Je hebt meer hulp in huis nodig, en wanneer de baby komt...'

'Wanneer de baby komt, neem ik een babysitter of een kinderjuffrouw overdag. Maar geen Paula. Voorlopig neem ik iemand om me in het huishouden te helpen.' Ze was even stil. 'Je hebt Paula gevraagd te komen inwonen nadat je over Kevin had gehoord. Je wilde iemand die op Nicholas lette wanneer jij er niet was om dat te doen. Daar kan ik niet mee leven.'

'Dat is niet waar!'

'Nee? Wees eerlijk, Warren. Is die gedachte geen seconde bij je opgekomen?'

Toen hij sprak, klonk zijn stem zacht. 'Ik weet het niet. Misschien gedeeltelijk wel. Toen ik die papieren zag, kreeg ik het gevoel alsof mijn hele wereld ondersteboven werd gekeerd. Je had tegen me gelogen, Alex. Je had over alles gelogen. Hoe kon ik je vertrouwen?'

'Dank je wel voor je eerlijkheid. Dat meen ik.'

'Maar dat is allemaal verleden tijd. Dit heeft niets met vertrouwen te maken. Ik vertrouw je wèl. Het is alleen verdomd moeilijk om een vrouw die meer dan veertien jaar bij het gezin is geweest, te vertellen dat je haar niet meer wilt hebben.'

Alex gaf geen antwoord. Ze duwde met haar voet tegen het gras en zette de schommel in beweging.

'Ik zal het tegen Paula zeggen,' zei hij ten slotte.

Ze vroeg zich af of zijn weerzin om Paula te ontslaan voortkwam uit het feit dat ze een herinnering aan zijn leven met Andrea was. Hij kon nog steeds niet over Andrea praten, zelfs niet nadat Alex haar verleden had blootgelegd. Ze had het onderwerp de afgelopen dagen verschillende keren ter sprake gebracht en iedere keer had Warren haar rustig, maar vastbesloten afgewezen.

Ze keek hoe hij weer naar het huis liep en in de woonkamer verdween; toen draaide ze haar hoofd naar het zwembad. Ze had een hekel aan het zwembad, maar ze dwong zichzelf ernaar te staren, alsof het op die manier aan kracht zou inboeten om haar te kwellen met beelden van het koude, levenloze lichaam van haar vierjarige zoontje.

Ze zag even het levenloze lichaam van Lundquist dat naar de bodem van het bubbelbad zonk. *Nare dingen komen altijd in drieën, Alexandra* hoorde ze haar moeder in haar oor fluisteren. *Wees voorzichtig.* Dat is belachelijk, zei Alex bij zichzelf. Dat is een dom, bijgelovig oudewijvenverhaal. Ze tastte onder haar trui, greep haar hartvormige medaillon beet en wachtte tot Warren terugkwam.

'Ze vertrekt vanavond,' kwam Warren tien minuten later vertellen. Zijn stem klonk neutraal.

'Wat zei ze?' Alex zat nog steeds op de schommel.

'Niet veel. Ik vroeg of ze de week wilde uitwerken, maar ze zei nee, ze wilde niet ergens blijven waar ze niet gewenst was. Ze deed haar best om niet te huilen en ik voelde me een ellendeling.'

En ik ben de boosdoener, dacht Alex, die plotseling werd overvallen door twijfels. 'Ik heb echt geprobeerd om met haar op te schieten, Warren.'

Hij haalde zijn schouders op. Ze gleed van de schommel af en ze liepen samen weer naar huis, maar niet arm in arm.

'Eten?' vroeg ze toen ze in de gang stonden voor de woonkamer. De tafel was gedekt. De gepaneerde kip stond op het aanrecht, klaar om opgewarmd te worden.

'Ik heb geen honger. Misschien straks.'

Warren ging naar zijn kantoor. Lisa en Nicholas waren nergens te bekennen; ze waren vermoedelijk in hun kamers. Alex had weinig zin om alleen beneden te blijven en Paula tegen te komen en besloot naar haar slaapkamer te gaan. Op weg naar de trap, moest ze langs Paula's kamer en was opgelucht te zien dat de deur dicht was.

Toen ze in haar slaapkamer op de grond been-strekoefeningen lag te doen, vroeg ze zich af hoeveel kinderen morgen op school zouden komen. Vandaag waren het er negen geweest, een meer dan gisteren, maar dat was omdat Bobby Lundquist was teruggekomen. Ze kon met negen kinderen geen school lopend houden.

Op een gegeven ogenblik zou ze Patty moeten laten gaan, en dan Evelyn. Op een gegeven ogenblik zou ze de school moeten sluiten.

Toen Warren binnenkwam, zat Alex stalen behang te bestuderen die ze had meegenomen voor de kinderkamer.

'Paula heeft gepakt,' zei hij. 'Ik ga haar bagage in de auto zetten. Ze neemt afscheid van de kinderen en ik dacht dat jij ook afscheid wilde nemen.'

'Natuurlijk.' Dat wilde ze niet, maar ze moest wel.

Ze liep achter Warren aan naar de gang aan de voorkant. Daar stond Paula met Nicholas en Lisa naast zich. Alle drie keken alsof ze naar een begrafenis moesten.

Alex zei: 'Paula, ik wil je nogmaals bedanken voor alles wat je voor ons hebt gedaan.'

'Geen dank, Alex. Ik wens je het allerbeste met de baby.' Ze vermeed het om Alex aan te kijken en wendde zich tot de kinderen. 'Nog een omhelzing voor ik ga.'

Lisa en Nicholas omhelsden Paula tegelijkertijd. Warren deed de deur open en pakte Paula's koffers. Paula volgde hem naar buiten en trok de deur achter zich dicht.

Nicholas zei: 'Lisa zegt dat je ruzie met Paula hebt gehad en dat je Paula aan het huilen hebt gemaakt en dat ze daarom niet meer hier blijft. Hoe komt dat, mam?'

Alex voelde dat haar gezicht rood werd. 'Het is ingewikkeld, Nick.' Ze keek Lisa niet recht aan, maar ze zag vanuit haar ooghoek dat het meisje ook bloosde.

'Je bent een grote kletsmajoor, Nicholas Prescott! Ik heb je gezegd je mond dicht te houden.' Lisa keek haar broer nijdig aan.

'Maar hoe komt dat?' herhaalde hij.

Alex zei: 'Paula is een prachtvrouw, maar zij en ik zijn het gewoon niet eens over verschillende dingen. Ze is natuurlijk verdrietig omdat ze weggaat en ik weet dat jij en Lisa haar zullen missen.'

'Paula zei dat ze op bezoek zou komen. Denk je dat ze dat doet, mam?'

'Misschien.' Ik hoop van niet, dacht ze.

Nicholas knikte en huppelde toen in de richting van de zitkamer. Alex wilde de gang uitlopen.

'Alex,' zei Lisa.

Alex stond stil en draaide zich om om haar stiefdochter aan te kijken.

'Het spijt me.' Lisa bestudeerde haar handen. 'Paula zei dat jullie ruzie hadden gehad. Ze huilde. En toen zag Nicholas haar pakken en vroeg mij waarom ze wegging. Maar ik had niets tegen hem moeten zeggen.' Ze keek Alex aan en streek het gordijn van blond haar achter haar oor. 'Sorry,' zei ze weer.

Het klonk of ze het meende, bijna verloren. Alex legde haar hand op Lisa's arm. 'Ik weet dat jullie elkaar heel na staan. Ik zou het je niet kwalijk nemen als je mij er de schuld van gaf.'

'Ik ben niet boos op je. Ik begrijp waarom je iemand anders wilt. Om je de waarheid te zeggen, vind ik het soms gewoon griezelig zoals ze over mijn moeder blijft praten.'

Dit was voor het eerst dat Lisa haar moeder ter sprake bracht tegen Alex. Was het een verzoeningsgebaar? En zo ja, waarom nu?

'Ik wist niet dat je dat zo voelde, Lisa.'

Het meisje haalde haar schouders op.

Alex aarzelde: 'Denk je dat...'

De deur ging open en Warren kwam binnen. 'Wat kijken de dames ernstig!' Hij sloeg zijn arm om Lisa heen en wendde zich toen tot Alex. 'Alles in orde?'

Alex vroeg zich af ze door Paula kwijt te raken niet alleen hielp de geest van Andrea uit te drijven, maar ook de vijand had verdreven. Tenzij de vijand natuurlijk nog binnen was. Ze dacht aan de blouse met vlekken en keek even naar Lisa. Het meisje leunde tegen haar vader aan met haar armen om zijn middel.

'Alles is in orde,' zei Alex.

Donderdagochtend kwam Bobby Lundquist niet opdagen.

'Je kunt Bobby niet meetellen, Alex,' zei Evelyn, nadat zij en Alex de peuters aan hun vaste werkjes hadden geholpen. 'We hebben er nog steeds acht. Het blijft gelijk. Dat is een goed teken.'

'Acht kinderen is geen school, Ev. Ik bel Patty op en zal haar zeggen dat ze naar een andere baan moet uitkijken. Dat is niet meer dan redelijk. Ik denk dat jij maar hetzelfde moest doen.'

Evelyn schudde haar hoofd. 'Ik denk er niet aan. Maar wat Patty betreft heb je wel gelijk. Jij en ik houden de zaak draaiende totdat alles weer terug op normaal is. En het wòrdt weer normaal. Je zult het zien. En als Patty dan al een andere baan heeft gevonden, zoeken we wel iemand anders.'

'Je bent een optimiste,' glimlachte Alex. 'En een goede vriendin.'

Halverwege de ochtend kwam Bobby Lundquist. Hij was zo mogelijk nog bleker en de kringen onder zijn ogen waren nog donkerder.

'Het spijt me dat hij te laat is,' zei Sally Lundquist. Ze sprak tegen Alex, maar haar blik volgde haar zoon toen hij naar zijn vakje liep. 'Hij is het grootste gedeelte van de nacht wakker geweest en toen hij eindelijk in slaap viel, wilde ik hem niet wakker maken. We logeren momenteel in een hotel. Ik weet nog niet of ik terug naar huis wil, vooral gezien Bobby's reactie.'

245

'Heeft hij iets gezegd over de dood van uw man?'
De vrouw deed even haar ogen dicht. Toen ze die weer opendeed, waren ze vochtig van de tranen. 'Hij geeft zichzelf de schuld. Hij zegt dat hij een paar keer heeft gebeden dat Donald zou doodgaan toen hij Donald mij zag slaan, en nu ís hij dood. Daarom kan Bobby niet slapen.'
'Arm jochie,' mompelde Alex.
'Ik ga met hem naar een jeugdpsychiater. Ik heb een paar namen opgekregen van de mensen uit het tehuis. Ik vind het zo akelig voor hem.' Ze zuchtte en veegde haar ogen af. 'Overigens, ik heb wèl met de politie gesproken. Ik heb een rechercheur verteld dat Donald dood was toen ik in het huis kwam en dat was voordat u kwam, dus dat moet voor u opgelost zijn. Hebben ze u opgebeld?'
'Ze weten niet hoe laat uw man is vermoord. Ze denken dat het veel eerder geweest kan zijn. Ik heb hem rond acht uur 's avonds gesproken, maar ik kan het niet bewijzen.'
'Wat vervelend.'
'U kunt er niets aan doen. Ik waardeer het erg dat u het geprobeerd heeft. En u? Bent u...'
'Een verdachte?' Sallys lippen vormden een vaag glimlachje. 'Vermoedelijk. De politie was niet onaardig of zo. Ze bleven alleen steeds dezelfde vragen stellen. Om u de waarheid te zeggen, maak ik me te veel zorgen om Bobby om nog bang te zijn voor mezelf.'
'Door wie denkt u dat hij vermoord is?'
'Mijn advocaat denkt dat het een van Donalds collega's was. Het schijnt dat Donald heel wat mensen veel geld schuldig was.' Sally Lundquist keek op haar horloge. 'Over advocaten gesproken, ik heb een afspraak met de mijne. Ik ben op tijd terug om Bobby op te halen. Trouwens, ik zag toevallig dat er zo weinig kinderen zijn. Gisteren dacht ik dat het kwam omdat ik zo vroeg was. Doet er een virus de ronde waar ik niets van weet?'
Een angstvirus, dacht Alex. Ze vertelde de vrouw rustig over haar argwaan. 'Ik kan het natuurlijk niet bewijzen. Eén ouder die ik heb opgebeld was eerlijk tegen me.'
'Dat is verschrikkelijk! En het is mijn schuld, hè? Als ik niets tegen u had gezegd over Bobby, en als Donald daar niet achter was gekomen...'
'Het is niemands schuld, behalve die van de pers. En ik kan ze niet echt kwalijk nemen dat ze nieuws verslaan. Maakt u zich er alstublieft geen zorgen om, mevrouw Lundquist. U hebt genoeg aan uw hoofd.'
'Maar uw school...'
'Ik zou liegen als ik zei dat ik me geen zorgen maakte, of dat het

me niet kon schelen. Het kan me heel veel schelen. Maar bezorgd zijn helpt niet. Ik doe wat mijn man me aanraadde en leef bij de dag.'

Het was een goed en volwassen advies en Alex probeerde het op te volgen. Vrijdagmorgen keek ze, zoals iedere ochtend sinds de dag waarop Lundquist was vermoord, de plaatselijke krant in op zoek naar opgerakeld nieuws over zichzelf en was opgelucht niets te vinden. (Ze zou het heerlijk gevonden hebben als de pers haar van blaam zou zuiveren, maar die wens hoorde in het rijk der fabelen.) Ze zette Nicholas af bij zijn school en reed naar haar werk, er waren nog steeds negen kinderen.

Tijdens de pauze belde ze Warren op. Had hij iets gehoord van Margot Leibman? Nog niets, vertelde hij haar; hij zou bellen zodra hij iets hoorde. Ze besefte dat Warren waarschijnlijk genoeg begon te krijgen van al haar telefoontjes, maar ze wist dat dat haar er niet van zou weerhouden hem tijdens de lunch en naderhand wanneer ze thuis was, weer op te bellen.

Na haar werk haalde ze Nicholas op en eenmaal thuis, controleerde ze de brievenbus. Geen akelige brief. Er was er geen meer geweest sinds de brief die in de buikholte van de pop verstopt had gezeten. Alex vroeg zich vandaag af, zoals iedere middag, of de briefschrijver was opgehouden met schrijven, definitief of tijdelijk, of dat Donald Lundquist, die in het mortuarium op een autopsie lag te wachten, de briefschrijver was geweest. Warren dacht dat het Lundquist was.

Alex wilde dat ook vreselijk graag geloven, maar totdat de moord op Lundquist was opgehelderd, was haar leven een en al onzekerheid.

Denise belde zondagavond op. Alex nam de telefoon aan.
'Hoe gaat het ermee, Alex?'
'Met mij gaat het goed, dank je.' Alex hoorde aan Denises toon dat ze het moeilijk vond om met haar te praten. 'Wil je Warren spreken? Of Lisa?'
'Eigenlijk belde ik op om met je over dat feestje ter ere van je zwangerschap te spreken.'
Was dat mens gek? 'Denise, je kent mijn situatie. Een feestje ter ere van een zwangerschap is het laatste waar mijn hoofd nu naar staat.'
'Ik denk eerlijk gezegd dat het heel goed voor je zou zijn. Je hebt positieve gedachten nodig en ik kan me niets positievers voorstellen dan de komst van je baby, jij wel?'

'Denise...'
'Denk er eens over. Goed? Luister, dit is een zware tijd voor je. Ik wil dat je weet dat ik voor de volle honderd procent achter je sta. Net zoals al je vriendinnen, Alex. Onthoud dat.'
'Dank je wel.'
'Trouwens, Paula vertelde me dat je haar had ontslagen.'
Alex was direct op haar hoede. 'Het ging niet.'
'Ik denk eigenlijk dat het wel zo goed is voor jullie allemaal. Ik heb eens nagedacht over iets dat je een tijdje geleden hebt gezegd. Misschien is Paula inderdaad te veel aan Warren en de kinderen gehecht.' Ze zweeg even. 'Ik weet niet of ik dit wel tegen je mag zeggen, maar ik denk dat Paula's probleem te maken kan hebben met het feit dat ze haar eigen kind ter adoptie heeft moeten afstaan toen dat drie jaar oud was.'
Alex was verbijsterd. 'Heeft Paula een kind? Dat heb ik nooit geweten! Ik weet dat ze een neefje heeft. Daarvan had ze een foto op haar toilettafel.'
'Er is geen neefje.'
'Maar Warren...'
'Warren kent de waarheid niet. Ik wel. Paula heeft mij lang geleden in vertrouwen genomen. Ze was jong en haar man had maagkanker. Ze hadden geen geld, geen inkomen. Ze had geen keus en moest haar zoontje in een pleeggezin doen. Ze dacht dat het tijdelijk zou zijn, tot ze weer op eigen benen kon staan. Maar de ziekte van haar man sleepte zich voort en, tja, een rijk gezin wilde haar zoon adopteren. Ze dacht dat ze deed wat het beste voor hem was.'
'Mijn God!' fluisterde Alex. 'Wat vreselijk. Ik vind dat afschuwelijk voor haar.'
'Ik ook. Maar ik vraag me af of haar verdriet en verbittering in verband met het verlies van haar kind, plus het feit dat jij met Warren bent getrouwd en haar min of meer overbodig maakte...' Denise zweeg en zei toen: 'Misschien heeft ze zich laten meeslepen.'
'Wat bedoel je? Dat Paula die brieven heeft gestuurd?'
'Ik weet het niet. Ik denk van niet, maar ik weet het gewoon niet.'

Toen Alex maandagochtend naar school reed, besloot ze dat, als er nog een kind afviel, dat een teken zou zijn om de peuterzaal te sluiten. Om halftien staarde ze naar de jongens en meisjes die de klas inliepen. Toen ze aan hun tafels zaten, telde ze hen twee keer en toen een derde keer. Er waren zeventien peuters.
Evelyn stond ook te staren. Toen verscheen er een brede glimlach op haar gezicht. 'Het is een wonder. Wat heb je gedaan, heb je in het weekend alle ouders opgebeld en ze gratis onderwijs beloofd?'

Alex schudde haar hoofd. 'Ik heb niemand opgebeld.'

Het raadsel werd 's middags opgelost toen Maeve O'Connor haar dochter Peggy kwam ophalen. Maeve was de vrouw die eerlijk tegen Alex was geweest toen die haar de maandag tevoren had opgebeld.

Alex liep naar de auto en hielp Peggy op de achterbank. Toen liep ze om de auto heen naar het raampje van de bestuurder.

'Fijn om Peggy terug te hebben, mevrouw O'Connor,' zei Alex. 'Mag ik u iets vragen? Waarom bent u van gedachten veranderd?'

De vrouw keek Alex recht aan. Ze sprak op zachte toon. 'Sally Lundquist heeft me opgebeld. Ze zei dat ze alle ouders zou opbellen. Ze legde uit dat zij haar man dood had gevonden voordat u kwam.'

Die schat van een Sally Lundquist! 'Ik moet eerlijk zijn, mevrouw O'Connor. De politie kent het tijdstip van de dood niet. Ze kunnen me weer ondervragen en mijn foto komt misschien weer in de krant. En het artikel over het verdrinken van mijn zoon is waar. Dus als u nog twijfels heeft...'

'U hebt altijd de indruk op me gemaakt een zorgzame, toegewijde, verantwoordelijke leerkracht te zijn. Daar had ik op moeten vertrouwen. Het spijt me.'

'Verontschuldig u alstublieft niet. U deed wat u dacht dat het beste voor Peggy was. Maar ik kan u niet zeggen wat dit voor mij betekent, dat u vertrouwen in me stelt.'

Toen Sally Lundquist in de klas kwam om Bobby te halen, ging Alex naar haar toe.

'Mevrouw Lundquist, er waren vandaag zeventien kinderen. U hebt wonderen verricht. Ik weet niet hoe ik u moet bedanken.'

Sally bloosde. 'Het was het minste dat ik kon doen. Ik ben blij dat ik kon helpen. Hoe ging het vandaag met Bobby?'

'Hetzelfde. Stil, afstandelijk.'

Zijn moeder knikte. 'Hij begint vanmiddag met zijn therapie.'

'Ik weet zeker dat dat zal helpen. Nogmaals, dank voor alles.'

'Geen dank. U verdient het, mevrouw Prescott.'

Warren was opgetogen over Alex' nieuws en stond erop dat ze met z'n allen uit eten zouden gaan om het te vieren. Lisa leek ook echt blij te zijn. Ze omhelsde Alex zelfs.

Dinsdag waren er twintig kinderen. En halverwege de ochtend ging de telefoon. Evelyn nam hem op en kwam toen terug in de klas. Het was Warren, zei ze tegen Alex.

Alex liep snel naar het kantoor en pakte de hoorn op. 'Warren?'

'Margot Leibman heeft me net opgebeld. Ze...'

'Hebben ze de uitslag van de autopsie? Hoe laat is Lundquist vermoord?' Alex hield haar adem in.
'Gebaseerd op de autopsie, ergens tussen twee uur 's middags en tien uur 's avonds. Maar...'
'Dat begrijp ik niet. Kunnen ze niet preciezer zijn?'
'In films kunnen ze een exact tijdstip van de dood geven. In het werkelijke leven is dat vrijwel onmogelijk. Te veel mogelijkheden. Vergeet de autopsie. Margot zei...'
Haar gezicht versomberde. 'Waarom bel je dan?'
'Luister nou even!' Warren was duidelijk opgewonden. 'Margot zei dat de rechercheur die we hebben gehuurd...'
'Heb je een rechercheur gehuurd?'
'Natuurlijk! Ik was niet van plan te gaan zitten wachten tot de politie je het groene licht zou geven, Alex. In ieder geval heeft Margot hem een kopie van Lundquists telefoonrekeningen gegeven, ze heeft rechercheur Rowan net zolang lastig gevallen tot ze toegang tot het telefoonbedrijf kreeg. Lundquist heeft die dinsdag verschillende interlokale gesprekken gevoerd. De rechercheur heeft de nummers opgebeld en vastgesteld dat Lundquist de gesprekken zelf heeft gevoerd. Eén was om halfacht die avond en dat laat jou vrijuit gaan, Alex, want ik was toen thuis bij jou totdat je om halfnegen met Evelyn vertrok!'
'O, God!' Alex begon te huilen.
'Margot zei dat Rowan haar vertelde dat ze zich op Lundquists collega's richten. Het is mogelijk dat het een drugskwestie is. Wie weet? Wat kan het schelen, zolang jij er maar van af bent.'
Ze spraken nog even door. Toen Alex de hoorn neerlegde, veegde ze over haar ogen en liep terug naar de klas.
Evelyn liep snel naar haar toe. 'Wat wilde Warren?' Ze bestudeerde Alex' gezicht. 'Je hebt gehuild. Waarom? Wat is er aan de hand?'
'Er is niets aan de hand.' Alex herhaalde wat Warren te weten was gekomen.
'Dat meen je niet!' Er sprongen ook tranen in haar ogen en ze omhelsde Alex. 'Goddank. Het is eindelijk voorbij.'
Was het voorbij? Echt voorbij? Alex was niet langer een verdachte, maar de politie wist niet door wie Lundquist wel vermoord was. Collega's had Warren gezegd. Misschien was het een drugskwestie.
Ze keek die middag naar de post, maar er was geen brief. Er waren woensdag, donderdag, vrijdag of zaterdag ook geen brieven. Zondag stond ze zichzelf langzaam toe te geloven wat Warren van het begin af aan had volgehouden.

Donald Lundquist had de brieven geschreven en het aanmeldingsformulier gestuurd om haar dwars te zitten. Nu hij dood was, konden Alex, Warren, Lisa en Nicholas eindelijk de draad van hun leven weer oppakken.

Hoofdstuk 31

Het was voorbij.
Het besef overwonnen te zijn, was bitter en krenkend.
Al haar zorgvuldig uitgebroede plannen – al haar hoop! – was tot as vergaan. Er restte haar niets dan een diep gevoel van wanhoop over haar mislukking en een schuldgevoel dat aan haar knaagde in verband met de dood van Donald Lundquist, een schuld die niet echt de hare was. Ze had niets verkeerd gedaan. Hij had het toch zelf teweeggebracht? Ze was niet verantwoordelijk voor de daden van anderen.
Donald Lundquist was voor niets doodgegaan. De vernielingen, de telefoontjes naar het kerkhof, de brieven, het aanmeldingsformulier voor de kostschool, alles was voor niets geweest. Alex was glorieus, euforisch, en waarom zou ze niet? Haar verleden, nu dat eenmaal was blootgelegd, was niet langer een wapen dat tegen haar gebruikt kon worden om haar te verdrijven. Haar kostbare peuterzaal was gered. Ze was geen verdachte meer in de moord op Lundquist. En Warren had haar vergeven, de leugens tegenover hem over haar verleden, en het feit dat ze haar enige kind had laten verdrinken!
Het kwetste haar en maakte haar woedend dat Warren zo blind, zo stompzinnig grootmoedig was, maar hij had natuurlijk geen keus. Ze wist dat het niet was omdat hij van Alex hield. Het was vanwege de baby. Als er geen baby op komst zou zijn, zou Warren van Alex gescheiden zijn wanneer hij achter haar verleden was gekomen. Maar hij kon niet van haar scheiden, als ze zwanger van hem was.
Als de baby er niet was, zou alles in orde komen. Ze liep naar haar bed, pakte een rond kussen, trok haar blouse omhoog en duwde het kussen tussen het elastiek van haar trainingsbroek. Ze liet de blouse zakken zodat die het kussen bedekte en keek in de spiegel naar haar ronde buik. Ze liet haar handen over haar buik glijden en vroeg zich af hoe het zou zijn om leven te voelen.

Alex wist het. Alex werd zwaarder en pronkte tegenover iedereen met haar zwangerschap. De baby groeide iedere dag. Hij zou weldra geboren worden en dan zou het te laat zijn. Voorgoed te laat.

Ga weg, Alex! fluisterde ze. Ga weg! Haar lichaam schokte van de vlagen van woede en frustratie. Ze rukte het kussen weg, graaide naar een briefopener op haar toilettafel en stak ermee in het kussen, telkens weer, de ene jaap na de andere in het lichtroze chintz, tot het kussen aan stukken was en de kamer vol plukken katoenen vulling.

Ze zou een andere manier vinden.
Ze tikte met de briefopener tegen haar hand.
Ze wist wat ze moest doen.
Ze had geen keus.

Hoofdstuk 32

'Je weet zeker dat je het niet erg vindt dat ik wegga?' vroeg Warren aan Alex toen hij zijn kledingzak aan de deur hing.
'Het is maar één nachtje. En je hoort bij je moeder te zijn. Ik vind het geweldig dat ze gehuldigd wordt.'
Het was zondagmorgen. Warren zou naar Chicago vliegen om zijn moeder te verrassen wanneer ze een prijs uitgereikt kreeg voor haar werk bij de bestrijding van het analfabetisme. Het huldigingsdiner was 's avonds in een hotel in de stad. Warren zou maandagochtend vroeg terugkomen.
Een half uur later gingen Warren en Alex naar beneden, naar de garage. Hij reed met de Lexus naar het vliegveld en zou hem die nacht op de parkeerplaats laten staan.
'Ik bel je zodra ik er ben.' Warren hield Alex stevig vast en kuste haar. 'Ik zal je missen.'
'Doe dat maar.' Ze glimlachte.
Hij kuste haar weer, toen trok hij zich met tegenzin terug en stapte in de auto. Ze wachtte tot hij achteruit de garage was uitgereden en liep toen terug naar huis.
Er waren drie weken voorbijgegaan en ze had zich eindelijk kunnen ontspannen en gelukkig kunnen zijn. Haar verhouding met Warren was weer normaal, het was in feite beter dan eerst, want ze liep niet langer met de voortdurende spanning rond dat haar verleden bekend zou worden.
Haar verhouding met Lisa was ook verbeterd. Ze waren samen naar een meubelwinkel geweest en hadden een kinderbedje uitgezocht, een commode en een toilettafel voor de baby. Alex had haar mening ook gevraagd over het behang en het linoleum in de kinderkamer.
Afgelopen donderdag had Alex een vruchtwaterpunctie ondergaan. De uitslag zou over veertien dagen bekend zijn, maar ze maakte zich geen zorgen. Voor het eerst in jaren had ze het idee dat

God tegen haar glimlachte en ze was vol vertrouwen dat alles, ook de baby, in orde kwam en was.

De dromen waren er natuurlijk nog, die zouden waarschijnlijk altijd wel blijven. Ze kwelden haar nog, hoewel niet meer zo intensief als in de weken voorafgaand aan de dood van Lundquist, maar ze kon die nu accepteren als een deel van haar leven. Ze overwoog om in therapie te gaan om haar schuldgevoel betreffende Kevin de baas te worden. Misschien zou dat de frequentie van de dromen doen afnemen.

Lisa vertrok kort nadat Warren was weggegaan; ze had een afspraak om de dag bij Valerie door te brengen en daar 's nachts te blijven slapen. Alex nam Nicholas mee om in Santa Monica nieuwe tennisschoenen, een broek en blousjes met korte mouwen te kopen. Daarna gingen ze naar een pizzatent om te lunchen, toen naar een nieuwe, lange Disney-tekenfilm die hij graag wilde zien.

Ze kwamen om halfzes thuis. De telefoon ging. Het was Warren die vanuit het hotel opbelde. Alex sprak met hem en met Bea en Phil.

'Gefeliciteerd, mam,' zei Alex. 'Kon ik er vanavond ook maar bij zijn. Dat zouden Nicholas en Lisa ook wel willen.'

'Ik ook, Alex. Maar we zien jullie wanneer de baby er is.'

Alex liet Nicholas aan de telefoon. De jongen sprak met zijn grootouders en daarna met zijn vader. Alex vroeg zich af wat haar eigen ouders van haar stiefzoon zouden denken en van de baby wanneer die geboren was. Ze hadden van Kevin gehouden en hadden hem alle genegenheid en waardering geschonken waarmee ze, zolang ze zich kon herinneren, zo zuinig waren omgegaan tegenover Alex. Warren wilde dat ze contact met hen opnam, maar daar voelde ze nog niet veel voor. Ze wist niet zeker of ze dat ooit zou willen.

Ze maakte een hamburger voor Nicholas en grilde een forel voor zichzelf. Nadat ze hadden gegeten, liet ze zijn bad vollopen en keek toe hoe hij baadde. Toen hij klaar was en zijn pyjama aan had, ging hij op de grond in zijn kamer met zijn Legosteentjes spelen.

Alex ging naar haar slaapkamer en legde haar horloge op de toilettafel. Ze trok haar sportschoenen en sokken uit en liep naar beneden naar haar atelier. Ze had veertien dagen geleden het tapijt laten vervangen door wit linoleum. Warren had haar schildersezel en kunstvoorraden naar beneden gebracht. De schommelstoel was boven in de kinderkamer gebleven.

Ze was bezig met een familieportret van Warren, Lisa, Nicholas en zijzelf. Ze zou er Warren op zijn verjaardag over twee maanden mee verrassen. Ze had wat voorbereidende schetsen gemaakt van één van de polaroid-foto's die Lisa maanden geleden op haar verjaardagsfeest had gemaakt.

Alex haalde het doek uit de kast (daar bewaarde ze het voor geval dat Warren in de buurt was) en zette het vast aan de ezel. Ze zou met Lisa's ogen beginnen. Ze verzamelde de tubetjes olieverf die ze wilde hebben, pakte haar palet en mengde wat kleuren tot ze de tint bruin had die ze wilde hebben.

Toen ze klaar was om te beginnen, ging ze naar boven. Nicholas was bezig een helikopter te bouwen volgens de aanwijzingen die bij de Legosteentjes had gezeten.

'Alles in orde?' vroeg ze.

Hij keek glimlachend naar haar. 'Ja, hoor. Zie ik papa morgenochtend voor ik naar school ga?'

'Ik denk van niet. Ik ben nu in mijn atelier als je me nodig hebt.' Weer terug beneden, liet ze de deur van haar atelier openstaan, zodat ze Nicholas kon horen als hij riep.

Alex pakte haar penseel en begon te schilderen. Na een tijdje merkte ze dat het buitenlicht snel afnam. Ze draaide de plafondlamp aan en liep terug naar het doek. Lisa's ogen waren uitzonderlijk, een donker, fluwelig bruin met barnsteenkleurige flitsen rond de pupil. Alex wilde de tint goed hebben.

Ze had een tijdje gewerkt toen de telefoon ging. Ze schrok ervan en haar hand schoot uit en maakte een slordige streep bruin buiten het ovaal van het oog.

'Verdomme!' Ze legde de penseel neer en reikte naar de hoorn bovenop het kastje achter haar. Misschien was het Warren die weer vanuit het hotel belde. 'Hallo?'

'Kijk eens in het zwembad, Alex,' fluisterde een stem.

Haar hart stond een seconde stil, toen bonkte het in haar borst. 'Met wie spreek ik?' wilde ze weten, maar ze hoorde alleen maar de kiestoon.

Ze liet de hoorn op de haak vallen en rende naar de zitkamer. De schuifpui stond open.

'Nicholas!' riep ze.

Ze sloeg een hand voor haar mond om haar schreeuw te onderdrukken. Ze rende naar buiten, de drie stenen treden af, over het grasveld naar het hek dat het zwembad van de tuin scheidde.

Het was niet op slot. Er klonk een zacht gepiep toen ze het opentrok. Ze gooide hem wijd open en rende. Ze hoorde het achter zich dichtslaan.

Ze was nu door het hek, ze kneep haar ogen halfdicht om in de vallende duisternis iets te kunnen zien. Ze zag niets en ze dacht: Alsjeblieft God, laat het een wrede grap zijn. Maar toen zag ze het aangeklede figuurtje met zijn gezicht naar beneden op de bodem van het donkere turkooiskleurige water liggen aan het andere eind van het zwembad.

'Nicholas!' gilde ze.

Ze rende over het beton. Haar hart bonkte tegen haar borst en haar ribben deden vreselijk pijn. Haar benen leken wel van lood te zijn. Ze wist dat ze te langzaam vooruitkwam, ze haalde het nooit op tijd, haar benen waren zo zwaar, zo zwaar! Ze kon ze nauwelijks verzetten en het scheen eeuwen te duren voor ze bij hem was.

Ze sprong in het water.

Het was ijskoud. Ze zwom rillend naar hem toe, negeerde de pijn die door haar lichaam trok terwijl ze zich een weg baande door eindeloze massa's water.

Hij was nog maar een meter of zo van haar af. Ze haalde diep adem, dook naar beneden en toen zijn hoofd binnen armslengte was, greep ze het om het boven water te houden.

Zijn haar liet los.

Ze gilde, toen besefte ze dat ze een pruik in haar handen had. Ze keek naar datgene waarvan ze had gedacht dat het Nicholas' lichaam was. Het was een opblaasbare pop – slechts gedeeltelijk opgeblazen. Daarom had hij niet gedreven. Hij had een broek en een overhemd van Nicholas aan. Ze herkende het.

Ze zwom naar de rand van het zwembad en hees zichzelf uit het water. De lucht was koud. Ze rilde van kou en angst. Ze klappertandde. Ze ging terug, rende naar het huis, de stenen treden op, de woonkamer in. Ze trok de schuifpui dicht, deed hem op slot en vroeg zich ondertussen af of de persoon die de pop in het zwembad had gelegd, buitenshuis was of in het huis bij haar en Nicholas.

Nicholas!

Haar hart bonsde, ze rende de trap op naar zijn kamer en ademde uit. Ze had niet beseft dat ze haar adem had ingehouden. Hij zat in zijn kamer en had het licht aangedaan. Hij keek op toen ze binnenkwam en glimlachte.

'Je bent helemaal nat, mam!' Hij lachte en wees naar haar druipnatte haren en kleren. 'Wat heb je gedaan?'

'Ik ben in het zwembad gevallen.' Ze wilde hem geen angst bezorgen, maar ze moest het vragen. 'Nicholas, heb jij de schuifpui in de woonkamer opengemaakt?'

'Natuurlijk niet, mam.' Er klonk een zweem van verwijt in zijn stem. 'Je hebt gezegd dat dat niet mocht. En trouwens, ik kan niet eens bij het bovenste slot. Is er iets, mam?'

'Niets bijzonders, Nick.' Ze deed de deur van zijn kamer dicht en liep van de ene slaapkamer naar de andere, trillend van angst als ze een deur openmaakte en het licht aandeed. De kasten waren het moeilijkst. Ze had visioenen van iemand die uit de donkere holtes op haar kwam afspringen, maar dat gebeurde niet.

Ze stond in de gang en ging in gedachten de gebeurtenissen van die dag na, ze probeerde zich te herinneren wanneer ze voor het laatst in de woonkamer was geweest. Niet sinds ze waren thuisgekomen van hun boodschappen doen en de bioscoop, besefte ze. 's Ochtends, nadat Lisa was weggegaan, had Nicholas in de woonkamer tv gekeken. Alex wist zeker dat ze een open deur opgemerkt zou hebben toen ze de tv uitzette.

Iemand had de deur opengemaakt terwijl zij en Nicholas van huis waren, concludeerde ze. Ze had in het atelier gewerkt, maar met de deur van die kamer open had ze moeten horen als de schuifpui werd opengemaakt.

Behalve toen ze boven was om Nicholas te baden. Dat had minstens een half uur geduurd, genoeg tijd voor iemand om het huis binnen te gaan, de woonkamer in te lopen, de deur open te maken en weg te gaan.

Ze liep snel de trap af en controleerde de zijdeur. Die zat dicht en op slot. Het was dus de voordeur. De deur die toegang tot de garage verschafte was dicht, maar niet op slot. Ze deed hem op slot. Ze controleerde de kamers beneden, deed alle lichten overal aan en hield zichzelf voor dat er niemand in huis was, dat de opbeller een tijdje geleden was weggegaan.

Kijk in het zwembad, Alex. De stem had gedempt geklonken, maar het had een vrouwenstem geleken.

Wie was dat?

De afgelopen drie weken had Alex zichzelf overtuigd dat haar moeilijkheden voorbij waren, maar nu stak al haar gekwelde achterdocht weer volledig de kop op. Het was iemand die toegang tot het huis had, iemand die geweten had dat Warren niet thuis zou zijn. Lisa wist het natuurlijk. Had het meisje het tegen Denise gezegd? Had Denise het terloops tegen Paula gezegd? Denise had een sleutel van het huis. Paula had er ook een gehad. Ze had hem teruggegeven toen ze niet langer een full-time, inwonende huishoudster was. Maar stel dat ze er een kopie van had laten maken?

Natuurlijk was het mogelijk dat iemand de reservesleutel had genomen die Alex en Warren in een namaakrots hadden verborgen tussen de sierstenen in de border van de voortuin.

Ze dacht plotseling aan Ron! Was zijn verontschuldigende telefoontje een voorwendsel geweest, een list om haar niet op haar hoede te laten zijn? Was hij een laatste streek aan het uithalen nu haar problemen voorbij waren?

Alex maakte de voordeur open, liep naar buiten, keek rond om er zeker van te zijn dat niemand haar zag, knielde toen neer en pakte de steen op, de derde van de rechterrand. De sleutel lag er. Maar daarom kon iemand hem nog wel gebruikt hebben en weer hebben teruggelegd.

Ze liep het huis weer in, deed de deur dicht en op slot. Ze wilde Warren opbellen, maar hij was in Chicago bij een banket in een hotel waarvan ze de naam niet meer wist. In de keuken nam ze de hoorn van de telefoon op en drukte het nummer in dat Lisa had achtergelaten op een stukje papier aan de ijskast. 'Ik wil alleen even zeker weten dat alles in orde is,' zei Alex hardop. 'Ik controleer haar niet.'

Valerie Haines nam op. 'O, hallo, mevrouw Prescott. Hoe gaat het met u?'

'Goed. Mag ik Lisa even spreken, alsjeblieft?'

'Ze kan op dit ogenblik niet aan de telefoon komen.'

'Zegt u tegen haar dat ik nu met haar wil spreken. Het is belangrijk.'

'Het kan even duren, mevrouw Prescott.'

Valerie zat tijd te rekken, Alex wist het zeker. 'Waar is ze, Valerie?' Haar handpalmen waren klam. 'Zeg de waarheid.'

Stilte. 'Ze heeft een afspraak met een jongen om pizza te gaan eten. Ze zei dat ze pas laat terug zou zijn en vroeg me haar te dekken als u opbelde. Ik heb haar gezegd dat ik er niet bij betrokken wilde worden.'

'Wat voor jongen?'

'Ik weet het niet. Dat wilde ze niet zeggen.'

Er was geen jongen. Alex ging weer naar boven, liep Lisa's kamer in en ging regelrecht naar het bureau van haar stiefdochter. De middelste la zat op slot. Er lag een roze emaille sieradendoos op de toilettafel. Als jong meisje had Alex de sleutels van haar dagboek en haar bureaula in haar sieradendoos bewaard. Misschien deed Lisa hetzelfde.

Alex maakte de doos open. Er lagen goedkope modesieraden in, oorbellen, horloges en armbanden. Er lag een sleutelring in de vorm van een hand met gemanicuurde nagels. Alex zocht naar een sleutel die op de la kon passen. Ze vond hem niet, maar terwijl ze door de doos rommelde, kwam ze een hartvormig, met de handgemaakt gouden medaillon tegen.

Even dacht ze dat het de hare was, maar dat kon natuurlijk niet; ze had het hare om. Ze reikte onder haar trui voor de zekerheid en raakte het metaal aan dat verwarmd was door haar lichaam. Ze pakte het andere medaillon en maakte het open. Warrens beeltenis glimlachte haar toe vanuit de ene helft. Lisa's gezicht stond ernstiger; haar ogen, donkerbruine poelen, schenen Alex aan te staren.

Alex klapte het medaillon dicht en legde het terug in de sieradendoos. Dus Lisa had een medaillon dat vrijwel identiek was aan het medaillon dat haar vader voor Alex had gekocht? Een medaillon bewees niets. Maar ze kon het snelle kloppen van haar hart voelen en haar hand trilde toen ze de briefopener oppakte die op Lisa's bureau lag en die, na een korte aarzeling, in het sleutelgat van de afgesloten la stak.

Een minuut later was de la open.

Net zoals alles in de kamer, was de la keurig. Bovenop de rest van de inhoud lag een dunne witte envelop, geadresseerd aan Alex. Met trillende handen maakte ze hem open en haalde er een vel ongelinieerd papier uit waar met de hand geschreven met grote, rode hoofdletters op stond:

NU MOETEN JULLIE ALLEBEI STERVEN

'Mijn God!' fluisterde Alex. Ze voelde zich plotseling misselijk en duizelig. Ze pakte de rand van het bureau beet om houvast te hebben en haalde diep adem.

De envelop had boven op een roze dagboek gelegen. Alex pakte het dagboek, trok het slot stuk en bladerde van achter naar voren tot ze de pagina vond waar de datum van vandaag op stond. Die was blanco. Net zoals de bladzijden van de voorafgaande drie weken. Ten slotte vond ze twee bladzijden van een paar dagen geleden, volgeschreven met Lisa's kleine, verkrampte handschrift. Alex begon te lezen:

> ...en binnenkort zal Alex doodgaan. Misschien gaat ze zelfs dood voordat de baby is geboren. Misschien is dat beter voor de baby. Het is zo naar om geboren te worden en geen moeder te hebben. Pap zal verdrietig zijn en Nicholas ook. Ik zou verdrietig zijn als ik mezelf liet gaan, maar ik laat mezelf niet gaan. Dat kan ik niet. Het zal niets veranderen aan wat er zal gebeuren.
> Maar ik zal er zijn om papa en Nicholas te helpen en we zullen een gezin zijn. We redden het wel, net zoals voordat Alex kwam. En als de baby leeft, zal ik ervoor zorgen, net zoals ik voor Nicholas heb gezorgd. Soms voel ik me zo gemeen...

Alex deed het dagboek dicht. Ze kon niet verder lezen, dat hoefde niet. Ze nam het dagboek, de brief en het medaillon mee naar haar slaapkamer en verborg ze achterin haar kast. Ze had ze als bewijs nodig wanneer ze het Warren vertelde.

Ze verbleekte bij het idee. Hoe kon ze haar man vertellen die op dit ogenblik samen met alle vrienden en collega's toekeek hoe zijn moeder gehuldigd werd, dat zijn geliefde veertienjarige dochter geestelijk niet in orde was? Dat haar aanhankelijkheid aan haar vader tot een obsessie was uitgegroeid, dat de obsessie haar ertoe had gedreven Alex het leven zuur te maken en haar liet overwegen haar en haar ongeboren baby te vermoorden?

Dat ze misschien al iemand had vermoord.

Gauw, heel gauw zou Alex het Warren moeten vertellen, maar op dit ogenblik was ze blij dat ze hem niet kon bereiken.

Ze kon hier niet alleen blijven met Nicholas. De opblaasbare pop was een lompe grap geweest; de met de hand geschreven boodschap was duidelijk. Waar was Lisa? Wat was haar stiefdochter vervolgens van plan?

Alex belde Evelyn op. De telefoon bleef maar overgaan; ten slotte, net toen ze op het punt stond om op te hangen, nam Evelyn op.

'God zij dank, dat je thuis bent!' riep Alex uit. 'Ik weet niet of ik naar jou toe moet komen of dat jij beter hier naar toe kunt komen. Ik ben...'

'Wat is er aan de hand?'

De kamer van Nicholas was in de gang, verschillende kamers verderop, maar desondanks fluisterde Alex. 'Het is Lisa. Ik ben er zeker van dat zij...'

De verbinding was verbroken.

Verbijsterd luisterde Alex naar de stilte, toen drukte ze op de knop om een andere lijn te krijgen. Er klonk geen kiestoon. Niets.

Een seconde later gingen de lichten uit.

'Mammie?' In de stem van Nicholas klonk meer onzekerheid dan angst.

'Ik ben hier, Nicholas! Blijf daar. Ik kom naar je toe. Er is niets aan de hand.'

Het meterkastje was in de garage. Dat betekende dat Lisa ook in de garage was. Ze had een sleutel van de deur die vanuit de garage kwam, maar Alex had die deur, goddank, aan de kant van het huis op slot gedaan. Maar stel dat ze de deur forceerde? Er lagen talloze gereedschappen in de garage zoals schoppen, een zaag, schoffels.

Er was nog voldoende buitenlicht voor Alex om iets te kunnen zien. Ze liep snel naar Warrens kast, maakte de dubbele deuren open en reikte aan de achterkant naar het 9-mm pistool dat hij daar bewaarde. Het magazijn lag op de bovenste plank van zijn kast, onder een doos papieren.

Het pistool was weg.

Lisa had het.
Ze moesten weg.
Nu.
'Mammie, het is donker!'
'Ik kom eraan, Nicholas!'
Ze trok haar sportschoenen aan; haar vingers werkten klunzig terwijl ze de veters dichtstrikten. Ze was bijna de kamer uit toen ze zich het medaillon, het dagboek en de brief herinnerde. Ze kon het risico niet nemen die in het huis achter te laten. Lisa zou ze vinden en vernietigen. Dan had ze geen bewijs, en Warren zou Alex nooit geloven.

Ze graaide naar de spullen, propte ze snel in een schoenendoos en nam de doos mee toen ze de gang doorrende.

'Hier ben ik,' zei ze toen ze Nicholas' kamer binnenliep. 'Trek je pantoffels aan, liefje. We gaan een eindje rijden.'

'Maar ik heb mijn pyjama aan.'

'Dat geeft niet, Nick. Doe nou maar wat mama zegt.'

'Gaan de lichten weer aan?'

'Ik weet het niet, Nick.' Ze vocht om de paniek uit haar stem te weren. 'Toe. Schiet alsjeblieft op.' Ze liep naar de deuropening en bleef daar staan, luisterde naar geluiden, willekeurig wat voor geluid, van beneden.

Het leek een eeuwigheid te duren voordat Nicholas zijn Big Bird-pantoffels aan had. Eindelijk was hij klaar. Ze trok hem dicht tegen zich aan en fluisterde in zijn oor.

'Nick, ik wil dat je heel erg stil bent wanneer we naar beneden gaan, afgesproken?'

'Waarom, mam?'

'Doe nou maar wat ik vraag en dan leg ik het straks wel uit, goed?'

'Goed.'

'Geen geluid, afgesproken?'

Hij knikte.

Ze liep als eerste de gang in. De stilte sloeg haar tegemoet. Ze pakte Nicholas' handje en ze liepen samen de trap af. Beneden aan de trap keek ze Nicholas aan en legde een vinger op haar lippen. Ze bleef even staan luisteren. Toen raakte ze zijn elleboog aan en ze liepen naar de keuken waar ze haar autosleutels van de haak pakte. Daarna liepen ze naar de zijdeur.

Alex schoof de grendel opzij en vroeg zich af of Lisa aan de andere kant van de deur stond te wachten om naar binnen te dringen met een pistool in haar hand.

Ze draaide de knop om en rukte de deur open. Er was niemand.

Ze trok Nicholas naar buiten en deed de deur achter hen dicht. Toen liep ze haastig met hem naar haar jeep. Ze zag dat de garagedeuren open stonden.

Ze controleerde de portieren van de jeep. Ze zaten op slot. Ze tuurde naar binnen. Er was niemand. Ze maakte de jeep open, zette Nicholas in de veiligheidsriemen achterin, ging toen achter het stuur zitten en gespte zichzelf vast. Haar handen trilden zo erg dat ze de sleutel nauwelijks in het contactslot kon krijgen.

'Alles in orde?' vroeg ze Nicholas. Hij had geen woord gesproken sinds ze hem in zijn slaapkamer had gewaarschuwd.

'Ja.' Hij had een iel stemmetje van angst.

Ze dacht erover om naar Denise te rijden, die woonde dichterbij dan Evelyn, maar stel dat Lisa daar naar toe ging? Stel dat ze daar al was? Alex reed een paar straten, ging toen langs het trottoir staan en belde Evelyn op met haar draagbare telefoon.

'Wat is er met je telefoon gebeurd?' vroeg Evelyn toen ze opnam. 'Ik heb je teruggebeld, maar ik kreeg geen verbinding. Toen heb ik de telefoondienst opgebeld. Ze zeiden dat de lijn buiten bedrijf was.'

Alex hield de hoorn vlak bij haar mond. 'Ik bel je vanuit mijn jeep,' fluisterde ze. 'Lisa heeft de telefoonkabels thuis doorgesneden. Ze heeft Warrens pistool. Ze probeert mij en de baby te vermoorden, Ev. Misschien Nicholas ook. Ik weet het niet.'

Evelyn gaf geen antwoord.

'Hoor je me, Evelyn? Ik kan niet harder spreken. Ik wil niet dat Nicholas het hoort. We zitten in mijn auto.'

'Ik hoorde je.' Evelyn fluisterde ook. 'Ik kan het gewoon niet geloven. Hoe weet je dat zo zeker?'

'Ik heb bewijs, Ev.'

'Mammie? Ik wil naar huis.'

Alex draaide haar hoofd om om Nicholas aan te kijken. 'Eventjes nog, liefje. Mammie is zo klaar met telefoneren.' Ze draaide zich weer om en hield de hoorn opnieuw vlak bij haar mond. 'Ev?'

'Waar zit je nu?'

'Een paar straten van huis.'

'Heb je de politie gebeld?'

'Nog niet.'

'Alex, die moet je bellen! Dit kun je niet in je eentje af.'

'Nee!' Warren zou het haar nooit vergeven. 'Lisa heeft een arts nodig, Ev. Ze moet hulp hebben. Ik weet niet wat ik moet doen. Ik kan niet in het huis blijven. Ik kan niet naar Denise. Kunnen we naar jou toe komen?'

'Ja, zeker,' zei Evelyn snel. 'Natuurlijk.'
'Het is maar voor één nachtje, tot Warren thuiskomt.'
'Je kunt zo lang blijven als je wilt.'
'Ev, ik moet je waarschuwen. Lisa weet dat jij en ik goed bevriend zijn. Stel dat ze op het idee komt dat ik bij jou ben? Ze weet waar je woont. Ze heeft een pistool. Stel dat...'
'Dat zien we wel, Alex. Als het moet, halen we hulp.'
Alex hing op en wendde zich weer tot Nicholas. 'We gaan naar Evelyn, oké, knul?'
'Om te slapen?'
'Ja.'
'Papa weet dan niet waar we zijn. Kunnen we naar huis gaan? Alsjeblieft?'
'We kunnen niet naar huis, Nick. De lichten doen het niet en de telefoon ook niet. Het is alleen maar voor vannacht, liefje. Tot papa weer thuiskomt. We zullen papa vanuit Evelyns huis opbellen.'
'En Lisa dan? Lisa weet het ook niet, mammie. Ze zal bang worden. Kunnen we haar ook opbellen?'
'We bellen haar ook op, Nick,' loog Alex.
Nicholas zweeg. Het was nu donker en de straatlantaarns schitterden haar tegemoet. Alex reed langzaam en dwong zich om zich op de straten te concentreren terwijl ze aan de handigheid van Lisa dacht, de perfecte accuratesse van haar wreedheid.
Net zoals op die zondagmiddag drie jaar geleden, was Alex in haar atelier geweest. Het was een ander atelier in een ander huis in een andere stad, maar Lisa had klaarblijkelijk het relaas in de krant gelezen over Kevins dood en geprobeerd om dat opnieuw te ensceneren. Maar de volgorde van de gebeurtenissen was bijna griezelig parallel geweest. Het was haar nachtmerrie die weer tot leven was gekomen.
Het gerinkel van de telefoon...
Ik ben in de winkel, Alex.
Kijk in het zwembad, Alex.
De woonkamerdeur is open.
Ze rent op blote voeten de trap af.
Zelfs de geluiden waren hetzelfde. Het suizen van de wind in haar oren terwijl ze rent. Het gepiep van het hek als ze het opentrekt; het weerkaatsende geluid als ze het tegen de omheining aanslaat. Haar schreeuw van angst wanneer ze het lichaam in het zwembad vindt.
Maar dit keer is het een plastic, opblaasbare pop, geen echt lichaam. Dit keer zijn er meer geluiden. Haar kletsende voetstappen op het beton terwijl ze het huis weer inrent. Het rammelende ge-

luid van de schuifpui als die dichtglijdt. De tik als ze het slot erop doet. De klik als ze het bovenste slot vergrendelt.
Het rammelende geluid...
Alex' handen klampten zich aan het stuur vast.
De tik...
Ze spande zich in om de geluiden te horen...
De klik...
...geen geluiden van vandaag, maar van drie jaar geleden.
Met een plotselinge beweging keek ze in haar achteruitkijkspiegeltje en zijspiegels, toen ging ze snel langs het trottoir staan.
'Mammie? Zijn we er?'
'Nicholas, wees alsjeblieft even stil, ja?'
Ze moest de geluiden horen. Ze wist dat ze er waren, maar ze kon ze niet horen. Waarom kon ze ze niet horen? Elke nacht in haar dromen hoorde ze al die andere geluiden, dus waarom deze drie niet?

Ze had die geluiden vandaag niet gehoord, maar dat kwam omdat Lisa de woonkamerdeur had opengemaakt toen Alex en Nicholas niet thuis waren, of toen ze boven waren om Nicholas' bad te laten vollopen. Maar drie jaar geleden had Alex het rammelende geluid van de schuifpui moeten horen toen Kevin hem openmaakte. De intercom had aangestaan; ze had hem zelf aangezet nadat Larry hem had uitgezet. Die registreerde ieder geluid en versterkte het.

Waarom had ze dat geluid niet gehoord?
'Mammie?' jammerde Nicholas. 'Ik ben moe.'
'Een minuut, engeltje.'
Ze luisterde weer. Maar ze kon het rammelende geluid van de schuifpui niet horen toen Kevin die had open gemaakt. Ze had het eerder wel gehoord, toen Larry de deur had dichtgedaan voor hij wegging. Ze knikte. Daar was het rammelende geluid; ze kon het horen.

Ze fronste haar wenkbrauwen. Waar bleef de tik van het slot? En de klik dat hij vergrendeld werd? Zij en Larry deden altijd het slot dicht en vergrendelden de deur. Altijd.

Misschien was Larry het die dag vergeten. Misschien was hij daarom zo hysterisch geweest omdat hij niet kon toegeven dat Kevins dood gedeeltelijk aan hem te wijten was. Had Larry het slot maar dichtgedaan en de deur vergrendeld...

Maar Kevins rode krukje had voor de deur gestaan. Dat betekende dat hij het had gebruikt om de vergrendeling los te maken. Dus waar was het rammelende geluid toen hij de deur openmaakte?

265

Ze zat in haar jeep, geparkeerd langs het trottoir. Ze luisterde weer. En weer. Ze luisterde, maar ze hoorde de geluiden niet, omdat ze er niet waren.

Leugenaar! fluisterde ze. Leugenaar! Leugenaar! Leugenaar! Je hebt de deur helemaal nooit dichtgedaan. Je hebt hem opengemaakt. Jij was het, niet Kevin! En jij hebt de rode kruk er neergezet.

Maar waarom?

Ik ben meer dan twintig minuten geleden het huis uit gegaan, Alex. Wil je me vertellen dat je nog steeds in dat verdomde atelier van je zit? Dat je Kevin al die tijd alleen hebt gelaten?

Het kan geen twintig minuten zijn, Larry.

Is dat verdomde schilderen van je belangrijker dan je zoon?

Ze schudde haar hoofd. Waarom zou hij de deur open laten staan, wetend dat Kevin naar buiten kon lopen naar het zwembad en kon verdrinken.

Heb je de schuifpui dichtgedaan, Larry?

Dat doe ik nu, Alex.

Tenzij...

Ik ben meer dan twintig minuten geleden het huis uit gegaan, Alex...

Het kan geen twintig minuten zijn.

Tenzij...

Ze droeg nooit een horloge als ze schilderde. Dat wist Larry.

Tenzij, o, God, o, mijn arme, lieve kind, tenzij hij wist dat Kevin al dood was en hij mij wilde laten denken dat het mijn schuld was.

Hoofdstuk 33

'Gaat het een beetje, Alex?' Evelyn was bleker dan gewoonlijk. In haar ogen stond haar ongerustheid te lezen. 'Het duurde zo lang. Ik vroeg me af wat er aan de hand was.'
'Ik moest wat nadenken, dus heb ik een tijdje langs het trottoir gestaan. Het spijt me.' Ze raakte Evelyns arm aan. 'Ik wilde je niet laten schrikken.'
'Als alles maar in orde is.' Evelyn wendde zich tot Nicholas en boog zich voorover zodat ze hem kon aankijken. 'Wat een avontuur, hè? Om in je pyjama en Big Bird-pantoffels uit te gaan.'
'Onze lichten werken niet en mijn papa is in Chicago en de telefoon is ook kapot.' Hij hield Alex' hand stevig vast.
'Dat weet ik. Maar nu ben je hier en komt alles goed.' Evelyn gaf hem een tikje op zijn hoofd en stond op. 'Alex, ik heb de achterste slaapkamer klaargemaakt. Ik heb wat speelgoed...'
'Hij is doodmoe, Ev. Ik denk dat hij zo in slaap valt.' Ze wendde zich tot hem. 'Goed, Nick?'
Hij kneep in haar hand. 'Bel je papa en Lisa op? Dat heb je gezegd.'
De twee vrouwen wisselden een blik.
'Ik zal papa direct opbellen, Nick.' Er stond een telefoon op het bijzettafeltje naast de bank met de bruinzwarte plaid. Alex pakte de hoorn op en belde haar schoonfamilie op. Nadat de telefoon vijftien keer was overgegaan, hing ze op.
'Papa en opa en oma zijn naar het feest, Nick. Ik zal ze straks nog eens bellen.'
'En Lisa? Als die nou naar huis gaat en bang wordt omdat het donker is?' Zijn stem trilde.
'Ik zal haar zo bellen. Eerst zullen we jou instoppen.'
Ze liepen achter Evelyn aan de zitkamer uit en de kleine gang door naar een slaapkamertje met twee bedden en een houten toilettafel. Een openslaande deur gaf toegang tot een kleine patio die uitzicht op het strand bood.

'Ik laat jullie twee even alleen,' zei Evelyn en deed de deur achter zich dicht.

Alex sloeg het bovenlaken en de deken van een van de bedden terug. Nicholas klom op het bed en ging liggen. Hij was gespannen, zijn armen lagen kaarsrecht op de deken.

'Slaap je in dezelfde kamer als ik, mam?'

'Ja hoor, jong.' Ze dwong zich om te glimlachen.

'Kun je nu bij me blijven totdat ik in slaap val?'

'Ik moet met Evelyn praten. Maar ik kom zo nog even bij je kijken, is dat goed?' Ze streek zijn haar glad.

'Goed.' Hij knikte snel. 'Ik hou van je, mam.'

'Ik hou van jóu, Nicholas.' Ze boog zich voorover en kuste hem. Hij sloeg zijn armen om haar heen en trok haar dicht tegen zich aan. Ze voelde zijn hartje snel kloppen. Na een tijdje maakte ze voorzichtig zijn handen los en trok de deken recht. Ze kuste hem nog een keer en liep toen weer naar de zitkamer.

Evelyn zat op de bank. 'Ga zitten.' Ze klopte tegen het kussen naast zich. 'Je moet kapot zijn.'

'Ik hoop dat hij in slaap valt. Hij is zo gespannen.' Alex keek achter zich naar de kamer waar Nicholas was. 'Misschien zou ik bij hem moeten blijven,' zei ze en wendde zich weer tot Evelyn.

'Hij redt het wel, Alex.' Evelyns stem, net als haar woorden, klonken zacht en geruststellend. 'Kinderen kunnen wel wat hebben. Dat weet je.' Ze wees op een blad op de kersehouten salontafel. 'Neem een cognacje.'

Alex schudde haar hoofd. 'Ik ben zo zenuwachtig als de pest, maar alcohol is niet goed voor de baby.'

'Eén borrel kan geen kwaad. God weet dat je het kunt gebruiken na alles wat je hebt meegemaakt. Ik neem er in ieder geval één. Ik kan me nog steeds niet voorstellen dat het Lisa is.' Evelyn pakte een van de glazen en gaf dat aan Alex. Ze pakte haar eigen glas en nam een slokje.

'Je hebt misschien wel gelijk.' Alex ging naast Evelyn zitten en nam een slokje cognac. Het gleed warm door haar keel. Ze huiverde. 'Ik heb het zo koud.'

'Geen wonder! Je bent doorweekt!' Evelyn raakte Alex' haar aan. 'Je haar ook. Wil je iets van mij aantrekken? Ik had het je direct moeten aanbieden.'

'Zo meteen. Ik wil even zitten.' Waar zat Lisa nu, vroeg ze zich af. Kon ze helemaal hier naartoe fietsen?

'Ik zal een deken voor je halen.' Evelyn liep de kamer uit. Toen ze terugkwam, gaf ze Alex een flanellen deken en ging weer zitten. 'Vertel me nu eens wat er is gebeurd. O, voor ik het vergeet. Patty heeft opgebeld. Ze heeft eerst geprobeerd jou te bereiken, maar je lijn was buiten werking. Ze kan morgen niet komen. Ik heb gezegd dat ze je later op de avond hier kon bereiken.'

Patty was op dit moment niet haar grootste probleem. Alex deed haar sportschoenen uit, trok haar voeten onder zich en wikkelde de deken om zich heen. 'Ik was in het atelier...' begon ze. Ze vertelde Evelyn over het telefoontje en de half opgeblazen pop in het zwembad. Over het telefoontje naar Valerie.

'Plotseling wist ik dat het Lisa was.' Alex haalde het hartvormige medaillon, de brief en het dagboek uit de schoenendoos en legde die op de bank. 'Dit heb ik in haar kamer gevonden.'

Evelyn keek niet-begrijpend. 'Dat lijkt precies op het medaillon dat Warren jou heeft gegeven.'

'Dat weet ik. Maak maar eens open.'

Evelyn pakte het medaillon en keek naar de twee foto's. 'Mijn God!' riep ze zachtjes uit.

'Lees de brief.'

Evelyn haalde de brief uit de envelop. 'Nu moeten jullie allebei sterven,' las ze hardop voor. Ze huiverde en keek Alex aan. 'Ze is gek, hè?'

'Ze heeft hulp nodig,' zei Alex kalm. 'Nu ik hier zit, kan ik er rustig over praten. Toen Nicholas en ik alleen thuis waren en ik bedacht dat Lisa buiten was en stond te wachten om zich een weg naar binnen te verschaffen...' Alex trok de deken dichter om zich heen. 'Ik weet niet hoe ik dit aan Warren moet vertellen. Hij zal er kapot van zijn.' Ze pakte het glas cognac en nam nog een slokje.

'Alex...'

De telefoon ging. Alex schrok van het geluid. Haar hand maakte een onwillekeurige beweging en ze morste cognac.

Evelyn strekte haar hand uit en pakte de hoorn op. 'Hallo?' zei ze. Ze keek Alex snel aan en wees op de hoorn. Haar gezicht stond strak van spanning. 'O, hallo, Lisa. Wat kan ik voor je doen?'

Alex verstijfde. Haar mond was plotseling droog. Ze hief het glas met trillende handen naar haar lippen, maar ze kon niet drinken.

'Nee,' zei Evelyn. 'Alex is hier niet. Waarom denk je dat?' Ze legde de hoorn tegen Alex' oor.

'...probeerde naar huis te bellen, maar de lijn was buiten werking,' hoorde Alex Lisa zeggen. 'Ik ben naar huis gefietst en alles was donker, Evelyn. Ik maak me echt zorgen.'

Ze klònk bezorgd, dacht Alex. Wat een enorme toneelspeelster. Ze huiverde weer.

'Waar zit je nu, Lisa?' vroeg Evelyn.

'Bij mijn vriendin Valerie. Weet je echt niet waar Alex en Nicholas zijn?'

'Het spijt me, Lisa. Ik weet het niet. Misschien weet je tante het.'
'Die heb ik al gebeld. Ze weet het niet. Als je iets van Alex hoort, wil je haar dan alsjeblieft vragen om mij te bellen?' Lisa gaf het telefoonnummer op.

Evelyn legde de hoorn tegen haar oor. 'Natuurlijk zal ik dat doen, Lisa. Wat? Nee, ik heb Alex sinds vanochtend niet meer gesproken. Ja, dat beloof ik.' Ze hing op en wendde zich weer tot Alex. Ze legde haar hand op haar borst. 'God, mijn hart slaat twee keer zo snel! Ik sta ervan te kijken dat ze het niet door de telefoon kon horen.'

Alex streek met haar vingers als een kam door haar haren. 'Denk je dat ze weet dat we hier zijn?' Ze deed even haar ogen dicht.

'Ik weet het niet. Ik dènk dat ze me geloofde.' Evelyn fronste haar wenkbrauwen. 'Maar je moet de politie bellen.'

'Dat kan ik niet doen! Dan wordt ze aangehouden. Warren doet me wat.'

'Alex, je hebt geen keus! Je zei dat ze Warrens pistool heeft. Stel dat ze hier komt?'

Alex schudde haar hoofd. 'Evelyn...'

'En Nicholas dan? Die brief bedreigde jullie beiden.' Evelyn pakte de telefoon en zette hem op de bank naast Alex. 'Bel de politie.' Ze pakte de hoorn en gaf hem aan haar.

Alex nam de hoorn, duwde het knopje 911 in en hing toen snel op. 'Ik moet eerst met Warren spreken.'

'Het is te gevaarlijk! Je kunt niet op Warren wachten.'

'Ik móet wel!'

'Oké, ik hoop dat je weet wat je doet.' Evelyn beet op haar onderlip. 'Ik wil je niet nerveus maken, Alex, maar zelfs al bel je de politie niet, dit zal je huwelijk toch raken. Daar moet je toch rekening mee gehouden hebben.'

'Ik heb daar, tot drie weken geleden toen ik dacht dat het Lisa was, steeds rekening mee gehouden. Moet je je voorstellen om te moeten kiezen tussen je vrouw en je dochter.'

Evelyn schudde haar hoofd. 'Het lijkt zo oneerlijk, hè? Eindelijk vergeeft Warren je dat je je verleden voor hem geheim gehouden hebt, dat je hem niet verteld hebt dat je verantwoordelijk was voor het verdrinken van je zoon...'

'Maar ik wàs niet verantwoordelijk voor de dood van Kevin!' riep Alex uit. 'Dat heb ik me net onderweg hier naartoe gerealiseerd!'

'Natuurlijk niet,' zei Evelyn vriendelijk. 'Het was een verschrikkelijk ongeluk. Ik wilde niet suggereren dat het jouw schuld was.'

Alex schudde ongeduldig haar hoofd. De slierten nat haar kletsten tegen haar gezicht. 'Je begrijpt het niet. Het was mijn schuld helemaal niet. Het was *Larry's* schuld!'

Evelyn keek bezorgd. 'Alex, je bent van streek,' zei ze vriendelijk. 'Je hebt vermoedelijk een shock. Laten we er morgen maar verder over praten, goed?'

'Nee. Ik moet het je vertellen!' Ze legde uit over de geluiden die ze had gehoord, en de geluiden die ze niet had gehoord. 'Larry wist dat Kevin dood was, Ev, snap je dat niet? Ik ben al die jaren verteerd geweest door schuld en al die tijd is Larry de schuldige geweest.'

'Je denkt dat Larry hem heeft vermoord?' Evelyns ogen stonden wijd opengesperd.

'Nee. Larry hield van Kevin. Het verdrinken moet een ongeluk geweest zijn. Maar Larry kon de schuld niet op zich nemen, omdat dat weer een afgang geweest zou zijn, weet je, bovenop al zijn andere mislukkingen. Zijn zaak. Ons huwelijk. Dus liet hij mij en iedereen denken dat ik verdiept was in mijn schilderwerk terwijl Kevin buiten was en verdronk. Misschien heeft hij zichzelf ook wel overtuigd. Ik weet het niet. Maar het was niet mijn schuld! Je kunt je niet voorstellen hoe ik me na al die jaren voel. De schuld...'

'Dat is geweldig, Alex.' Evelyn aarzelde, toen zei ze: 'Maar het lost je probleem met Warren en Lisa niet op.'

'Dat weet ik,' Alex zuchtte. 'Maar we vinden er wel wat op.' Dat hoopte ze tenminste. Ze nam nog een slokje cognac.

'Ik heb je steeds aangemoedigd het vol te houden, maar nu...' Evelyn schudde haar hoofd weer. 'Warren is zo aan Lisa gehecht. Ik zou niet weten hoe dit goed moet gaan. Dit keer niet.'

Alex voelde een vlaag irritatie. Dit wilde ze niet horen. 'Je ziet het verkeerd.'

'Het spijt me, Alex. Ik ben altijd eerlijk tegen je geweest. Ik lieg nu ook niet.' Ze raakte Alex' arm aan. 'Ik denk dat je beter kunt verhuizen voor het te laat is.'

'Ik hou van Warren en Nicholas,' zei Alex vastbesloten. 'En ik loop niet weg voor mijn probleem. Dat heb ik al eens gedaan en het was een grote vergissing. Dat doe ik niet weer, Evelyn.'

'En stel dat Warren jou de schuld geeft van Lisa's gedrag? Zo kan het gaan, weet je.' Ze boog zich dichter naar Alex toe. 'Luister, je hebt je net gerealiseerd dat de dood van je zoon niet jouw schuld is. Je kunt nu terug naar huis en dat aan iedereen vertellen, je kunt de draad van je leven weer oppakken. Wie weet wat er gebeurt? Misschien kun je weer samen verder met Larry.'

Alex zette het glas weer op het blad. Ze begon spijt te krijgen dat ze gekomen was. 'Evelyn, is dit een of ander misselijk grapje? Larry zit in een psychiatrische inrichting, waar hij hoort. Ik wil hier niet meer over praten.'

'Nou, ik wel. Ik geloof dat het belangrijk is. Maar ik denk dat het je niet kan schelen wat ik belangrijk vind, hè Alex?'

Alex voelde een rilling die niets te maken had met haar natte kleren of haren. 'Waar heb je het over?' Evelyn sprak vreemd. Misschien kwam het door de cognac. Haar gezicht was abnormaal rood.

'Jij krijgt altijd wat je wilt hebben, hè? Je bent met je neus in de boter gevallen wat de peuterzaal betreft en hebt hem vlak onder mijn neus weggekocht.'

Alex staarde haar vriendin aan. 'Ik heb nooit geweten dat jij interesse had om de school te kopen! Daar heeft Cybil nooit iets over gezegd.'

'Ik heb nooit de kans gehad! Jij nam de school over en de kinderen en je wurmde je in Warrens leven. Via Nicholas. Ik was eerst Nicholas' juf! Ik kende Warren voordat jij hem kende!'

Ik had 'm het eerst. Het was een zinnetje dat Alex de kinderen vaak hoorde gebruiken. 'Ik dacht dat je mijn vriendin was, Evelyn.' Er zat iets fout, dacht Alex. Er zat iets goed fout. Ze voelde een spanning in haar buik.

'Ik dacht ook dat jij en ik vriendinnen waren, maar je wist dat ik op Warren gesteld was. Je wist het, maar het kon je niet schelen. Als jij niet gekomen was, zou Warren interesse in mij gehad hebben. Dat weet ik.'

'Ik wist het niet, Evelyn.' Alex schoof een eindje bij haar weg. 'Ik heb nooit geweten dat je dit zo voelde. En Jerry dan? Ik dacht...'

Evelyn lachte. Het was een lelijk, schril geluid. 'Ik ga niet met Jerry om! Hij heeft me die ene keer mee uit gevraagd alleen omdat hij wilde dat ik jou overhaalde om zijn stomme computerprogramma te kopen. Ik deed alsof ik met hem omging, omdat ik geen medelijden van jou wilde.' Ze ving Alex' blik op die naar de ring aan haar vinger ging. 'Van mijn moeder. Mooi, hè?' Ze glimlachte. 'Ik heb je erin laten lopen. Je bent toch niet zo knap als je dacht, hè Alex?' Haar glimlach werd een grijns.

Ze is ziek, besefte Alex plotseling angstig. Evelyn is geestelijk gestoord. Ze maande zichzelf om op te passen. 'Het spijt me als ik je gekwetst heb, Evelyn. Echt waar.'

'Het doet er niet meer toe. Het is nu voorbij. Dat begrijp je toch wel?' Haar stem was weer vriendelijk. 'Ga weg, Alex. Ga terug naar de plek waar je vandaan gekomen bent, voor het te laat is. Warren heeft jou niet nodig. Hij heeft iemand nodig die voor hem kan zorgen en hem onzelfzuchtig liefheeft, iemand die hem niet het ene probleem na het andere bezorgt, iemand die niet liegt.'

'Jij hebt die brieven geschreven, hè, Evelyn?' fluisterde Alex en vroeg zich af of het gevaarlijk was om dit te vragen, maar ze moest het weten. 'Jij hebt de brieven geschreven en het aanmeldingsformulier voor de kostschool gestuurd en de pop in het ziekenhuis. Jij hebt de opblaaspop vandaag in het zwembad gelegd.' Haar handen waren klam. 'Hoe kon je zo wreed zijn, Evelyn? Waarom haat je me zo erg?'

'Ik haat je niet, Alex. Ik hou van Warren en ik weet dat jij niet de ware voor hem bent. Maar ik haat je niet en ik wil jou of de baby geen kwaad doen.'

'En die brief dan? "Nu moeten jullie allebei sterven".'

'Het is alleen maar een waarschuwing, begrijp je dat niet? Net zoals de school. *Ik* heb die vernielingen aangebracht, niet Donald Lundquist.' Haar plotselinge glimlach had iets grotesks, iets duivels. 'Ik wilde alles over je te weten komen, Alex. Wat je geheimen waren. Maar ik moest het eruit laten zien alsof iemand had ingebroken. Als ik dat niet deed, zou je direct geweten hebben dat ik overal achter zat. En het werkte, hè? Je dacht dat het Lundquist was. Je hebt het nooit geweten hè?'

'Ik heb het nooit geweten,' herhaalde Alex. Ze dacht, mijn God! Niemand weet dat ik hier ben. Warren niet, Lisa niet, Denise niet. Niemand.

'Maar als je naar huis toe gaat, komt alles in orde.' Evelyns toon klonk dringend. 'Je hebt je baby nog altijd en ik trouw met Warren en zorg voor Nicholas en alles wordt zoals het moest zijn. Niemand zal gekwetst worden, jij niet en de baby niet.'

'Jij hebt me geduwd, Evelyn. Je hebt geprobeerd de baby kwaad te doen.'

'Ik wilde je niet duwen! Het was alleen... het gebeurde gewoon. Maar ik heb jou, òf de baby nooit kwaad willen doen. Ik heb nooit iemand kwaad willen doen! Zelfs Donald Lundquist niet. Hij zag me! Hij ging alles bederven! Maar ik heb gezegd dat ik niet wilde dat hem iets zou overkomen, dus het is niet mijn schuld dat hij dood is. Niemand kan mij de schuld daarvan geven.'

Er waren dingen die niet klopten, maar Alex kon daar nu niet bij stilstaan. 'Hoe heb je die brief in Lisa's la gekregen? Die was op slot.'

Evelyn glimlachte. 'Ik ben naar binnen geslopen. Het was gemakkelijk. Ik heb de sleutel gebruikt die jullie in de steen hebben liggen om in huis te kunnen komen. Ik heb het medaillon in haar sieradendoos gelegd. Ik heb eerst mijn foto eruit gehaald en er een van Lisa in gedaan. Ik heb wat kleren van Nicholas gepakt. En ik heb het pistool gepakt om jou angst aan te jagen.' Ze zweeg even. 'Dus, luister je naar me, Alex? Ga je weg? Het is het beste, denk je niet?'

Alex stond op en liet de deken op de bank vallen. Ze moest Nicholas halen en vertrekken. Direct. Ze deed haar uiterste best om rustig te spreken. 'Je hebt me heel wat gegeven om over na te denken, Evelyn. Ik denk dat ik nu Nicholas maar beter kan gaan halen om hem naar huis te brengen.'

'Je zei dat je hier zou blijven. Je móet hier blijven!'

'Evelyn, ik zie je morgen en dan bespreken we dit verder, goed?'

Evelyn stond op. In haar rechterhand had ze Alex' autosleutels. Ze gaf ze Alex, toen trok ze snel haar hand terug.

'Eerst moet je beloven dat je bij Warren weggaat. Anders laat ik je niet weggaan. Ik meen het! Maar het komt allemaal wel goed. Dat zul je zien. Ik trouw met Warren en jij...' Ze zweeg. 'Ik heb een verrassing voor je. Ik ben zo terug. Niet weggaan.' Ze giechelde als een schoolmeisje en liep snel naar de keuken.

Zodra Evelyn buiten zicht was, rende Alex naar de achterste slaapkamer en maakte de deur open. 'Nicholas,' fluisterde ze. 'We gaan naar huis.'

Nicholas was niet in de kamer.

Alex rende met kloppend hart de nauwe gang door naar de keuken. Daar was Evelyn niet. De zijdeur stond open. Er kwam een vlaag kille, zilte lucht door.

'Evelyn!' schreeuwde Alex. Ze rende de deur uit. 'Evelyn!' gilde ze weer. Afgezien van het licht van de vrijwel volle maan, was het buiten donker. Alex keek naar de straat, toen naar het strand. Welke kant moest ze op?

'Evelyn?' riep ze. 'Waar is Nicholas? Toe, Evelyn, ik wil alleen maar weten dat alles in orde is met hem.'

Geen antwoord.

'Rot-Evelyn!'

Plotseling hoorde ze een gil vanuit de richting van het strand. Toen hoorde ze Evelyn schreeuwen, ze wist dat het Evelyn was. 'Breng hem terug!'

Alex rende in de richting van Evelyns stem. Het zand voelde koud, maar glad aan onder haar voeten. In de verte kon ze de weerschijn van de maan in de oceaan zien drijven. Toen ze dichter bij het water kwam, zag ze twee figuren op het strand. De een zag eruit als Evelyn. De ander was een man.

Maar waar was Nicholas, weergalmde het door haar hoofd.

Ze tuurde de horizon af. Haar stiefzoontje was nergens te bespeuren.

'Nee!' Evelyns wanhopige gil doorkliefde de lucht.
Alex draaide zich snel om in de richting van het geluid. Haar ogen waren aan de duisternis gewend en ze zag Evelyn aan de arm van de man trekken. De man rukte zich los en liep weg. Evelyn wierp zich op hem, maar hij duwde haar tegen de grond. Ze stond op. Toen zag Alex tot haar ontzetting dat de man iets ophief dat op een groot stuk drijfhout leek en dat met geweld tegen Evelyns hoofd sloeg.
'Nee!' schreeuwde Alex.
Ze rende naar Evelyn toe. De man sloeg Evelyn weer. Ze viel. De man keek naar Alex. Hij draaide zich om, rende het water in en zwom naar links om een stel grote rotsen heen die uit de oceaan omhoog rezen.
Evelyn was op haar zij gevallen. Ze lag roerloos toen Alex bij haar kwam. Het bloed sijpelde uit een grote wond op haar voorhoofd. Haar ogen hadden een glazige blik. Alex tilde haar pols op, die zwak en onregelmatig was.
'Evelyn?'
Ze knipperde met haar ogen. 'Hij heeft Nicholas meegenomen. Hij wil hem kwaad doen.'
Ze was nauwelijks verstaanbaar. Alex boog zich dichter naar haar toe.
'Ik heb geprobeerd hem tegen te houden,' fluisterde Evelyn. Er kwam een fluitend geluid uit haar keel. 'Voor Warren. Kon het niet.'
'Wie heeft je geslagen? Wie is dat?'
'Hij heeft Lundquist vermoord. Niet mijn schuld. De zijne.'
'Evelyn...'
'Zeg tegen Warren dat ik het geprobeerd heb.' Ze deed haar ogen dicht.
Ze volde nog polsslag. Alex kon naar het huis terugrennen om een ziekenauto te bellen, maar ze moest Nicholas zoeken. Wie had hem meegenomen? Waar...
'Alex!'
Ze liet de pols van Evelyn los en draaide zich snel naar het water. Toen snakte ze naar adem. Het bloed steeg haar naar het hoofd.
In het water stond op zo'n zes meter van het strand met zijn hand over de mond van Nicholas geslagen, een verschijning. Die kon niet echt zijn.
Maar dat was hij wel.

275

Hoofdstuk 34

Een seconde bleef Alex bang en vol ongeloof staan. Dit was de 'verrassing' waar Evelyn het over had gehad. Toen rende ze het water in.

Larry stond er niet langer meer. Hij zwom op zijn zij naar de groep rotsen en sleepte Nicholas met zich mee. Nicholas spartelde, zijn mond werd nu niet meer dicht gehouden en Alex dacht dat ze het bestierf iedere keer wanneer ze zijn zielige uitroep: 'Mammie! Mammie!' hoorde.

Eindelijk stond ze aan de rand van de oceaan. Ze sprong erin. Het water was ijskoud en ze snakte naar adem toen ze achter hen aan begon te zwemmen.

'Kom me maar pakken, Alex! Toe dan! Je kunt het wel,' riep Larry en klonk als een gymnastiekleraar van een middelbare school.

Ze kon zijn gezicht niet zien, maar in gedachten zag ze de manier waarop haar ex-man zijn lippen krulden tot een treiterende glimlach.

'Mammie!'

Ze zwom sneller, duwde het inktzwarte water weg met haar armen en haar benen weg en haar gekneusde ribben deden pijn. Ze keek op tussen de slagen en zag dat de afstand tussen hen verminderd was. Ze was zo dicht genaderd dat ze het gezicht van Nicholas kon zien, waarop pure angst te lezen stond.

'Ik kom!' schreeuwde ze. 'Mammie komt!'

Ze kwam met iedere slag dichterbij. Ze vroeg zich af waarom Larry langzamer was gaan zwemmen – had Evelyn hem verwond? En nu zwom Larry helemaal niet meer. Hij stond in de spleet van een van de rotsen en hield Nicholas tegen zijn zij, zijn arm om het middel van de jongen heengeslagen.

'Mammie!' riep Nicholas. 'Mammiemammiemammie!'

Larry lachte. Alex besefte dat hij met haar speelde en haar dichterbij liet komen om hem te bereiken. Toen ze op ruim een meter afstand van hem was, grinnikte hij tegen haar. Nicholas jammerde.

'Hallo, Alexandra,' mompelde Larry. 'Is dit je nieuwe zoon? Wat een *pracht* van een jongen, zeg.'

Alex hield zich vast aan stuk rots. Ze snakte ernaar haar handen uit te steken en Nicholas weg te graaien, maar ze was bang voor Larry's reactie. 'Doe hem niets,' zei ze rustig.

'Waarom zou ik? Omdat jij mijn zoon van me hebt afgenomen? Is dat een goede reden?'

'Larry...'

'Je vriendin Evelyn heeft me opgebeld en me verteld dat je een heel nieuw gezin had. En dat je zwànger was!' Hij spuwde het woord uit. 'Weet je wat voor verdriet me dat deed toen ze me dat vertelde? *Weet je dat wel*?' brulde hij.

Alex kromp in elkaar.

'Kun je zwemmen, Nicholas?' vroeg Larry met een treiterende stem. 'Heeft mammie Alex je geleerd om te zwemmen? Ze heeft het Kevin geleerd.'

'Laat hij me loslaten, mammie!' Nicholas huilde.

'Alsjeblieft, Larry,' zei Alex en ze hield met moeite haar stem in bedwang. 'Je bent boos op mij, niet op hem. Laat me hem terugbrengen naar het strand. Dan kunnen we praten. Ik beloof het.' Ze bewoog zich dichter naar hem toe.

'Dat zei Evelyn ook steeds. "Doe Nicholas geen kwaad". Ze is bang dat Warren niet van haar zal houden als zijn zoon iets overkomt. Ze is zielig. Ze wilde niet eens...'

Met een snelle beweging hief Alex haar vrije hand uit het water en sloeg de steen die ze van het strand had opgepakt tegen de zijkant van Larry's hoofd.

Larry gromde wat en trok zich terug. Hij pakte Nicholas steviger beet en begon op zijn rug weg te zwemmen. Alex haalde hem in en sloeg hem weer midden op zijn voorhoofd.

Hij bleef Nicholas nog steeds vasthouden en trapte naar Alex.

Ze sloeg de steen op zijn neus. Ze hoorde het geluid van brekend bot en Larry's schreeuw.

Ze liet de steen in het water vallen. Ze trok een verdoofde Nicholas uit Larry's arm die zich niet verzette, hield de jongen naast zich vast en begon naar het strand te zwemmen. Ze wist niet hoe zwaar ze Larry had verwond, maar ze had nogal wat bloed gezien. Ze keek om. Hij dobberde in het water, zijn hoofd was nauwelijks zichtbaar. Toen ze weer omkeek, was hij weg.

Nadat ze bij het strand waren gekomen, bleef ze even hijgend op het natte zand liggen om op adem te komen. Toen hees ze zich overeind.

'Wegwezen,' zei ze tegen Nicholas. Haar keel was rauw. Ze pakte zijn hand en begon over het zand te lopen.

Een hand greep haar bij haar enkel.

Ze voelde dat ze viel en instinctief beschermde ze haar buik met haar armen. Haar kin raakte het zand. De slag dreunde door haar kaak. Nu voelde ze een hand op haar andere enkel en ze voelde hoe ze naar het water werd getrokken.

'Rennen, Nicholas!' Haar mond zat vol zand. 'Rennen!'
Nicholas stond als verstijfd.
'Rennen! Ga naar Evelyns huis! Bel de politie!'

De jongen begon te rennen, keek om naar Alex, maar werd weldra opgeslokt door de duisternis.

Alex probeerde Larry te schoppen terwijl hij haar verder over het zand sleepte, maar hij had haar te stevig bij haar enkels vast. Nu verdween haar gezicht in het ondiepe water. Ze vroeg zich af hoe lang ze haar adem kon inhouden voor ze zou doodgaan.

Plotseling liet hij haar enkels los. Ze kwam steunend op haar armen overeind en tilde, snakkend naar adem haar hoofd op. Ze zette zich met haar vingers af in het natte zand en hees zich uit het water. Toen voelde ze dat ze omver werd gegooid als een platvis die op het droge was terechtgekomen.

Ze knipperde het water weg uit haar ogen. Ze zag dat de wonden die zij hem had toegebracht op zijn voorhoofd, slapen en neus, bloedden. Waarom was hij niet dood? Ze wilde dat hij dood was.

Hij ging schrijlings op haar zitten. Zijn benen dwongen haar armen langs haar zijden. Hij klemde een grote, gespierde hand om haar keel. De ander ging onder haar trui en streek over haar ronde buik. Ze wilde gillen, maar toen ze haar mond open deed, kwam er geen geluid uit.

Hij trok haar trui omhoog en duwde de elastische tailleband van haar broek naar beneden tot haar hele buik bloot lag. 'Wat ben je dik,' zei Larry zachtjes. 'Veel dikker dan ik beseft had.'

Hij gleed met zijn vinger rond haar navel. 'Ik denk dat het een jongen wordt. Evelyn vertelde me dat je een vruchtwaterpunctie hebt gehad, dus je weet het binnenkort. Ik heb je arts gebeld en gezegd dat ik een verzekeringsagent was en gegevens nodig had over je zwangerschap in verband met je polis, maar hij wilde me niets over de baby vertellen. Evelyn heeft het me verteld. Evelyn heeft me alles verteld. Ik ben zo blij dat je goede vriendin me heeft gevonden en me heeft verteld waar je was.' Hij glimlachte.

Arme Evelyn. Alex bedacht dat ze nu vermoedelijk dood was. Ze probeerde zich te bewegen. De druk op haar keel werd opgevoerd. Ze besloot stil te blijven liggen.

'Het was leuk om je te volgen in de supermarkt en in het warenhuis.' Hij zag de geschrokken uitdrukking in haar ogen. 'Ja, dat was ik!' Hij lachte. 'Ik heb je geschaduwd, hè? Ik zei tegen Evelyn dat je me niet zou herkennen, niet zoals ik gekleed was. En je dacht in de verste verte niet aan me.'

Hij streelde haar buik weer. 'Evelyn vond het geen goed idee. Ze smeekte me om op te houden. En ze was zo bang toen Lundquist je wilde vertellen wie je had geduwd. "Wat moet ik beginnen?" zat ze maar te zeuren, "wat moet ik beginnen?" Dus heb ik de heer Lundquist maar uit de weg geruimd.'

Hij heeft Lundquist vermoord. Niet mijn schuld, had Evelyn gezegd.

'Hij maakte het zo gemakkelijk door de deur voor jou open te laten. Hij hoorde me niet tot ik op ongeveer op drie meter afstand van het zwembad was. Toen hij me zag, kwam hij het bubbelbad uit en probeerde weg te rennen, maar hij kwam niet erg ver.' Larry zweeg even. 'Ik moest het doen, Alex. Ik kon je niet laten weten dat het Evelyn was. Dat zou al mijn plannen in de war gestuurd hebben. Dat begrijp je wel, hè?' Zijn ogen verlangden een antwoord en zijn hand kneep harder om haar keel.

Ze voelde het bloed naar haar hoofd schieten. Ze knikte.

'Evelyn had alles voor elkaar, weet je.' Hij glimlachte. 'Zij en Warren zouden trouwen. Jij en ik zouden weer opnieuw beginnen en deze baby groot brengen.' Hij boog zich dichter naar haar toe tot ze zijn adem voelde. 'Wil je weer opnieuw beginnen, Alex?' Hij ontspande de greep op haar keel. 'Wil je dat?'

Haar woorden waren schorre geluiden. Ze schraapte haar keel en probeerde het nog eens. 'Als jij dat wilt, Larry.' Ze zou alles zeggen om het er levend vanaf te brengen. Om zichzelf en de baby in leven te houden.

'En Warren dan, Alex? En je prachtige stiefzoon? Zou je die niet missen?'

Wat was het juiste antwoord? 'Ik wil jou gelukkig maken, Larry.'

'Denk je dat we samen gelukkig zouden kunnen zijn? Evelyn dacht van wel.'

'Ja.'

'En we zouden de baby, jouw nieuwe baby, in plaats van Kevin groot kunnen brengen? En weer een gezin vormen?'

'Als je dat wilt.'

Hij boog zich nog dichter naar haar toe en ze dacht dat hij haar ging kussen. Ze walgde van de gedachte, maar ze zou het doorstaan.

Toen zijn mond vlak boven de hare was, zei hij: 'Niemand kan de plaats van Kevin innemen, Alex.' Zijn stem klonk kil en dodelijk.

'Natuurlijk niet,' zei ze snel. 'Ik bedoelde niet...'

'Niemand!' siste hij. 'Denk je ook maar een seconde dat ik opnieuw met jou wil beginnen? Jij hebt Kevin vermoord en je denkt dat ik zelfs maar in dezelfde kamer met jou zou willen zijn?'

Haar hart bonkte. 'Larry...'

'Ik ga je vermoorden, Alex,' fluisterde hij, 'jou en je kostbare baby. Dat is niet meer dan eerlijk. Jij hebt mijn kind vermoord, dus ik moet het jouwe vermoorden.' Beide handen lagen nu om haar keel.

'Ik heb hem niet vermoord! Het was een ongeluk!'

'Je zat te schilderen terwijl hij verdronk. *Te schilderen!*'

'Nee! Hij was al dood!' Ze had nu niets meer te verliezen. 'Het was jouw schuld, Larry. *Jij* hebt Kevin laten verdrinken, niet ik. Je hebt de deur niet dichtgedaan. Je hebt hem opengemaakt.'

'Je liegt!' Zijn gezicht was vlekkerig van woede. 'Leugenachtig kreng!'

Ze zag aan de uitdrukking op zijn gezicht dat hij te lang met de leugen had geleefd om die nu op te geven. Hij begon in haar keel te knijpen, toen liet hij haar los. Binnen een seconde stond hij overeind.

'Niet zo. In het water, net zoals Kevin. Ik wil dat je zijn pijn voelt.'

Hij sleurde haar overeind, sloeg zijn arm om haar middel en sleepte haar, vechtend en schoppend het water in tot het aan zijn schouders kwam. Zijn handen lagen weer om haar keel. Hij staarde haar met krankzinnige, van haat vervulde ogen aan en duwde met zijn handen haar nek naar beneden. Ze wist dat hij haar hoofd onder water zou duwen en dat ze zou sterven.

Ze prikte haar vingernagels in zijn ogen. Hij schreeuwde, en zijn handen vlogen van haar keel naar zijn gezicht. Ze schoot snel met haar knie omhoog en schopte hem in zijn kruis. Hij brulde, sloeg dubbel en duwde zijn handen tegen zijn onderlijf aan.

Alex zwom snakkend naar adem weg. Ze wist dat hij weldra achter haar aan zou komen, steeds dichterbij zou komen, maar ze keek niet om. Ze kon geen tijd verloren laten gaan of riskeren dat ze verstijfde van angst als ze hem zag.

Ze bereikte het strand, kwam overeind, struikelde, kwam weer overeind en begon te rennen. Even later hoorde ze zijn raspende ademhaling en het kletsende geluid van zijn voeten op het strand.

Ze rende naar de plek waar Evelyn lag en pakte het bloederige stuk drijfhout op dat Larry had neergegooid. Ze draaide zich naar hem om.

Hij was op nog geen twee meter afstand.

Ze hief het drijfhout omhoog. Hij strompelde naar haar toe en viel toen op de grond.

Hoofdstuk 35

'Ik heb met de politie gesproken,' zei Warren tegen Alex. 'Larry heeft hun verteld dat Evelyn van het kerkhof waar Kevin lag, gehoord had over zijn zelfmoordpoging. Toen heeft ze de inrichting opgebeld. Larry is uit de inrichting ontslagen en staat onder toezicht van zijn ouders – volgens het hoofd van de afdeling was hij aanzienlijk vooruit gegaan. Evelyn heeft hem bij zijn ouders opgespoord. Ik denk dat jouw hertrouwen en zwangerschap de druppel waren die voor hem de emmer deed overlopen.'

Ze zaten in hun tuin. Alex lag op de beklede blauwwit gestreepte canvas ligstoel. Warren zat op een bijbehorende stoel naast haar. Het was dinsdagmiddag. Alex was net thuisgekomen uit het St. John-ziekenhuis. De baby was als door een wonder ongedeerd.

'Maar ja, baby's kunnen wel wat hebben,' had Pearson haar glimlachend gezegd. 'En jij ook, lieve kind. Ik bewonder je moed.'

Zondagavond had ze zich niet erg moedig gevoeld, of het idee gehad dat ze wel wat kon hebben. Ze was doodsbenauwd geweest, kwetsbaar en wanhopig.

Nadat Larry was gevallen, was ze op haar knieën naast Evelyn gezakt en had gehuild. Ze was moe, zo moe dat ze zich niet kon voorstellen ooit weer op te staan, maar het idee dat Nicholas alleen in een vreemd huis was en niet wist of ze leefde of dood was, had haar geholpen om weer overeind te komen.

Toen ze zich naar Evelyns huis haastte, hoorde ze sirenes. Voor het eerst sinds Kevins dood was ze blij met dat schrille geluid. Ze liep naar de voorkant van het huis en zag twee agenten het slingerende pad naar het huis oplopen.

'Heeft u opgebeld?' vroeg een van de agenten.

'Mijn zoon,' zei ze tegen hem. Ze huiverde.

'Wat is er gebeurd?' vroeg de agent.

'Eerst moet ik naar mijn zoon.' Ze belde aan Evelyns voordeur. Toen ze voetstappen aan de andere kant van de deur hoorde, zei ze: 'Ik ben het, mammie, Nicholas.'

Even later lagen ze huilend in elkaars armen.

Terwijl een van de agenten binnen bleef bij Nicholas, legde Alex uit wat er was gebeurd en liep met de andere agent om Evelyns huis heen naar Evelyn en Larry.

Evelyn was dood.

Larry leefde, maar was bewusteloos. Hij had veel bloed verloren zei de agent. Hij vertrok in een ziekenauto. De sirene stierf weg tot een zwak gejammer en verdween.

Alex belde Warren, die nog bij zijn ouders was, ze waren net thuis van het banket. En ze belde Denise op. Ze was te moe om alles uit te leggen, dus zei ze telkens hetzelfde: Evelyn was dood. Haar ex-man Larry was hier, bij Evelyn, en had geprobeerd haar te vermoorden, maar zij en Nicholas mankeerden niets. Ze vroeg Denise om Lisa op te bellen bij Valerie Haines.

Ze belde dr. Pearson op; hij drong erop aan dat ze naar het ziekenhuis zou gaan. Ze wachtte tot Denise was gekomen met Lisa. Er volgden nog meer omhelzingen en tranen. Er waren onuitgesproken vragen die Alex die avond niet meer aan kon. Toen, nadat Nicholas met zijn zuster naar het huis van zijn tante was gegaan, liet Alex zich naar het St. John-ziekenhuis brengen.

Warren nam de vroegste vlucht vanuit Chicago en arriveerde halverwege de ochtend in het ziekenhuis. Alex sliep toen hij de kamer inliep en toen ze haar ogen opendeed, stond hij naast haar bed. Ze begon te huilen. Warren huilde ook. 'Ik had je kunnen verliezen,' zei hij met trillende lippen. Hij sprak niet over Nicholas, op dat ogenblik niet. Hij stelde geen vragen.

Hij bleef tot ze zei dat hij weg moest gaan om naar Lisa en Nicholas te gaan. Zij hebben je ook nodig, zei ze. 's Middags kwam hij terug met de kinderen. En vandaag had hij haar thuis gebracht. Ze had door de kamer gelopen alsof ze ze voor het eerst zag. En dat was in zekere zin ook zo. Toen ze zondagavond het gevoel had gehad dat het leven uit haar keel geknepen werd, had ze gedacht dat ze dit huis, of Nicholas, of Lisa of Warren nooit meer zou zien.

Het huis zag er weer gewoon uit. Gisteren had Warren ervoor gezorgd dat het telefoonbedrijf de lijnen repareerde die Larry had doorgesneden vlak voordat hij de stoppen in de garage eruit had gehaald. Ze nam aan dat Warren de opblaasbare pop uit het zwembad had gehaald. Die lag er niet meer.

'Larry is via de garage het huis ingekomen door de reservesleutel te gebruiken,' legde Warren nu uit. 'Nadat hij de telefoonkabels had doorgesneden en de stoppen had losgedraaid, heeft hij de garage van binnenuit open gemaakt. Hij moest hem open laten. Hij had geen afstandsbediening om hem dicht te doen.'

'Ik weet dat Larry in verzekerde bewaring is gesteld op een psychiatrische afdeling en dat alles in orde is met Nicholas en mij, maar als ik eraan denk dat hij hier in huis was terwijl ik boven bezig was Nicholas te baden...' Ze rilde.

Warren pakte haar hand en hield hem stevig vast. 'Denk er niet aan, Alex.'

Ze draaide zich op haar zij om hem aan te kijken. 'Hij wilde dat ik verdronk, zoals Kevin. Dat zei hij. Hij had het kunnen doen toen ik in het zwembad was. Maar ik denk dat hij andere plannen had, samen met Evelyn. Die hadden dit alles samen beraamd.'

Warren fronste zijn wenkbrauwen. 'Waarom heeft hij haar dan vermoord? Ik heb het de politie gevraagd, maar Larry heeft daar niets over gezegd.'

'Evelyn worstelde met hem omdat hij Nicholas had meegenomen door de openslaande deuren van de achterste slaapkamer.' Alex had haar *Breng hem terug!* horen schreeuwen. 'Ik denk dat ze doodsbenauwd was dat als Larry Nicholas kwaad zou doen, jij haar verantwoordelijk zou houden. En dan zou je niet van haar houden of met haar trouwen.' Alex vroeg zich af waarom ze zo'n medelijden had met de vrouw die haar vijandin was geweest.

'En misschien wilde hij haar het zwijgen opleggen,' ging Alex verder. 'Omdat ze wist dat hij Lundquist had vermoord. Dat verklaart waarom ze zo van streek was toen ik weer bij de auto kwam en haar vertelde dat Lundquist dood was.' Ze zweeg even. 'Warren, heeft Larry de politie iets over Lundquist verteld?'

'Nee. Hij beweert dat hij hier kwam om zich met jou te verzoenen.'

'Hij probeerde me te vermoorden, en de baby ook!' Ze huiverde weer bij de herinnering. 'Dat was zíjn plan, niet dat van Evelyn. Evelyn wilde dat ik wegging. Het was de bedoeling dat ik door de brieven zo bang zou worden dat ik zou vertrekken. Larry wilde me straffen omdat ik Kevin had laten verdrinken.'

'Maar nu weet je dat Kevins dood niet jouw schuld is,' zei Warren zacht. Hij hield haar hand steviger vast. 'Het is ironisch, hè, dat er iets goeds is voortgekomen uit het feit dat je die pop in het zwembad hebt gezien? Daardoor ging je je alles goed herinneren.'

'Het had net zogoed mijn schuld kunnen zijn. Er verdrinken jaarlijks honderden kinderen, kinderen met liefhebbende, zorgzame ouders. Kinderen zoals Kevin. Mensen beseffen niet hoe snel een kind kan verdrinken. Ik heb het nooit geweten tot ik de boeken erop nageslagen heb nadat Kevin was gestorven. Het kan in minder dan een minuut gebeurd zijn. Je draait je twintig seconden om en het is te laat.' Wat was er die dag gebeurd? Had Larry iemand opgebeld? De krant gelezen? Ze zou het nooit weten.

'Alex, ga je je ouders opbellen om het ze te vertellen?'
Ze had daar al eerder aan gedacht. 'Ze hebben me in de steek gelaten, Warren.' Ze liet zijn hand los en leunde tegen de gecapitonneerde canvas. 'Dat kan ik ze niet vergeven. Nog niet in ieder geval. Ze waren erg wreed.'

'*Evelyn* was wreed. Ze leek zo eerlijk, zo lief en vriendelijk.' Warren schudde zijn hoofd. 'Ze vertelde me dat jij die brieven aan jezelf schreef. Ze zei dat ze daar bewijs van had gevonden in je bureau en dat ze bang was dat je paranoïde aan het worden was.'

Alex knikte. Dat klonk logisch.

'Ik geloofde haar.' Hij keek naar het zwembad terwijl hij sprak. Hij wendde zich weer tot Alex. 'Het spijt me,' zei hij rustig.

'Zit er maar niet mee. Ik geloofde ook alles wat ze me vertelde. Ze was een geweldige leugenaarster.' Alex glimlachte zwakjes. 'Ben je ooit met haar omgegaan?'

'Nee. Ze was altijd vriendelijk. Ik merkte wel dat ze geïnteresseerd in me was, maar ze was mijn type niet.' Hij haalde zijn schouders op.

'Dat heb je me nooit verteld.' Haar stem klonk vol rustig verwijt.

'Het was moeilijk.' Hij zweeg even. 'Jij en Evelyn stonden elkaar zo na.'

Alex aarzelde, toen zei ze: 'Ik dacht dat het Lisa was.' Ze kreeg een kleur, maar keek hem recht aan. 'Ik heb de bovenste la van haar bureau opengebroken, Warren. Ik moet het haar vertellen. Ik zal daarvoor mijn excuses aanbieden en voor het feit dat ik dacht dat...' Alex kon de zin niet afmaken.

Warren knikte en vlocht zijn vingers door de hare.

Het bleek dat Lisa Valerie de waarheid had verteld: ze was bij Ricky Parks geweest, een jongen die twee jaar ouder was. Ze hadden een pizza gegeten en samen een eindje gewandeld. Ze had Warren of Alex niets over Ricky verteld omdat ze dacht dat ze het zouden afkeuren. Denise had het geweten, vertelde Warren aan Alex. Het was vreemd, maar Alex was niet meer jaloers op de warme verhouding tussen haar stiefdochter en haar tante, en voelde zich er ook niet meer door bedreigd.

Alex vertelde Warren over het medaillon en de brief en over de woorden in het dagboek. 'Evelyn zei dat ze de brief in het dagboek had gelegd en het medaillon in Lisa's sieradendoos. Maar ik begrijp dat dagboek niet. Het was gemakkelijk om een brief in een gesloten la te krijgen. Dat zou iedereen kunnen. Maar hoe kon Evelyn het dagboek te pakken krijgen en erin schrijven? Lisa hield dat dagboek en de la altijd op slot.'

Warren haalde zijn hand terug. 'Alex, ik moet je iets vertellen, iets dat ik je al lang geleden had moeten vertellen. Het heeft met Andrea's dood te maken.' Hij zat voorovergebogen, met zijn ellebogen op zijn knieën en zijn voorhoofd rustte op zijn in elkaar geslagen handen. 'Andrea was zichzelf niet meer nadat Nicholas was geboren. Ze was humeurig en prikkelbaar. Ze huilde steeds. Zware postnatale depressie, vertelde haar arts me.'

Alex wachtte.

Zijn knokkels waren wit. 'Ik heb je in de waan gelaten dat Andrea is gestorven aan complicaties na de geboorte. Maar in werkelijkheid... in werkelijkheid heeft ze zelfmoord gepleegd door een overdosis aan kalmerende middelen te slikken.'

Alex was even stil. Toen zei ze: 'Waarom kon je me dat niet vertellen?'

Hij liet zijn handen zakken en keek haar aan. 'Ik heb het geprobeerd, je hebt geen idee hoe vaak ik het heb geprobeerd! Het was te verdrietig.' Hij bestudeerde de grond. 'Er waren zoveel herinneringen. En ook de blaam, denk ik. Ik besef dat het verkeerd was om het jou niet te vertellen.' Hij keek haar aan.

'Maar wat heeft dat met Lisa's dagboek te maken?'

'Lisa was diep getroffen door Andrea's dood. Ik denk dat ze zwangerschap met sterven in verband bracht. Dus toen ze merkte dat jij zwanger was...'

'Dacht ze dat ik zou doodgaan,' maakte Alex de zin af. *O, Lisa.*

Warren knikte. 'We hebben gisteravond een lang gesprek gehad. Ze vertelde me dat ze maanden geleden een brief heeft gehad, waarin stond dat jij zwanger was.'

Weer Evelyn, vroeg Alex zich af. 'Dus ze had het niet van Denise gehoord.' Of van Paula. Alex moest zo veel stilzwijgende verontschuldigingen maken. En sommige niet zo stilzwijgend. Hoewel Alex wat Paula betrof nog steeds het idee had dat ze de juiste beslissing had getroffen door haar te laten vertrekken.

'Lisa was gekwetst toen je er bij haar op aandrong,' ging Warren verder. 'En ze begreep je houding niet. Ze zag je die middag met Ron en wist niet wat ze moest denken. Ze zei dat je naderhand naar haar kamer bent gekomen en het over compromitterende situaties hebt gehad, maar ze had een schets gezien die je van hem had gemaakt en ze maakte zich zorgen dat Nicholas die zou zien en aan mij zou laten zien en dat ik dan boos op jou zou worden. Dus die heeft ze weggehaald en buiten in de vuilnisemmer gegooid.'

Lisa, de beschermster? De gedachte was zowel ironisch als ontroerend. Alex zei dat hardop tegen Warren.

'Ze dacht dat het door je zwangerschap kwam,' zei hij. 'En volgens haar werd het steeds erger. Ik denk dat haar humeurigheid en haar snauwerige gedrag tegenover jou te verklaren zijn omdat ze probeerde afstand van je te nemen, zich ervan te weerhouden te sterk aan jou gehecht te raken, van je te gaan houden. En toen jij zenuwachtig en achterdochtig werd, denk ik dat ze met nog meer zekerheid wist dat je depressief werd, net zoals Andrea.'

Wat had Lisa in haar dagboek geschreven? De woorden stonden in Alex' geheugen gegrift.

...en binnenkort zal Alex doodgaan... ik zou verdrietig zijn als ik mezelf liet gaan, maar ik laat mezelf niet gaan... Het zal niets veranderen aan wat er zal gebeuren...

'Lisa zou dit niet alleen onder ogen moeten zien, Warren. Ze heeft hulp nodig.'

'Ze heeft het eerste jaar na Andrea's dood therapie gehad, maar wilde ermee ophouden. Ze zei dat ze zich goed voelde. Toen ze begon op te spelen, nadat jij zwanger was, zei ik bij mezelf dat ze tijd nodig had. Maar we hebben er gisteravond over gesproken en ze heeft ermee ingestemd weer naar iemand toe te gaan.'

De stilte was deze keer pijnlijker.

'Ik weet wat je moet denken, Alex. Ik had het over vertrouwen. Ik was gekwetst en boos omdat je je verleden voor me verborgen had gehouden. En ik deed precies hetzelfde.'

Er waren te veel geheimen, bedacht ze. Haar geheimen, Warrens geheimen. Die van Lisa. Van Denise. Alex besefte dat geheimen een vruchtbare bodem waren om achterdocht te wekken en te koesteren. Zij allemaal, maar vooral Alex, Warren en Lisa, waren het slachtoffer van Evelyn en Larry geworden, maar hun onvermogen om eerlijk met elkaar te communiceren had hen tot een gemakkelijke prooi gemaakt.

Ze pakte Warrens hand. 'Geen geheimen meer.'

'Geen geheimen meer,' herhaalde hij.

'Zijn we eigenlijk getrouwd, Warren?' vroeg ze plotseling. 'Wettig gezien, bedoel ik. Ik heb op het aanvraagformulier geschreven dat ik weduwe was.'

'We hebben een plechtigheid gehad, dus zijn we getrouwd. Een rechter moet de wettigheid ervan maar beoordelen. Als hij een probleem ziet, kunnen we nog een keer trouwen.' Hij glimlachte. 'Het liefst voordat de baby geboren wordt.' Hij boog zich voorover en kuste haar.

Ze hoorde het gerammel van de schuifpui. Ze vroeg zich af of ze dat gewone geluid ooit zou kunnen horen zonder bijgedachten te krijgen. Het had in zekere zin een rust hersteld die ze al lang als voorgoed opgegeven had beschouwd. Maar het was slechts rust in zekere zin. Larry was verantwoordelijk, maar Kevin was dood. Dat was onvergetelijk.

Lisa en Nicholas kwamen de stenen treden af en Nicholas rende zigzaggend naar hen toe; Lisa kwam wat langzamer.

Er zou geen plotselinge wonderbaarlijke verandering zijn.

De droom zou vermoedelijk op den duur verdwijnen, of misschien zou hij gewoon vervagen. Het zou de waarheid enige tijd kosten om de vastgeroeste leugen waarmee ze had geleefd uit te bannen.

Het zou enige tijd duren, als het al ooit zou gebeuren, voor Lisa haar 'mam' zou noemen. Het zou enige tijd duren voor Alex haar verhouding met haar stiefdochter en Denise opnieuw kon opbouwen.

Alex had meer dan genoeg tijd.

'Wil je voelen hoe de baby schopt?' zei Nicholas. Hij en Lisa stonden naast haar. 'Dat vindt mam goed, hoor.'

Lisa glimlachte verlegen. 'Mag dat?'

Alex pakte haar hand.